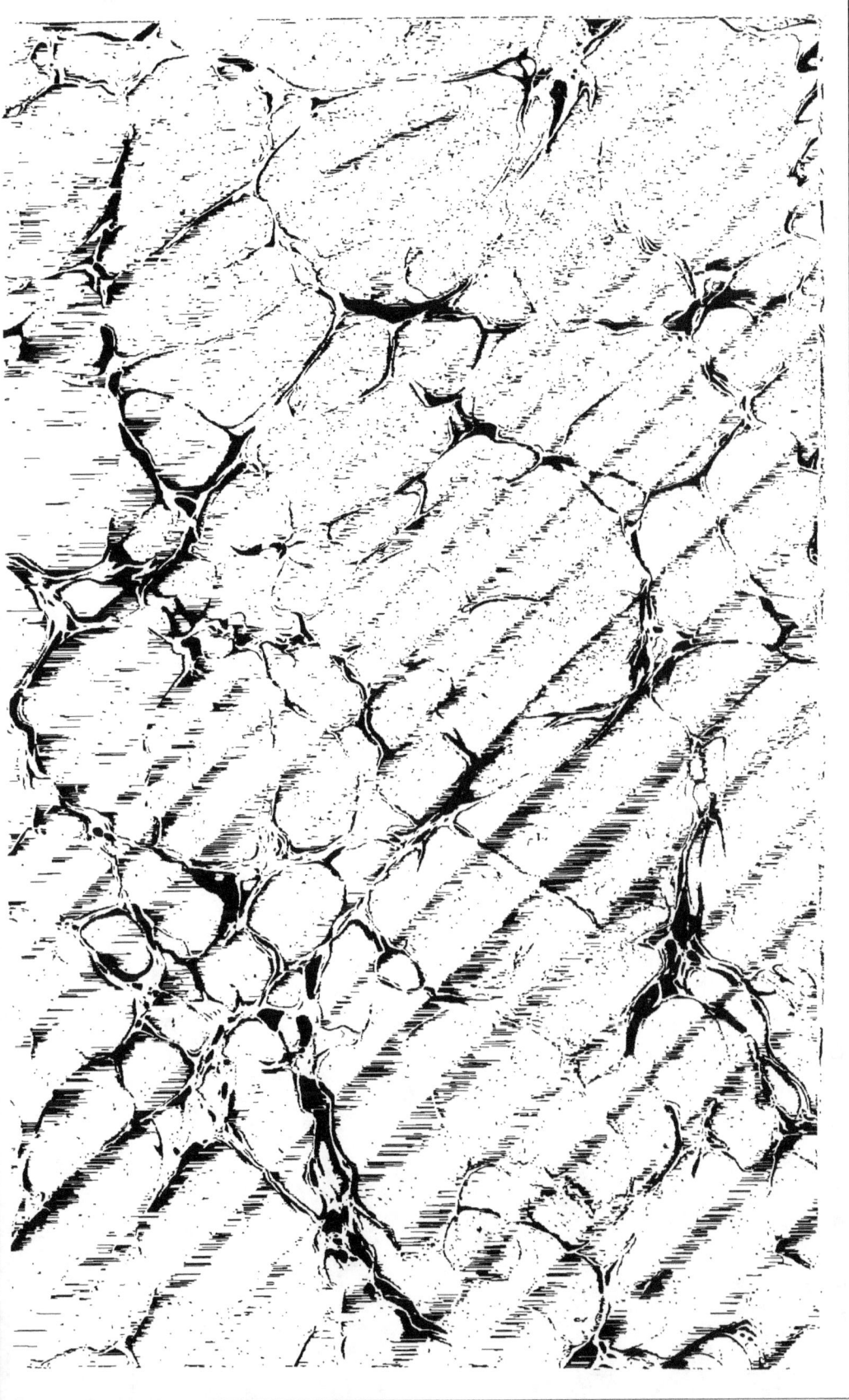

HISTOIRE

DE LA

COMMUNE DE PARIS

EN 1871

1150. — PARIS. IMPRIMERIE A. LAHURE

Rue de Fleurus, 9

HISTOIRE

DE LA

COMMUNE DE PARIS

EN 1871

PAR M. L'ABBÉ VIDIEU

DOCTEUR EN THÉOLOGIE

Membre de l'Académie des Arcades, de l'Académie nationale de Reims,

Vicaire à Saint-Roch

———

TOME PREMIER

———

8°Z le Verne 9.849

PARIS

DENTU, Libraire - Éditeur | PALMÉ, Libraire - Éditeur
PALAIS-ROYAL, G. D'ORLÉANS | 76, RUE DES SAINTS-PÈRES

—

PRÉFACE

Pas un gouvernement qui ne frémisse, pas une nation, fût-elle libre comme la Suisse, immense comme la Russie, victorieuse et ivre de gloire comme la Prusse, qui ne tremble au souvenir de la Commune de Paris, en 1871.

Il n'y a que nous qui nous fassions illusion sur la nature et la gravité du mal ! Il n'y a que nous qui ayons l'espérance de vivre après avoir tout détruit : la tradition, la famille, Dieu ! Il nous reste, il est vrai, les apparences trompeuses d'une brillante civilisation; mais la vie de la France est atteinte dans ses sources mêmes, et nos voisins ont encore devant eux l'avenir.

Serions-nous condamnés à périr?

Ce n'est pas la première fois qu'Épicure est dieu et l'égoïsme un dogme. « Le trouble et la confusion règnent dans tous les ordres de l'État », écrivait le maréchal de Noailles à Louis XV, quelques années avant un grand désastre. « On ne compte plus sur d'autres moyens pour parvenir que ceux de l'intrigue, de la cabale, de la faveur ou de la protection. L'amour de la patrie et du nom français est devenu un ridicule. Il s'est introduit une fausse philosophie qui conduit à la mollesse, au luxe et à l'indolence.... Les choses

sont arrivées à tel point qu'il est d'une nécessité absolue d'y apporter les plus prompts remèdes. »

Le remède, tout le monde le sait aujourd'hui, beaucoup le prévoyaient alors : c'était une révolution! Mais
aujourd'hui, est-ce encore une révolution qui doit nous
sauver? Faisant passer le pouvoir des mains de la
nation à celles de l'ouvrier, et rétablissant bientôt en
faveur de la nouvelle puissance les privilèges abolis
de l'ancienne noblesse, cette révolution deviendrait
le principe et la cause de nouvelles catastrophes. Une
crise, il est vrai, peut sauver dans un péril extrême,
mais quand les crises se multiplient, elles amènent
infailliblement l'épuisement et la mort.

Le salut nous viendra-t-il d'un homme de génie, capable d'éteindre les haines et les passions? Mais Bonaparte fut un sauveur au 18 brumaire; Louis XVIII un
libérateur en 1814; on acclamait Louis-Philippe en
1830; et la Constituante de 1848 vota des remerciements à Cavaignac, le vainqueur des insurgés de Juin;
on se rappelle l'accueil qui fut fait à Louis-Napoléon
en 1852. Serait-il possible aujourd'hui de se faire
illusion sur tous ces prétendus sauveurs? Qui ne sait
dans quels abîmes ils précipitent presque toujours les
sociétés qui se livrent à eux?

Le salut ne viendra pas davantage d'une forme
quelconque de gouvernement. Depuis quatre-vingts ans,
nous avons déjà renversé onze gouvernements et créé
une vingtaine de constitutions. Nous pourrons renverser et créer sans terme et sans repos; nous aurons
les mêmes maux, aussi longtemps que nous aurons le
même peuple, ce peuple matérialiste et athée qui,

depuis cinquante ans, court entendre les folies de
Fourier et de Saint-Simon, ce peuple qui, hier encore,
se levait tout entier pour applaudir aux plaisanteries
sociales de Rochefort et aux démences politiques de
Victor Hugo. Les divers gouvernements qui se sont
succédé parmi nous ont toujours fermé les yeux à
cette vérité; ils n'ont pas vu qu'en flattant le peuple,
en permettant toutes les fausses doctrines, en lâchant
la bride à tous les mauvais instincts, ils préparaient
une suite indéfinie de révolutions. On se ménage de
terribles déboires, si on ne regarde pas au fond de la
conscience publique pour y introduire un remède
radical. C'est le peuple plutôt que les gouvernements
qu'il faut changer, car l'ordre ne sera jamais qu'appa-
rent et l'honnêteté superficielle, la paix ne sera jamais
assurée, tant que l'esprit et les mœurs ne seront pas
renouvelés. Sans nier les fautes des gouvernements,
on peut même dire qu'ils ont moins failli en abusant
de leur principe qu'en s'emparant des erreurs mêmes
de la nation.

Mais il n'y a que Dieu qui puisse refaire un peuple,
parce que seul il est le maître de la vie et de la mort,
seul il relève du fond de l'abîme les nations *qu'il a*
faites guérissables. Revenir à Dieu, à son Christ, est
pour la France le seul moyen de salut qui lui soit
offert, c'est le seul moyen qui puisse la replacer au
poste qu'à titre de nation chrétienne Dieu lui avait
assigné dans le monde.

Les peuples comme les individus ont reçu de Dieu
une mission; et cette mission, observe un publiciste
italien, commence à poindre avec le peuple lui-même,

elle naît avec lui : c'est l'étoile qui brille au-dessus de son berceau. Ainsi en fut-il de la France. Une prière, un serment, avaient fondé la nation des Francs sur le champ de bataille de Tolbiac, et la fille aînée de l'Église fut choisie de Dieu pour être employée aux grandes industries de son amour et aux œuvres de sa gloire.

Et tant qu'il fut fidèle à sa mission, ce royaume que Grotius appelait le plus beau après le royaume des cieux, le royaume de France grandit en prospérité et en puissance. Les guerriers de Clovis avaient dit vrai : *Le Christ aime les Francs!*

Mais lorsque se sont levés les apôtres du matérialisme et les maîtres de la philosophie contemporaine, répétant à la grande nation chrétienne ce qu'autrefois saint Remi avait dit aux tribus païennes : « Adore ce que tu as brûlé, et brûle ce que tu as adoré » ; quand la grande nation chrétienne, les croyant, eut renoncé à sa vocation, abjuré sa foi, abandonné le Christ, le Christ aussi l'abandonna. La France a été trahie, battue, envahie, démembrée; trois fois, en un demi-siècle, les étrangers ont campé dans l'orgueilleux Paris. La France des rois très chrétiens fut-elle jamais soumise à de pareilles humiliations?

Nous avions cependant des hommes d'État, des armées, des trésors, un commerce florissant, une civilisation opulente. C'était, pensions-nous, autant d'inexpugnables remparts derrière lesquels nous nous abritions pour jouir et blasphémer à l'aise. En quelques jours, que de déceptions et de ruines amoncelées! Quels immenses périls et quelles poignantes angoisses !

Les ennemis qu'avait provoqués notre orgueil étaient encore là foulant notre sol, nous écrasant de leur pied, nous montrant le glaive, que les enfants de l'adultère s'étaient levés terribles, sauvages. Après avoir mis notre espérance dans la force, nous l'avons mise dans l'habileté politique ; nous avons oublié les principes qu'il fallait proclamer, et il nous a paru sage de ne rien demander à Dieu. Alors Dieu a parlé comme il parlait jadis aux villes coupables : par le feu. Sa justice a passé sur nous comme une tempête, renversant toutes nos prospérités, humiliant toutes nos grandeurs, creusant des abîmes, accumulant les ruines, jetant partout la stupeur et l'effroi. Qui pourrait le méconnaître ? ces événements ne sont-ils pas en dehors des proportions humaines ? leur grandeur, leur soudaineté, leur irrésistible puissance, ne révèlent-elles pas le Dieu infiniment fort contre qui il n'y a ni prudence, ni conseil ?

L'auteur inspiré du livre des *Machabées* disait, à l'occasion des désastres dont une guerre impie accablait depuis longtemps le peuple juif :

« Je conjure ceux qui liront cette histoire, de ne point s'étonner et se scandaliser de nos malheurs, mais de considérer que c'est pour son amendement et non pour sa ruine que ces malheurs sont arrivés à notre nation. Que Dieu ne permette pas aux pécheurs de suivre toujours leur volonté perverse, mais qu'il ne tarde pas à les punir, c'est la marque d'une grande bonté. Ainsi en est-il pour nous. Quant aux autres nations, Dieu attend avec patience ; il diffère leur punition jusqu'à ce qu'elles aient comblé la mesure de leurs iniquités, et ce n'est qu'au dernier jour qu'il fait éclater sa justice. Pour nous, au contraire, il n'attend pas pour sévir que nous ayons mis le comble à nos péchés. Ainsi, il ne retire jamais de nous sa miséricorde, en châtiant son peuple par l'adversité, et il ne l'abandonne pas. »

Telle est manifestement la conduite de Dieu envers la France. Les fléaux qu'il déchaîne sur elle sont une juste punition, une preuve de son amour, un appel qu'il lui adresse. Nous succombons par un concours inouï de toutes les circonstances les plus malheureuses, mais surtout par le manque d'une chose qui ne se trouve plus en nous et qu'il faut y remettre. Tout sera perdu jusqu'à ce que nous l'ayons retrouvée. Une victoire ne nous l'aurait pas rendue et cent victoires ne nous la rendront pas. Nous succombons par manque de Foi!

C'est pour démontrer aux plus sceptiques cette importante vérité que nous avons entrepris de raconter l'histoire de la Commune de Paris en 1871.

Vaste et profond, court mais rempli, instructif et terrible, un et présentant néanmoins mille phases diverses, ce sujet, qui causa tant de bruit, d'alarmes, de pleurs, de maux, se divise naturellement en trois parties : 1° les origines de la Commune ; 2° son règne éphémère ; 3° sa chute retentissante et épouvantable.

Pour retrouver la ténébreuse génération de ce monstre, dont les pieds plongent à des profondeurs inconnues à la plupart de nos publicistes et de nos hommes d'État, dont la tête un instant put s'élever à la hauteur des têtes couronnées, nous avons dû fouiller les repaires et les antres, interroger tous les échos, scruter les archives des peuples et des sociétés secrètes, étudier les doctrines matérialistes et athées des philosophes de nos jours, leurs progrès rapides et constants. Puis, ainsi que le chasseur lorsque dans la forêt il poursuit le fauve, nous avons suivi la trace de la bête socialiste, grandissant à l'ombre de l'indifférence des nations, jusqu'à l'heure où, fortifiée par les encouragements du pouvoir, elle osa sortir de son obscure retraite.

Née de l'assemblage inouï de toutes les haines et de toutes les convoitises, la Commune cependant n'aurait pu s'établir ni surtout vivre en France, si elle n'y avait trouvé un terrain tout préparé.

L'action a cessé ; la flamme des passions qui transforment l'homme n'a qu'un temps. La Commune d'ailleurs ne posséda jamais qu'une vie apparente, semblable à celle que communiquent parfois à la matière les mêmes courants qui produisent l'éclair, le tonnerre et la mort ; mais l'influence peut se rétablir et le mouvement recommencer ; opposons à cette vie factice la vie réelle et durable que Dieu donne aux nations qui l'ont choisi pour protecteur.

Contribuer, ne fût-ce que pour une bien faible part, à détruire les utopies, à substituer à l'égoïsme du riche l'amour des classes laborieuses, au scepticisme qui tue la foi qui fait vivre, tel est le devoir de tous ; et c'est pour accomplir ce devoir sacré que nous avons écrit ce livre.

Tout entier à cette œuvre de résurrection morale, nous avons concentré les forces de notre âme attristée sur les seuls objets d'adoration qui restent aux cœurs difficiles : la patrie et la religion. La politique, terrain brûlant, éternel champ de bataille, nous eût éloigné de notre but. Entre la République et les familles qui ont régné sur la France, nous n'avions pas à décider. La nation jugera. Prêtre de cette Église catholique que son origine et sa mission placent en dehors des partis, nous avons cru qu'il ne convenait pas à notre caractère de descendre dans une arène où la poussière, la fumée, les éclairs des glaives, qui s'entre-choquent, obscurcissent et troublent la vue ; nous n'avons pas voulu nous mêler à un combat où la lutte acharne, où le sang versé vous retient, où les cris de douleur et de rage empêchent de distinguer la voix plus calme de la vérité, où le succès et le malheur influent également sur la conscience d'un juge.

Nous ne sommes pas l'homme d'un parti ; je me trompe, nous avons embrassé, défendu le parti de la vérité, de l'ordre, de la justice ; mais celui-là c'est l'objectif de tous les gouvernements : tous y tendent ou coivent y tendre. Nous avons apprécié comme nous le devions le règne de la Commune ; si notre langage s'est ressenti parfois de l'horreur des crimes que nous avions à raconter, on n'aurait pas compris qu'il en fût autrement, sans soupçonner alors notre sincérité et notre foi. Ordinairement notre ton est calme et modéré. Ils étaient nos frères, les martyrs dont nous avons à redire la mort sanglante et glorieuse, mais il ne nous appartenait pas de maudire les bourreaux qu'ils ont bénis avant de mourir, ni d'appeler la vengeance de Dieu sur ceux pour lesquels ils prient maintenant.

———

HISTOIRE

DE

LA COMMUNE DE PARIS

EN 1871

PREMIÈRE PARTIE

LES ORIGINES ET LES DÉBUTS DE LA COMMUNE

En politique, aussi bien que chez les êtres organisés,
un monstre ne saurait naître avant d'être conçu. La
Commune de Paris a dû avoir une origine propre,
comme tout ce qui a une forme, une vie à soi et une
fin. Des faits d'une inconcevable imprévoyance l'ont
aidée à sortir de terre, rien de plus incontestable ;
mais si, le 18 mars, elle a pu apparaître, et si elle s'est
implantée au pouvoir pendant soixante-six jours, c'est
que les organisateurs de cette orgie criminelle en
avaient depuis longtemps préparé et combiné tous les
éléments. Car ce n'est pas dans l'espace de deux mois
seulement que les passions de plusieurs milliers d'individus ont été excitées et allumées jusqu'au délire. Il y a

des années que l'œuvre infernale était étudiée dans tous ses détails par cette société qui a rempli le monde du bruit de ses congrès et de la discussion de ses théories : l'INTERNATIONALE.

Rechercher quelle part lui revient dans les origines de la Commune, et étudier les premiers actes de l'insurrection, tel sera l'objet de la première partie de cet ouvrage.

CHAPITRE I

I

D'où venait cette mystérieuse association que l'Empire caressa d'abord pour l'étouffer plus facilement ensuite ? On a dit, et tout le monde l'a répété, que l'Internationale ne remonte pas, comme fondation, au delà de 1864. C'est une erreur, elle date de 1850. A cette époque, il y eut à Francfort, alors ville libre, un premier congrès. Nos révolutionnaires donnaient la main à ceux de l'Allemagne ; il n'y avait *ni sang ni défaites entre eux,* on les appelait des « communistes ». C'était une association internationale, tout à fait internationale, et il y avait des Français dans le haut conseil. Le programme, qu'ils développèrent alors, portait ces mots en tête : « Prolétaires de tous les pays, unissez-vous. » Le manifeste de ce parti communiste, imprimé en 1851, renferme exactement, presque mots pour mots, le programme et les points principaux de la politique de l'Internationale actuelle. Il est évident qu'elle est née des illusions de juin 1848 et de décémbre 1851, mais ne s'est développée que quatorze ans plus tard.

En 1862, lors de l'Exposition universelle de Londres, des ouvriers français avaient été envoyés par leurs camarades en Angleterre, pour y étudier et comparer les diverses industries. C'est là, dans des réunions entre Français et Anglais, que fut reprise l'idée d'une grande association de travailleurs.

Il ne s'agit d'abord, dans ces premiers entretiens, que de grèves et de coalitions. Les ouvriers, dont le salaire n'était plus réglé, comme autrefois, par la coutume ou par le tarif officiel, mais seulement par le rapport qui existe entre les bras et les capitaux cherchant de l'emploi, s'étaient dit déjà, surtout en Angleterre : Pourquoi ne pas nous coaliser pour fixer le taux de nos salaires et l'imposer à nos maîtres en nous mettant en grève, s'ils refusent nos conditions ? En conséquence, ces grèves s'étaient multipliées de 1855 à 1862. Seulement, les ouvriers ne parvenaient pas à faire accepter leurs conditions, parce que les patrons, l'eussent-il voulu, ne pouvaient pas les subir. La raison en est simple : la facilité des échanges internationaux est si grande, aujourd'hui, que le monde entier ne forme plus qu'un seul marché. Il s'ensuit que le prix des marchandises doit être le même partout. Le fabricant ne peut donc augmenter le salaire sans augmenter le prix, ce qui l'empêcherait de vendre. De cette unité du marché commercial, il résultait qu'une grève locale ne pouvait jamais déterminer une hausse locale des salaires sans tuer l'industrie dans cette localité, et, par suite, sans enlever aux ouvriers le moyen même de subsister. Comment donc arriver au but qu'on poursuivait? L'esprit spéculatif des Français entrevit tout de suite, dans le mécanisme des *Trades-Unions*, ou sociétés de résistance, que l'association pouvait réunir, comme en un faisceau, les corporations ouvrières de tous les pays, et devenir le levier à l'aide duquel les travailleurs soulèveraient le monde.

C'est ainsi que, de conciliabules en conciliabules, on en vint à décider la création d'une *Société internationale de travailleurs*, dont le but était d'empêcher les ouvriers de se faire concurrence entre eux, de les rendre tous solidaires des grèves, en quelque pays qu'elles éclatassent, de rendre les grèves générales si cela était nécessaire dans l'intérêt de la cause. Il y avait une force puissante dans cette suppression, pour les classes ouvrières, de toute barrière entre les peuples ; et si la nouvelle association avait su attendre la consécration du temps, sans lequel rien ne se fait de stable ni de définitif, nul doute qu'elle eût occupé une place remarquable dans l'évolution politique et sociale de l'Europe actuelle.

Au point de vue économique, elle pouvait solidariser toutes les caisses de résistance des classes ouvrières des différents pays, et intervenir dans les questions de salaire avec une force irrésistible. Au point de vue social, cette étude permanente par une classe des remèdes à présenter à ses maux, cette enquête constante, par les intéressés eux-mêmes, de leur situation matérielle et morale, eût apporté un puissant secours à la science, réduite à puiser dans les ridicules enquêtes administratives et dans les travaux dus à des efforts isolés. Au point de vue politique, la fédération des classes ouvrières de tous les pays était une protestation grandiose contre le militarisme armant les nations les unes contre les autres. C'est ce qui a séduit un certain nombre d'esprits élevés. Mais elle se trompa quand elle inséra dans son programme ces mots : *Affranchissement des travailleurs par les travailleurs eux-mêmes.* Ennemie des castes, elle créa une caste nouvelle qu'elle prétendit isoler de la société, c'est ce qui la perdit et devint l'origine du plus épouvantable cataclysme.

Le pacte fondamental de l'Association fut rédigé en anglais, par trois ouvriers anglais : Odger, Cremer et Wecler. Peu après, il franchissait le détroit, et les membres du bureau parisien, ouvert rue des Gravilliers, n° 44, en adressaient des exemplaires au préfet de police et au ministère de l'intérieur.

Ces statuts donnaient à la Société une organisation qui nous fournit la clef de l'institution fédérale de la garde nationale, au 18 mars. Le Comité central, presque entièrement composé des membres de l'Internationale, n'eut qu'à appliquer aux bataillons armés les règlements de l'Association. Il importe donc de les faire connaître.

La direction suprême est confiée à un conseil ou comité directeur, peu nombreux, composé d'ouvriers des différentes nations. Il doit entretenir des relations avec les associations ouvrières de tous les pays qui adhèrent à l'Internationale. A la base de l'Association, on trouve la section, que l'on a souvent comparée à la Commune, et qui est le pivot sur lequel roule le système. Il y a deux sortes de sections : les unes formées par les membres ayant adhéré individuellement à l'Internationale, et groupés sans distinction de métiers par localités ; les autres formées par les associations ouvrières existantes, ou dont on a provoqué la formation. Certaines sections, par suite des accointances particulières, restent isolées ; mais, d'ordinaire, les sections d'une même région se relient en une seule *fédération*, qui sert d'intermédiaire entre la section et le comité directeur. Quoique le principe de l'Internationale soit l'annulation des nationalités, cependant la force même des choses a amené à embrasser toutes les fédérations d'un même pays sous le nom de branches. Les membres de chaque section choisissent entre eux les délégués chargés de les représenter, les uns au conseil fédéral, les autres au congrès, parlement universel des classes ouvrières, placé au-dessus de tous les rouages. Le congrès, à son tour, élit les membres du conseil général ; d'où il résulte que l'Association est toujours administrée par un gouvernement issu d'une élection à deux degrés. Le congrès se rassemble tous les ans, et décide souverainement des questions relatives à l'organisation de l'Association des travailleurs et des réformes sociales à adopter. Le siège des sessions du congrès n'est point déterminé à l'avance ; chaque congrès doit, avant de se séparer, fixer le lieu et la date de la prochaine réunion.

Une telle société, même réduite aux simples proportions qu'elle affectait, créait pour l'ordre social européen un immense danger. Unis par l'affinité des intérêts, et surtout par la communauté des haines, les ouvriers allaient former un peuple nouveau qui embrasserait les salariés du monde entier. Ils allaient constituer un État dans l'État, et mettre une force inconnue au service de l'antagonisme qu'ils raviveraient nécessairement partout. On ne s'explique pas comment les politiques d'alors ne le comprirent pas. Le gouvernement impérial se montra d'une complaisance extraordinaire vis-à-vis de l'Internationale : les délégués furent reçus plusieurs fois par M. Rouher, qui voulut bien discuter avec eux leurs doctrines socialistes. Quel pouvait être le but de l'empereur et de ses ministres, en secondant aussi ostensiblement une association dont les tendances, mal dissimulées, étaient de renverser l'ordre de choses existant? Espéraient-ils, en favorisant le mouvement ouvrier, le faire tourner à leur profit? ou bien voulaient-ils laisser grandir l'Association internationale des travailleurs, pour avoir le prétexte de l'écraser avec fracas, et d'agiter de nouveau le sceptre rouge aux yeux du bourgeois étonné? Quoi qu'il en soit, la nouvelle association profita de cette tendresse intéressée du régime impérial, pour acquérir une rapide extension.

De 1865 à 1869, chaque année vit éclore un nouveau congrès. C'est dans ces assemblées, et surtout dans la dernière, celle de Bâle, que l'on doit étudier les véritables doctrines de l'Association : la propriété continua d'être l'objectif de leurs attaques.

On proposa d'abolir la propriété foncière, de déclarer que le sol appartient à la collectivité et est inaliénable. Les fermiers devaient payer à l'État la rente qu'ils payent au propriétaire. On simplifiait la question du domaine foncier, en confiant, dans chaque commune, l'admini-tration des terres au conseil communal nommé par tous les habitants majeurs de la commune. Les Français s'efforcèrent d'atténuer ces propositions insensées ; ils voyaient que le but primitif de leur association allait être dépassé, et ils sentaient que des doctrines exagérées leur aliéneraient la population des campagnes, dont l'appui leur était nécessaire. Comme il l'avait déjà fait à Bruxelles, M. Tolain défendit la propriété individuelle ; il était sincère. Néanmoins ses paroles semblaient plutôt des paroles de conciliation, destinées à modérer les uns pour laisser aux autres le temps de les rejoindre : il marchait par étapes ; mais on avait hâte d'arriver, et cinquante voix sur soixante-cinq votants déclarèrent que *la société a le droit d'abolir la propriété individuelle, pour la transformer en propriété collective, et qu'il y avait nécessité d'opérer le plus tôt possible cette transformation.* Dans la même séance, la réunion vota contre l'abolition de l'héritage, sans trop bien voir qu'elle se déjugeait, qu'elle tombait dans la contradiction. Une seule bonne idée sortit du congrès de Bâle : celle de l'examen, à chaque réunion annuelle, des documents fournis par les sociétés locales de tous les pays, sur la situation des travailleurs et sur leurs vœux. En se séparant, les Internationaux s'ajournèrent pour l'année suivante à Paris, bien persuadés que l'année 1870 devait amener en France la révolution et la liberté.

Mais pourquoi donc l'Internationale a-t-elle choisi notre pays de préférence à tous les autres, pour être le théâtre de cette effroyable crise? Dans son livre : *Simple récit d'un membre du gouvernement de la Défense nationale*, M. Jules Favre attribue à différentes causes l'éloignement de la classe ouvrière, en Danemark, en Suède, en Angleterre, etc., pour les doctrines socialistes. Les principales sont :

1° Les institutions politiques, qui garantissent à tous une parfaite égalité de droits ;

2° La diffusion universelle de l'instruction publique, qui est restée avant tout chrétienne et patriotique ;

3° Le rapprochement, au sein des unions ouvrières, d'hommes appartenant à tous les rangs de la société, et l'échange réciproque d'idées et de sentiments qui s'y accomplit sous l'action de lectures, de conférences, de conversations de tous les jours et de toute nature ;

4° Enfin les conditions économiques satisfaisantes où se trouve le travailleur, telles que l'élévation relative des salaires, l'absence des écarts subits entre l'offre et la demande, qui se produisent fréquemment dans les grands centres de production, entraînant avec eux les grèves et les chômages.

Mais l'égalité civile règne cependant chez nous, dans le sens le plus absolu ; l'égalité politique est consacrée par le suffrage universel ; l'égalité sociale existe aussi complète qu'on peut la concevoir, avec les distinctions inévitables qui se rencontrent dans toutes les réunions d'hommes, et qui renaîtraient naturellement le jour même où l'on croirait les avoir supprimées. Depuis trente ans, ce qui nous restait de vieilles lois contraires à la liberté du travail a été amendé ou aboli. On a multiplié les institutions, les combinaisons bienfaisantes et utiles ; et quoique tout ne soit pas pour le mieux, il n'existe pas un pays au monde où l'on observe moins qu'en France des causes légitimes de haines ou de révolutions sociales. Comment donc, encore une fois, la France a-t-elle eu, entre toutes les nations, la confiance du socialisme européen ?

La véritable raison, c'est que dans une monarchie fondée, comme l'Empire, sur le suffrage universel, le souverain qui veut conserver sa popularité fait tous les sacrifices pour écarter les concurrents qui viendraient détourner à leur profit la source de son pouvoir. Il leur emprunte même certaines parties du programme qu'ils lui opposent, croyant désarmer par ce moyen ses adversaires ; mais s'il conserve les suffrages qui l'ont élu, s'il maintient l'ordre matériel, il compromet sûrement l'ordre moral et la grande discipline des idées. C'est là ce qui est arrivé en France. Voilà pourquoi le socialisme y a été plus redoutable qu'ailleurs ; et c'est aussi ce qui fit que l'année 1870 fut fixée comme terme fatal où, le gouvernement étant devenu incapable de donner aux foules tout ce qu'on leur promettait, on passerait du scrutin à l'action.

Quelques mois avant cette date fatale, on prévoit, on annonce partout la révolution qui se prépare ; elle est dans l'air, elle se révèle aux moins clairvoyants. Au mois de février 1870, paraissait une proclamation socialiste, signée, où il était dit : « Ce qui importe avant tout, c'est d'assurer le succès de la révolution, et, tout en ayant conscience de notre force, nous nous recueillons ; la coupe reste pleine, elle ne tardera pas à déborder ; à la révolution de choisir son heure. »

Cluseret, qui avait fait à Sainte-Pélagie la connaissance des membres de la seconde commission de l'Internationale, apprenant le meurtre d'Auteuil et les troubles dont l'enterrement de Victor Noir fut l'occasion, écrivait à Varlin, le 17 février, une lettre prophétique qui démontre clairement la préméditation des crimes de la Commune. Le futur *général* prévoyait que le moment était peu éloigné où l'action appartiendrait aux Internationaux, et il disait : « Ce jour-là, nous ou le néant !... Mais ce jour-là, je vous l'affirme, Paris sera à nous, ou Paris n'existera pas. »

Dans les réunions qui eurent lieu à Paris, à propos du plébiscite, la présidence honoraire était presque toujours déférée à un Jacobin fanatique, à Mégy, qui venait d'assassiner l'agent de police chargé de son arrestation. Ce fut dans une de ces réunions de travailleurs que l'on adopta l'acte de fédération des sociétés ouvrières parisiennes, et que l'on chargea un comité de rédiger un manifeste antiplébiscitaire. Rien n'égale la violence des formules proposées : « Le Bon Dieu a fait son temps, disait-on dans l'une, en voilà assez.... Nous sommes la force et le droit, c'est contre l'ordre juridique, économique et religieux que doivent tendre nos efforts. »

L'abîme se creusait de plus en plus ; chacun en sondait avec épouvante la profondeur ; le gouvernement seul s'obstinait à l'ignorer. Il fallut pour lui ouvrir les yeux le complot des bombes Orsini. Les hommes poursuivis à cette occasion figureront sur les listes du Comité central et de la Commune : Villeneuve, Flourens, Guérin, Fontaine, Tony-Moilin, Mégy, Cournet, Tridon, Rigault, Jaclard, etc. Et si l'on y joint les noms des Jacobins impliqués dans le procès de Blois, qui suivit la découverte du complot, on aura la série complète des auteurs du 18 mars. Mais l'opinion publique, absorbée alors par la question politique, fit peu d'attention à ces ouvriers obscurs ; personne ne prévoyait que bientôt ils effrayeraient le monde par les plus exécrables forfaits.

I I

Après le 4 septembre, les socialistes de l'Internationale ne prirent que très peu de part aux manifestations
révolutionnaires, ainsi qu'aux tentatives du 31 octobre
et du 22 janvier. Ils se tenaient sur la réserve, ne voulant
ni s'épuiser contre le pouvoir en escarmouches inutiles,
ni s'emparer niaisement de l'hôtel de ville, tout juste
pour avoir la honte d'ouvrir à l'ennemi les portes
de Paris affamé.

Il n'en fut pas ainsi du parti jacobin de l'Association.
Il n'avait vu dans le siège qu'un moyen d'armer la
révolution, de se faire nourrir et payer pour remplir
un devoir, devenu illusoire par la résolution bien arrêtée
de ne pas se battre, si ce n'est contre le gouvernement
de la Défense, toutes les fois qu'il parlait d'arrangement.
C'est une remarque qu'on a faite avant nous : chacune
des tentatives de bouleversement qui mirent Paris et
la France dans un péril suprême, durant cette odieuse
guerre de 1870-71, correspondit à une tentative de conciliation. Les dates et les événements le témoignent assez.

Le 31 octobre au matin, le gouvernement annonçait
le retour de M. Thiers, qui, en grand patriote, venait de
parcourir l'Europe pour l'intéresser aux désastres de la
France. Il communiquait en même temps la proposition,
faite aux belligérants par quatre grandes puissances
neutres, d'un armistice qui devait avoir pour objet la
convocation d'une Assemblée nationale, et pour conditions, le ravitaillement proportionné à sa durée et
l'élection de l'Assemblée par le peuple tout entier. Aussitôt, et malgré une forte averse, des compagnies de la

garde nationale, sans armes, bravant la pluie, arrivent
et se massent devant la grande porte de l'hôtel de ville,
voisine de la rue de Rivoli. Ils sont porteurs d'un écri-
teau sur lequel on lit :

> *Pas d'armistice!*
> *Vive la République!*
> *Résistance à mort!*

Vers une heure et demie, la foule qui entre sous la
voûte, trouve à droite et à gauche les mobiles rangés en
bon ordre. Sur les marches conduisant à la cour d'honneur se tient le général Trochu qui veut parler ; il est
hué. Dans la salle du conseil envahie, les maires et adjoints
finissent de formuler cette décision où se reflète leur
émoi, et qui est une concession à l'émeute : « Pas d'armistice! Le citoyen Dorian est nommé président du gouvernement provisoire de la Défense nationale. Les élections de la Commune auront lieu dans les quarante-huit
heures. »

Ce gouvernement provisoire se compose de sept membres : MM. Dorian, Louis Blanc, Félix Pyat, Victor Hugo,
Blanqui, Gustave Flourens, Delescluze.

La confusion est bientôt effroyable. On se bouscule,
on se presse; il y a même des hommes qui se promènent
sur les pupitres des conseillers municipaux et les défon-
cent. Tout le monde crie, gesticule. Dans chaque grande
salle de l'hôtel de ville se produisent des scènes analogues. On y fait un gouvernement dont on jette la
liste au peuple par les croisées, et sur toutes figurent
invariablement les noms des meneurs : Flourens, Blanqui,
Delescluze, Félix Pyat, à la tête desquels on voit toujours
l'ubiquiste M. Dorian comme président. Partout est
proclamé :

1º La déchéance du gouvernement de la Défense,
déclaré traître à la patrie ;

2° La levée en masse et le refus de tout armistice ;

3° L'établissement immédiat de la Commune révolutionnaire.

Flourens apparaît ici, comme il l'a fait dans les autres salons : il est l'âme du mouvement, grâce à l'appui du bataillon de Belleville qu'il commande et qui occupe les abords et les cours de l'hôtel de ville. L'arrivée de Rochefort, qui ne pouvait manquer à cette fête, met le comble au tumulte. Il monte sur une table qui sert de tribune et essaye de parler ; les uns l'applaudissent, un plus grand nombre le couvrent de huées ; il renonce à la lutte.

Vers trois heures et demie, le général Trochu se montre en uniforme à l'entrée de la salle des délibérations du gouvernement. La foule l'entoure en criant : « A bas les Trochu !... A bas les incapables !... Qu'as-tu fait au Bourget ? A bas Trochu ! » La porte de la galerie au buste se ferme derrière lui, le peuple s'y jette et s'écrie : « Ils ne sortiront plus ! » En effet, ce salon splendide, où grouille une multitude hideuse, se transforme aussitôt en salle de jugement, et devient le théâtre des scènes les plus violentes. Les cris, les menaces se croisent. Les sièges de la table du centre sont pris de vive force, et ceux qui les occupent interpellent avec vivacité MM. Jules Favre, Garnier-Pagès, Jules Simon, Jules Ferry, Trochu, qui sont assis autour. « La déchéance ! la déchéance ! » crie-t-on de toutes parts. En vain M. Jules Favre veut prendre la parole, des cris confus couvrent sa voix. M. Garnier-Pagès, affreusement pâle, s'efforce de répondre à la motion de Maurice Joly, Lefrançois et Vermorel, qui parlent tous à la fois de la Commune et des élections. « Assez ! assez !... hurle-t-on !.... Faites-le donc rentrer dans son faux-col !.... » s'écrie un gamin placé à cheval sur un des magnifiques candélabres d'angle.

C'en est fait du gouvernement du 4 septembre, quand survient un coup de théâtre. Vers neuf heures du soir, le 106e bataillon, clairon en tête, se fait ouvrir les portes de l'hôtel de ville et monte droit aux appartements. Il ne reste plus, à l'entrée des officiers dans la salle, que des tirailleurs du corps Tibaldi, qui sont désarmés et renvoyés chez eux aux éclats de rire des gardes du 106e. L'auteur de ce merveilleux dénouement était M. Picard, qui, ayant pu s'échapper adroitement de l'hôtel de ville, avait fait battre la générale, convoqué des bataillons et pris l'usurpation dans un filet, au moment même où ses agents appelaient les électeurs au scrutin pour l'élection d'une Commune[1].

Nous ne pouvons rapporter les alertes, les échauffourées secondaires provoquées à tout propos pour agiter l'opinion et fatiguer la garde nationale, à bout de forces et de sacrifices, et nous arrivons tout de suite à la journée du 23 janvier, qui fut le pendant du 31 octobre, avec des cadavres en plus.

Gustave Flourens, persistant à se dire major de la garde nationale et à porter les insignes de colonel, avait été arrêté avec une poignée de Bellevillois, à la suite de manifestations destinées à insurger la troupe. Mais, dans la nuit du 21 au 22 janvier, il fut délivré par une bande de sacripants. Composée à ce moment de cent cinquante individus tout au plus, cette troupe se grossit sans cesse, en roulant dans les rues au son du tambour, et en emmenant triomphalement Flourens et les autres qu'elle a délivrés. Elle descend aussitôt le faubourg Saint-Antoine et monte la rue de la Roquette pour aller s'emparer de la mairie de Belleville. Pendant cette manœuvre, les meneurs ordinaires de l'insur-

1. L'affiche était signée de MM. Dorian, V. Schœlcher, Étienne Arago, Ch. Floquet, Ch. Hérisson, Henry Brisson et Clamageran.

rection prêchent en plein vent l'avènement, inévitable cette fois, de la Commune. Dans l'après-midi, quand ils croient l'opinion suffisamment préparée, trois ou quatre cents émeutiers arrivent sur la place de l'Hôtel-de-ville par la rue de Rivoli et la rue du Temple, et font retentir les cris de « Vive la Commune ! A bas les Bretons ! » Après des agitations de plus en plus menaçantes, ils essayent d'ébranler la grille. Par la porte de gauche, dite porte des bureaux, sortent trois officiers : MM. Vabre, de Legge, commandant du 3ᵉ bataillon du Finistère, et l'adjudant-major Bernard, du même bataillon, qui demandent aux émeutiers ce qu'ils viennent faire. Ils ont à peine dit quelques mots qu'un coup de fusil est tiré des rangs de l'émeute. M. Bernard est frappé de trois balles et tombe sur le trottoir. Alors, les fenêtres de tous les étages s'ouvrent précipitamment, les mobiles paraissent et couchent en joue les insurgés qui s'enfuient dans toutes les directions. Les plus braves se cachent derrière les tas de sable, les piédestaux des candélabres, ou dans l'embrasure des portes et jusque dans les vespasiennes, pour tirer, ainsi abrités, sur les fenêtres. La fusillade dure une demi-heure environ, jusqu'à ce que paraissent, dans l'avenue Victoria, un brancardier volontaire qui agite un mouchoir blanc, et un officier de la garde nationale qui porte un mètre de calicot au bout de son sabre. La troupe cesse le feu, et l'on parvient à faire une cinquantaine de prisonniers parmi les émeutiers. Mais, comme d'habitude, les chefs échappèrent à la justice, qui ne frappa que des instruments secondaires. On dut se contenter de condamner à mort, par coutumace, Gustave Flourens, Blanqui et Félix Pyat.

Les événements du 22 janvier venaient à peine de se produire, qu'une nouvelle terrible plongea tout à coup Paris et la France dans la stupeur. Le lendemain de l'attaque glorieuse de Buzenval, qui n'avait abouti qu'à une hécatombe d'héroïques citoyens, une affiche annonçait la capitulation. « L'armistice accordé à Paris, disait M. Jules Favre, s'étendait à toute la France et devait forcément entraîner la paix. » Nous n'essayerons pas de dépeindre la colère qui s'empara de tous les cœurs : nous l'avons tous éprouvée. Certes, on n'avait pas marchandé la souffrance et les sacrifices, on comprend qu'il était difficile de s'incliner de bonne grâce devant ce dernier, cet irréparable coup de la fortune. « Le gouvernement de la Défense s'est trouvé alors dans une position unique, bien périlleuse, bien douloureuse !... On accablait ses membres d'invectives, on leur mettait la corde au cou, on leur disait : « Vous y êtes, vous y resterez; c'est vous qui nous avez vendus, vous restererez afin que nous ayons le droit de vous juger[1]. »

Les élections, qui vinrent faire diversion aux tristesses de l'armistice, ne firent au contraire qu'accroître le discrédit du gouvernement. En France, où le suffrage universel devrait être pour toutes les opinions une arme de combat sérieuse et respectable, on vote en manière de protestation. Les gens d'ordre, exaspérés de ce que Paris avait capitulé avec deux cent cinquante mille gardes nationaux, refusèrent nettement leur concours. Les clubs retentirent des émotions les plus violentes. Les meneurs jacobins, vaincus au 31 octobre et au 22 janvier, s'allièrent plus ouvertement avec les chefs de l'Internationnale pour exploiter à leur profit les malheurs de la France.

1. Déposition de M. Jules Favre; enquête du 18 mars.

III

Le jour même où s'ouvrait le scrutin, le 8 février,
les électeurs purent lire sur les murs de Paris un réquisitoire du Comité central pour demander la mise en
accusation de tous les membres du gouvernement. Cette
affiche était signée : Raoul Rigault, Lavalette, Tanguy,
Henry Verlet. C'est la première apparition officielle du
Comité central, qui allait jouer un si grand rôle dans
l'insurrection. Son origine, qu'il importe de connaître,
remonte aux premiers jours du siège.

Sous prétexte de surveiller les administrations municipales et de pourvoir aux nécessités de la défense,
il s'était formé alors un comité directeur qui ne tarda
pas à s'emparer de la haute direction du mouvement
révolutionnaire à Paris. Il voulut avoir des représentants
auprès de chaque municipalité ; et, dans chaque arrondissement, des révolutionnaires plus ou moins exaltés,
quelquefois des ouvriers obscurs, vinrent, au nombre de
quatre à cinq, s'installer dans les mairies et y former
un comité de vigilance. Le Comité directeur prit d'abord
le titre de *Délégation communale des vingt arrondissements
de Paris,* plus tard celui de *Comité central de la délégation des vingt arrondissements ;* il siégea à la place de la
Corderie, sous la présidence de M. Lévy, qui avait été
envoyé par le club de l'École de médecine[1].

Il y eut donc dans chaque mairie, à côté de l'administration officielle nommée, au lendemain du 4 septembre,
par le maire de Paris, M. Étienne Arago, une municipa-

1. Déposition de M. Héligon.

lité extra-légale, qui contrôlait, quand elle ne les dictait pas, les actes du maire et des adjoints. Or, et c'est un fait des plus importants à rapporter ici, les nécessités du siège avaient donné aux magistrats municipaux de Paris, qui n'avaient guère été jusque-là que des officiers de l'état civil, une autorité politique tout à fait anormale et sans précédents. Ils durent veiller à l'organisation de la garde nationale, s'occuper de la création des bataillons, de l'élection des officiers, des questions d'armement, d'équipement, de solde, présider à l'achat et à la distribution des vivres. A mesure que le siège avançait, le rationnement, les réquisitions, les cantines, vinrent encore compliquer leurs attributions.

L'autorité municipale devint alors une véritable dictature concentrée dans les mains du Comité directeur, qui délibérait sur toutes les questions importantes, faisait afficher ses décisions, et avait acquis une sorte de pouvoir officieux que nul ne songeait à contester. Toutefois, maître de l'administration réelle de Paris, le Comité ne disposait pas à son gré de la force armée, qui était restée entre les mains de l'autorité militaire. Il songea à dominer aussi la garde nationale. Sous prétexte de résister aux Prussiens et de maintenir la République, mais dans le but réel de s'emparer d'une force active et de la mettre au service de la révolution sociale, quand l'heure serait venue, il constitua entre les divers bataillons une sorte de fédération, à l'aide de délégués nommés dans chaque bataillon.

Un autre pouvoir dirigeant s'était déjà formé dans la garde nationale, sous le titre de *Comité fédéral républicain.* Des chefs de bataillon et des officiers de tous grades, réunis pour s'occuper d'une question de solde, avaient essayé, eux aussi, d'établir une entente entre les divers groupes de la garde nationale. Une réunion générale de ces officiers, présidée par le commandant

Raoul du Bisson et annoncée par les journaux, eut lieu au commencement de mars. Le Comité central y envoya trois délégués : Arnold, Bergeret et Viard, qui n'eurent pas de peine à démontrer l'inconvénient de deux directions et la nécessité de grouper toutes les forces en vue d'une action commune. La fusion s'accomplit par l'admission de plusieurs délégués des officiers de la garde nationale au sein du Comité central, et par l'adjonction de deux membres du Comité fédéral républicain à sa commission exécutive. Ainsi fut constituée la fédération républicaine de la garde nationale, à la tête de laquelle resta comme pouvoir dirigeant le Comité central, qui représentait aussi l'Internationale par son union avec le *Conseil fédéral* de l'Association internationale des travailleurs, dont il avait admis quatre membres dans son sein.

Il suffit d'un mois pour donner à l'organisation son entier développemeut.

Le 15 février, une assemblée générale, tenue au Tivoli-Vaux-Hall, nommait par acclamation une commission chargée de la rédaction des statuts.

Le 24, l'assemblée, plus nombreuse, adoptait les statuts, et une commission provisoire était chargée d'exercer les pouvoirs du Comité central.

Le 10 mars, Arnold, sergent-major au 70ᵉ bataillon, futur membre de la Commune et rapporteur de la commission, exposa en détail le but et les principes de la fédération.

Le 15, une quatrième réunion assembla les délégués de deux cent qninze bataillons sur deux cent soixante, mais un tiers à peine des compagnies fut représenté. Arnold annonça l'adhésion du Comité fédéral républicain, et proclama les membres élus pour composer *le Comité central de la fédération républicaine de la garde nationale.*

Le faisceau était formé ; trois jours après, Paris appartenait à la fédération républicaine, qui nommait à l'élection quatre assemblées : l'assemblée générale, le Comité central, le conseil de légion, le cercle de bataillon.

Au-dessous, les délégués des compagnies.

La marche rapide des événements ne permit pas à l'assemblée générale, qui ne devait se réunir qu'une fois par mois, d'exercer son contrôle. Restait donc une hiérarchie de pouvoirs à quatre degrés[1], représentant successivement la compagnie, le bataillon, la légion, et enfin l'ensemble de la fédération ; hiérarchie dans laquelle le Comité central était le conseil supérieur, jugeant en dernier ressort, et le seul qui pût imprimer aux vingt arrondissements une même impulsion.

Rien de plus sage et de plus modéré en apparence que ces juridictions successives, si l'on s'en tient aux termes des statuts [2]. Contenues les unes par les autres, entourées de respect et d'estime, faisant triompher partout la justice, réprimant les abus, donnant l'exemple de la moralité, du patriotisme, de l'intégrité, elles eussent représenté l'idéal des conseils de famille dans le sens noble et touchant du mot.

Mais il ne s'agissait pas seulement de questions de vivres, de solde, d'habillement, de charité, toutes choses qui avaient été réglées pendant le siège, sans ce luxe de délégués et de réunions.

Il y avait aux statuts une déclaration préalable : « La République est le seul gouvernement possible, elle ne peut être mise en discussion » ; et chaque membre du Comité central recevait, dès son élection, le mandat impératif suivant : *S'opposer à l'enlèvement des canons,*

---

1. *Journal officiel* de la Commune, pages 15 et 16.
2. Voir aux archives les notes manuscrites.

s'opposer à toute tentative de désarmement, repousser la force par la force. Ce programme était affirmé le 10 mars, dans une lettre adressée à l'*Opinion nationale*, et déjà ce Comité central, non constitué encore par des suffrages réguliers, s'était érigé en représentant des intérêts de la cité, sous les yeux du gouvernement qu'il insultait et qu'il défiait.

IV

Quel fut alors le rôle de l'Internationale et quelle influence exerça-t-elle sur les décisions du Comité ? S'il est vrai, comme l'a dit M. Martial Delpit, et après lui M. le général Appert, que, depuis le 4 septembre, les circonstances avaient dispersé l'Association, les ouvriers déjà imbus de ses doctrines n'en étaient pas moins préparés par elle à la guerre sociale. Le bataillon était devenu pour eux un centre nouveau, qui leur offrait la possibilité d'exercer une action immédiate sur les événements. Si les réunions particulières leur manquaient pour propager leurs idées, ils trouvaient dans les bivouacs, dans les clubs, les questions sociales sans cesse à l'ordre du jour.

Du reste, dans la première quinzaine de janvier, au moment où chacun prévoyait que le siège allait finir, les chefs de l'Internationale parisienne se préoccupèrent de reconstituer le gouvernement de l'Association, en réorganisant les sections et en se procurant dans la presse un organe de leurs idées et de leurs intérêts. Dans sa séance du 12 janvier, le Conseil fédéral nomma un comité de rédaction, composé de dix membres, et qui concernait la création, le choix et la rédaction d'un journal. Dans celle du 19, un membre insista sur la nécessité de réveiller le zèle des sections et de les reconstituer là où elles étaient dissoutes. « On a fait, dit-il, des conseils de vigilance dans les arrondissements; cela a pu être utile en son temps, mais aujourd'hui il est urgent que tous viennent se grouper autour du Conseil fédéral. »

Ce travail d'organisation se poursuit activement dans le mois de février, et, le 1er mars, Varlin fait auprès du Conseil fédéral une démarche au nom du Comité central de la garde nationale qui venait de se reconstituer. « Il serait urgent, dit-il d'abord, que les Internationaux fissent leur possible pour se faire nommer délégués dans leurs compagnies et pour siéger aussi au Comité central. » Puis il demande la désignation de quatre membres, qui auraient mission de se rendre au sein du Comité, de juger en quoi l'Internationale doit s'associer à lui, et de venir ensuite renseigner le Conseil fédéral. Six jours plus tard, on pouvait lire dans le *Cri du peuple* : « Nous apprenons avec une véritable joie patriotique que tous les comités de la garde nationale fusionnent ensemble, et doivent associer leurs efforts à ceux de la fédération socialiste qui siège rue de la Corderie. » Ces menées occultes n'échappèrent pas au préfet de police, M. Cresson. Pendant les derniers mois du siège, il ne cessa de les signaler à M. Jules Favre, mais sans lui fournir du reste aucune preuve formelle à l'appui de son opinion.

Il est vrai, comme le prouve le procès-verbal de la séance du 15 mars, qu'à cette date les Internationaux, pas plus que les chefs du mouvement révolutionnaire, qui étaient des Jacobins, n'espéraient être les maîtres, le 18. Le 15 mars, en effet, après une communication des citoyens Gambon et Félix Pyat au sujet de l'attitude de l'Assemblée nationale à Bordeaux, le Conseil fédéral décida que « Pyat, Gambon, Malon, Tolain, Millière, Ranc, Tridon, Rochefort et Langlois seraient invités à se présenter, le mercredi 25, pour discuter la conduite à tenir. Mais, si les chefs ne savaient encore ni quand, ni comment, ni à l'aide de quel prétexte ils parviendraient à provoquer l'insurrection, ils n'en avaient pas moins la conviction que le jour était proche, et ils prenaient toutes leurs mesures. Il n'y a donc pas lieu de croire, comme le fait M. Martial Delpit, qu'en arrêtant les membres du Comité central, on aurait pu prévenir le mouvement. Il aurait fallu d'ailleurs un pouvoir assez fort pour l'oser, et, eût-il existé, le parti socialiste, qui avait réservé son action militaire pendant la guerre, en vue d'éventualités politiques, n'eût pas facilement déposé les armes. L'ardeur avec laquelle il engagea et soutint la lutte nous paraît le démontrer suffisamment.

Nous pensons donc, cela nous paraît même incontestable, malgré l'opinion contraire de M. Martial Delpit et du général Appert, que la révolution du 18 mars fut principalement l'œuvre de l'Internationale. Il y eut dans ce mouvement deux actions, qui, au premier aspect, paraissent séparées, mais qui en réalité se confondent. Le Comité central, instigateur de la révolte, n'était qu'une émanation de la grande Société. Ce fut elle qui lui donna la plupart de ses célébrités, inspira tous ses actes; mais d'abord secrètement, parce qu'elle doutait encore du triomphe; et c'est ce doute du succès qui dicta la lettre de Karl Max aux Internationaux de Paris, sous la date du 12 mars : il les dissuadait de tenter un mouvement. Mais ceux-ci, qui se savaient en mesure, refusèrent cette fois d'obtempérer aux ordres de leur chef; ils agirent néanmoins avec autant de prudence que de vigueur.

CHAPITRE II

I

Ces menées socialistes étaient pour la capitale un bien grave sujet de préoccupation, mais il en surgissait un autre d'une nature plus inquiétante encore. On venait d'apprendre que, contrairement à l'engagement pris, les Prussiens entreraient à Paris le 3 mars, et y séjourneraient environ trois jours, pour humilier la fière cité, uniquement vaincue par la faim.

Pour conjurer le péril qui pouvait naître d'un incident si imprévu, le gouvernement s'efforçait, soit d'empêcher le roi Guillaume de donner suite à son projet, soit du moins d'en atténuer la portée, en localisant l'occupation sur la lisière d'un seul quartier. D'un autre côté, une proclamation aux habitants de Paris fut envoyée de Bordeaux. Elle était signée de MM. Thiers et Jules Favre, et contresignée par M. Picard. On y faisait appel au patriotisme et à la sagesse des citoyens. On insistait surtout sur le danger qui pouvait résulter d'un obstacle opposé à la marche de l'ennemi, et cela en un langage des plus touchants et tout à fait conforme à la grandeur de nos infortunes.

« Si cette convention n'était pas respectée, disait la proclamation, l'armistice serait rompu : l'ennemi, déjà maître des forts, occuperait de vive force la cité tout entière; vos propriétés, vos chefs-d'œuvre, vos monuments, garantis aujourd'hui par la convention, cesseraient de l'être. Ce malheur atteindrait toute la France. Les affreux ravages de la guerre, qui n'ont pas encore dépassé la Loire, s'étendraient jusqu'aux Pyrénées. Il est donc absolument vrai de dire qu'il s'agit du salut de Paris et de la France. N'imitez pas la faute de ceux qui n'ont pas voulu nous croire, lorsqu'il y a huit mois nous les adjurions de ne pas entreprendre une guerre qui devait être si funeste. »

Quelques heures à peine avant le moment présumé, M. Ernest Picard renouvelait ces recommandations par une seconde affiche, où il articulait un fait qui atténuait un peu notre honte. « Les négociateurs allemands, disait-il, avaient proposé de renoncer à toute entrée dans Paris, si l'importante place de Belfort leur était concédée définitivement. Il leur a été répondu que si Paris pouvait être consolé dans sa souffrance, c'était par la pensée que cette souffrance valait au pays la restitution d'un de ses boulevards tant de fois et naguère encore illustré par la résistance de nos soldats. »

Le paragraphe relatif à la place de Belfort, et surtout l'attitude des journaux, qui prirent l'engagement de ne point paraître pendant tout le temps que durerait l'occupation, contribuèrent à calmer les esprits. La population protesta contre la présence de l'étranger par la marque d'un éclatant dédain. Les commerçants tinrent leurs boutiques et leurs magasins fermés, et les habitants, sauf une centaine de filles de mauvaise vie, qui allèrent au-devant du vainqueur, restèrent enfermés dans leurs maisons. Mais cette dignité ne répondait pas à l'attente des faubourgs. Les bataillons de Montmartre et de Belleville, dont la lâcheté avait été signalée par des mises à l'ordre du jour et des peines disciplinaires peu honorables, brûlaient cette fois du désir de se mesurer avec les Prussiens pour les exterminer. Il y avait évidemment là-dessous une consigne. A la première amorce brûlée, l'ennemi accourrait en force ; le Mont-Valérien incendierait les plus beaux quartiers, tous les autres forts brûleraient la ville, et, pendant ce temps, on pêcherait librement en eau trouble. De plus, la bourgeoisie serait tout à la fois châtiée et ruinée, et c'était là le premier besoin de leur cœur.

On vit donc, pendant deux nuits consécutives, des débris de bataillons pouvant former un effectif de trente mille hommes, envahir, pour réaliser ce programme, la longue ligne des Champs-Élysées. Tous étaient en armes, et la plupart suivis des canons et des mitrailleuses fondus par voie de souscription pendant le siège. On formait des groupes toujours encombrés de discoureurs extrêmement hostiles au gouvernement de la Défense nationale, à M. Thiers, à la bourgeoisie.

On reconnaissait là l'esprit du Comité central. Un instant, il eut la pensée d'amener une collision à laquelle la ville entière n'eût pas manqué de prendre part. Des ordres même, émanés de la fédération républicaine, avaient prescrit aux chefs de se tenir en permanence. Mais les faubourgs, qu'avait médiocrement impressionnés une affiche du général Vinoy, recommandant l'abstention dans tout le périmètre de la ville, le furent bien autrement par les menaces des gazettes allemandes. Elles prétendaient que, s'il y avait lutte dans Paris, le roi Guillaume, pressé d'en finir avec les

embarras de la situation, occuperait la ville et ramène-
rait de force Napoléon III aux Tuileries. Alors, la fédération républicaine changea de jeu. Elle se mit à
dissoudre les groupes qu'elle avait elle-même organisés ;
on se prit à dire que le Prussien était si vil dans son
triomphe qu'il valait mieux le mépriser que le combattre.

Dans une deuxième affiche, le Comité central, qui
entrait de nouveau en scène, redoutant de voir le roi de
Prusse « renverser la République », s'opposa alors à la
démonstration armée, et recommanda avec une sollicitude spéciale, aux citoyens, d'avoir à garder leurs armes,
fusils et canons ; c'était même la chose sur laquelle on
appuyait le plus. On devait en avoir besoin plus tard,
contre les réactionnaires et les privilégiés.

Cette question des armes était un incident tout nouveau et de la plus haute gravité. Personne, si ce n'est le
Comité central, n'avait songé aux canons ; et ils étaient
réclamés maintenant par une force de cent cinquante
mille gardes nationaux étroitement unis et prêts à
tout. « Les canons sont à nous, c'est par nous et avec
notre argent qu'ils ont été fondus, il ne faut pas qu'ils
tombent entre les mains de l'ennemi. »

Si le gouvernement fût resté à Paris, et qu'il eût été
doué de la plus vulgaire clairvoyance, il n'aurait pas
hésité un instant à résoudre la difficulté, et il pouvait
le faire non par le sabre, mais diplomatiquement. Du
reste, devait-il attendre ce jour pour remiser les
canons ? On était au 3 mars, et la capitulation de Paris
avait eu lieu le 28 janvier. Le général Vinoy avait bien
donné des ordres pour faire rentrer tout ce qu'il
était possible du matériel de guerre qui se trouvait
dans l'enceinte de nos travaux extérieurs ; mais dans
cette opération, exécutée par des hommes découragés,
au milieu d'une émotion et d'un trouble indescriptibles,

on abandonna sur divers points, non seulement des provisions de bouche considérables, mais des batteries d'artillerie d'une grande importance. A la veille de l'entrée des Prussiens, il existait encore dans le périmètre de la barrière d'Italie, de Montrouge à la place Wagram, plusieurs parcs qui allaient ainsi devenir la proie de l'étranger. Ce fut cette négligence qui servit de prétexte aux gardes nationaux pour les enlever, et, chose que les générations futures refuseront de croire, nul ne s'opposa à leur projet. Il était écrit que nous roulerions jusqu'au fond de l'abîme, et que nous ne sortirions des mains des incapables du 4 septembre que pour tomber dans celles des aveugles et des sourds de Bordeaux. M. Thiers lui-même, si perspicace cependant, mais tout préoccupé des termes du traité de paix, ne vit pas que s'il est dangereux de donner trois cent mille fusils aux habitants de Paris, il l'est mille fois plus de laisser cent cinquante mille prolétaires jouer publiquement avec un arsenal de deux cent cinquante canons et mitrailleuses.

Il a été dit que le colonel Schœlcher, commandant de l'artillerie, chercha à faire dériver le danger, et s'offrit de remiser les pièces des sections et des bataillons de marche au parc de la garde nationale, mais on se rit d'une telle offre. Les deux cent cinquante canons et mitrailleuses, disposés par files de cinquante, furent rassemblés au Cours-la-Reine et, sur un mot d'ordre venu du Comité central, dirigés triomphalement sur Montmartre.

Dès le premier moment, on s'épancha en épigrammes sur cette fantaisie bizarre de bataillons devenus belliqueux depuis qu'il n'y avait plus à se battre. Des journaux satiriques, la plaisanterie sur cette manie de faire une forteresse pour rire passa comme toujours dans la conversation. « A quoi songez-vous donc, monsieur ?

disait une femme à la mode, en s'adressant à son cava-
lier. Vous n'avez pas encore pensé à me mener voir
les canons de Montmartre. » Et ces fines moqueries
avaient en définitive pour résultat d'endormir Paris sur
un oreiller tout bourré de dards et d'obus. Mais, après
deux ou trois jours, on cessa tout à coup de rire pour
prendre l'alarme. Ceux qui descendaient de la rue des
Martyrs faisaient d'effrayants récits : « Sur la crête de
la butte on avait improvisé une sorte de Gibraltar.
Deux cent cinquante pièces d'artillerie, pièces de 12,
de 7 et mitrailleuses, tournées contre la ville, formaient un étrange point d'interrogation. Et le tout était
gardé par cinq cents hommes armés, lesquels se re-
layaient sans cesse, à heure dite, avec une ponctualité
toute militaire. » Or, dans notre pays, rien n'est plus
contagieux qu'une panique. On ne faisait plus de commandes ; on ajournait les transactions.

Jusqu'à quel point le gouvernement se préoccupait-il
du mouvement insurrectionnel qui se prononçait ainsi
de plus en plus ? Le maire de Paris, M. Jules Ferry,
écrivait à M. Jules Simon, qui faisait à Bordeaux les
fonctions de ministre de l'intérieur : « Le Comité central de la garde nationale continue d'agir, mais il serait
fort simple d'y couper court ; d'Aurelles est arrivé,
c'est un grand point, je ne crois plus au péril. »

Dès que le vainqueur de Coulmiers se fut mis en rapport avec les officiers de la garde nationale, il s'aperçut
bien vite de la gravité de la situation et de l'imminence
du péril. « Il ne pouvait y avoir de doute pour personne, a-t-il dit ; ce pouvait être une question de jours,
de moments, mais il était évident pour tous que l'insurrection devait avoir lieu. » En vain, il rendait
compte jour par jour à M. Jules Simon de ce qui se
passait, lui signalait les réunions clandestines d'abord,
et ensuite tout à fait ouvertes, de comités nommés par

la garde nationale, et fournissait des listes de tous les conspirateurs; il n'obtenait aucune arrestation. « Ce n'est rien, disait le confiant ministre, on est habitué à cela. — Vous savèz ce que c'est que la population de Paris. » Il ne réussit pas mieux à faire partager aux ministres les craintes qui l'animaient. L'esprit de vertige était partout, dans les régions du pouvoir comme dans les rangs de la garde nationale. Cependant la situation s'aggravait tous les jours.

Le 4 mars, le gouvernement reculait encore devant l'émeute ; la caserne de la rue Mouffetard était évacuée par la garde républicaine qui se repliait rue de Tournon ; vingt-neuf obusiers furent pillés au 3ᵉ secteur, celui de la Chapelle-Saint-Denis ; les magasins du bastion 25 furent vidés et les munitions emportées.

Le 5 mars, le ministre de la guerre envoya des renforts au général Vinoy[1]. Les maires de Paris représentants de la Seine, pressés par M. Jules Favre, quittèrent Bordeaux et l'Assemblée pour revenir à leur poste. MM. Tirard, maire du IIᵉ arrondissement ; Arnaud de l'Ariége, maire du VIIᵉ ; Clémenceau, maire du XVIIIᵉ, arrivèrent à Paris dans la soirée du 5, deux jours après le général d'Aurelles. Le lendemain, les maires et leurs adjoints furent convoqués au ministère de l'intérieur. Au lieu de faire arrêter immédiatement les membres du Comité central, comme le conseilla si sagement M. Vautrain, maire du IVᵉ arrondissement, ils reculèrent devant les moyens énergiques ; il fut décidé seulement qu'on essayerait de reprendre les canons à l'amiable, et M. Clémenceau se chargea de négocier auprès du Comité central leur restitution aux bataillons souscripteurs.

On se présenta au jour fixé, mais les canons ne furent pas livrés : l'un des adjoints du maire de Montmartre

1. Journal militaire du général Vinoy.

dit aux envoyés du général d'Aurelles : « Demain on
peut se représenter, la garde nationale consent. » Soit
que M. Clémenceau eût été trompé, soit qu'il eût trop
présumé de son influence, les canons ne furent pas plus
livrés la seconde fois que la première, et les attelages
de l'artillerie attendirent inutilement toute la journée
sur la place de la Trinité. Il ne restait plus au gouvernement qu'à reprendre par la force ce qu'on refusait de
lui rendre à l'amiable. Mais il fallait avant tout que
l'Assemblée se rapprochât du théâtre des événements ;
et le 10 mars, sur les instances de M. Thiers, elle décida qu'elle quitterait Bordeaux pour se rendre dans la
ville et dans le palais de Louis XIV. La presse démago-
gique, qui voulait avoir l'Assemblée sous la main pour
en faire l'instrument ou la victime de la révolution sociale qu'on préparait, accueillit cette résolution avec
fureur. Exploitée et représentée par elle comme un acte
d'hostilité et d'ingratitude, elle contribua encore à irriter la capitale, et à y accroître les ferments de révolution.

Il y eut des rapports de police. Le chef du pouvoir
exécutif sut que le génie des sociétés secrètes était dans
la conjuration. Il décida de frapper, et il voulut que les
premiers coups fussent appliqués sur la presse et les
réunions publiques. Le 11 mars, les journaux démocra-
tiques furent supprimés par ordre du gouverneur de
Paris. C'étaient le *Cri du peuple*, de Jules Vallès ; le *Vengeur*, de Félix Pyat ; le *Mot d'ordre*, de Henri Rochefort ;
le *Père Duchêne*, de Vermesch ; la *Caricature* et la *Bouche de fer*, d'inconnus. La mesure, que prescrivait cependant la prudence la plus vulgaire, fut vue de mauvais œil ; on disait que supprimer des feuilles, quelles
qu'elles fussent, était un mauvais précédent qui se re-
tournerait, un jour, contre le parti de l'ordre. Quant à
l'édit qui fermait les clubs, il fut accueilli avec une fa-

veur marquée. Depuis longtemps, les réunions populaires n'étaient plus que le rendez-vous d'aboyeurs vulgaires, qui ne s'arrêtaient même pas aux bagatelles de
la politique. Il n'y avait plus à l'ordre du jour qu'une
seule question : celle de la propriété ; mais celle-là était
débattue sous mille formes diverses, toutes extrêmement hostiles à l'état de choses actuel, et devant une
foule immonde.

Paris ressemble au fleuve qui le baigne : quand le
ciel est pur, la Seine reflète les monuments qui ornent
ses rives ; vienne un orage, ses eaux se troublent, la
boue remonte à la surface, et ce n'est plus qu'un flot
fangeux. Notre capitale, comme toutes les grandes villes,
renferme dans son sein une population ignoble de repris de justice, de chevaliers d'industrie, d'escrocs et
de voleurs de profession, etc. C'étaient les hôtes habi-
tuels des réunions provoquées par les sociétés secrètes,
défalcation faite des curieux.

Pour donner une idée de ce qui se passait dans les
clubs, à la veille du 18 mars, nous croyons devoir rapporter le discours suivant, prononcé à la cour des Miracles par un ancien sous-diacre :

« En 1848, au Luxembourg, le citoyen Louis Blanc
disait, ou bien l'histoire lui a fait dire aux ouvriers :
Vous êtes les rois de l'époque. Il est des hommes sans
entrailles qui, à ces mots, ont hoché la tête, ou bien se
sont mis à rire. Vingt ans se sont écoulés, et la prophétie
de l'orateur est sur le point de s'accomplir. L'ouvrier
va devenir le roi du monde moderne, puisqu'il en est
l'âme. L'ouvrier est tout, car il n'y a rien sans le travail. Que feraient les riches de leurs trésors si l'ouvrier
ne les faisait pas fructifier ? Prenez donc un sac de pièces d'or, faites un trou en terre ; jetez le sac dans ce
trou ; arrosez, engraissez, rien ne poussera, ni racine,
ni fleur, ni fruit. L'ouvrier vient, il prend le sac, il s'en

sert pour travailler, et ce sac devient dix sacs. N'est-ce pas le prodige dont nous sommes témoins tous les jours? En revanche, les dix sacs gagnés, que donne-t-on à l'ouvrier? de quoi ne pas mourir de faim, de froid et de soif, et c'est tout au plus; et cela seulement quand l'ouvrier est jeune. Car, du jour où il vieillit, le maître trouvant qu'il n'a plus assez de vigueur pour la besogne, lui crie en lui montrant la porte : *Va-t'en, je ne veux plus de toi*. Et l'ouvrier en est réduit au dépôt de mendicité, ou bien à aller crever sur un grabat d'hôpital, mais encore à la condition que son squelette appartiendra aux carabins et leur servira d'étude pour guérir les riches. »

Un des auditeurs s'étant hasardé à parler des caisses pour la vieillesse, des salles d'asile et des écoles gratuites pour l'enfant du pauvre, etc., il fut hué par la salle entière, et l'ancien sous-diacre put revenir à la charge : « Belle poussée que ce qu'on vient de vous dire, citoyens! Des cautères sur des jambes de bois ! Jamais avec ces simagrées la situation du travailleur ne changerait. Mais il est conforme aux lois de la justice que cela change, et cela va changer. A l'avenir, ce ne sera plus le travail qui sera l'humble serviteur du capital; non, ce sera le capital qui deviendra l'esclave du travail. Autre conséquence : tous les outils dont l'ouvrier se sert appartiendront à l'ouvrier. Même chose pour le local, même chose pour la terre. »

Ces doctrines sont devenues, en quelque sorte, la charte de la révolution du 18 mars. Jamais on n'a si effrontément nié le principe de la propriété ; jamais on n'a dit plus souvent, surtout dans la région du pouvoir, que l'ouvrier était tout et que tout lui appartenait de plein droit. De telles harangues ne pouvaient que communiquer aux faubourgs le virus socialiste, et ce fut en effet ce qui arriva. La contagion faisait des progrès

rapides, quand parut l'ordonnance du général Vinoy;
mais les clubs n'en subsistèrent pas moins. Le soir venu,
on se réunissait en plein air, par groupes de deux cent
cinquante ou de trois cents personnes. Sur les boulevards, on recommandait le calme, on prêchait le travail
qui seul était en état de nous aider à renaître ; mais à
Belleville on n'entendait que ces paroles : « A bas les
traîtres du 4 septembre, qui ont vendu la France à
Bismark. » Le nom de M. Trochu était le plus honni. Un
soir, une sorte de géant, semblable à une outre gonflée
d'alcool, hissé sur une charrette sans ridelles, se déchaîna contre le général, qui, avec cinq cent mille
hommes, seize forts, huit cents pièces d'artillerie, une
enceinte imprenable et quatre cents barricades, n'avait
pas trouvé le moyen de *flanquer une tripotée* aux Prussiens. « Est-ce que le dernier caporal venu n'aurait pas
mieux fait cent fois? demandait-il. Eh bien! ce n'est pas
là le seul crime de Trochu. Après avoir tout fait pour
que Paris capitule, et il a capitulé, ce moine déguisé en
reître a menti impudemment. Rappelez-vous les paroles
fameuses ; *Le gouverneur ne capitulera pas!* Non sans
doute, puisqu'il cédait la place à un autre chargé de
faire l'horrible besogne pour lui. Citoyens, ne pas battre
l'ennemi et mentir cyniquement au peuple, n'est-ce pas
commettre un double crime? Vous autres, vous êtes le
jury du peuple. Je vous soumets la question. Réfléchissez
et dites si Trochu n'a pas mérité la mort. « A mort
Trochu! » s'écria la foule. Du haut de son haquet, l'orateur réclama un vote que formulèrent mille mains en
l'air. « Le général Trochu est condamné à mort par le
peuple souverain, reprit l'accusateur inconnu, cette sentence sera signifiée au coupable. »

Aux Folies-Montmartre, un garde national monta sur
la petite voiture d'un marchand des quatre saisons, et
prononça un violent réquisitoire contre le gouvernement

du 4 septembre. « Si ces j...-f..... n'étaient pas des coquins, s'écriait-il, leur premier soin aurait été de fournir du pain, du travail et des garanties d'avenir aux citoyens qui ont souffert des rigueurs du siège. Au lieu de ça, qu'a-t-on vu? un kilomètre de ruban rouge et des croix distribuées à profusion aux anciens *petits crevés*. (Applaudissements.) Jamais on n'aura bariolé tant de boutonnières. Bonaparte se servait de ce moyen pour corrompre la nation ; c'était son métier de corrompre. Trochu, Jules Favre et leurs assesseurs ont dépassé, sous ce rapport, l'ogrelet de Corse. (Rires.) Savez-vous comment ils justifient cette averse de cordons? En disant que les aristocrates se sont bien battus à Châtillon, à Champigny et à Montretout ; ils ont bien défendu le sol. Fort bien, citoyens. Mais, entre nous, qu'y a-t-il de si étonnant là-dedans? Ils défendaient les châteaux où ils sont nés, les parcs où ils se promènent, les bois où ils chassent, les étangs où ils pêchent. Par contre, objectent-ils, nous, prolétaires, nous ne nous levions pas avec le même empressement ; nous nous réservions pour défendre la République. — Que voulez-vous? on défend ce qu'on a et ce qu'on aime. La République, c'est notre patrimoine, à nous ; elle nous tient lieu de châteaux, de parcs, d'étangs et de forêts, et nous jetterons à bas, par tous les moyens possibles et impossibles ceux qui voudraient nous l'enlever. » (Applaudissements frénétiques.) L'orateur concluait en disant : « Mais il faut que les indignes payent le prix de leur trahison. Je demande que le peuple condamne à mort Trochu, Jules Favre et le fanfaron Ducrot, qui devait ne revenir que mort ou victorieux, et qui a la honte de se montrer publiquement vivant et vaincu. » En ce moment, comme à Belleville, toutes les mains se levèrent : la sentence de mort était prononcée.

Ces faits, rapportés dans Paris, y alarmaient chaque

jour davantage ceux qui tiennent à de grands intérêts.
Mais certaines causes, à ajouter aux fautes du pouvoir,
contribuaient à faire qu'on ne se mît que froidement
en campagne. Entre autres griefs, on critiquait partout
le projet de loi de M. Dufaure sur les échéances. Par
l'article 5 de ce projet de loi, on fixait irrévocablement
l'échéance de tous les effets de commerce, échus du
13 août 1870, au 12 mars 1871 : à sept mois, date pour
date. C'était là une décision désastreuse pour des
négociants que l'arrêt complet des affaires, pendant de
longs mois, avait mis dans l'impossibilité de faire honneur à leur signature. « Que nous importe l'émeute,
disaient les petits commerçants, puisque nous voilà
ruinés et sans une ralonge qui puisse nous aider ! »

II

Pendant que ces choses se passaient à Paris, M. Thiers
s'efforçait de concilier des antipathies que nul n'a
jamais pu fondre, si ce n'est dans le creuset de l'opposition. Il s'adressait à tous les partis, mais de préférence aux républicains, les conjurant de l'aider dans
le difficile labeur de la reconstruction politique et
sociale de la France. Quoique sa vie, ses œuvres, son
passé, son nom, sa fortune, ses alliances, eussent appar-
tenu à la monarchie constitutionnelle, l'intérêt du pays
était le seul mobile auquel il obéissait en ce moment ;
il n'avait en vue que de refaire la France, à l'aide de
l'expédient gouvernemental qu'on s'était donné, le
4 septembre.

« Quant à moi, disait-il, je jure devant mon pays et
devant l'histoire de ne tromper aucun de vous, de ne

préparer aucune solution constitutionnelle à votre insu ;
ce serait une sorte de trahison. Je vous le dis à tous,
monarchistes, républicains, ni les uns ni les autres
vous ne serez trompés ! Nous ne nous occuperons que
de réorganiser le pays. Si nous sortions de cette tâche,
nous nous diviserions, et vous aussi. Cependant, qu'il
me soit permis de dire aux hommes qui ont donné leur
vie à la République : Soyez justes ; — la réorganisation
de la France se fera avec la forme républicaine. — Tous
les actes émanés du gouvernement s'accomplissent au
nom de la République. Je suis dépositaire du pouvoir
exécutif de la République. En un mot, si la réorganisation se fait, ce sera au profit de la République. La République est dans vos mains ; elle sera le prix de votre
sagesse, et pas d'autre chose. »

Il y avait quelque chose de touchant à voir cet
homme illustre, arrivé au sommet de la vie, où, comme
dit Senèque, l'on n'a plus rien à espérer, faire montre
de tant de dévouement. Pendant cette guerre, que seul
il a désapprouvée, il avait eu l'attitude d'un grand
patriote auprès des princes de l'Europe dont il sollicita la médiation pour la France vaincue et agonisante.
A l'heure présente, c'étaient les élus de la démocratie
parisienne qu'il suppliait d'épargner à la patrie de
nouveaux désastres, en repoussant toute solidarité,
même involontaire, avec les meneurs des faubourgs.
Tout le monde applaudit ce langage, mais cela n'empêcha pas trois membres de l'extrême gauche de
donner leur démission, sous prétexte de protester
contre les tendances trop réactionnaires des *ruraux;*
c'étaient MM. Henri Rochefort, Malon et Tridon (de la
Côte-d'Or). Leur exemple fut bientôt suivi par Victor
Hugo, Félix Pyat, Delescluze, Razoua, Cournet et Millière. La Montagne se dégarnissait; il devint bientôt
évident aux yeux de tous que la tempête allait éclater.

III

Quelles étaient de part et d'autre les forces des combattants? Le noyau déjà insuffisant de troupes armées que la capitulation avait permis de garder dans Paris, était encore diminué par la nécessité où l'on se trouvait d'occuper les forts du Sud, abandonnés par les Prussiens. On y envoya la brigade Daudel, composée des meilleurs régiments de la ligne, le 113e et le 114e. Le 119e dut se rendre à Versailles, qui venait enfin d'être évacué par les Prussiens; et tandis que le petit nombre de soldats ayant conservé leurs armes était insuffisant pour garantir l'ordre à Paris, plus de cent mille hommes désarmés couraient les rues du matin au soir, en proie à toutes les tentations du désordre. On les voyait partout mêlés à la populace, paraître au club, aux réunions, à la suite de parents, d'amis, de connaissances faites au cabaret.

Pour enlever à l'insurrection ces trop dangereuses recrues, le général Vinoy, dès qu'il put leur faire distribuer quelques jours de vivres, les rangea en trois colonnes et les fit conduire à Orléans, à Chartres, à Évreux. Mais il dut prendre aux secteurs les généraux et les officiers qu'il plaça à leur tête, et il acheva ainsi de désorganiser ces centres militaires qui auraient certainement permis d'opposer plus de résistance à l'insurrection.

Elle aussi se préparait activement au combat. Le nombre des engins de guerre dont elle pouvait disposer était réellement formidable. En voici le détail, d'après des documents certains : aux buttes Montmartre, il y avait 91 pièces nouveau modèle, 76 mitrailleuses et

4 pièces de 12. Aux buttes Chaumont, on ne comptait pas moins de 52 pièces, modèle ancien et nouveau, dont 2 obusiers. A la Chapelle, se trouvaient 12 canons et 8 mitrailleuses ; à Clichy, 10 bouches à feu ; à Belleville, 16 mitrailleuses, 8 pièces de 12 et 6 pièces de 7. Enfin, la salle, dite de la Marseillaise, renfermait 31 pièces ancien modèle, calibre de 12, et de 16, provenant des remparts, et la place des Vosges, 12 mitrailleuses et 18 pièces de canon.

Le 15 mars, une réunion de la fédération de la garde nationale eut lieu au Wauxhall. Deux cent quinze bataillons y étaient représentés par des délégués. Le Comité central y rendit compte de ses actes et se fit investir de pleins pouvoirs. Il se mit aussi à l'œuvre en cherchant à ôter toute influence aux chefs de bataillon qu'il savait en désaccord avec lui. Des émissaires furent envoyés aux principales villes de la province pour y fomenter des troubles, au moment même où Paris devait engager la lutte. En même temps, on vit accourir des aventuriers de toutes les nationalités, aux costumes bizarres, aux allures suspectes, recrues stipendiées de toutes les révolutions, messagers sinistres de tous les bouleversements. Et toutes ces menées se faisaient au grand jour, avec la publicité la plus entière, en face de ministres aussi impuissants à réprimer qu'inhabiles à prévoir.

Temporiser n'était plus possible. Précédant l'Assemblée nationale qui commençait à quitter Bordeaux pour s'installer à Versailles, le gouvernement vint faire à Paris une halte indispensable, c'était le 15 mars. A peine arrivé, M. Thiers et tous ses ministres avisèrent au moyen de supprimer, sans plus de retard, ce nouveau mont Aventin, et, comme autrefois Menénius Agrippa, ils essayèrent sinon des apologues, du moins des pourparlers avec ceux qui détenaient les canons :

quelques-uns voulaient les rendre, d'autres s'y refusaient, et ceux-là l'emportaient toujours au dernier moment.

On a vu la tentative échouer deux fois à Montmartre, malgré les promesses de M. Clémenceau ; le même fait se reproduisit, le 16 mars, à la place Royale, mais cette fois par la faute du gouvernement.

Lorsque antérieurement il avait été question de rendre ces canons à l'Arsenal, le général Porion, commandant du premier secteur, avait fait écrire au gouverneur de Paris pour lui demander quel jour il serait procédé à leur enlèvement. Il ajoutait que, pour éviter toute difficulté, il les confierait ce jour-là à la garde d'un bataillon sur lequel on pourrait compter. Jamais il ne fut répondu à cette lettre, remise cependant au gouverneur par M. P. Gautreau, un des officiers de l'état-major du général.

Le 15 mars, les bureaux du premier secteur furent transportés à la mairie du IVᵉ arrondissement, place Baudoyer, et le général Porion fut remplacé comme commandant par le lieutenant-colonel baron d'Orgeval ; la direction des secteurs passait, à dater de ce jour, sous les ordres du général d'Aurelles de Paladine, qui ne s'entendit en aucune manière avec le général Vinoy : c'est le 17 mars que ce dernier envoya des bataillons de la garde républicaine pour enlever les canons de la place des Vosges et du boulevard Mazas. Ceux qui les gardaient n'étant nullement prévenus, et leur chef pas plus que l'état-major n'ayant reçu d'ordre, on refusa de les remettre.

M. Thiers annonça alors la résolution d'enlever les canons par la force. Son avis prévalut dans le conseil, bien que tout le monde, au dire d'un des témoins de l'enquête, eût été pour la temporisation [1].

1. M. Martial Delpit.

Depuis le 18 mars, nous avons souvent entendu des gens, de très bonne foi d'ailleurs, regretter que le gouvernement ait cru à cette époque qu'il y avait quelque chose à faire. « On a, disent-ils, provoqué maladroitement une collision. La garde nationale dissidente se serait à la longue fatiguée de garder les canons; elle les aurait rendus, et certainement cela aurait fini tout seul. » C'est une erreur que les évènements subséquents ont dû dissiper complètement. Il y avait là une sourde et puissante conspiration; les meneurs comprenaient que l'heure du triomphe avait sonné, et ils n'auraient jamais, sous aucun prétexte, consenti à perdre une si belle occasion.

CHAPITRE III

I

Le 18 mars, dès la pointe du jour, une proclamation, signée par M. Thiers et par tous les ministres, était affichée sur les murs de Paris. On y faisait d'abord l'exposé de la situation :

« Des hommes malintentionnés, sous prétexte de résister aux Prussiens, qui ne sont plus dans nos murs, se sont constitués les maitres d'une partie de la ville, y ont élevé des retranchements, y montent la garde, vous forcent à la monter avec eux, par ordre d'un comité occulte qui prétend commander seul à une partie de la garde nationale, et méconnait ainsi l'autorité du gouvernement légal institué par le suffrage universel.

« Ces hommes, qui ont causé déjà tant de mal, que vous avez dispersés vous-mêmes, au 31 octobre, affichent la prétention de vous défendre contre les Prussiens, qui n'ont fait que paraître dans vos murs, et dont ces désordres retardent le départ définitif; braquent des canons qui, s'ils faisaient feu, ne foudroieraient que vos maisons, vos enfants et vous-mêmes ; enfin, compromettent la République au lieu de la défendre ; car s'il s'établissait dans l'opinion de la France que la République est la compagne nécessaire du désordre, la République serait perdue. Ne les croyez pas, et écoutez la vérité que nous vous disons en toute sincérité. »

Puis, venait un appel à la raison et au patriotisme de la population :

« Dans notre intérêt même, dans celui de notre cité comme dans celui de la France, le gouvernement est résolu à agir. Les coupables qui ont prétendu instituer un gouvernement à eux vont être livrés à la justice régulière ; les canons dérobés à l'État vont être rétablis dans les arsenaux, et pour exécuter cet acte urgent de justice et de raison, le gouvernement compte sur votre concours. Que les bons citoyens se séparent des mauvais, qu'ils aident à la force publique au lieu de lui résister ! Ils hâteront ainsi le retour de l'aisance dans la cité, et rendront service à la République elle-même, que le désordre ruinerait dans l'opinion de la France. »

La proclamation se terminait par quelques paroles plus fermes qui semblaient indiquer qu'on se passerait au besoin du concours demandé :

« Parisiens, nous vous tenons ce langage parce que nous estimons votre bon sens, votre sagesse, votre patriotisme ; cet avertissement donné, vous nous approuverez de recourir à la force ; car il faut à tout prix, et sans un jour de retard, que l'ordre, condition de votre bien-être, renaisse entier, immédiat, inaltérable. »

Cependant, on avait si peu de confiance dans la garde nationale, qu'on informa seulement trente chefs de bataillon, sur deux cent soixante, du mouvement projeté. Et comme le général d'Aurelles, qui les avait convoqués chez lui, la veille, à onze heures du soir, leur demandait si on pouvait compter sur leurs hommes, tous lui répondirent : « La garde nationale ne se battra pas contre la garde nationale. »

Le plan arrêté, le 17, en conseil des ministres, consistait à se porter sur les points stratégiques que les fédérés avaient transformés en véritables parcs d'artillerie, et à y arriver au moment où, par suite des fatigues de la nuit, les canons seraient le moins bien gardés. Vers deux heures du matin, Montmartre devait être cerné par un cordon de troupes. De ce côté, les opérations militaires seraient dirigées par les généraux Susbielle, Lecomte et Paturel. Le général Faron devait se porter sur la place de la Mairie, à Belleville ; le général Wolf occuperait celle de la Bastille ; le général Henrion garderait la Cité et le général Bocher l'esplanade des Invalides. Quant au général en chef Vinoy, il se réservait de surveiller l'ensemble des mouvements, sans se porter sur un point particulier.

Tout marcha bien d'abord. A l'heure fixée, les buttes avaient été entourées à leur base par des pelotons du 88e régiment de marche, qui devaient attendre et garder toutes les entrées des rues, des ruelles et des rampes conduisant au sommet. A trois heures, le général Lecomte se mit en mouvement avec deux colonnes d'infanterie, d'un effectif d'environ trois cent quarante hommes chacune, qui devaient arriver ensemble, l'une sur le plateau inférieur, l'autre sur le plateau supérieur, de façon à surprendre simultanément les postes préposés à la garde des canons.

L'opération habilement menée donna les résultats attendus. Quelques factionnaires de la garde nationale tirèrent un petit nombre de coups de fusil auxquels les tirailleurs ripostèrent, et ce fut tout. Avant que les postes des gardes nationaux eussent eu le temps de se mettre en défense, ils étaient entourés, les positions enlevées, les canons repris, et, capture bien autrement importante, on avait arrêté une douzaine d'individus délégués ou membres des comités, et saisi leurs papiers. Tout avait été pour le mieux, car on avait évité l'effusion du sang. Quelques hommes seulement étaient légèrement atteints, et un seul garde national paraissait plus grièvement blessé.

Dès que ces prisonniers furent désarmés, on les enferma dans la maison n° 6 de la rue des Rosiers, qui borde le plateau supérieur de Montmartre. Le général répartit ensuite ses troupes autour des buttes, et fit faire le recensement des pièces d'artillerie. On en compta cent soixante et onze sur les deux plateaux. Enfin, on fit combler une grande tranchée, afin de faciliter l'enlèvement des canons, pour lequel on attendait l'arrivée des chevaux d'attelage.

L'expédition pouvait être ainsi complètement terminée avant six heures ; mais les chevaux ne vinrent pas, et on les attendit vainement de cinq à six heures et demie du matin. Ce retard donna à la populace le temps d'accourir et de former des groupes.

Certes, il ne nous appartient pas de traiter à fond les questions militaires, mais l'impartialité de l'histoire nous fait un devoir de constater qu'on ne se pénétra pas assez, à l'état-major, de la gravité de la situation et des difficultés que présentait l'entreprise. Si le petit nombre des troupes dont on pouvait disposer et la topographie, en raison des buttes de Montmartre et de Belleville, ne permettaient de tenter qu'une surprise, il fallait être en mesure. Le général Vinoy a prétendu que le nombre des canons était tel que pour leur enlèvement il fallait trois jours, afin de réunir les avant-trains nécessaires, et que ces préparatifs auraient donné l'éveil aux fédérés qu'on voulait surprendre. Ce raisonnement conduit à deux conséquences également inadmissibles : puisqu'il fallait des chevaux pour emmener les canons,

pourquoi ne s'être pas procuré les attelages nécessaires?
Pourquoi, n'ayant pas le nombre voulu de chevaux,
s'emparer des canons?

A ce moment — il était environ six heures — les
généraux, voyant que les chevaux n'arrivaient pas donnèrent l'ordre de procéder au déplacement des pièces
avec les moyens insuffisants dont on disposait. Il y avait
à faire descendre dans Paris cent soixante et onze canons,
mitrailleuses et mortiers; on en emportait à grand'peine
sept ou huit. Çà et là des attroupements s'étaient formés. On fit tirer en l'air une vingtaine de coups de
fusils pour les disperser. Grâce à ce jeu, les pièces d'artillerie étaient descendues, mais avec une extrême len-
teur: les chevaux glissaient dans la boue gluante et
sur le pavé gras des voies à pic. On arriva, à la fin, en
bas des buttes, sur l'ancien boulevard extérieur; là,
il fallut dételer pour remonter et aller chercher d'autres canons, en laissant les premiers sous la garde de
quelques artilleurs. Une heure s'écoula ainsi, et les
attelages ne venaient pas, ni les renforts non plus. A
Montmartre, comme en Alsace, l'aveuglement des chefs
et l'incurie de l'intendance ont involontairement servi
d'auxiliaires à l'ennemi. Tout a été perdu, et perdu sans
retour, en raison des minces circonstances que nous
venons de rapporter.

Pendant ce temps le tocsin sonnait, le rappel était
battu dans les quartiers de Montmartre, les fédérés de
Clignancourt commençaient à se réunir, leurs baïonnettes reluisaient au petit jour, et quand ils se virent
assez nombreux, ils se précipitèrent au pas de charge
sur les buttes, où ils furent reçus à coup de fusil. En
voyant tomber quelques gardes nationaux, une femme
et un enfant, les rangs des agresseurs et de la troupe
de ligne se mêlèrent et fraternisèrent. Les femmes de
Montmartre hâves, sales, hargneuses, qui n'osaient pas

trop s'aventurer d'abord, s'enhardirent peu à peu, après
avoir vu de près les soldats, tous très jeunes, et avoir
causé avec eux. Une commère se mit à sonder les artilleurs occupés à garder les huit pièces. « Ce sont des
enfants, dit-elle; ainsi ils ne sont pas à craindre. » Une
autre interpella un brigadier : « Tiens, beau brun, reste
donc avec nous. » L'autre répondit : « Me donnerez-vous
à manger? — Oui, oui, à manger et à boire ! » Le brigadier accepta un gâteau qu'on lui tendit; puis on
s'empressa de lui verser un verre d'eau-de-vie : « A la
santé de la République démocratique et sociale ! » Ce
n'était là qu'un fait isolé, mais il était clair qu'on se
disposait à le répéter sur tous les points où camperait
l'armée de Vinoy.

A sept heures, les soldats étaient de plus en plus entourés et pressés par des masses compactes qui formaient une espèce de barricade vivante entre eux et la
garde nationale. Le général Lecomte se trompa sur les
intentions de cette foule dont il pouvait voir l'agitation,
et les paroles rassurantes de M. Clémenceau, abusé lui-
même sur les dispositions du peuple de Montmartre, le
confirmèrent dans cette erreur : que les hommes d'ordre
seuls couraient aux armes, au bruit toujours croissant
du toscin et de la générale. Il se borna donc à empêcher
le transport du garde national blessé, qu'un imprudent
voulait ramener chez lui, afin de ne pas donner de prétexte aux agitateurs, mais il ne prit aucune des précautions nécessaires pour empêcher les scènes abominables
qui vont suivre.

Vers huit heures, la place Saint-Pierre, que l'on voyait
distinctement du haut des buttes, était remplie de gardes
nationaux, de femmes, d'enfants, parmi lesquels on
apercevait aussi quelques soldats. A huit heures et
demie environ, les gardes nationaux parvinrent, on ne
sait comment, à déboucher par une petite ruelle sur le

plateau supérieur. Ils étaient en armes, la crosse en l'air,
et demandaient à parlementer. On les repoussa et ils se
retirèrent, mais en menaçant les troupes de les faire
descendre plus vite qu'elles n'étaient montées. Le général
fit alors avancer deux compagnies de chasseurs, et les
échelonna en face de la place Saint-Pierre. Il ne s'occupa
pas des rues et ruelles situées sur les flancs et sur les
derrières, les croyant gardées par le 88e régiment de
marche, et, de sa personne, il se plaça non loin des chasseurs.

Bientôt une multitude immense assaillit le plateau
par les rues, les ruelles, les pentes, les maisons, les
jardins, entraînant avec elle des rangs entiers de soldats
hébétés, qu'elle avait arrachés à leurs pelotons, et qui
se présentaient à leurs camarades, la crosse en l'air.
Le général refusa plusieurs fois de faire commencer le
feu, et donna l'ordre de repousser seulement les assail-
lants avec la baïonnette. Les soldats se préparaient à
obéir ; mais les femmes, prenant leurs enfants dans
leurs bras, les interpellaient. « Est-ce que vous tirerez
sur nous, sur ces innocents? » disaient-elles en criant.
Quelques officiers virent l'hésitation des leurs ; l'un d'eux
menaça sa compagnie en mettant le revolver au poing.
Il y eut un moment de tumulte. Quelques groupes s'en-
fuirent ; mais des femmes entourèrent l'officier, et les
soldats, hésitant de nouveau, mirent la crosse en l'air.
C'en était fait de la discipline, l'armée n'obéissait pas.
Plus loin, cet exemple était suivi de la compagnie qui
entourait le cabaret appelé la Tour de Solférino. Les
gardes nationaux fédérés applaudissaient à tout rompre ;
la foule criait : « Vive la ligne ! » La voix des officiers était
méconnue, les soldats du 88e fraternisaient avec les 152e
et 288e bataillons de la garde nationale. On leur distri-
bua du pain, du vin et de la viande ; les groupes s'animaient sur toute la ligne.

On a coutume dans notre armée de fatiguer le soldat quatre ou cinq heures d'avance, de le charger outre mesure, et, grâce à l'intendance, de le laisser par trop longtemps à jeun. Si une partie de la troupe leva la crosse en l'air, aux buttes Monmartre, ce fut moins pour fraterniser avec le peuple que dans le but pratique de calmer sa faim et sa soif. Si prosaïque que paraisse cette cause de la défection des troupes, elle est incontestable. Les premiers mots furent : « j'ai faim. » Le verre en main ou la bouche pleine, les soldats, sur pied et à jeun depuis une heure du matin, regardèrent avec indifférence arrêter le général Lecomte. Plusieurs même se réunirent aux gardes nationaux et conduisirent leur général au Château-Rouge, salle de bals publics située rue Clignancourt, où se trouvait un poste de réserve de la garde nationale fédérée. Ils descendirent ensuite par le boulevard Rochechouart, à l'angle duquel était rangé le 88e. Ce régiment attendait là, depuis cinq ou six heures, par une pluie fine et glaciale, les canons qui ne venaient pas ; il fraternisa, lui aussi, avec la garde nationale, quand il vit arriver ses camarades, la crosse en l'air et au milieu des insurgés.

Ces diverses troupes remontèrent alors du côté de la place Pigalle, où s'était replié le général Susbielle, à la tête de son état-major, et suivi de gardes républicains à cheval et d'un escadron de chasseurs. Le flot de gardes nationaux, de peuple et de soldats gagnés à l'émeute s'avançait, menaçant de tout submerger. La foule se poussait, à étouffer, sur les trottoirs et à l'entrée de la rue Rochechouart. Le général se présenta et fut accueilli par des cris hostiles. Il ordonna alors aux chasseurs de charger. Ceux-ci hésitèrent et rentrèrent trois fois leurs sabres au fourreau. Leur capitaine s'élança bravement en avant, ses hommes le suivirent. Mais les fusils de la garde nationale s'abaissèrent, des coups de feu retentirent ; l'officier tomba, ainsi qu'un capitaine de la garde républicaine. Le général Paturel reçut une blessure au visage, deux aides de camp et quelques soldats furent atteints. Plusieurs chevaux, lancés au galop, se heurtant contre le trottoir, roulèrent à terre avec leurs cavaliers.

Dans ce désordre indescriptible, et profitant d'un moment d'indécision de la garde nationale, le général Susbielle, qui jugeait la lutte impossible, se retira avec ses troupes du côté du boulevard Clichy. Le coup était manqué, en effet.

La tentative faite aux buttes Chaumont n'avait aussi qu'imparfaitement réussi. On avait occupé ces hauteurs sans difficulté, mais on n'avait pu mettre la main sur les membres du Comité central, qu'on aurait dû arrêter avant tout, pour paralyser l'émeute. Le redoutable Comité, prévenu des recherches dont il était l'objet, avait passé la nuit en permanence. Dès cinq heures du matin, il avait fait tirer le canon des buttes Chaumont, pour avertir ses adhérents et leur donner le signal de la résistance.

A peine sut-on sur toute l'étendue des buttes que l'armée avait pactisé avec l'émeute, que les groupes s'animèrent peu à peu. « Ils vont revenir ! s'écria une voix ; protégeons nos canons, faisons des barricades ! » Aussitôt on se mit à dépaver, à creuser, à couper, de façon à intercepter toutes les issues. Il y eut, au bout de deux heures, une trentaine de retranchements s'étendant depuis le boulevard Rochechouart jusqu'au nouveau collège Chaptal, tout près du chemin de fer de Batignolles. Toute cette agitation ne suffit bientôt plus à la fureur populaire : on ne criait plus : *A bas Vinoy ! A bas Thiers !* mais bien : *A mort Vinoy ! A mort le petit Thiers !* L'hyène était déchaînée, il lui fallait une proie à dévorer. Deux soldats, reconnus pour être des anciens sergents de ville, furent assommés de coups de crosse, lacérés, épilés, insultés et salis, surtout par des femmes, et laissés pour morts au coin de la rue des Rosiers. Près de la rue Houdon, un capitaine d'artillerie, rien que pour avoir fait un geste avec son sabre, reçut dans la poitrine une blessure mortelle. Et la foule criait toujours : *A mort le petit Thiers !*

Les amis de cet homme d'État venaient à lui. « Convoquez donc la garde nationale », disaient-ils. — Mais le chef du pouvoir exécutif hochait la tête et répondait tristement : « On a battu le rappel trois fois, cette nuit, et elle n'est pas venue. » Cependant il fit rédiger par M. Picard et afficher, vers midi, une nouvelle proclamation.

« Le gouvernement, disait le ministre, vous appelle à défendre votre cité, vos foyers, vos familles, vos propriétés. Quelques hommes égarés, se mettant au-dessus des lois, n'obéissant qu'à des chefs occultes, dirigent contre Paris les canons qui avaient été soustraits aux Prussiens. Ils résistent par la force à la garde nationale et à l'armée. Voulez-vous le souffrir ? Voulez-vous, sous les yeux de l'étranger prêt à profiter de nos discordes, abandonner Paris à la sédition ? Si vous ne l'étouffez pas dans son germe, c'en est fait de la République et peut-être de la France. Vous avez leur sort entre vos mains. Le gouvernement a voulu que vos armes vous fussent laissées. Saisissez-les avec résolution. »

Mais les cent cinquante mille citoyens qui, au 31 octobre et au 22 janvier, avaient fait leur devoir ne s'émurent pas ; ils demeurèrent spectateurs inactifs des événements, qui menaçaient pourtant d'une manière bien grave leurs intérêts les plus chers. Soit aveuglement, soit insouciance ; chez certains, un sentiment moins avouable encore ; ils devaient bientôt se repentir, trop tard, hélas ! de leur regrettable abstention.

M. Thiers, jugeant alors la situation en homme d'État,

et avec l'expérience de nos révolutions, fut d'avis que
le gouvernement et l'armée devaient quitter Paris pour
se rendre à Versailles. Le général Vinoy et le ministre
de la guerre partagèrent presque seuls l'avis du chef
du pouvoir exécutif ; la plupart des autres ministres
croyaient qu'il fallait rester à Paris et qu'on pouvait encore
dominer l'insurrection. Ils pensaient qu'abandonner la
capitale à l'émeute ; lui laisser ses immenses ressources,
ses armes, ses munitions, ses monuments, était un acte
désespéré qui pouvait perdre la France. Ils demandaient
qu'on se retranchât sur un point stratégique, facile à
défendre. M. Thiers leur répondit que la troupe régulière, atteinte par la démoralisation, était plus un danger qu'un secours ; qu'on n'avait pas à compter sur
elle tant qu'elle serait à Paris, exposée au contact de la
population soulevée. Il répéta plusieurs fois qu'en restant
à Paris il découvrait, il sacrifiait peut-être l'Assemblée.
« C'est moi, s'écria-t-il, qui l'ai décidée à venir à Versailles ; je lui ai fait une violence patriotique ; je me le
reprocherais éternellement si, en agissant de la sorte, je
l'avais fait tomber dans un piège. Elle représente la
France, c'est à elle que tout doit être sacrifié ; nous
devons l'entourer, la protéger, lui faire un rempart de
nos corps. Je suis navré, mais résolu. Je n'abandonne
pas la partie, je la sauve. Si Louis-Philippe eût quitté
Paris, en février 1848, il y serait rentré huit jours
après, sa dynastie serait debout et de grands malheurs
nous auraient été épargnés. Je ne veux pas commettre
la même faute. Nous sommes en face de la démagogie,
l'Assemblée est notre dernier espoir. Elle est convoquée
à Versailles, elle y sera après-demain ; c'est à Versailles
que nous devons nous rendre. »

La majorité du conseil se rangea alors à cette opinion.
A trois heures et demie, M. Thiers montait en voiture,
accompagné des ministres des finances, de la justice,

des travaux publics, de la marine et du commerce. Le
général Vinoy avait envoyé à l'avance un escadron de
cavalerie s'assurer de la porte du Point-du-Jour. Les
ministres de la guerre, de l'instruction publique et des
affaires étrangères promirent de rejoindre leurs collègues le lendemain, si, d'ici là, nul événement nouveau
n'autorisait un changement de résolution.

Ce fut pour tout le monde un grand sujet d'étonnement que cette prompte retraite. Paris avait bien appris,
dans le milieu du jour, ce qui s'était passé rue Lepic
et place Moncey ; il connaissait quelques-unes des parti-
cularités relatives à l'affaire des canons ; mais comme
il était loin de supposer que les circonstances eussent
cette gravité, il refusa de croire à la réalité d'un tel
fait. Il ne s'était rien vu de semblable, en France ,
depuis le jour où Anne d'Autriche, chassée par les
Frondeurs, s'était enfuie à Saint-Germain-en-Laye avec
Louis XIV enfant. Des reproches pleins d'amertume furent adressés au pouvoir législatif par le parti de l'ordre
qui avait refusé de le défendre. « M. Thiers déserte,
disaient les gros bonnets de la Bourse et de la halle aux
grains ; il n'a jamais été, corps et esprit, qu'un fort petit politique. » D'autres, au contraire, virent dans son
éloignement le dernier mot de l'habileté : en livrant
momentanément aux émeutiers la capitale, où il les en-
fermait, M. Thiers délivrait Paris de la traînée de poudre communarde qui y avait été semée.

Pour nous, appréciant plus exactement la situation, et
plus loyalement surtout les visées du chef de l'État,
nous ne voyons dans cette résolution que le résultat de
la nécessité, la seule chance de salut qui restât encore
à Paris et à la France ; et c'est là le véritable jour sous
lequel l'histoire doit placer ce fait si important.

Assurément, les ressources militaires du gouvernement, sans être très considérables, auraient suffi pour

vaincre l'émeute, si l'esprit et le moral des troupes eussent été plus affermis. Les mobiles des départements ayant regagné leurs foyers ou étant sur le point de le faire, les forces gouvernementales se composaient de la garde républicaine, ancien corps des gendarmes de la garde impériale, troupe d'élite, sur laquelle on pouvait compter; des gardiens de la paix publique, parmi lesquels se trouvaient un certain nombre d'anciens sergents de ville; enfin, de quatre brigades qui devaient former la garnison de Paris. Ces derniers corps, qui avaient fait partie de l'armée de Chanzy et de Faidherbe, logaient, en grande partie, sous la tente et étaient disséminés sur plusieurs points de la ville. Sur la physionomie des hommes qui en faisaient partie, se révélaient des traces de fatigue et d'épuisement. On s'apercevait qu'ils n'étaient pas encore remis des épreuves d'une rude campagne d'hiver. Le gouvernement ne pouvait donc compter sur eux, — il avait pu s'en convaincre à Montmartre, — et où la troupe avait tourné, la garde nationale, désorganisée par la démission de Clément Thomas, pouvait-elle tenir? Un homme d'un grand talent l'a dit alors : « Les gardes nationaux se divisent en deux camps bien distincts : les mauvais et les bons ; les mauvais attaquent la société, les bons ne la défendent pas. » L'histoire doit donc reconnaître que cette détermination a sauvé la France.

Ce qui est moins justifiable, c'est la précipitation avec laquelle furent abandonnées presque toutes les administrations ; l'oubli d'une partie des troupes laissées à Paris sans ordre et sans direction ; l'abandon de sommes considérables au ministère des finances, à l'hôtel de ville. Sans doute, on peut attribuer, en partie, cette brusque retraite à la situation morale de Paris, à la désorganisation complète de tous les services administratifs, à l'oubli déjà ancien de toute hiérar-

chie comme de toute discipline ; mais ces différentes
causes ne suffisent pas pour excuser une telle incurie.

En regard de cette incroyable négligence et de la
désertion presque complète des fonctionnaires supérieurs, il est juste de mettre le dévouement et la fidé-
lité des serviteurs subalternes de l'État. La plupart restèrent à leur poste, du consentement formel ou tacite
de leurs chefs. Leur conscience n'était pas engagée
dans les services tout matériels que pouvaient exiger
d'eux les usurpateurs des fonctions publiques, et eux
seuls pouvaient protéger utilement de précieux intérêts. Placés entre leurs anciens et leurs nouveaux chefs,
leur rôle était d'autant plus délicat qu'ils étaient seuls
juges de la mesure qu'ils devaient y apporter. Ils se
sont généralement acquittés de leurs difficiles devoirs
avec autant de prudence que de fermeté. Ils ont veillé
jusqu'à la fin sur le matériel des établissements publics et sur le mobilier personnel des fonctionnaires en
fuite. Les grandes institutions qui ne dépendent pas
ou qui ne dépendent qu'indirectement de l'État, comme
la Banque, ont trouvé dans leurs membres ou dans
leurs employés, le même courage et le même zèle pour
leurs intérêts. Malgré les trompettes et les tambours,
malgré les promenades des fédérés, malgré l'arrêt de
tout commerce, le chômage de toute industrie, la sta-
gnation des affaires, la Banque ne ferma point ses bureaux, elle continua ses opérations, singulièrement ré-
duites par la misère du temps. Ses employés, organisés
militairement, suffirent à garder l'établissement tout
entier; et lorsque le comité de l'arrondissement, dont
une délégation siégeait au Palais-Royal, voulut envoyer
quelques fédérés à la Banque, le commandant Bernard
répondit habilement : « Nous sommes organisés selon le
vœu de la loi, et en gardant nous-mêmes la Banque, à
laquelle nous appartenons, nous nous conformons stric-

tement au décret du 2 septembre 1792 »; et il offrit gravement aux délégués le document que voici :

« 2 septembre 1792.

« L'Assemblée nationale décrète que tous les secrétaires, commis des bureaux de l'Assemblée nationale, ceux des ministères et autres administrations publiques, seront tenus dans les dangers de la patrie et aux signaux d'alarme, de se rendre sur-le-champ dans leurs bureaux, qui deviennent pour eux le poste du citoyen. »

Il n'y avait rien à répliquer ; le texte de la loi était formel. Séance tenante, il fut convenu que les compagnies de la Banque seraient divisées en cinq, de façon à former un bataillon complet, et que le poste de la rue de la Vrillière serait occupé et gardé militairement par les employés. C'était tout ce que l'on désirait.

M. Thiers quitta le ministère des affaires étrangères à trois heures et demie. Avant de partir, il donna au général Vinoy l'ordre de rallier toutes les troupes à Versailles. Alors la grande cité du siège et des luttes contre les Prussiens se trouva tout d'un coup livrée à elle-même, ne sachant plus où elle allait. Et ce que personne n'eût peut-être osé faire, ce que Mirabeau seul avait conseillé au commencement de la Révolution, après les journées des 5 et 6 octobre 1789, les événements venaient de le faire sans phrases, avec cette force instinctive qui leur appartient : le siège du gouvernement n'était plus à Paris ; et ce n'était ni l'Assemblée nationale qui l'avait décrété, ni M. Thiers qui l'avait voulu, c'était l'insurrection qui l'avait décidé par l'expulsion du gouvernement.

Les Parisiens se repentirent à ce moment de ne pas avoir répondu au triple appel battu pendant la nuit. Mais ils n'étaient encore qu'au début de l'effroi. D'heure en heure, les événements prenaient une tournure de plus en plus sinistre. Un bruit, descendant de Montmartre, commençait à courir, et cette rumeur glaçait la ville d'épouvante. On rapportait que deux généraux venaient d'être massacrés, rue des Rosiers, sur les buttes. On citait les noms des victimes : le général Clément Thomas, ancien commandant de la garde nationale, et le général Lecomte, officier d'une grande valeur, attaché au corps de Vinoy. Les raffinements de cruauté inouïe avec lesquels ces deux généraux avaient été égorgés, ne faisaient qu'accroître l'anxiété qui étreignait déjà la ville entière.

II

Un témoin oculaire du crime, M. le capitaine Beugnot, a laissé un émouvant récit de ces scènes affreuses. Nous le suivons, mais en complétant à l'aide des documents officiels. Attaché au ministère de la guerre, cet officier avait été envoyé sur les lieux pour y observer les événements. Fait prisonnier par les insurgés, à neuf heures du matin, en haut du boulevard Magenta, on l'avait amené de force, avec mille menaces de mort, d'un cantonnement à l'autre, à la recherche du Comité central. C'était à ce mystérieux tribunal qu'on adressait les prisonniers, et il décidait souverainement de leur sort. Au Château-Rouge, M. Beugnot s'était trouvé avec plusieurs personnes de distinction qui étaient tombées de même entre les mains de ces misérables ; c'étaient : M. de Pouzargues, chef du 18e bataillon de chasseurs à pied ; un jeune capitaine, M. Franck, et le général Lecomte.

Vers une heure, un mouvement de mauvais augure

se produisit dans le jardin. Des gardes nationaux formaient la haie et mettaient la baïonnette au canon. Le
capitaine Mayer, du 109ᵉ bataillon, vint prévenir le général et les autres prisonniers qu'il avait ordre de les
faire conduire aux buttes Montmartre, où se tenait,
leur dit-il, le Comité central, qu'on cherchait inutilement depuis le matin.

Qui avait donné cet ordre? Le porteur était un inconnu; le mandat, émané du Comité central, n'avait
aucun caractère régulier, et Mayer livrait indignement
ceux qui lui avaient été confiés. Prisonniers de la garde
nationale, les officiers auraient dû être gardés par elle
au Château-Rouge, ou conduits à la mairie du XVIIIᵉ arrondissement, si leurs gardiens ne s'étaient pas senti
la force de les protéger. Mais, loin de les défendre
contre la fureur de la foule, les gardes nationaux qui
faisaient la haie insultaient les prisonniers et les menaçaient d'une fin prochaine. Des femmes, si on peut
appeler ainsi ces furies, leur montraient le poing, les
accablaient de huées et d'imprécations. Le capitaine
Mayer ne les suivait pas. Un lieutenant de la garde nationale fédérée, qui portait presque le même nom,
Meyer, du 79ᵉ bataillon, leur fit plusieurs fois un rempart de son corps. Ils traversèrent ainsi tout le quartier et gravirent le calvaire de Montmartre, redevenu
véritablement, pour eux, la montagne des martyrs.

Arrivés au sommet de la butte, les prisonniers entrèrent dans une petite maison de la rue des Rosiers, composée d'un rez-de-chaussée et de deux étages. Une foule
immonde s'engouffra avec eux dans la cour; mais tous
ces misérables ne purent y pénétrer, car ils étaient près
de deux mille; à ce moment on tira un coup de feu,
mais aucun des prisonniers ne fut atteint.

Le général demanda de nouveau à voir ce Comité
dont on faisait tant de bruit et qui ne se trouvait nulle

part. La foule ne répondit que par un redoublement
d'injures et de menaces. Certains officiers de la garde
nationale, à l'exception d'un vieux capitaine nommé
Garcin et d'un docteur en uniforme, tous deux acharnés
contre les prisonniers, essayaient de calmer les clameurs du dehors.

Une heure se passa ainsi. Quant au Comité, nul ne
savait où il siégeait.

Cependant, au premier étage de la maison, quelques
individus s'arrogeaient une sorte d'autorité. Il y avait
là un autre dépôt de prisonniers arrêtés sous prétexte
d'espionnage. Un certain Kazdanski leur faisait subir
un semblant d'interrogation. Ce Kazdanski, Polonais
exilé de Russie à la suite d'une condamnation, n'était à
Paris que depuis le matin ; il arrivait d'Autun et venait
d'être nommé commandant de place par le nommé
Jaclard, adjoint de la mairie de Montmartre

Une grande heure s'écoula, pendant laquelle les
menaces les plus violentes ne cessèrent d'être profé-
rées contre le général et ses compagnons. C'était une
scène à rendre fou, bien qu'ils eussent tous fait le sacrifice de leur vie.

Il était cinq heures. Une clameur immense domina
bientôt toutes les autres, un tumulte effroyable se produisit dans la cour, et les prisonniers virent tout à
coup jeter au milieu d'eux un vieillard à barbe blanche,
vêtu d'habits bourgeois et coiffé d'un chapeau à haute
forme. Ils ne savaient quelle était cette nouvelle victime,
et ils plaignaient sans le connaître cet homme vénérable
qui n'avait certainement plus que quelques instants à
vivre.

C'était le général Clément Thomas. Vers trois heures
de l'après-midi, il descendait de voiture, place Pigalle,
et se dirigeait vers le boulevard Rochechouart. Des
gardes nationaux le reconnurent. On le signala à leur

colère, comme ayant fait déporter les citoyens en 1848,
et comme ayant, disait-on, montré au temps du siège
la sévérité la plus excessive. Aussitôt il fut entouré, saisi
et arrêté par des groupes d'hommes du 152e bataillon,
et notamment par le capitaine Aldenoffe, qui sortit de
son rang tout exprès.

Aldenoffe le conduisit au capitaine Ras, qui commandait ce jour-là le bataillon par intérim à défaut du chef
titulaire, démissionnaire. Ras, heureux de jouer ce rôle,
fier d'être comtemplé par la foule qui allait le voir
passer conduisant un général détesté au tribunal du
peuple, Ras ne prit aucun souci des périls courus par
son prisonnier, et l'emmena rue des Rosiers. Déjà, le
matin, du reste, il avait arrêté un lieutenant du 88e qui
n'avait pas voulu suivre ses soldats embauchés.

Pendant le trajet, il laissa insulter et bousculer le
général Clément Thomas jusqu'à la maison n° 6, où
celui-ci rejoignit le général Lecomte. Plus de deux
mille individus l'avaient escorté. Tout ce monde voulut
pénétrer dans la maison et se pressa bientôt dans la
chambre dont le lieutenant Meyer avait réussi jusque-là
à interdire l'entrée. C'est alors qu'un nommé Herpin-
Lacroix, ex-capitaine de francs-tireurs, grimpa sur une
marquise du premier étage, fit faire un roulement par
le tambour Poncin, et demanda à cette foule rugissante
de former une cour martiale pour procéder au jugement. On ne l'écouta pas. Kazdanski lui-même voulut
protester contre l'exécution des menaces de mort que
proféraient presque toutes les voix. On ne l'écouta pas
davantage, on lui arracha même ses galons. Enfin vers
cinq heures une violente poussée du dehors fit envahir
la chambre des prisonniers par la porte et par la fenêtre ;
en une seconde, plusieurs fusils couchèrent en joue
les généraux ; un sergent d'infanterie, resté inconnu, se
précipita sur le général Lecomte, lui mit le poing sous

le nez et lui dit qu'il voulait lui f... le premier coup
de fusil pour « lui apprendre à le coller trente jours en
prison » ; un caporal de chasseurs et quelques autres
soldats, plus spécialement remarqués par les gardes
nationaux, crièrent aussi : « A mort! Qu'on les fusille!
Ils nous fusilleront demain! » La foule, bête furieuse
et déchaînée, voulait du sang : celui de Clément Thomas
coula le premier.

Vingt hommes s'avancèrent et le prirent au collet,
malgré la résistance du lieutenant Meyer et de quelques autres citoyens courageux qui retombèrent épuisés.
On le poussa dans le jardin à coups de pied et à coups
de crosse. Pendant le trajet, quelques coups de feu, à
bout portant, l'atteignirent et le couvrirent de sang, sans
cependant le faire tomber.

Il alla jusqu'au mur où on l'accula. Dans cette heure
horrible et suprême, le vieux général fit preuve de la
plus héroïque fermeté d'âme : il était debout, en face
des exécuteurs et tenant son chapeau à la main. « Vous
êtes un misérable, lui dirent-ils, vous nous avez trahis
pendant le siège, vous nous avez vendus et fait tuer
inutilement. » Et comme Clément Thomas dédaignait de
répondre : « Oseriez-vous jurer que vous n'avez jamais
trahi la France ni la République? » lui demanda-t-on. —
Le général haussa les épaules. Deux coups de feu partirent ; il ne fut pas atteint, il salua ses assassins. Au
lieu de le fusiller par un seul feu de peloton, suivant
l'usage militaire, ses bourreaux tirèrent sur lui l'un après
l'autre. A chaque balle reçue, le corps de la victime
était agité d'un tressaillement convulsif, mais restait
ferme en place comme une statue. De nouveaux coups
de feu tirés de tous côtés le firent enfin tomber sur le
côté droit, la tête au mur, le corps plié en deux. Les
misérables se ruèrent alors sur son cadavre ; à coups de
fusil, à coups de crosse et de bottes, ils le mutilèrent.

Pendant ce temps, le général Lecomte était encore dans la chambre; il entendait les coups de feu et comprenait que lui-même allait mourir. Il conserva tout son calme, remit son argent au commandant de Pouzargues, lui fit des recommandations pour sa famille, et marcha devant ses assassins avec une dignité si ferme que plusieurs officiers le saluèrent. Il leur rendit leur salut; mais son noble courage ne trouva pas grâce devant ces bourreaux.

A peine avait-il fait dix pas dans le jardin qu'un coup de feu l'atteignit et le fit tomber sur les genoux. Un groupe le releva à moitié et le traîna jusqu'au cadavre du général Clément Thomas. Là, une douzaine de coups de feu à bout portant l'achevèrent. Son cadavre subit les mêmes outrages que celui de son infortuné compagnon, et deux soldats déchargèrent encore leurs armes sur lui; puis, les enfants et les femmes, ivres de sang et de fureur, se jetèrent sur ces débris saignants pour en arracher les dépouilles, et dansèrent à l'entour à demi nus et hurlant.

On a vu par ce qui précède qu'il n'a été procédé à aucun simulacre de jugement, et que ce n'est pas, comme on l'a dit, par un feu de peloton que l'assassinat fut consommé.

Après ce double crime, une sorte de stupeur s'empara de la foule. Un garde national qui avait été témoin du meurtre, indigné de ce qui se passait, s'écria : « Ah! j'aime mieux retourner au bagne, c'est moins dégoûtant. » En même temps, plusieurs de ceux qui avaient pris part à l'assassinat, recouvrant tout à coup un peu de sang-froid, furent saisis d'une soudaine épouvante. L'un d'eux, jetant son fusil à vingt pas de lui, s'enfuyait en courant à toutes jambes, éperdu, affolé, ne s'arrêtant qu'à la brasserie des Martyrs : « Qu'ai-je fait là? s'écriait-il en se parlant à lui-même.

J'ai assisté à un assassinat ! Je suis un assassin ! » Et à peine assis il disparaissait. Un autre, gagnant les anciens boulevards, s'arrêtait à un cabaret de la Villette, en disant : « Remarquez bien l'heure ; j'aurai peut-être besoin d'établir un alibi. Un grand crime vient d'être accompli. Vous verrez qu'on fera un procès pareil à celui qu'on a fait après la mort du général Bréa. » Sa figure ruisselait de sueur et exprimait une indicible épouvante.

Tous étaient effrayés du sanglant spectacle auquel ils venaient d'assister ; ils firent sortir les autres prisonniers et formèrent autour d'eux une escorte plus serrée.

Le récit du capitaine Beugnot renferme quelques autres détails qu'il n'est pas permis d'omettre : « A peine avions-nous fait quelques pas pour redescendre les buttes, que nous voyons accourir effaré et très pâle, un homme vêtu de noir et portant en sautoir une écharpe tricolore. « Où menez-vous ces officiers ? » s'écria-t-il. Il croit qu'on nous mène au supplice, et le malentendu qui s'engage entre lui et notre escorte nous fait perdre du temps, ameute encore la foule et manque de nous devenir fatal. Nous demandons quel est cet homme. On nous répond que c'est M. Clémenceau, maire du XVIIIᵉ arrondissement et député de Paris. Depuis, M. Clémenceau a expliqué à la tribune de l'Assemblée nationale sa conduite dans cette journée. Nous tenons seulement à constater qu'il n'a paru, au milieu de ces scènes honteuses et sanglantes, qu'il aurait pu peut-être empêcher, qu'à six heures du soir, après l'assassinat des deux généraux. »

L'inaction de M. Clémenceau ne paraît pas douteuse ; mais la véritable responsabilité de ce double assassinat doit retomber sur les hommes du Comité central qui, n'ayant qu'un ordre à donner, ne le donnèrent pas ou le donnèrent trop tard. Ils affectèrent cependant de protester, devant deux des officiers qu'ils épargnèrent[1], de leur empressement à contenir les meurtriers des généraux. Mais Paris ne s'y trompa pas. Quand deux heures après l'événement l'historique de ces scènes sauvages fut rapporté en ville, personne ne voulut d'abord y croire. Un semblable retour à la barbarie ne pouvait se supposer au milieu du dix-neuvième siècle. La population de La Haye a bien égorgé les deux frères de Witt, mais le forfait de la rue des Rosiers a de beaucoup dépassé en horreur ce sombre drame. En prêtant l'oreille à ce que l'on racontait à ce sujet, les hommes rougissaient, les femmes fondaient en larmes, les vieillards de l'un et de l'autre sexe disaient en pâlissant: « Voilà 93 qui revient. » Tout le monde se demandait ce qu'avaient fait ces deux hommes. L'un était un vieux soldat qui venait de se battre contre l'ennemi, qui n'avait jamais figuré dans les répressions parisiennes. L'autre avait dignement commandé la garde nationale pendant tout le siège; c'était certes un républicain de vieille date.

Voilà où conduisent les passions en temps de guerre civile, et ce qui a pu arriver dans ce Paris qui n'avait connu durant cinq mois que les viriles et généreuses émotions de la lutte contre un ennemi étranger. Quant à ceux qui ont accompli l'œuvre sinistre, ils ne se sont pas doutés qu'ils marquaient à jamais cette insurrection, dont ils étaient les obscurs instruments, d'une tache indélébile.

1. MM. de Montebello et de Douville Maillefeu.

III

Cette dramatique exécution fut comme le prologue de l'horrible tragédie qui, commencée par une échauffourée sanglante, devait finir par une révolte ouverte contre la loi et la négation de la souveraineté populaire personnifiée dans l'Assemblée. Dès ce moment, Paris présente un spectacle indescriptible. Toute la partie haute de la ville : Montmartre, Belleville, Batignolles, la Villette, la Bastille, les Buttes-Chaumont, Clichy, Ménilmontant, est en ébullition ; partout retentit le son du tocsin et de la générale, et l'émeute gagne sans oppositions les quartiers les plus paisibles et les moins ·populeux.

Un œil superficiel se méprendrait à ce chaos, mais une tactique y préside. Il s'agit de jeter l'affolement dans la ville et de s'emparer de positions parfaitement désignées à l'avance par les membres du Comité central. Ceux-ci ne dévient pas de leur plan. Favorisés par un désarroi qui gagne promptement les commandants de la force régulière et le Gouvernement lui-même, ils n'hésitent pas, quoique obscurs, à se rendre maîtres de toutes les administrations.

Un chef audacieux, Charles Lullier, ancien lieutenant de vaisseau, honteusement chassé de la marine, et mis à la tête de toutes les forces disponibles de la garde nationale, avec mission de prendre, le plus rapidement possible et par tous les moyens qu'il jugerait convenables, possession de Paris, Lullier a raconté lui-même ses faits et gestes dans une lettre, écrite de la Conciergerie, le 28 mars. Parti avec douze gardes nationaux et trois ordonnances seulement du siège du Comité central, rue de Barroy, nº 11, il rallia sur sa route les bataillons épars de la garde nationale qu'il rencontra, et occupa successivement la place Vendôme, les Tuileries et la Préfecture de police. Il ne s'y trouvait pas une sentinelle. Plus ils avançaient sur d'autres points, plus les Montmartrois étaient émerveillés : partout même absence de baïonnettes. Dans la journée, en effet, le général Vinoy avait traversé la Seine avec son état-major et toutes les troupes placées sous ses ordres, pour s'installer sur la rive gauche. Cette résolution du commandant en chef de l'armée de Paris ne s'explique que trop facilement par les dispositions manifestes des soldats qui, partout où l'occasion s'en présentait, témoignaient d'un parfait accord de sentiments avec les perturbateurs. Il était impossible de compter sur eux pour l'œuvre de répression, et, en les y employant, on risquait peut-être qu'ils n'allassent grossir avec leurs armes et leurs munitions les rangs des émeutiers.

Pour obéir à la tradition de toutes les secousses politiques, on courut en même temps à l'Hôtel de ville. M. Jules Ferry avait sollicité l'honneur de le défendre ; il s'était préparé à la résistance. Mais à dix heures, le général Vinoy envoyait l'ordre d'évacuer, et M. Jules Ferry télégraphiait cette dernière dépêche :

« Les troupes ont évacué l'Hôtel de ville, tous les gens de service sont partis. Je sors le dernier. Les insurgés ont fait une barricade derrière l'Hôtel de ville et arrivent en même temps sur la place en tirant des coups de feu. »

Quelques instants après, au moment où les vainqueurs se reposaient à table des fatigues de la journée, en contemplant les magnificences rassemblées autrefois dans ce palais par le baron Haussmann, le citoyen Assi, le grand inspirateur du mouvement et, pour cette raison, le président de cet étrange sanhédrin, fit cette remarque : « Nous n'avons eu qu'à nous présenter sur la place de Grève pour voir s'ouvrir les portes de l'Hôtel de ville. »

Que devint pendant la nuit du 18 au 19 mars ce grand et bel édifice, déjà souillé de tant d'ordures, au 31 octobre? Une nuée d'aventuriers de tous les pays envahit sans pudeur la salle des membres du corps municipal et la salle Saint-Jean. Dans l'expansion d'une joie crapuleuse, la foule tacha les tapis d'Aubusson avec son vin, et se livra ensuite à la curée des fonctions administratives, des titres, des moindres sinécures.

Chacun, suivant ses instincts ou ses aspirations, s'improvisa délégué ou général; chacun, profitant de son influence sur tels ou tels bataillons, dans tels ou tels quartiers, et usurpant les fonctions civiles et militaires, se mit à l'œuvre.

L'unité de but, la communauté de danger, suppléèrent à l'unité d'action. Lullier fut général en chef; Bergeret général commandant la place..... Il y eut des délégués aux différents ministères.

Mais l'ivresse du triomphe n'aveugla pas l'insurrection déjà maîtresse de Paris, moins deux ou trois autres points. Elle ne savait s'il était vrai ou non que M. Thiers, ses ministres et ses généraux, fussent partis pour Versailles. On se disait qu'il ne serait pas impossible qu'il y eût, de la part du pouvoir régulier, un retour offensif.

L'Hôtel de ville devint le réduit d'un véritable camp retranché défendu par de nombreuses barricades et plusieurs bataillons. Le cas même où l'on se trouverait cerné par « une insurrection » fut prévu, et les provisions de bouche, indispensables à un blocus de quelques jours, furent réunies dans les caves. Les Tuileries, la place Vendôme, furent occupés militairement. De là on se dirigea sur les postes qui pouvaient donner passage à un retour offensif de l'armée, puis sur les forts.

A l'intérieur de Paris, les gardes fédérés, réunis dans les arrondissements occupés, s'organisaient en véritables colonnes mobiles et s'emparaient des postes militaires, des ministères, des grands établissements publics les plus à leur portée. Dès le 19 mars, l'administration des télégraphes, rue de Grenelle, le ministère de l'intérieur, l'Élysée, l'Imprimerie nationale et le *Journal officiel*, c'est-à-dire tous les points d'une utilité immédiate, tombaient entre les mains du Comité.

Partout les délégués s'entouraient d'une force armée respectable ; c'est ainsi que Régère se présenta au Crédit foncier, à la tête du 33e bataillon, Melvil-Bloncour au ministère de la marine, à la tête de cinq cents hommes ; partout ils brisaient toutes les résistances, révoquaient et remplaçaient sur l'heure les administrateurs et les chefs de service.

On appréhendait qu'Orléans, Nevers, Moulins, et surtout Bourges, n'envoyassent à toute vitesse des renforts. Ces considérations firent naître la pensée de s'emparer des gares de chemins de fer, moins celle du Nord, dont l'occupation pouvait faire naître un conflit avec leurs amis les Prussiens. Le Comité central fit occuper la gare de Lyon, la gare d'Orléans, qui étaient non seulement des points de défense, mais les deux grands affluents du Midi, par où devaient revenir les membres de l'Assemblée nationale quittant Bordeaux. Il voulait retarder ainsi le plus possible leur réunion à Versailles, et surtout mettre la main sur le général Chanzy dont il redoutait justement la popularité et la valeur militaire.

Durant la journée, en effet, le général, pour être à même de remplir son mandat de député, revenait de Tours afin de se diriger sur Versailles. A côté de lui se trouvait un de ses collègues à l'Assemblée nationale,

M. Turquet (de l'Aisne), qui voyageait pour le même
motif. Le train qui les amenait s'arrêta, comme d'habitude, en avant de la gare, pour permettre aux contrô-
leurs de recueillir les billets des voyageurs. Le Comité
central, averti de l'arrivée du général et de celle de la
personne qui l'accompagnait, envoya au-devant de lui
plusieurs individus le revolver au poing. Comme le
général Chanzy était en petite tenue, il n'y avait pas à
se méprendre sur son identité. On lui dit : « Citoyen,
vous êtes le général Chanzy? Nous vous sommons de
nous suivre, vous et le citoyen qui vous accompagne. »
Ne sachant pas d'abord de quoi il s'agissait, l'ancien
commandant de l'armée de la Loire et M. Turquet se
levèrent et descendirent. Depuis quatre heures du soir,
la gare d'Orléans était occupée militairement par un
des bataillons de Montmartre. Toute résistance eût été
inutile. Les deux prisonniers furent envoyés au Château-
Rouge, en voiture et sous bonne escorte. Aux questions
qu'ils firent on se borna à répondre : « Citoyens, vous
verrez bientôt ce qu'on fera de vous. » Et, en souriant,
l'antagoniste de Frédéric-Charles ajouta : « Ah çà! auriez-
vous le dessein de nous assassiner comme on l'a fait pour
Lecomte et Clément-Thomas? » L'escorte ne répondit
rien. Mais le citoyen Assi aurait dit d'un ton goguenard :
« Nous imitons les Prussiens, nous voulons des otages. »

A quelques jours de là, le récit de cet incident fut
complété à Versailles par M. Turquet que les insurgés
avaient cru devoir mettre en liberté. « Sur notre passage, disait le député de l'Aisne, la foule criait : A mort
Ducrot! à mort le traître! — Ce n'est pas Ducrot!
m'écriais-je, c'est le général Chanzy! — Mais on me répondit par le cri : *A mort le Prussien!* — J'avais malheureusement sur la tête une calotte d'officier bavarois.
Nous arrivons à la mairie du XIIIᵉ arrondissement;
nous y sommes reçus par M. Léo Meillet, maire, qui

nous déclare qu'il répondait de nous sur sa tête. Nous
nous étions déjà assis, lorsque intervint un nouveau
personnage. — « Citoyen général, dit le nouvel arrivant
à Chanzy, au nom des lois de la guerre, je vous fais
prisonnier. — Je suis à vos ordres, répond le général
Chanzy. — Je m'adressai alors au personnage, qui nous
dit être le général Duval. Je suis député de l'Aisne, lui
dis-je, je tiens à être arrêté avec le général Chanzy. »

Conduits de la prison du IXe secteur à la mairie du
XIIIe arrondissement, les deux otages furent ensuite
menés en compagnie du général Langourian à la prison
de la Santé. Mais sur la route des soldats de l'armée
dételèrent les chevaux, maltraitèrent le général et quelques-uns même s'écrièrent : « Il faut le fusiller ! » M. Léo
Meillet eut alors un de ces bons mots qui sauvent les
situations : « Fusillez-les vous-mêmes, » dit-il à la foule
qui s'écarta enfin, et les deux généraux purent parvenir
jusqu'à la Santé.

Ce nouvel épisode, qu'on racontait avec terreur dans
tout Paris, contribua encore à assombrir la physionomie
de la malheureuse ville. Les membres du cabinet, ne
se trouvant plus en sûreté au ministère des affaires
étrangères, se réunirent secrètement, vers neuf heures,
chez M. Calmon, rue Abbatucci. L'inquiétude et l'agitation étaient extrêmes, M. Picard tombait de l'excès de
la confiance dans la plus triste réalité. On discuta bien
inutilement des propositions qui n'émanaient pas des
chefs du mouvement, et l'on accorda le remplacement
immédiat du commandant de la garde nationale. C'était
une concession grave, et au moins inutile. L'histoire de
toutes nos révolutions prouve que les concessions *in ex-
tremis* n'ont jamais sauvé aucun gouvernement ; celle-ci
ne devait pas avoir un meilleur résultat. La destitution
du général d'Aurelles laissait sans chef et sans direction les bons bataillons de la garde nationale, et la

popularité de son successeur, le colonel Langlois, ne
devait pas suffire à rallier les mauvais.

Dans cette nuit du 18 au 19, quelques minutes avant
leur départ de l'École-Militaire, les ministres rédigèrent,
sous l'empire de l'émotion la plus vive, une dernière
affiche destinée à favoriser l'action du nouveau commandant de la garde nationale. Revenant sur les actes
du Comité central, dont ils avaient le tort d'ignorer l'importance et la composition, ils rappelaient les crimes
déjà commis, et conjuraient les citoyens de sortir enfin
de leur inconcevable torpeur. « Voulez-vous, ajoutaient
les ministres, prendre la responsabilité de leurs assassinats et des ruines qu'ils vont accumuler? Alors demeu-
rez chez vous! Mais, si vous avez souci de l'honneur et
de vos intérêts les plus chers, ralliez-vous au Gouvernement de la République et à l'Assemblée nationale. »

Il ne suffisait pas d'engager la garde nationale à se
ranger sous le drapeau de l'ordre, il fallait lui donner
des moyens de ralliement, et la facilité de pourvoir à la
solde de ceux qui répondraient à l'appel. Dans la journée
du 19, vers une heure, le secrétaire général du ministère de l'intérieur, M. Labiche, qui représentait seul le
Gouvernement à l'Hôtel-Beauvau, se rendit à l'assemblée des maires; il leur apportait un bon de 500 000
francs sur la Banque de France, et la délégation suivante :

« Le ministre de l'intérieur, vu les circonstances dans
lesquelles se trouve la ville de Paris; considérant que
l'Hôtel de ville, la Préfecture de police et les ministères
ont dû être évacués par l'autorité régulière; considérant
qu'il importe de sauvegarder les personnes et de maintenir l'ordre dans Paris, délègue l'administration provisoire de la ville de Paris à la réunion des maires. »

Cette délégation était regrettable à tous égards; elle
était incompatible avec l'unité de direction; elle faisait

prévaloir des influences qui ne représentaient ni l'esprit du Gouvernement, ni surtout celui de l'Assemblée. Les municipalités s'étaient désorganisées après le siège, comme la garde nationale elle-même. Parmi les maires et les adjoints les plus attachés à l'ordre, plusieurs avaient donné leur démission; après le 18 mars, d'autres se retirèrent par respect de la loi. L'esprit radical dominait ainsi dans ce qui restait de l'élément municipal.

Comment une telle autorité aurait-elle pu rallier les hommes d'ordre? Ils restèrent sourds à toutes les objurgations du Gouvernement. Plus de deux cent mille individus bouclèrent leurs valises en poussant le cri de *sauve qui peut*. On voyait les plus jeunes s'échapper, dans la crainte de recrutement forcé, on entendait les plus riches se répéter : « A présent, c'est une lutte entre Français; je ne m'en mêle plus. » Et ils disparaissaient. D'autres cédaient à un sentiment plus réfléchi. L'impuissance complète où ils se sentaient de rien faire pour le bien public les justifiait, à leurs yeux, de pourvoir, avant tout, à leurs intérêts personnels et au salut de leurs familles. Parmi les plus généreux et les plus droits, beaucoup estimaient qu'il n'y a qu'une façon honorable de protester contre des crimes que l'on ne peut empêcher : c'est de ne pas les autoriser en quelque sorte par sa présence. Tel semblait être en effet le rôle humiliant auquel étaient réduits les honnêtes gens que leurs devoirs, leurs intérêts, la médiocrité de leur fortune ou une certaine insouciance retenaient dans Paris. Ainsi fut abandonnée par tous cette grande et malheureuse cité; on fit la place vide aux bataillons fédérés et à la tourbe qui leur servait d'auxiliaires.

C'était là un grand événement; il fallait cependant l'annoncer à la province, déjà épouvantée de la gravité de l'insurrection. Par une dépêche, en date du 19 mars,

8 h. 25 m. du matin, M. Thiers apprit aux départements que le Gouvernement et l'armée étaient réunis à Versailles. L'armée y était effectivement arrivée dans la matinée du 19. Toutes les administrations, qui avaient reçu l'ordre de venir y joindre le Gouvernement, s'y casaient à la hâte. Les députés y étaient convoqués pour le 20. Ceux qui se trouvaient à Versailles se réunirent, le 19, dans une des salles du rez-de-chaussée du palais.

L'abandon de Paris et surtout celui des forts étaient l'objet de toutes les conversations. M. Thiers exposa les motifs de la grave détermination qu'il avait dû prendre : Le salut de l'armée lui promettait celui de la France, et il avait voulu, avant tout, soustraire les soldats à la contagion de l'émeute. Tout en approuvant le parti pris, les députés insistèrent pour qu'on occupât les forts du Sud et celui du Mont-Valérien ; mais M. Thiers, persuadé que cette forteresse était suffisamment gardée, ne se rendit pas à leurs instances, pour ne pas disséminer ses forces. En vain, le soir venu, quelques-uns d'entre eux allèrent au nom de leurs collègues supplier de nouveau le chef du pouvoir exécutif de retirer l'ordre d'évacuer les forts ; il s'y opposa de nouveau. Ce ne fut que dans la nuit, à une heure du matin, à la suite d'une entrevue avec le général Vinoy, que M. Thiers donna enfin l'autorisation d'envoyer au Mont-Valérien, qui était à la fois la clef de Paris et le rempart de Versailles, le 119e de ligne, dont on était sûr, et quelques troupes d'artillerie et du génie.

Il était temps ; le 20 mars, à 9 heures, par suite du départ du 23e et du 21e bataillons de chasseurs qui s'étaient mutinés la veille, le fort n'était plus gardé que par vingt-huit hommes, lorsque se présenta un sergent-major de la garde nationale fédérée. Il annonçait, au nom du Comité central, l'approche de deux bataillons

des Ternes et des Batignolles, qui venaient en prendre
possession; mais à neuf heures et demie le premier
bataillon du 119ᵉ arrivait de Versailles, et la position
était sauvée. Le soir, une forte colonne de gardes nationaux fédérés, venant de Paris, se présenta au Mont-Valérien, pour le sommer de se rendre. Elle se retira bientôt devant la réponse énergique et la ferme attitude du
commandant, le brave lieutenant-colonel Lockner. Il
dit au chef qui la commandait qu'il lui accordait, à
lui et à ses hommes, dix minutes pour redescendre, et
que, ce délai passé, il les foudroierait avec son artillerie. C'est à ce trait de présence d'esprit et de bravoure
qu'a été due la conservation du poste capital. S'il était
tombé au pouvoir des insurgés, la prise de Paris devenait impossible; Versailles lui-même n'aurait pu tenir.

CHAPITRE IV

BUT ET CARACTÈRE DE LA RÉVOLUTION DU 18 MARS.
SA FORME COMMUNALE.
CE QU'IL Y AVAIT DE LÉGITIME ET DE PERNICIEUX DANS
SES REVENDICATIONS.

I

Ceux qui prennent plaisir à construire des analogies historiques ont vu dans l'insurrection du 18 mars un pendant, soit à la guerre des paysans, soit à l'orgie des Anabaptistes soulevés par Jean de Leyde, le prophète. Au point de vue des inexplicables atrocités qui les caractérisent, les événements dont Paris a été, le théâtre, en 1871, présentent plus d'un lien de parenté avec ces deux insurrections farouches et sanglantes ; mais la ressemblance s'arrête aux faits proprement dits. Il y avait, dans la levée des fourches et des torches de Jacques Bonhomme contre les seigneurs, un point de revendication sociale, qui ne justifie en rien l'horrible caractère de cette guerre effroyable, mais qui, aux yeux de l'histoire, lui donne une raison d'être. La révolte des Anabaptistes, qui devaient aussi finir par des actes d'une cruauté sans nom, eut pour point de départ le fanatisme biblique et l'idée d'une transformation morale. Mais à Paris, en 1871, il n'y eut rien pour les idées, rien pour l'esprit ; du commencement à la fin, le mouvement des hommes de l'Hôtel de ville a été communiste et matérialiste. Ils se sont jetés sur toutes les branches de l'administration comme les sauterelles, dans les campagnes de l'Afrique, au temps de la moisson ; ils ont remplacé par des mangeurs les parties prenantes au budget.

On a écrit qu'en descendant des buttes les vainqueurs ne savaient pas du tout ce qu'ils allaient faire ni le principe qu'ils invoquaient. C'est une erreur profonde. Très peu de temps après s'être installé à l'Hôtel de ville, dix minutes au plus après avoir constaté qu'il ne serait contrecarré par aucune résistance, le Comité central avait pris soin de mettre la main sur un auxiliaire indispensable : l'imprimerie nationale. Une compagnie, commandée par un des chefs du mouvement, s'empara de l'établissement entier, en réquisitionnant les ouvriers, les ateliers et les machines, pour faire sur-le-champ le premier placard de l'insurrection. Dans cette proclamation, le nouveau gouvernement, exposant à sa manière les faits de la veille, racontait son arrivée au pouvoir comme un triomphe pour la République. Il disait préparer une combinaison propre à fermer « pour toujours l'ère des révolutions et des guerres civiles. » Mais il ne faisait pas mention de franchises municipales ; cette revendication eût été, d'ailleurs, fort inopportune, car, à ce moment même, le Gouvernement et l'Assemblée nationale étaient d'accord pour organiser sur les bases de l'élection les conseils municipaux de Paris et de Lyon. Ainsi, ce ne fut pas tout d'abord l'idée de commune qui arma les foules parisiennes, et ce ne fut point pour conquérir à Paris l'exercice des droits municipaux, consentis dès le premier jour, que tant de révolutionnaires étrangers, Polonais, garibaldiens et autres, vinrent grossir les rangs de l'insurrection. Non, il s'agissait uniquement alors de réaliser l'avènement du *prolétariat*.

Bientôt après, cependant, comme si le Comité avait conscience de l'usurpation qu'il venait de commettre, en regard d'un gouvernement légal, issu d'une Assemblée régulièrement sortie du suffrage universel, il déclarait vouloir convoquer le peuple dans ses sections pour faire les élections communales.

« Citoyens, » disait-il, « le peuple de Paris a secoué le joug qu'on essayait de lui imposer.

« Calme, impassible dans sa force, il a attendu, sans crainte comme sans provocation, les fous éhontés qui voulaient toucher à la République.

« Cette fois, nos frères de l'armée n'ont pas voulu porter la main sur l'arche sainte de nos libertés. Merci à tous, et que Paris et la France jettent ensemble les bases d'une république acclamée avec toutes ses conséquences, le seul gouvernement qui fermera pour toujours l'ère des invasions et des guerres civiles.

« L'état de siège est levé.

« Le peuple de Paris est convoqué dans ses sections pour faire ses élections communales.

« La sûreté de tous les citoyens est assurée par la garde nationale.

« Hôtel de ville, Paris, ce 19 mars 1871.

« Le Comité central de la garde nationale. »

(Suivaient les signatures.)

Comme complément de cette communication du gouvernement qui venait de s'emparer de la ville de Paris, et comptait bien s'imposer à la France, on afficha dans la journée une sorte de manifeste dont le titre portait :

« Fédération républicaine de la garde nationale, organe

du Comité central. » Cette pièce, conçue en termes emphatiques, se terminait ainsi :

« Nous, chargés d'un mandat qui faisait peser sur nos têtes une terrible responsabilité, nous l'avons accompli sans hésitation, sans peur, et, dès que nous voici arrivés au but, nous disons au peuple qui nous a assez estimés pour écouter nos avis, qui ont souvent froissé son impatience : voici le mandat que tu nous as confié. Là où notre intérêt commence, notre devoir finit. Fais ta volonté, mon maître, tu t'es fait libre. Obscurs, il y a quelques jours, nous allons rentrer obscurs dans tes rangs, et montrer aux gouvernants que l'on peut descendre la tête haute les marches de ton Hôtel de ville, avec la certitude de trouver en bas l'étreinte de ta loyale et robuste main. »

Nous ne savons si, à cette heure, il survint des conseillers, si on souffla aux membres du Comité l'expédient d'un pouvoir municipal à constituer. Cela est possible ; toujours est-il que, loin de s'effrayer des suites de leur témérité, comme on l'a écrit, ils s'enhardirent au point de publier un décret, ils disaient un arrêté, tant ils allaient doucement. Mais si, naguère, ils avaient cherché, en quelque sorte, à s'excuser, en démontrant que l'obscurité de leurs noms et l'humilité de leurs situations sociales étaient les seules fautes réelles qu'on pût leur imputer, cette fois, ils montraient des griffes de lion en édictant une loi :

« Le Comité central de la garde nationale,

« Considérant :

« Qu'il y a urgence de constituer immédiatement l'administration communale de la ville de Paris,

« Arrête :

« 1° Les élections du Conseil communal de la ville de Paris auront lieu mercredi prochain, 22 mars.

« 2° Le vote se fera au scrutin de liste par arron-

dissement. Chaque arrondissement nommera un conseiller par chaque vingt mille habitants ou fraction
excédente de plus de dix mille.

« 3° Le scrutin sera ouvert de huit heures du matin à
six heures du soir. Le dépouillement aura lieu immédiatement.

« 4° Les municipalités des vingt arrondissements
sont chargées, chacune en ce qui la concerne, de l'exécution du présent arrêté.

« Un avis ultérieur indiquera le nombre de conseillers
à élire par chaque arrondissement.

« Hôtel de ville, Paris, 17 mars 1871.

« Le Comité central de la garde nationale. »

(Suivaient les signatures.)

On reconnaît bien dans le premier acte officiel du
Comité central l'influence d'un élément nouveau, celui
des hommes du 31 octobre déjà pressés de prendre sa
place. Mais, comme les adhésions augmentaient avec la
durée du succès, les vainqueurs s'enhardirent encore.
Dans la nuit du dimanche au lundi, le programme
s'accentua davantage. C'était une révolution qu'on
voulait consacrer par les lois, et non pas seulement par
les faits. Et quand on interrogea trois d'entre eux sur
les *postulata* des vingt membres, ils répondirent :

« Ils veulent que la garnison de Paris soit casernée
dans les forts, et non dans la ville. Ils veulent en outre
que cette garnison soit réduite au nombre d'hommes
strictement nécessaire pour le service des forts. Ils
veulent la suppression absolue des sergents de ville ou
gardiens de la paix, des gendarmes ou gardes municipaux
de Paris, etc. Ils veulent que la police extérieure soit
tout entière confiée à la garde nationale. Ils veulent
en élire le commandant supérieur. Ils veulent enfin
que l'Assemblée nationale réintègre Paris. Un *ultimatum*

dans ce sens a dû lui être adressé par le Comité central, qui lui accorde un délai maximum pour y obtempérer, sinon on marchera sur Versailles. Ce délai expirera jeudi prochain, 23 mars. Voilà ce qu'ils veulent. Quant aux ministères, quant au pouvoir, ils ne les réclament pas. Ils consentent à ce que M. Thiers et les ministres continuent à gouverner la France et à traiter avec les Puissances étrangères, »

Il est évident qu'il n'y avait dans ce langage rien d'acceptable. Mais il cachait encore d'autres visées qui s'accusaient clairement dans les faubourgs. Là, on regardait le 18 mars comme l'avènement du prolétariat : les ouvriers déclaraient qu'ayant chacun un chassepot à la main, ils ne rentreraient plus à l'atelier afin d'y engraisser des maîtres. Il n'y a maintenant, et il ne doit y avoir, disaient-ils, qu'un programme, celui qui posera le travailleur comme souverain maître et comme couronnement des sociétés modernes.

Se faisant l'écho de cette pensée, le Comité central insérait le 20 mars, dans son *Journal officiel*, une longue note où on lisait ce qui suit :

« Les travailleurs, ceux qui produisent tout et ne jouissent de rien, ceux qui souffrent de la misère au milieu des produits accumulés, fruits de leurs labeurs et de leurs sueurs, devront-ils être sans cesse en butte à l'outrage? Ne leur sera-t-il jamais permis de travailler à leur émancipation sans soulever contre eux un concert de malédictions? La bourgeoisie, leur aînée, qui a accompli son émancipation, il y a plus de trois quarts de siècle, qui les a précédés dans la voie de la révolution, ne comprend-elle pas aujourd'hui que le tour de l'émancipation du prolétariat est arrivé? Les désastres et les calamités publiques, dans lesquels son incapacité politique et sa décrépitude morale et intellectuelle ont plongé la France, devraient pourtant lui prouver qu'elle

a fini son temps, qu'elle a accompli la tâche qui lui avait
été imposée en 89, et qu'elle doit, sinon céder la place
aux travailleurs, au moins les laisser arriver à leur tour
à l'émancipation sociale. » La nouvelle révolution n'était
donc pas, au fond, une révolution politique, c'était surtout une révolution sociale. Elle avait pour but non pas
de donner leur vol à toutes les initiatives, leur essor à
toutes les facultés individuelles, mais de plier toutes les
aptitudes sous le joug d'un communisme dictatorial et
intolérable. Elle ne songeait pas, comme elle le disait
hypocritement, à faire participer tous les citoyens aux
richesses communes, aux avantages sociaux, à abolir
simplement le salariat en faisant de tous les producteurs
ou échangistes, des commanditaires et des associés
propriétaires de leurs instruments de travail ou d'une
part indivise du capital social, mais à retourner le monde,
à faire du riche un pauvre, du patron un salarié. Si
elle n'avait eu pour objet que de venger l'honneur de
Paris et de notre malheureuse et chère patrie, vaincue
et démembrée, hélas! par l'incapacité bien plus que par
la trahison, que de rendre à Paris ses franchises municipales, et aux maires certaines prérogatives, plus flat-
teuses à la vanité qu'utiles à l'accomplissement du
mandat, la lutte aurait été moins acharnée, et elle aurait
pu finir par une transaction qui aurait satisfait les prétentions de la magistrature urbaine et conservé intact
le droit du Parisien. Mais il s'agissait d'une réforme
plus positive, plus radicale; il s'agissait, non pas d'être
gouverné par tel ou tel maître, par telle ou telle classe,
mais de n'être plus gouverné du tout, de tuer l'autorité
et le pouvoir de l'État pour fonder, non pas seulement
la liberté et le pouvoir du citoyen, mais la licence. Il
ne s'agissait pas seulement d'amener progressivement
l'effacement des classes par l'extinction chimérique du
paupérisme, d'assurer l'indépendance économique, d'en

finir avec l'exploitation par la propagation de l'enseignement, de l'association et du crédit, d'augmenter le bien-être de chacun, la richesse publique, l'activité de la circulation par la diminution des frais généraux, l'utilisation de toutes les aptitudes et la suppression de tous les emplois ou fonctions dont l'utilité n'est pas incontestablement démontrée; il s'agissait aussi de ne plus prélever sur le prix du produit consommable une prime destinée à payer les charges de l'État.

Cette révolution était celle des contribuables de tout ordre contre les subventionnés du budget, celle des administrés contre les dépositaires de la souveraineté. C'était la révolution faite par tout ce qui travaille, produit, échange, contre « tout ce qui vit d'exploitation sous les mille formes que lui donnent la centralisation et le budget de l'État. » C'est pour cela que la lutte s'est poursuivie avec tant d'énergie, de patience, d'ardeur opiniâtre, de vigueur passionnée. C'était une guerre d'intérêt encore plus que de religion; c'était le combat du désordre contre l'ordre, de l'individualisme contre l'autorité.

Telles sont les théories insensées, les programmes menteurs, au nom desquels s'est faite l'insurrection du 18 mars, et dont la réalisation ferait reculer l'humanité de plusieurs siècles. Le monde connaît ces idées depuis qu'il existe. Elles ont toujours surgi au milieu des grandes crises de l'humanité, en Orient et en Occident, chez les anciens comme chez les modernes. Elles s'épanouirent en Égypte, au troisième et au quatrième siècles, concurremment avec l'école philosophique d'Alexandrie. Il y avait au moyen âge en France, dans le seizième siècle en Allemagne, dans le dix-septième en Angleterre, des hommes qui pensaient et voulaient agir comme les socialistes de nos jours. Des volumes ont été composés sur tous les problèmes sociaux. Utopistes, philo-

sophes et penseurs de tous les pays ont eu la prétention
de les résoudre. Ce qui est nouveau, ce n'est donc pas
le socialisme contemporain, mais la forme qu'il a revêtue en 1871.

II

Pour rendre possibles ces réformes radicales, les chefs
du mouvement jugèrent l'autorité communale nécessaire, fatale, parce qu'avec elle seule ils croyaient pouvoir procéder à l'organisation positive et expérimentale
exigée par le socialisme moderne; parce qu'avec elle
seule ils s'imaginaient pouvoir créer l'ordre de choses
résultant de la communion des idées et de l'union des
volontés ouvrières. Ils pensaient que, si le peuple n'est
pas souverain et maître chez lui, dans sa cité, il lui est
impossible d'obtenir aucune des satisfactions auxquelles
il aspire depuis longtemps; que, si les hommes politiques continuent à le gouverner, il lui faudra subir encore
les *fatalités économiques qui l'écrasent, et divisent en
plusieurs classes des citoyens qui sont faits pour vivre en
associés.*

L'insurrection du 18 mars eut donc un caractère local, à la différence des autres révolutions, qui ont toujours pris en France un caractère central et national;
elle voulut être et s'appeler la Commune. Ce mot caba-
listique était du reste admirablement choisi, en raison
de son ambiguïté même, pour devenir le symbole d'une
coalition dans laquelle on devait d'autant mieux s'entendre, qu'on s'expliquerait moins. La Commune, en
effet, représente une idée de liberté municipale toujours
populaire, comme toutes les libertés, d'autant plus populaire que Paris sortait d'une autocratie de près de
vingt ans. La Commune! cela exhalait un parfum qui

rappelait Chaumette et Marat, et qui ravissait tous ceux, et ils sont nombreux, qui n'ont lu qu'un seul livre : la Révolution, et qui l'ont mal lu. La Commune, enfin, est dérivée de la même source que communauté, communisme. Le mot seul exprimait et réalisait une coalition.

Cette coalition était cependant toute autre chose que la Commune mise en avant, pendant le siège, par le parti révolutionnaire. La Commune, réclamée alors avec tant de passion, était tout simplement la fameuse Commune insurrectionnelle de 1793, qui faisait la loi à la Convention, poussait aux mesures violentes et jouait le rôle de pouvoir exécutif du Club des Jacobins ; elle était l'un des ressorts les plus énergiques de la centralisation despotique, qui prétendait sauver la République une et indivisible par une dictature sanglante. Les franchises municipales, dont on a fait tant de bruit depuis lors, n'avaient point de place sur son programme, puisqu'elle tenait sa force de la confusion de toutes les attributions, et qu'elle voulait être un corps politique pour la France entière, dictant ses volontés à la représentation nationale, et la forçant au besoin à se mutiler elle-même. C'était bien une Commune semblable que réclamaient les clubs et les journaux extrêmes, pendant le siège; ils voulaient la faire nommer directement par le suffrage universel de Paris, pour opposer un pouvoir élu au Gouvernement improvisé du 4 septembre, amoindrir celui-ci et le dominer. L'assemblée populaire devait être chargée de la conduite de la guerre : à elle de décréter la fameuse levée en masse, de remplacer les généraux, de frapper les absents, de rationner et réquisitionner sans merci les assiégés, d'écraser les anciens partis, de déclarer la lutte à outrance. C'est bien là ce que demandaient tous les jours les Blanqui et les Delescluze, ce qui faisait le fond de toutes les harangues de Belleville et de Montmartre, ce qui faillit réussir **au**

31 octobre. Il n'était pas même question de la fédération républicaine et de la belle invention de Paris libre, c'est-à-dire isolé ; on s'en tenait à la vieille théorie jacobine du salut public, et on comptait bien l'imposer à la province par des apôtres en écharpe rouge.

Après le 18 mars, tout changea : la Commune ne fut plus que la consécration de l'idée fédérative poussée à l'extrême. Contradiction étrange ! les montagnards professèrent le girondisme, les unitaires farouches devinrent séparatistes, et ne parlèrent plus que des franchises de Paris. On a dit que cette idée de l'isolement absolu était due à l'imagination du citoyen Assi, qui fut le grand inspirateur du mouvement à ses débuts, et serait un partisan enthousiaste des républiques italiennes au moyen âge. Le livre où M. Egdar Quinet a retracé leur histoire aurait été sa lecture favorite, et aurait fait de lui au dix-neuvième siècle une sorte de Florentin au quatorzième ; mais le rêve de ce maniaque a une autre origine.

Au mois d'août 1870, on imprimait à Leipzig un écrit dont voici le titre : *Aux habitants de la France, particulièrement aux habitants de l'Alsace, de la Lorraine et de la Bourgogne, un mot d'éclaircissement pour amener la paix.* Nous y lisons : « La France a trop souvent sacrifié sa liberté à ses dominateurs dans Paris. Il est donc à souhaiter que le peuple français ait soin de ne plus recommencer. Pour cela, il est à désirer que les départements de France se constituent en une république intérieure, indépendante de Paris, s'unissant, toujours indépendamment de Paris, selon les bassins de la Seine, de la Loire, de la Gironde et du Rhône, avec un conseil provincial[1]. » Il est vraisemblable que l'écrivain de Leipzig

---

1. La pièce est en allemand ; elle porte cette date : Leipzig, le 18 août 1870, et cette signature : Heinrich Dietz.

exprimait ce vœu, alors de si extravagante apparence,
sous l'influence de la Prusse ; mais les meneurs, quoique
inspirés par cette Puissance, avaient un tout autre mobile.

Nous nous rappelons bien le subside, relativement
important, envoyé sous l'Empire aux grévistes du Creuzot
par M. de Bismarck. Nous avons noté aussi les signes
d'intelligence échangés entre Saint-Denis et l'Hôtel de
ville, les étranges paroles de M. de Bismarck reconnaissant
à la tribune du parlement « un grain de bon sens » dans
la révolution parisienne, la facilité avec laquelle les
membres de l'Internationale se jetaient à la face certaines
épithètes, lorsqu'ils avaient des démêlés. Ces indices
épars, si l'on parvenait à les compléter, conduiraient
peut-être, par des ramifications ténébreuses, à quelque
horrible rencontre de la Commune surprise en flagrant
délit de complicité avec l'invasion, mais ils ne sont
pas une explication suffisante de la forme communale
adoptée par l'insurrection.

Il est certain que, si le comité de la garde nationale
était parvenu à renverser l'Assemblée des représentants
de la France, il eût, malgré les suggestions de la Prusse,
fait une révolution sur l'ancien modèle : il eût dicté ses
lois d'une frontière à l'autre, et se serait soucié fort
peu des franchises municipales des départements. Il
proclama Paris libre, ne pouvant pas le proclamer dicta-
teur ; n'ayant pas à sa disposition le télégraphe pour
réformer le pays, il fit de nécessité vertu, et déclara
qu'il n'avait jamais songé à dépasser le mur d'enceinte.
Il se rabattit un moment sur la fédération des villes, le
meurtre abominable du préfet de Saint-Étienne, contre
lequel il ne protesta pas, lui ayant donné quelque
espoir ; mais il se vit bientôt obligé d'y renoncer. Chaque
défaite nouvelle ranimait son enthousiasme pour l'idée
fédérative et les franchises qui signifiaient, selon lui,
le droit pour le conseil élu de faire à Paris, et de Paris,

absolument ce qu'il voudrait. Forcé de reconnaître que
la Salente, qu'il comptait édifier à sa guise, s'arrêtait
aux fortifications, il protesta qu'il n'avait jamais eu
d'autre pensée, et que c'était la plus belle chose du
monde. C'est ainsi que la Commune montagnarde des
vieux Jacobins se transforma sous l'influence des événements, et éleva son échec complet en France à la hauteur d'un principe.

Mais il faut bien le remarquer, ce ne fut que le 19
avril, c'est-à-dire après une série non interrompue d'insuccès, que l'insurrection expliqua à la France le sens
de ce mot : Commune, en publiant le programme suivant
qui peut être considéré comme le document le plus
important qui soit sorti de ses presses :

« La Commune a le devoir d'affirmer et de déterminer les aspirations et les vœux de la population de
Paris, de préciser le caractère du mouvement du 18
mars, incompris, inconnu et calomnié par les hommes
politiques qui sont à Versailles.

« Cette fois encore Paris travaille et souffre pour la
France entière, dont il prépare, par ses combats et ses
sacrifices, la régénération intellectuelle, morale, administrative et économique, la gloire et la prospérité. —
Que demande-t-il ? La reconnaissance et la consolidation
de la République, seule forme de gouvernement com-
patible avec les droits du peuple et le développement
régulier et libre de la société. — L'autonomie absolue
de la Commune étendue à toutes les localités de la
France et assurant à chacune l'intégralité de ses droits,
et à tout Français le plein exercice de ses facultés et
de ses aptitudes comme homme, citoyen et travailleur.
— L'autonomie de la Commune n'aura pour limites que
le droit d'autonomie égal pour toutes les autres communes adhérentes au contrat, dont l'association doit
assurer l'unité française.

« Les droits inhérents à la Commune sont : le vote du budget communal, recettes et dépenses, la fixation et la répartition de l'impôt, la direction des services locaux, l'organisation de la magistrature, de la police intérieure et de l'enseignement, l'administration des biens appartenant à la Commune. — Le choix par l'élection ou le concours, avec la responsabilité et le droit permanent de contrôle et de révocation, des magistrats, des fonctionnaires communaux de tous ordres. — La garantie absolue de la liberté individuelle, de la liberté de conscience et de la liberté du travail. — L'intervention permanente des citoyens dans les affaires communales par la libre manifestation de leurs idées, la libre défense de leurs intérêts, garanties données à ces manifestations par la Commune, seule chargée de surveiller et d'assurer le libre et juste exercice du droit de réunion et de publicité. — L'organisation de la défense urbaine et de la garde nationale, qui élit ses chefs et veille seule au maintien de l'ordre dans la cité.

« Paris ne veut rien de plus à titre de garanties locales, à condition, bien entendu, de retrouver dans la grande administration centrale, délégation des communes fédérées, la réalisation et la pratique des mêmes principes.

« Mais à la faveur de son autonomie et profitant de sa liberté d'action, Paris se réserve d'opérer comme il l'entendra, chez lui, les réformes administratives et économiques que réclame sa population, de créer des institutions propres à développer et à propager l'instruction, l'échange et le crédit, à universaliser le pouvoir et la propriété suivant les nécessités du moment, le vœu des intéressés et les données fournies par l'expérience.

« La révolution communale, commencée par l'irrita-

tion populaire du 18 mars, inaugure une ère nouvelle de
politique expérimentale, positive, scientifique. C'est la
fin du vieux monde gouvernemental et clérical, du militarisme, du fonctionnarisme, de l'exploitation, de
l'agiotage, des privilèges, des monopoles, auxquels le
prolétariat doit son servage, la patrie ses malheurs et
ses désastres.

« C'est à la France à désarmer Versailles par la manifestation de son irrésistible volonté. Appelée à bénéfi-
cier de nos conquêtes, qu'elle se déclare solidaire de
nos efforts, qu'elle soit notre alliée dans ce combat qui
ne peut finir que par le triomphe de l'idée communale
ou par la ruine de Paris.

« Quant à nous, citoyens de Paris, nous avons la
mission d'accomplir la révolution moderne la plus large
et la plus féconde de celles qui ont illuminé l'histoire. »

Le trait saillant de ce programme, qui a été élaboré
et discuté comme un papier d'État, c'est la description
de la Commune, de la Commune *autonome*, selon la formule des doctrinaires de l'Hôtel de ville. Après tous les
malheurs que nous avions subis, la réalisation de cette
utopie était le dernier qui nous menaçât. Mais tout
peuple possède en lui un instinct de conservation nationale qui lui sert de guide mystérieux, obscur et invisible, dans les grandes crises de son existence. Voilà
pourquoi la nation française, qui a tant besoin de force
et d'unité, d'homogénéité pour reprendre son rang dans
le monde, ne voulut pas consentir à se diviser elle-même,
à se morceler de gaieté de cœur en douze ou quinze
États disparates, à se mettre pour ainsi dire en lambeaux, en face de la race allemande qui la comtemplait
et qui, elle, se soumet à toutes les exigences du despotisme plutôt que de ne pas s'assurer le bienfait énorme
de l'unité.

III

Toutefois, on ne peut s'empêcher de reconnaître que les institutions communales sont à la liberté ce que les écoles primaires sont à la science : elles la mettent à la portée du peuple, elles lui en font aimer l'image paisible et l'habituent à s'en servir. Sans institutions communales, une nation peut se donner un gouvernement libre, mais elle n'a pas l'esprit de la liberté. Des passions passagères, des intérêts d'un moment, le hasard des circonstances, peuvent lui donner les formes extérieures de l'indépendance, mais le despotisme refoulé dans l'intérieur du corps social reparaît tôt ou tard à la surface[1].

C'est en méconnaissant pour la France ce qu'il y a de vrai dans cette idée de la Commune, c'est surtout en voulant faire de la capitale une Commune qui fût encore moins libre que les autres, que les divers pouvoirs ont fourni l'idée qui a tout brouillé et tout confondu. Le contrôle de l'État est devenu si minutieux, la tutelle qu'il exerce sur l'administration des communes est si odieuse, que les maires se sont jetés à corps perdu dans la politique, et quelle politique ! On n'a pas compris que le maire ne pouvait être à la fois l'agent du Gouvernement et le premier magistrat de la commune, et que cette déplorable confusion était la cause de tous les conflits qui éclatent entre les municipalités et les préfets. Pour ce qui est de Paris, on a cru qu'il devait être d'autant moins communal qu'il était plus gouvernemental. On lui a ôté du côté de la liberté tout

1. A. de Tocqueville. *De la démocratie en Amérique.*

ce qu'on lui donnait du côté de la souveraineté. Personne n'osait plus faire de Paris une vraie commune, une commune naturelle, parce qu'on ne savait comment résoudre le double problème qui se présente dans cette ville comme dans tous les grands centres de population : le bon ordre et la liberté communale. Les hommes d'État n'ont pas vu qu'il n'y avait qu'à fractionner les municipalités urbaines et à les assimiler à nos diverses circonscriptions administratives. L'analogie qui eût été la base de cette réforme n'aurait-elle pas été parfaite? Est-ce qu'un canton n'est pas une union de communes? un département une union de cantons? la France une union de départements? De cette manière on aurait pu, et on pourrait encore, malgré les affirmations contraires, détruire le mal qui se fait sentir dans les villes populeuses et qui dérive d'une cause unique : le centralisme municipal [1].

Ainsi, soit par principe, soit par dépit de se voir ravir une attribution qui appartenait à toutes les autres communes, Lyon excepté, soit par un sentiment de réaction contre certaines mesures reprochées au régime autoritaire, la majorité de la population parisienne en était venue à placer en tête de ses vœux politiques la restitution des droits électoraux pour la composition de son Conseil municipal. Il était donc naturel qu'au lendemain d'une révolution qui ramenait la République la pensée de reconstituer le municipe parisien fût accueillie avec empressement, et que ce simple mot: *Commune,* fût accepté comme un mot

1. Sait-on pourquoi la ville de Londres, qui possède une population plus considérable que celle de Paris, n'est jamais devenue un foyer révolutionnaire? C'est que les municipalités y sont fractionnées par paroisses ou quartiers, ce qui n'empêche nullement les intérêts généraux d'y être représentés par une sorte de syndicat ou conseil général.

d'ordre, sans être autrement expliqué. Il y eut, de la part des meneurs révolutionnaires du 18 mars, une grande habileté à l'inscrire sur leur drapeau et à se présenter aux yeux de la population comme les défenseurs d'un droit que les partis de l'opposition, sous l'Empire, avaient réclamé avec tant d'énergie pendant vingt ans. En outre, comme l'extension des libertés locales figurait dans tous les programmes politiques, les révolutionnaires parisiens adressèrent généreusement le plan de leur Commune libre aux principales villes des départements, où ils trouvèrent naturellement des adhésions et recrutèrent de nombreux auxiliaires.

Mais il y a loin des franchises municipales que revendiquent avec raison Paris et la province aux souverainetés communales que l'intelligence ne saurait comprendre, et la réalité souffrir. La Commune, telle qu'elle existe partout ailleurs en Europe, n'est qu'un partie du grand Tout qui s'appelle la nation. Elle a droit à la liberté pour la gestion des intérêts matériels locaux, elle doit pouvoir choisir par l'élection ou des concours les agents auxquels est confiée la charge de ses intérêts. Ses attributions ne s'étendent pas au delà. La nation conserve souverainement le droit et le devoir de diriger l'organisation militaire et l'instruction publique, de fixer les impôts, de régler la législation et de prescrire toutes les mesures d'intérêt général. La Commune autonome, au contraire, brise le lien national et supprime la grande patrie. Aussi elle a été condamnée et presque flétrie par un écrivain qui jouit d'une notoriété révolutionnaire incontestable [1].

Politiquement, dit M. Mazzini, le système aboutirait à l'anéantissement de la nation, qui deviendrait la proie

[1]. *The Commune in Paris*, article publié à Londres par M. J. Mazzini (*Contemporary Review*, juin 1871).

de discordes multipliées à l'infini et serait livrée un jour à la conquête étrangère. Comment concevoir une ligue de trente-six mille communes, indépendantes et souveraines, divisées de sentiments et d'intérêts, inégales en étendue, en puissance et en richesse, fatalement condamnées à mort par suite de leur isolement? La France, ainsi pulvérisée, perdrait la sainte notion de la nationalité, elle n'aurait plus aucune influence sur le progrès général de la civilisation, elle serait perdue pour le monde ; il n'y aurait plus de France. Au point de vue social on irait directement contre les tendances de l'esprit moderne en substituant l'individualisme au principe fécond de l'association. L'égalité elle-même serait profondément atteinte, car les supériorités naturelles ou factices se maintiendraient ou s'établiraient plus aisément dans l'étroit périmètre de chaque commune. Sous le rapport économique, la production et la consommation seraient embarrassées par les entraves que les intérêts ou les caprices locaux apporteraient au mouvement des échanges, Bref, le programme considéré dans son ensemble « est rétrograde, immoral, contraire au bien de l'humanité. » La nation qui consentirait à l'accepter commettrait un suicide. Telle est la conclusion de M. Mazzini.

Si l'on tente d'échapper à cette conséquence de quarante mille souverainetés, en bornant la fédération à une ligue des villes en dehors des campagnes, on ne fait que tomber d'absurdités en absurdités, d'impossibilités en impossibilités. Comment régulariser au point de vue politique, au point de vue économique, au point de vue législatif, au point de vue administratif, cette sécession d'un nouveau genre entre les villes et les campagnes, entre l'industrie et l'agriculture?

Si l'on creuse encore davantage la matière, on verra qu'il y a encore plus loin des libertés municipales à la

Commune telle que la rêvaient les adeptes, et qui serait devenue, après une période très courte de transition, la Commune propriétaire. La Commune propriétaire! c'est la destruction de toute propriété individuelle. Dans cet absurde système, l'hérédité étant abolie, tous les biens, tous les capitaux des habitants d'une commune, appartiennent à la commune elle-même, dont les chefs municipaux, c'est-à-dire les tyrans, distribuent à leurs serfs, travailleurs associés ou non, l'obole destinée à leurs besoins et à ceux de leur famille.

Il suffit de réfléchir un instant à ce système social pour comprendre qu'il tend à reproduire la féodalité tant décriée, ces anciens jours où l'on était attaché à la glèbe; qu'il renouvelle, en les aggravant, tous les abus renversés par la révolution de 1789. Il ne peut même dans son application, — si toutefois il est applicable, — qu'encourager la paresse et détruire toute émulation. Quel tableau présenterait une société fédéralement organisée de la sorte, et privée par ses maîtres de toute consolation religieuse (car les adeptes suppriment tous les cultes), condamnée peut-être même dans leur pensée dominatrice à voir briser les liens de la famille? La Commune propriétaire! c'est la barbarie, c'est un couvent du moyen âge sans la foi !

Certes, l'infirmité humaine est grande, l'esprit de l'homme est aussi bien incomplet : mais qui se serait attendu à voir à la fin du dix-neuvième siècle présenter cette prétendue invention comme un progrès, ce retour sous un autre nom à un passé qu'on s'est tant glorifié d'avoir détruit ! Et voilà les belles conceptions qu'on a voulu substituer à cette grande unité française où se fondent sans s'effacer tant de diversités puissantes, à tout ce qui est notre civilisation, à tout ce qui est notre force, à tout ce qui est notre gloire, à tout ce qui est la France !

Bien qu'ils n'admettent pas explicitement les dernières conséquences de ce système communal, des hommes, séduits par le côté libéral du fédéralisme, objectent, le croirait-on ? l'exemple des Gaulois qu'unissaient seulement de *libres amitiés*. Sans les suivre jusque-là, nous nous rappellerons seulement que cette fédération permit la conquête romaine. Ils citent encore l'union américaine et la Confédération helvétique. Mais ces deux républiques se sont formées par l'agrégation d'États préexistants, et on les voit dans leur développement historique resserrer de plus en plus le lien fédéral, tendre de plus en plus à l'unité. L'union française se formerait par la décomposition de l'unité nationale ! et, sous l'action du principe qui l'aurait enfantée, elle tendrait invinciblement à se dissoudre de plus en plus. Autant vaudrait se joindre aux communeux pour réaliser immédiatement leur idéal de république universelle.

On ne peut toutefois condamner d'une manière absolue le régime fédéral, il a été une nécessité historique pour certains peuples ; mais dans notre pays il n'engendrerait que des périls et des divisions éternelles. Ce qu'il faut à la France, c'est la décentralisation, c'est-à-dire le retour à une organisation de la commune, du canton et du département, ou de la région, qui leur donne le droit d'élire leurs conseils et assemblées, de nommer leurs fonctionnaires, de gérer leurs affaires locales *conformément aux lois* qui, au Nord comme au Sud, à l'Est comme à l'Ouest, conservent les idées, les institutions, les mœurs dont se compose l'édifice merveilleux encore, malgré les ruines partielles, de l'unité française. Et pour maintenir cet accord de la Commune et de l'État, il suffirait de substituer au contrôle incessant des préfets la responsabilité matérielle de la Commune, qui serait déchue temporairement du droit de s'administrer, de percevoir ses revenus, et soumise à l'occupation militaire, dans le cas où elle négligerait de remplir ses engagements avec l'État. Cette émancipation des communes permettrait enfin au gouvernement de séparer radicalement les affaires administratives des affaires politiques ; les maires renonceraient alors forcément au rôle de tribuns ou de roitelets qu'ils ont assumé dans tant de localités.

Tel était le problème que la Commune avait à résoudre. Il n'a pas été compris ainsi par les chefs du mouvement, mais, du reste, — c'est une triste justice à leur rendre, — ils s'en souciaient bien peu[1].

1. Dans notre pays où la routine domine, où le fait du jour passionne et absorbe tontes les forces intellectuelles, on s'étonnera peut-être que nous ayons tant insisté sur cette question : mais que sont auprès d'elle les incidents parlementaires et les querelles journalières des partis?

CHAPITRE V

I

La municipalité à constituer n'était et ne pouvait être pour les gens de Montmartre, dégagés de tout scrupule et affranchis par eux-mêmes de tout lien moral, qu'un prétexte, le moyen d'organiser une insigne tromperie. Ils ne voyaient dans le mot qu'un point de départ pour commettre leurs empiètements politiques, qui avaient déjà amené l'éloignement de deux cent mille citoyens, l'évanouissement du capital, la suppression des affaires, la fermeture de quinze cents usines et fabriques, la paralysie du commerce, l'apparition de la misère à toutes les portes, les transes ou les larmes dans cinq cent mille familles, et qui devaient aboutir à l'incendie de la capitale. Malheureusement rien ne put faire obstacle à leur projet, ni l'intervention des maires, ni la courageuse attitude de la presse.

La retraite de M. Thiers et de ses ministres ne laissait dans Paris d'autre autorité légale que celle des maires; c'était un devoir pour les magistrats municipaux de se

constituer en une sorte de gouvernement localisé dans
la grande ville. Le 18, dans la journée, ils essayèrent de
se réunir, avec quelques représentants de la Seine, à
la mairie du troisième arrondissement ; mais, faute
d'avoir été prévenus, un bien petit nombre de maires et
de députés s'y rendirent[1]. On s'ajourna pour le soir, à
six heures, à la mairie du deuxième arrondissement,
rue de la Banque. Cette fois l'Assemblée fut nombreuse.
Elle se composait de trois éléments distincts et peu
faits pour s'accorder. Un certain nombre de membres
étaient absolument avec la Commune ; d'autres, une
dizaine environ, absolument contre la Commune. Puis
il y avait un intermédiaire très nombreux qui était près
de la Commune et lui servait d'auxiliaire. Il croyait
qu'il fallait s'entendre avec le Comité central bien
plutôt qu'avec le Gouvernement de Versailles[2].

Ils passèrent la nuit en délibération. M. Jules Favre
a dit : « Peut-être auraient-ils pu, comme le leur con-
seillaient quelques citoyens hardis, devenir les maîtres
du mouvement en se rendant à l'Hôtel de ville. » Mais
c'est bien peu connaître l'audace et les visées du Comité
central que de penser que ses émissaires n'auraient pas
osé le leur disputer. Quoi qu'il en soit, les allées et les
venues se multipliaient, les projets les plus contradictoires étaient débattus, l'influence de ceux qui voulaient
organiser la résistance était incessamment contrariée
par des hésitations ou le mauvais vouloir des concilia-
teurs à tout prix ou des ennemis cachés. De son côté,
le Comité central comprenait l'énorme avantage d'attirer
à lui la municipalité, dans laquelle il avait déjà des
complices, et de l'absorber. Quatre de ses membres,
Varlin, Antoine, Arnaud et Moreau, vinrent, à onze heures

1. Déposition de M. Desmarest.
2. Déposition de M. Héligon.

du soir, demander aux maires de faire cause commune
avec l'Hôtel de ville. L'assemblée municipale ne voulut
pas accéder à cette proposition, et elle ne consentit
même à entrer en arrangement avec le Comité qu'à la
condition formelle qu'il livrerait l'Hôtel de ville, tous
les ministères, la place Vendôme, et que les gardes nationaux fédérés rentreraient doucement chez eux. Les
délégués du Comité ne dissimulaient pas que leur proposition de partage devait être acceptée sur l'heure, parce
qu'ils n'étaient pas sûrs de les faire maintenir, si l'on
discutait longtemps. La discussion se prolongea néanmoins ; elle fut vive et animée : « Vous parlez de votre
élection, disaient MM. Schœlcher et Peyrat contestant
l'origine du Comité central, rien ne la constate, où est
votre titre ? » A quoi Jourde répondit : « Vous demandez un titre, nous avons d'abord la force[1]. »

Les délégués de l'Hôtel de ville voulaient que les
maires, d'accord avec le Comité, convoquassent les électeurs pour le 22 mars, à l'effet d'élire un conseil communal. Ils demandaient de plus que les maires et les députés
de la Seine décidassent que tous les grades de la garde
nationale seraient donnés à l'élection, y compris celui de
général en chef. Mais, sur la proposition de M. Louis
Blanc, ils proposèrent de rédiger en commun une affiche,
pour annoncer à la population que les élections seraient
différées jusqu'au vote de l'Assemblée nationale sur la
loi municipale, qui allait lui être proposée. Signer cette
affiche eût été reconnaître le Comité central et laisser
l'autorité indivise entre l'insurrection et les municipalités, en ajournant la restitution de l'Hôtel de ville,
des ministères et de l'état-major ; les maires s'y refusèrent.
Ils s'arrêtèrent à une affiche, dans laquelle ils annonçaient
qu'un projet de loi accordant l'élection de tous les chefs

1. Déposition de M. Ducuing.

de la garde nationale et l'établissement d'un conseil municipal élu par les citoyens allait être rédigé par les députés de Paris et déposé sur le bureau de l'Assemblée. Les délégués du Comité promirent de s'en contenter et de rendre le lendemain matin, à dix heures, l'Hôtel de ville aux maires. Mais dans l'intervalle eut lieu, rue de la Corderie où siégeait l'Internationale, une réunion du Comité des délégués des vingt arrondissements. — C'était le Comité de vigilance qui reprenait ici son titre de Comité directeur. — On y avait décidé que l'Hôtel de ville resterait entre les mains du Comité central. Ce fut le citoyen Viard qui se fit l'interprète de cette décision, lorsque les délégués des maires, MM. Bonvallet, André Murat et Denizot, se présentèrent à l'Hôtel de ville pour en prendre possession, comme cela avait été convenu la veille. Les maires, informés de ce qui venait de se passer, au lieu de rompre tout à fait avec le Comité central, envoyèrent des délégués à Versailles prévenir les députés de Paris ; ceux-ci se firent illusion au point d'espérer qu'ils arrêteraient la révolution en déposant le projet de loi suivant sur le bureau de l'Assemblée :

« Art. 1er. Il sera procédé dans le plus bref délai à l'élection d'un conseil municipal pour la ville de Paris.

Art. 2. Le conseil sera composé de quatre-vingts membres.

Art. 3. Ce conseil nommera dans son sein son président, qui aura le titre et exercera les fonctions de maire de Paris.

Art. 4. Il y aura incompatibilité entre les fonctions de conseiller municipal et celles de maire ou adjoint de l'un des vingt arrondissements de Paris [1]. »

1. Les signataires étaient : MM. Schœlcher, Louis Blanc, Henri Brisson, Tolain, Tirard, Lockroy, Clémenceau, Langlois, Edgar Quinet, Brunet, Millière, Martin Bernard, Greppo, Bernard, Cournet, Floquet, Razoua, Farcy.

II

Tandis que ces efforts de conciliation impossible
étaient tentés à Paris et à Versailles, les membres du
Comité central essayèrent, comme on vient de le voir,
de rassurer les esprits en justifiant une usurpation qu'il
n'était pas facile cependant de motiver. Ils semblaient,
dans leurs proclamations, dont nous avons déjà cité
plusieurs passages, vouloir restreindre la révolution à
un rôle purement municipal ; mais les vagues générali-
tés dans lesquelles ils se tenaient ne pouvaient satisfaire la population parisienne.

Elle s'étonna surtout des noms qui se trouvaient rassemblés au-dessous de toutes ces pièces, sous le titre
collectif de « Comité central de la garde nationale. »
Semblables à ces Romains du temps de Cicéron qui
demandaient aux passants quelle république on avait
le matin, les groupes se formaient et s'interrogeaient
au lendemain du 18 mars : « Qu'est-ce que le citoyen
« Assi ? — un ouvrier mécanicien connu par les grèves
« du Creuzot. — Le citoyen Billioray ? — un peintre
« sans talent. — Le citoyen Ferrat ? — un homme de
« peine. — Le citoyen Babick ? — un parfumeur ayant
« quelque peu étudié la médecine. — Le citoyen
« Moreau ? — un placier. — Le citoyen Mortier ? — un
« inconnu. — Le citoyen Dupont ? — un teneur de
« livres. — Le citoyen Varlin ? — un relieur. — Le
« citoyen Boursier ? — un marchand de vins. — Le
« citoyen Goulins ? — un inconnu. — Le citoyen
« Lavalette ? — un apprenti ingénieur. — Le citoyen
« Jourde ? — un comptable. — Le citoyen Rousseau ?

« — un inconnu. — Le citoyen Lullier ? — un officier
« de marine devenu fou. — Le citoyen Blanchet ? —
« un ancien capucin. — Le citoyen Grollard ? — un
« inconnu. — Le citoyen Baron ? — même chose. —
« Les citoyens Geresme, Fabre, Bergeret ? — tous
« absolument ignorés. » Voilà ce qui se disait ; et, la
réponse faite, on commençait à rougir des maîtres
qu'on ne s'était pas donnés, mais qu'on avait laissés
usurper le droit.

En même temps se dessinaient, sous les yeux des
curieux consternés, des silhouettes sinistres. C'étaient
des corps garibaldiens venus à Paris à la suite des préliminaires de la paix, et mariés à tout ce qu'il y avait
d'aventuriers dans nos murs. On ne voyait sortir de
l'Hôtel de ville et de la place Vendôme que chemises
rouges, chapeaux à plumes, nouveaux *hussards de la
mort*, costumés d'une manière mélodramatique, avec
un crêpe au bras, des revolvers à la ceinture, un grand
sabre au côté. Tout cela traversait sans cesse les rues,
sur des montures fantastiques. Les jurons et même les
menaces sortaient à tout propos de leurs bouches.
« Est-ce que tout ce monde-là est payé pour nous
vexer ? » se demandèrent les bons bourgeois. Et sur la
réponse que le Comité central, le pistolet au poing,
avait déjà fait à la banque de France plusieurs réquisitions forcées de 500 000 francs, la colère succéda enfin
à l'épouvante, et l'on s'ameuta pour protester hautement contre cet état de choses. Quelquefois au passage
des patrouilles fédérées, on entendait crier : « Vive
l'ordre ! à bas les masques ! pas de carnaval ! » On
disait ironiquement : « Ils recommencent les sergents
de ville ! Où sont vos casse-têtes ? » Dans tous les
lieux publics, la réprobation s'exprimait sous la forme
la plus vive. Des discussions animées s'engageaient
devant les barricades entre leurs gardiens armés et les

hommes d'ordre sans armes, qui savaient souvent se
faire écouter. Le *Journal officiel* signalait lui-même
les « groupes de vingt-cinq, cinquante et même cent
personnes », qui se formaient sur les boulevards et s'y
tenaient « en permanence, discutant, gesticulant et
gênant la circulation. » — « Chaque groupe, ajoutait-
il, possède quatre ou cinq orateurs en plein vent, qui
obtiennent l'attention des auditeurs. Ces orateurs, *presque
tous réactionnaires*, s'appuient sur ce thème, que ce
qu'il faut maintenant, c'est le travail, et que le nouveau
Gouvernement est incapable d'en donner. »

Ces premiers actes d'opposition trouvèrent un écho dans
la presse, non seulement sous forme de critiques plus
ou moins acerbes, mais sous celle d'une protestation
collective à laquelle eurent le courage de s'associer les
organes de toutes les opinions avouables, depuis les
plus rétrogrades jusqu'aux plus radicales. Le terrain
commun sur lequel se plaçaient tous ces journaux,
c'était le respect de la souveraineté nationale, que représentait seule l'Assemblée réunie à Versailles. Ils ne
se laissaient ni effrayer par les menaces, ni duper par
la feinte modération du pouvoir de fait qui siégeait à
l'Hôtel de ville. Ils refusaient des mains de ce pouvoir
des élections municipales qui ne seraient que la consécration de la révolte.

Voici la teneur de cette déclaration, qui fut signée
chez M. Guéroult, dans la soirée du 20 mars, et affichée
le 21 :

« Attendu que la convocation des électeurs est un
acte de souveraineté nationale ; — que l'exercice de
cette souveraineté n'appartient qu'aux pouvoirs émanés
du suffrage universel ; — que, par suite, le Comité qui
s'est installé à l'Hôtel de ville n'a ni droit ni qualité
pour faire cette convocation, les représentants des
journaux soussignés considèrent la convocation, affi-

chée pour le 22 du courant, comme nulle et non avenue, et engagent les électeurs à n'en pas tenir compte. »

Les journaux signataires furent : le *Journal des Débats*, le *Constitutionnel*, le *Siècle*, l'*Électeur libre*, le *Paris-Journal*, la *Vérité*, le *Figaro*, le *Gaulois*, la *Petite Presse*, l'*Union*, le *Petit-Journal*, la *France Nouvelle*, la *Presse*, la *Liberté*, le *Pays*, le *National*, la *France*, l'*Univers*, l'*Opinion nationale*, la *Cloche*, le *Petit Moniteur*, le *Français*, le *Journal des villes et des campagnes*, le *Journal de Paris*, la *Gazette de France*, le *Messager de Paris*, le *Temps*, le *Soir*, le *Moniteur universel*, le *Monde*.

Il fallait un chef à la résistance, on songea à l'amiral Saisset. Le courage et l'énergie dont il avait fait preuve pendant le siège, et la mort de son fils, jeune et brillant officier de marine, tué par un obus prussien, l'avaient rendu populaire et sympathique. Reconnu, le 19, sur le boulevard à la hauteur de l'Opéra, l'amiral avait été acclamé, et de nombreux citoyens lui avaient offert le commandement de la garde nationale qu'il ne voulut accepter que sur un ordre exprès du Gouvernement légal. M. Thiers ne donna pas et ne pouvait pas donner d'instructions précises à l'amiral ; il se borna à lui dire : « Faites tout ce que vous pourrez, au moyen de votre popularité, pour tâcher de conjurer les horreurs de la guerre civile, je n'ai pas d'instructions à vous donner ; les maires de Paris ont mes pleins pouvoirs. »

Dès son arrivée, l'amiral expédia aux bataillons de Passy l'ordre de venir, dans la nuit, le joindre à son hôtel de la rue de Ponthieu. Il se proposait d'occuper le palais de l'Industrie, l'Élysée et le ministère de l'intérieur qu'il savait mal gardés. Il conservait ainsi le cours de la Seine et assurait ses communications avec Versailles ; mais les bataillons de Passy, très déterminés à se défendre chez eux, montrèrent fort peu d'empres-

sement à sortir de leur arrondissement. Adoptant alors
une nouvelle combinaison, l'amiral se rendit à la gare
Saint-Lazare, où il se maintenait en relation avec Versailles, et en cas de besoin s'assurait un moyen de
retraite. Mais le Goúvernement, absorbé par la nécessité de reconstituer l'armée, ne put lui donner les troupes de soutien nécessaires pour garder la ligne de chemin de fer et le poste des Batignolles. Forcé d'abandonner ce second plan, l'amiral s'établit au Grand-Hôtel
pour se rapprocher du centre où se trouvaient les
bataillons les plus fidèles et reprendre avec leur concours la place Vendôme. Mais là, comme à la gare
Saint-Lazare, comme à la rue de Ponthieu, il ne parvint
pas à grouper des forces suffisantes. Le plus grand
nombre des officiers de la garde nationale refusaient,
il est vrai, de suivre le Comité central, mais ne se mettaient pas franchement à la disposition de l'amiral pour
marcher contre l'émeute.

Pendant ce temps, l'Assemblée nationale, réunie à
Versailles depuis la veille, adoptait une proclamation
au peuple et à l'armée. Le rédacteur, M. Vitet, répon-
dant aux préoccupations les plus vives de tous les honnêtes gens, leur disait dans ce noble et ferme langage
dont il avait le secret : « Ne craignez pas de nous ces
faiblesses morales qui aggraveraient le mal en pactisant
avec les coupables. Nous vous conserverons intact le
dépôt que vous nous avez commis pour sauver, organiser, constituer le pays, le grand et tutélaire principe
de la souveraineté nationale. » Vainement MM. Tirard
et Clémenceau poussèrent l'Assemblée dans la voie des
concessions, et firent les plus grands efforts pour obtenir le vote immédiat de la loi municipale qu'ils
avaient proposée. L'Assemblée se borna, et c'était tout
ce que sa dignité lui permettait de faire, à adopter à
l'unanimité l'ordre du jour suivant : « L'Assemblée

nationale, résolue, d'accord avec le pouvoir exécutif, à reconstituer, dans le plus bref délai possible, les administrations municipales des départements et de Paris sur la base des conseils élus, passe à l'ordre du jour. »

Le soir même de cette séance, l'une des plus mémorables de la session, M. Tirard rendit compte aux maires et aux députés de Paris, réunis sous la présidence de M. Vautrain, de ce qui s'était passé à Versailles, et après cette communication, la réunion municipale délégua MM. Lockroy et Clémenceau à l'Hôtel de ville pour inviter le Comité central à ne pas faire procéder aux élections. Mais le Comité, qui sentait sa force, accueillit mal les délégués et ne leur donna aucune réponse.

III

Cependant, la courageuse protestation de la presse, la résistance des maires et de la plupart des députés de la Seine, avaient réveillé les hommes d'ordre. Ils commençaient à sortir de la torpeur des premiers jours.

Le 21 mars, par l'initiative d'un courageux citoyen, le tailleur Bonno, se forma sur le boulevard des Capucines une première manifestation qui attira l'attention du Comité[1]. Viard demanda énergiquement qu'on fît cesser toutes ces excitations, et Lullier, dont l'énergie ou plutôt la folie furieuse commençait à se révéler, fut chargé du maintien de l'ordre. En même temps, le *Journal officiel* tonnait contre « les groupes de vingt-cinq à cent personnes, gesticulant et gênant la circu-

1. Conciliabules de l'Hôtel de ville — 21 mars, page 6.

lation sur les boulevards, et leurs orateurs en plein vent, presque tous réactionnaires. » Le lendemain, prévenu qu'une seconde manifestation se préparait, le Comité constatait que la réaction plus puissante levait la tête, qu'elle voulait arriver à troubler la paix publique en descendant dans la rue, et il ordonnait à Lullier et à Moreau de prendre les mesures les plus énergiques pour empêcher sans effusion de sang, *si faire se peut*, la réunion projetée[1].

Ces menaces n'empêchèrent pas les hommes d'ordre de se rassembler dans la journée, place du Nouvel Opéra, pour prendre part à la manifestation décidée la veille. A une heure, ils étaient plus de huit mille, portant chacun des rubans bleus à la boutonnière, comme signe de ralliement. Nous étions au milieu d'eux et nous pouvons raconter toutes les scènes de ce lugubre épisode.

La colonne, composée, comme celle du jour précédent, d'hommes sans armes, bourgeois, artisans, gardes nationaux, soldats, mobiles, se dirigea, précédée de son drapeau, vers la place Vendôme, quartier général des bataillons de la Commune. S'engageant dans la rue de la Paix, compacte, énergique, mais calme, elle ne rencontra d'abord aucune résistance sérieuse de la part de la compagnie fédérée qui gardait l'entrée de la rue. « Nous venons à vous sans armes, nous sommes vos frères ! » criait-on aux gardes nationaux de la Commune, et les soldats ainsi que les officiers, par un premier mouvement, remettaient sabres et baïonnettes au fourreau. Mais sur la place Vendôme, les officiers, qui de loin considéraient ce flot de peuple envahissant la rue de la Paix, s'en effrayèrent et firent battre le tambour. Ce mouvement n'avait pas échappé aux amis de l'ordre

1. Conciliabules de l'Hôtel de ville — 22 mars, page 6 et 7.

formant la tête de la colonne : plusieurs d'entre eux
s'arrêtèrent incertains, et cette hésitation, remarquée
par les fédérés de la place, leur donna le temps de se
ranger en bataille. Cinq ou six cents personnes, se déta-
chant de la colonne, se portèrent cependant en avant ;
une avant-garde les précèdait de quelques pas. Les défenseurs de la Commune, voyant cette petite troupe
s'avancer résolûment malgré leurs démonstrations hostiles, croisèrent la baïonnette et se mirent en défense,
comme s'ils craignaient que les gens qu'ils voyaient
devant eux désarmés n'eussent des armes cachées. Les
modérés parlementaient et cherchaient à leur faire
comprendre qu'ils occupaient indûment un arrondissement qui n'était pas le leur. « Laissez-nous libres chez
nous, disaient-ils, et nous n'irons pas vous inquiéter
chez vous. Vive la liberté pour tous ! Vive la République ! » Ces paroles semblaient ébranler quelques-uns
des fédérés, mais la plupart conservaient une attitude
farouche. Derrière eux se trouvait un capitaine fort
exalté qui brandissait son sabre. Le tambour exécutait
des roulements qui ressemblaient à ceux qui précèdent
les sommations.

L'amiral Saisset marchait à la tête de la colonne,
espérant par l'annonce officielle des concessions faites
par Versailles ramener les esprits aux sentiments de l'ordre. Mais il avait à peine prononcé quelques paroles
que plusieurs coups de feu éclatèrent. Alors s'accomplit
un acte d'héroïsme que nous ne pouvons nous empêcher
de rapporter : nous vîmes le courageux citoyen qui portait le drapeau tricolore couvrir l'amiral de son corps,
en criant : «Si vous voulez tuer quelqu'un, tuez-moi ! »
La foule ne bougea pas. Mais d'autres coups de feu partirent de l'extrémité, puis de tous les rangs indistincte-
ment, et frappèrent au hasard ceux qui étaient devant,
amis et ennemis. C'est alors seulement que la manifes-

tation battit en retraite. Les gardes s'étaient presque
tous repliés en tirant ; l'un d'eux s'enfuit jusque dans
larue du Marché-Saint-Honoré, où il fut berné par les
femmes du quartier et finalement laissé pour mort. Les
officiers, quelques hommes de sang-froid, seuls, restés
au milieu de la chaussée, essayèrent de faire cesser le feu.
Un jeune homme revint, tenant le drapeau de la manifestation, la flèche brisée. Deux ou trois gardes seulement
accueillirent par des vivats ce triste trophée. Les rues
étaient jonchées de corps tués ou blessés. Sept personnes
avaient été mortellement frappées dans la rue des Capucines ; dans la rue de la Paix, un soldat de la ligne,
qui tenait le drapeau, était tombé à côté d'un vieillard
qui avait eu la tête fracassée et d'une malheureuse canti-
nière. Les blessés étaient nombreux. Ils se traînaient ou
on les traînait de tous côtés. Le dernier coup tiré le
fut par un homme qui, froidement, se masquait derrière
deux camarades, épaulait son fusil, lentement, comme à
la cible, et tirait, mais sur des blessés ou sur ceux qui
cherchaient à se relever. Les gamins, ces hideux et
féroces gnomes de toutes les émeutes, ne manquaient
pas à cette fête. Nous avons vu un jeune homme, presque un enfant, à qui on passait des fusils chargés, et
qui, sans interruption, fusillait tout devant lui.

Cette affreuse catastrophe, dont le bruit et les conséquences avaient jeté l'épouvante sur la ligne des
boulevards, plongea la ville dans le deuil et la terreur.
L'effusion du sang, commencée rue des Rosiers, se con-
tinuait place Vendôme ; il était bien évident, désormais,
que les fédérés ne reculeraient devant aucun excès
pour rester maîtres du terrain qu'ils avaient conquis.
Si l'on avait pu en douter, l'attitude et les paroles du
Comité, siégeant à l'Hôtel de ville, auraient pu facilement détruire toute illusion à cet égard. Ainsi, lorsqu'un officier d'état-major, délégué du poste central de

la place Vendôme, vint, dans la séance du 22 mars, annoncer au Comité réuni le résultat de la manifestation de la journée, le citoyen Avoine proposa de voter des remerciements au général Bergeret et à tout l'état-major, qui avaient bien mérité de la patrie ; et cette proposition fut adoptée à l'unanimité. Le Comité ne pouvait montrer avec plus de cynisme sa satisfaction de l'accomplissement du crime qu'il avait préparé. Que lui importaient treize cadavres, des mourants, des passants inoffensifs frappés par les balles ! On avait fait peur à cette résistance loyale et gênante qui disputait Paris à la révolution.

Le mouvement insurrectionnel triomphait, mais ses succès ne mettaient pas seulement en question l'existence du Gouvernement ; ils faisaient craindre à la France épuisée le danger d'une reprise immédiate des hostilités de la part des Prussiens. Nos intéressés vainqueurs voulaient, avant tout, conserver le gage de leur créance. Le 22, le général de Fabrice, commandant supérieur des forces allemandes, menaçait d'agir militairement contre la capitale de la France. M. Jules Favre avait répondu : « Nos engagements seront tenus ; Votre Excellence ne voudra pas, en présence de notre déclaration formelle, infliger à la ville de Paris, protégée par les préliminaires de paix, les calamités d'une exécution militaire. »

Ces deux pièces furent communiquées à l'Assemblée nationale d'abord, puis au maire du IIe arrondissement, M. Tirard, pour « l'éclairer sur les dangers que faisait courir à Paris la sanglante saturnale de l'Hôtel de ville », et le prier de donner connaissance de la négociation à ses collègues. Dans une seconde dépêche, du même jour, le ministre écrivait à M. Tirard : « Ai-je besoin de vous dire que nous voulons aller à votre secours ? Que la garde nationale se réunisse sous les

ordres de l'amiral Saisset, nous nous mettrons en communication avec lui, et nous ferons tous nos efforts
pour rallier tous les éléments de la défense qui nous
permettront de dominer la situation. »

Conformément aux instructions de M. Jules Favre,
les maires et adjoints nommèrent d'urgence, dans la
nuit du 22 mars, l'amiral Saisset, commandant supérieur de la garde nationale, le colonel Langlois, chef
d'état-major général, et le colonel Schœlcher, commandant en chef de l'artillerie, en attendant, disaient-ils,
la promulgation de la loi qui devait conférer à la garde
nationale de Paris son plein droit d'élection. Ils avaient
les pleins pouvoirs de M. Thiers. Le lendemain, en effet,
leur conduite était approuvée par le chef du pouvoir
exécutif. M. Desmarest, qui était allé dans la nuit à
Versailles avec MM. Alphonse de Rothschild, Charles
Ferry, Alfred André, Fabre et Vautrain, rapporta une
lettre dans laquelle M. Thiers disait : « Messieurs les
maires, vous n'êtes pas en désaccord avec le Gouvernement, en supposant que, dans les circonstances actuelles, il ratifiera toutes les mesures de pardon et
d'oubli que vous croirez devoir prendre, pour ramener
à la cause de l'ordre les hommes qui ne sont coupables
que d'égarement. » Dans une autre lettre, M. Picard
promettait que la loi relative aux élections municipales
serait votée immédiatement, et que les élections pourraient avoir lieu le 3 avril. Enfin la nomination de
l'amiral Saisset, comme commandant de la garde nationale, était confirmée.

C'était là évidemment tout ce que l'on pouvait demander, et M. Thiers allait à la limite extrême des concessions. Les maires et les adjoints n'en vinrent pas
moins à Versailles le 23, et entrèrent dans une des tri-
bunes de la Chambre, revêtus de leurs insignes. Il y eut
là, entre eux et les députés, une scène fâcheuse qui rap-

pelait les plus mauvais jours de la Convention. Pour dissiper l'impression qu'elle avait produite sur la Chambre, le président présenta l'incident comme le résultat d'une méprise, et M. Arnaud de l'Ariège proposa au nom des maires la résolution suivante :

« 1° L'Assemblée se mettra à l'avenir en communication plus directe et plus intime avec les municipalités de Paris ; 2° elle autorisera les maires à prendre les mesures que les circonstances exigeront ; 3° les élections de la garde nationale auront lieu le 28 mars, et l'élection du conseil municipal avant le 3 avril ; la condition du domicile sera réduite à six mois ; enfin, les maires et les adjoints procéderont aussi de l'élection. »

Comme le Gouvernement, l'Assemblée alla à l'extrême limite de ce qu'elle pouvait accorder, en prononçant à l'unanimité l'urgence de cette proposition. La situation de la France vis-à-vis de l'étranger ne motivait que trop cette ligne de conduite envers l'insurrection. Le mouvement de retraite des Allemands était arrêté, les négociations suspendues, et le crédit si paralysé qu'il devenait impossible de se procurer les sommes nécessaires pour payer les premiers termes de l'énorme contribution de guerre imposée par les vainqueurs. Le Comité, du reste, n'avait pas à s'en préoccuper. Le 23 mars, il faisait insérer à l'*Officiel* et publier en gros caractères, comme s'il se fût agi d'un triomphe pour lui, une dépêche adressée par le chef du quartier général prussien au commandant de Paris, et dans laquelle il l'informait que les troupes allemandes avaient reçu l'ordre de garder une attitude amicale tant que les événements dont Paris était le théâtre ne prendraient pas un caractère hostile à l'égard de l'armée de l'occupation. Mais tout ce qui avait conservé à Paris la fibre patriotique ne partagea pas la quiétude du Comité. Le 23 et le 24, la résistance s'accentua dans le quartier latin.

Les élèves des diverses Écoles publièrent, eux aussi, une affiche dans laquelle on lisait : « La jeunesse des Écoles, assemblée dans l'amphithéâtre de l'École de médecine, considérant que le Comité central a porté atteinte au suffrage universel, déclare qu'elle fait cause commune avec les représentants et les maires de Paris, et qu'elle est prête à lutter avec eux par tous les moyens possibles contre ce Comité sans mandat populaire. »

Le 24 au soir, les étudiants se rendirent au Grand-Hôtel et se mirent à la disposition de l'amiral Saisset, qui les fit armer et caserner au troisième étage. C'est ce jour-là que parut la fameuse adresse de l'amiral à la population de Paris : « Je m'empresse de porter à votre connaissance que, d'accord avec les députés de la Seine et les maires élus de Paris, nous avons obtenu du Gouvernement et de l'Assemblée nationale : 1º la reconnaissance complète de nos franchises municipales ; — 2º l'élection de tous les officiers de la garde nationale, y compris le général en chef ; — 3º des modifications à la loi des échéances ; — 4º un projet de loi sur les loyers, favorable aux locataires, jusques et y compris les loyers de 1200 fr. »

On a reproché à l'amiral l'étendue de ces concessions, mais les membres de l'Assemblée, qui tenaient ce langage facile sur les bancs ou dans les couloirs de la Chambre, ne songeaient pas assez aux difficultés des circonstances, et oubliaient qu'au point de vue politique les maires seuls avaient les pleins pouvoirs de M. Thiers, et par conséquent la responsabilité. Peut-être — et c'est encore fort contestable — peut-être l'amiral s'est-il trompé, mais il eut toujours des paroles énergiques pour repousser toute attache de parti. Le cœur brisé de la douleur d'avoir perdu son fils unique, il était venu simplement faire son devoir. En tous cas, la guerre entre habitants d'une même ville est chose assez affreuse pour qu'il soit excusable d'avoir tout tenté pour la prévenir.

Le même jour, le Comité, qui ne pouvait refuser de telles conditions, mais qui ne voulait à aucun prix s'entendre avec le Gouvernement, envoya deux délégués à la mairie du deuxième arrondissement, avec mission d'accepter les propositions faites par l'amiral, mais aussi de maintenir les élections du 26 mars. Il savait bien que cette date, trop rapprochée, ne permettrait pas aux maires de faire des élections sérieuses, et qu'ils la repousseraient ; c'est en effet ce qui arriva. Ce fut un tort. Le seul compromis légitime eût été de prendre au mot le Comité central, en permettant sous toutes réserves les élections dont il s'était engagé à respecter l'arrêt, quel qu'il fût. Il n'était pas question pour le pouvoir légal de prendre un engagement semblable ; il ne se fût pas obligé à reconnaître un conseil municipal irrégulièrement élu : il n'eût fait que laisser à la population honnête de Paris un moyen pratique de manifester ses sentiments. Ce parti fut la dernière, mais trop tardive ressource des maires et des députés, la veille même des élections, lorsqu'ils eurent perdu tout espoir d'en obtenir l'ajournement.

Le Comité central, qui ne pouvait procéder au vote qu'après avoir brisé ou vu céder toute résistance, déclara aussitôt les négociations rompues et confia le pouvoir militaire à Brunel, Duval et Eudes, auxquels il conférait le titre de généraux, en attendant l'arrivée de Garibaldi acclamé comme général en chef. On a dit que son opiniâtreté à refuser tout projet d'arrangement provenait des surexcitations soufflées par M. de Bismark et de l'argent semé par des mains bonapartistes. Ce bruit ne fut-il qu'une rumeur forgée par les partis ? Nous l'ignorons, mais ces causes souterraines, en supposant même leur existence, n'influèrent pas sérieusement sur le refus du Comité. Il résista aux prières des hommes qui paraissaient se rapprocher le plus de ses idées et aux concessions si étendues du pouvoir, uniquement, nous l'avons dit, afin de réaliser l'orgie sociale que ses membres rêvaient depuis si longtemps. M. Thiers avait bien vu juste dans ce jeu, mais avant de tout oser il fallait tout reconstituer.

Les nouveaux généraux publièrent sur le champ une proclamation qui annonçait clairement l'ouverture de la guerre civile : « Tout ce qui n'est pas avec nous, disaient-ils, est contre nous ! » Et pour envenimer encore la situation déjà si tendue par le refus des maires, ils attaquèrent, vers deux heures, la mairie du premier arrondissement (celle du Louvre), à la tête de quatre bataillons fédérés et de quatre pièces d'artillerie. Brunel se présenta comme délégué du Comité central ; il voulut d'abord qu'on lui remît la mairie, et sur le refus du maire, M. Méline, appelé en toute hâte, il exigea que les élections de la commune fussent fixées au 26 ; le tout, sous menace de bombardement. MM. Méline et Adam étaient hors d'état de lutter contre les forces du Comité, ils demandèrent à MM. Dubail et Schœlcher l'autorisation de traiter. M. Dubail, en sa qualité de membre de la commission de permanence à la réunion des maires, M. Schœlcher comme colonel de l'artillerie de la garde nationale, les autorisèrent à accorder, pour éviter l'effusion du sang, les élections du 3 avril, ce qui était, d'ailleurs, accepté par le Gouvernement. Mais le Comité refusa aux maires cet ajournement, même à si court délai, et ils furent obligés d'accepter la date du 30 mars. Une transaction fut signée entre eux et les citoyens Brunel et Protot. On ajourna les questions de détail à une nouvelle réunion, qui aurait lieu le soir, à neuf heures, et dans laquelle les membres du Comité viendraient s'aboucher avec les maires.

Le Comité central sentait que le terrain glissait sous ses pas. Il comprit que, si l'Assemblée nationale accordait à Paris l'élection d'un conseil municipal, il n'aurait plus de raison d'être, et que la population lui échapperait. Il s'empressa de désavouer ses agents et d'exiger une concession entière ou le combat immédiat. Les délégués qu'il chargea de cette triste mission étaient Rouvier et Arnold. Ils ne se présentèrent qu'assez tard, dans la nuit, à la mairie du deuxième arrondissement, et déclarèrent tout d'abord que Brunel et Protot n'avaient pas qualité pour traiter et que les élections resteraient fixées au 26, parce que telle était la volonté du Comité central.

La réunion, bien que très divisée au fond, refusa de revenir sur ce qui avait été décidé dans l'après-midi, et maintint l'engagement pris pour le 30. La discussion fut vive. M. Vautrain traita les délégués du Comité de « misérables et de fourbes, parlant de liberté et n'entendant agir que par l'oppression. » Le maire du dixième arrondissement, M. Dubail, dit à ceux qu'il croyait favorables au parti de l'insurrection : « Si vous êtes ici pour résister avec nous, c'est bien ; mais, si non, il faut partir. » Le principe de la résistance triomphait. Malheureusement ce langage si ferme ne représentait que l'opinion d'un certain nombre de maires ; le parti de la faiblesse devait l'emporter le lendemain et entraîner M. Vautrain lui-même.

Le 25, à onze heures du matin, les députés de Paris, de retour de Versailles, venaient d'arriver à la réunion des maires, lorsque Rouvier et Arnold entrèrent dans la salle des délibérations. On reprit la discussion au point où elle était la veille : « Voulez-vous, disaient les délégués du Comité, convoquer les électeurs pour le jour que nous avons choisi ? Nous vous rendrons vos mairies et les élections seront faites par vos soins. Dans le cas contraire, nous nous passerons de vous. »

L'heure était solennelle; on sentait que cette confé-
rence était la dernière et que le sang ne tarderait pas
à couler. Les maires du parti de la résistance étaient
prêts à se retirer plutôt que d'accepter la transaction
proposée. A ce moment, entrèrent MM. Clémenceau et
Floquet ; ils dirent qu'ils arrivaient de Versailles et que,
dans les couloirs de l'Assemblée, il était question de
proclamer le duc d'Aumale lieutenant général du
royaume. Alors, sur ce bruit faux semé perfidement
pour irriter leurs consciences républicaines, les maires se jetèrent sur les plumes et signèrent le fatal compromis. En voici le texte officiel, tel qu'il fut signé par six
représentants de la Seine, sept maires et trente-deux
adjoints de Paris, et, à leur suite, par les deux délégués du Comité central :

« Les députés de Paris, les maires et les adjoints
élus, réintégrés dans les mairies de leurs arrondissements, et les membres du Comité central fédéral de la
garde nationale, convaincus que le seul moyen d'éviter
la guerre civile, l'effusion de sang à Paris, et en même
temps d'affermir la République, est de procéder à des
élections immédiates, convoquent pour aujourd'hui, dimanche, tous les citoyens dans les collèges électoraux.
— Les bureaux seront ouverts à huit heures du matin
et seront fermés à minuit. — Les habitants de Paris
comprendront que dans les circonstances actuelles le
patriotisme les oblige à venir tous voter, afin que les
élections aient le caractère sérieux qui, seul, peut assurer la paix dans la cité. Vive la République ! »

L'usurpation était consommée, du consentement de
ceux qui avaient été les derniers représentants du
droit. Quoique extrêmement favorable aux visées du
Comité, ce texte ne le satisfit pas cependant, il crut
devoir l'altérer. La proclamation, affichée par ses ordres, portait : « Le Comité central de la garde nationale,

auquel se sont ralliés les députés de Paris, les maires
et adjoints.... » et elle était signée par le Comité tout
entier. De sorte que c'était le Comité insurrectionnel
qui convoquait les électeurs, et non plus les maires et
les députés de Paris. Il se permit même d'ajouter sur
l'affiche, ainsi falsifiée, les signatures de plusieurs
magistrats municipaux qui n'avaient pas souscrit le
compromis. L'acte original était intitulé :

*Seul texte authentique de la convention signée entre les
maires, adjoints, représentants de la Seine présents à la
séance, et MM. Rouvier et G. Arnold, délégués du Comité
central.*

Il était signé :

Les maires et adjoints de Paris :

1er *arrond.* Adolphe Adam, Méline, adjoints.
2e   —   Émile Brelay, Loiseau-Pinçon, adjoints.
3e   —   Bonvalet, maire ; Charles Murat, adjoint.
4e   —   Vautrain, maire ; de Châtillon, Loiseau,
         adjoints.
5e   —   Jourdan, Collin, adjoints.
6e   —   A. Leroy, adjoint.
9e   —   Desmarest, maire ; E. Ferry, André, Nast,
         adjoints.
10e —   A. Murat, adjoint.
11e —   J. Mottu, maire ; Blanchon, Poirier, Tolain,
         adjoints.
12e —   Grivat, maire ; Denizot, Dumas, Turillon,
         adjoints.
13e —   Combes, Léo Meillet, adjoints.
15e —   Jobbé-Duval, Sextus-Michel, adjoints.
16e —   Chaudey, Sevestre, adjoints.
17e —   François Favre, maire ; Malon, Villeneuve,
         Cacheux, adjoints.
19e —   Deveau, Satory, adjoints.

Les représentants de la Seine présents à Paris :
Lockroy, Floquet, Tolain, Clémenceau,
V. Schœlcher, Greppo.

Les délégués du Comité central de la garde nationale :
G. Arnold et Rouvier.

On ne peut s'empêcher de remarquer que, sur qua-
rante-trois députés de la Seine, six seulement prirent
part à cet acte. Quant aux municipalités, quatre arrondissements n'étaient pas représentés dans la liste des signataires. Sur vingt maires, sept seulement avait adhéré,
et sur quatre-vingts adjoints, trente-deux avaient signé.
Le compromis n'avait donc été consenti que par la minorité de la réunion des maires et des adjoints de Paris. Mais comme, en révolution, ce sont les minorités
qui font la loi, il n'en aida pas moins l'insurrection à
tromper la population de Paris et à lui faire croire que
les élections de la Commune étaient légales, puisque
les maires reconnus par le Gouvernement les autori-
saient.

La plupart de ceux qui avaient adhéré à cette sorte de
capitulation le comprirent si bien, que dans une réunion qui eut lieu chez M. Alfred André presque immédiatement après ils déclarèrent n'avoir transigé que pour
éviter l'effusion du sang. Un adjoint, après avoir essayé
de justifier sa signature, s'écria : « Ah! je ne me le par-
donnerai jamais! »

Dans la séance du 25, M. Louis Blanc sollicita de l'Assemblée une approbation, ou tout au moins un bill d'indemnité pour la conduite des municipalités, et proposa
de déclarer, par un ordre du jour motivé, « qu'en prenant en toute connaissance de cause le parti que leur
imposait la plus alarmante des situations les maires et
adjoints de Paris avaient agi en bons citoyens. » Mais,
dans la séance du 27 mars, l'Assemblée décida, à la
presque unanimité, que cette proposition ne serait pas

prise en considération. Pouvait-elle souffrir, en effet, qu'une minorité factieuse prétendît se substituer au pouvoir légal qu'elle avait constitué? Les signataires de la convention se défendent, en disant qu'ils ont été jusqu'à la limite du possible, qu'ils ont tenu huit jours le Comité central en échec, et que ces huit jours ont permis au Gouvernement d'organiser son armée et de vaincre ensuite l'émeute qui l'aurait emporté, si la lutte avait commencé plus tôt. Assurément, cette allégation n'est pas dénuée de fondement, mais elle n'excuse nullement la faiblesse de la municipalité parisienne devant l'insurrection et sa défaillance finale. Les maires représentaient seuls le pouvoir légal, ils ne devaient pas pactiser avec l'émeute. S'ils avaient refusé de se prêter à des élections mensongères, il est bien possible que le Comité les eût faites quand même, mais elles n'auraient pas présenté ce caractère légal dont les a revêtues leur fatale condescendance, et qui a eu des conséquences terribles.

La plus immédiate fut la désorganisation de ce grand parti de l'ordre qui s'était levé à la présence de l'amiral Saisset. Témoin de la connivence des maires avec les insurgés, l'amiral, à qui une partie de la Chambre, froissée de sa proclamation, avait attribué la pensée de se mettre à la tête du mouvement, partit le même jour, à quatre heures du soir, pour Versailles. Il a été raconté alors que, sur la prière de ses amis, il avait dû se mettre des lunettes vertes, dissimuler son uniforme sous un habit civil, et, un numéro du *Père Duchêne* à la main, user de ruse pour sortir de Paris sans être inquiété.

Avant de partir, l'amiral laissa au colonel Trèves l'ordre suivant qui devait être transmis à la garde nationale : « J'ai l'honneur d'informer MM. les chefs de corps, officiers, sous-officiers et gardes nationaux de la Seine, que je les autorise à rentrer dans leurs foyers, à dater du samedi 25, sept heures du soir. » Les uns ont blâmé fort cette conduite, mais la résistance était-elle encore possible? L'amiral Saisset a déclaré qu'il y avait insuffisance d'hommes, d'armes et de munitions. Or, quand des hommes, dont le courage et l'autorité militaire sont hors de question, sont si affirmatifs, comment se prononcer contre eux? D'autres, il est vrai, en particulier le colonel Quevauvillers, ont soutenu qu'il y avait de quinze à vingt mille hommes sous les armes, mais « ne sachant à qui obéir, et ne sachant pas, quand ils se trouvaient près d'un bataillon, s'il était favorable à l'ordre ou non. » MM. Dubail, Tirard, Héligon, membres de la commission de permanence de la réunion des maires, avaient concentré à la mairie du IIᵉ arrondissement une force d'environ dix mille hommes d'élite bien armés, et très en état de répondre aux attaques des troupes mal organisées du Comité central. Ils y faisaient venir des mitrailleuses ; ils y accumulaient les armes et les engins de défense. De plus, ils avaient institué à la Bourse un service de paiement de la solde de la garde nationale pour désorganiser l'insurrection et rallier les gardes nationaux au parti de l'ordre. Mais tous ces efforts ne pouvaient converger à une action commune. Les gardes nationaux voulaient bien défendre leurs quartiers, mais ils répugnaient à en sortir. D'un autre côté, tout point d'appui extérieur leur manquait. Pour ne pas éparpiller ses forces, le gouvernement se refusa à occuper la gare Saint-Lazare, l'École militaire et d'autres positions stratégiques, telles que les hauteurs de Passy et du Trocadéro, gardées jusqu'au 28 mars par les bataillons fidèles. Or, comment admettre que la garde nationale, partagée entre le Gouvernement de l'insurrection et celui de Versailles, pût triompher seule d'obstacles devant lesquels le Gouvernement et l'armée s'étaient retirés?

Quoi qu'il en soit, l'amiral parti, c'en était fait pour deux mois de notre honneur et de notre paix. On le comprit si bien à l'Hôtel de ville, que toute la nuit s'y passa en fêtes et en railleries sur l'étrange faiblesse du grand parti de l'ordre. « Ils sont aussi bêtes que caducs ! » osait dire l'incapable Assi ; et, tout en vidant un verre de Bordeaux, il ordonna à la musique d'un bataillon, de garde sous les fenêtres, de jouer le vieil air :

La victoire est à nous !

CHAPITRE VI

I

Le Comité triomphant s'occupa aussitôt de l'organisation militaire et civile.

Il restait trente-cinq mille gardes nationaux environ, répartis inégalement entre deux cent dix bataillons, dont les cadres se trouvaient largement éclaircis. Tout était à refaire. En haut de l'échelle, au contraire, il y avait surabondance de généraux, de colonels, de commandants, etc., partant, pas de direction. Il fallut suspendre, destituer les uns, donner des compensations aux autres, et, le lendemain des élections seulement, à la veille de remettre ses pouvoirs, le Comité décrétait, en vue de projets ultérieurs dont nous verrons le développement, la création de vingt-cinq bataillons de marche, de vingt batteries de 7, de quinze batteries de mitrailleuses de marche, devant former le noyau d'une armée propre à tenir la campagne.

A Lullier, emprisonné après une scène violente au Comité, le 24 mars, succédèrent : Brunel, Eudes et Duval, réunis en commission militaire sous le contrôle du Comité.

« Ils avaient juré de rétablir l'entente sociale, » sans déguiser leurs moyens : « On n'hésitera pas, disaient-ils, à affamer le peuple en séquestrant la Banque et la manutention ; nous agirons et punirons sévèrement. Tout ce qui n'est pas avec nous est contre nous. »

Ces trois hommes avaient seuls les pouvoirs militaires. L'exécution appartenait à Bergeret qui, tous les matins, commandait le service aux légions et bataillons, après approbation du Comité.

Pendant que les ressources des différents parcs étaient inventoriées, des ordres sévères étaient donnés pour faire rentrer toutes les armes pillées dans les différentes casernes et à la Préfecture de police.

Les effets disponibles et trente-mille paires de souliers étaient distribués. Varlin, toujours à court d'argent, parait à tous les besoins au moyen de bons de réquisition.

Enfin, des mesures étaient prises pour éliminer des bataillons tous les éléments hostiles et douteux. On exigeait de tous les gardes soldés une déclaration d'adhésion, et les réfractaires étaient désarmés sans délai.

L'organisation civile fut plus simple et resta à l'état d'ébauche informe.

Les ministères, les grandes administrations, se trouvaient à peu près évacués le 19 mars, et il ne restait qu'un petit nombre d'employés, les uns dévoués au nouvel ordre de choses, les autres chargés de veiller à la conservation des archives les plus importantes et d'en surveiller l'emploi.

Devant ce départ en masse, attribué au « complot monarchique », le Comité annonça qu'il allait reconstituer les services publics. Il put, en effet, installer dans les différentes administrations des chefs convenablement rétribués, mais les employés de second ordre firent longtemps complètement défaut.

Ces places modestes, ces travaux assidus, ne tentaient personne. On promit en vain l'affranchissement aux « opprimés des grandes administrations », on menaça inutilement ces réfractaires d'un nouveau genre de destitution irrémissible, s'ils n'étaient pas rentrés à leur poste avant le 25 mars.

Les « opprimés » dédaignèrent les promesses et les menaces, et les services publics péchèrent toujours par la base.

II

Le Comité crut pouvoir suppléer à ce défaut d'organisation par une activité fébrile. Voici les principales dispositions, arrêtées par lui, depuis le 20 mars jusqu'au 28 :

L'état de siège est levé dans le département de la Seine.

Les conseils de guerre de l'armée permanente sont abolis.

Amnistie pleine et entière est accordée pour tous les crimes et délits politiques.

Il est enjoint à tous les directeurs de prisons de mettre immédiatement en liberté tous les détenus politiques.

Le directeur général des télégraphes est autorisé à supprimer jusqu'à nouvel ordre la télégraphie privée dans Paris.

Interdiction formelle d'exporter les vins existant dans les entrepôts, spécialement à Bercy. Toute voiture chargée de fûts est arrêtée à la barrière, les factures sont examinées minutieusement. Si l'acheteur est à Paris, un garde national monte à côté du cocher et va livrer la marchandise; si au contraire l'acheteur est en province, le chargement est saisi et le propriétaire déféré au Tribunal du Comité central[1].

Nomination du citoyen Theisz à la direction des postes en remplacement de M. Rampont[2].

Arrestation et mise en accusation des journalistes coupables d'avoir poussé à la révolte et au mépris de la souveraineté populaire.

Arrestation et mise en jugement du citoyen Clémenceau, maire du XVIIIe arrondissement.

Nomination de Menotti Garibaldi au commandement supérieur des forces de la Commune de Paris.

Mise en jugement des membres du Gouvernement. Occupation énergique et par tous les moyens des arrondissements dissidents.

Suppression successive de tous les journaux coupables d'hostilité envers le Comité.

En face de l'attitude de la réaction et du Gouvernement de Versailles, il est bon d'assurer l'avenir de la République et de la Commune. Dans ce but, tous les gardes nationaux qui voudront conserver leurs armes et leur solde devront faire, chez leur sergent-major, et sur un livre spécial, une déclaration d'adhésion au Comité.

Tous les réfractaires seront immédiatement désarmés. Des souliers, des effets d'habillement, seront distribués à ceux qui en manquent. Les secours continueront à être payés aux gardes nationaux nécessiteux.

Les gardes nationaux adhérents au Comité seront seuls employés à la garde de la cité.

---

1. Le tort fait au commerce des vins par ce décret, rigoureusement appliqué, fut évalué à plus d'un demi-million par jour.

2. M. Rampont, obligé par une démonstration armée de céder la place, enleva et emmena son personnel. Il s'ensuivit une suspension momentanée des services pour Paris et une interruption complète des communications avec le dehors.

Les agents de police sont supprimés.

Les services spéciaux de sûreté générale et de mœurs sont supprimés temporairement, et ne pourront être rétablis que dans le but de garantir la sûreté publique et avec de profondes modifications, la sûreté du pays ne devant pas contrarier la liberté particulière.

Sur la proposition du citoyen Assi, le citoyen de Fonvielle (Wilfrid), coupable d'attentat contre la Commune, est décrété d'accusation et condamné à mort par contumace.

Le citoyen Rigault est chargé de la surveillance de la ville et de la sécurité de la République. En attendant que le conseil soit régulièrement installé, le citoyen Rigault restera aux ordres du Comité.

Le citoyen Duval a droit de requérir la force publique pour tout ce qui concerne la sûreté publique. Il est autorisé à faire les perquisitions nécessaires pour s'assurer des gens hostiles à la République et à la Commune qu'il saurait être dangereux.

Saisie des caisses des revenus de l'octroi; perception des revenus de la ville, y compris le produit de l'entrepôt des vins, au profit du gouvernement insurrectionnel. Remplacement des employés de l'octroi par des fédérés. Occupation et exploitation de la manufacture des tabacs, de la manutention militaire, de la caisse des dépôts et consignations, du timbre sur les affiches. En un mot, prise de possession de toutes les caisses publiques et application de leurs fonds à la fédération.

Condamnation à mort des *traîtres* Thiers, Picard et Jules Favre.

Condamnation à mort du traître Villemessant.

Perquisition, réquisition et apposition des scellés sur les caisses des compagnies d'assurances sur la vie: *la Nationale*, *la Générale*, *le Phénix*, *l'Urbaine* et *l'Union*.

Convocation des électeurs.

CHAPITRE VII

ÉLECTION ET INSTALLATION DES MEMBRES DE LA COMMUNE.
DISCOURS D'OUVERTURE.
ORGANISATION ET PREMIERS ACTES DU NOUVEAU GOUVERNEMENT.
INSIGNES ET DRAPEAU.

I

Le Comité avait décidé que les élections communales
seraient faites le 26 mars. Il l'annonçait, le 25, à la ville
de Paris. Cette mesure, désintéressée en apparence, était
seulement habile. Elle répondait à une attente presque
générale et semblait manifester le respect des membres
du Comité pour le vœu des populations, pour la légalité,
et leur ferme intention de se retirer bientôt devant les
élus du suffrage universel.

Remarquons, toutefois, dans quelles conditions
inouïes, sans parler du désordre de la situation générale, la population parisienne se trouva appelée à élire
ses quatre-vingt-quatorze conseillers. On a souvent jeté
à la face de l'empire ses procédés électoraux; mais jamais il n'en a employé d'aussi scandaleux que ceux dont .
usa le Comité dans le vote du 26 mars et dans la vali-

dation des élections. On ne peut pousser plus loin ce
mépris de la légalité qui rendit dans la suite tous les
attentats possibles. Tout d'abord la précipitation même
du vote l'a rendu illusoire. C'est le samedi, à midi, que
Paris apprit qu'il devait voter le lendemain matin : nulle
entente n'était possible sur les candidats, le temps manquait pour l'affichage des professions de foi. Ce n'était
plus qu'une affreuse loterie, excepté pour les chefs du
mouvement, qui avaient disposé les lots de manière à
tirer à coup sûr. La candidature officielle s'est épanouie
dans toute sa gloire par ce beau jour de dimanche. Les
divers sous-comités avaient fait afficher leurs listes de
candidats à la porte des mairies ; l'élection marchait à
la baguette, sauf dans trois ou quatre sections. Par une
manœuvre indigne, le Comité directeur fit placarder le
jour même du vote la nouvelle, qu'il savait fausse depuis la veille, d'une insurrection à Lyon. En même temps
de nombreux canons et mitrailleuses furent braqués sur
divers points et chargés jusqu'à la gueule contre des ennemis imaginaires de la paix publique. En temps ordinaire, ces diverses circonstances eussent été invoquées
comme des cas de nullité. Mais ce jour-là, il ne fut déposé à aucune mairie de protestation écrite, sauf à la
mairie du Xᵉ arrondissement.

Nous passons sur ces irrégularités, et même sur ce
point qui eût entraîné, sous un autre gouvernement, des
annulations formelles : le Comité, adoptant les dispositions électorales de la loi de 1849, avait décrété qu'un
huitième des électeurs inscrits donnait une majorité
suffisante ; il admit cependant tous ceux de ses candidats qui étaient nécessaires pour former son nombre
municipal, quoiqu'une partie n'eut pas le huitième exigé.
Mais nous ne pouvons nous empêcher de faire remarquer
. que ce vote a toujours été nul et de toute nullité, à cause
de son origine. Il provenait du sang versé par l'assas-

sinat, il ne pouvait enfanter que la violence et le crime.
Toutefois, aux yeux de la majorité des habitants qui
voyaient entrer aux mairies et sortir librement les électeurs, cette sacrilège comédie se revêtait d'un caractère
légal. Délaissés par les uns, terrifiés par les autres, sans
discipline d'aucun genre, ne comprenant pas bien les
périls, au milieu desquels on les poussait, les Parisiens,
en voyant des noms abhorrés jusque-là, acclamés maintenant par plus de cent quarante mille électeurs, perdirent le sens moral. Où se trouvait désormais la loi,
l'autorité? Le penseur, le chrétien n'hésitèrent pas, mais
la foule des simples et des illettrés s'égara à travers
tant de débris et d'événements contradictoires. On entendit alors la même parole qu'au lendemain du 2 décembre 1851, après l'élection de Louis-Napoléon Bonaparte : « *Ils sont maintenant le Gouvernement, puisque le
suffrage universel vient de les élire!* » Mais en réfléchis-
sant un peu, pouvait-on appeler suffrage universel les
229,197 votants qui avaient pris part aux élections? La
dernière liste électorale, dressée régulièrement, portait
plus de 481,970 électeurs inscrits dans les vingt arrondissements de Paris ; il y eut donc près de 267,773 abs-
tentions, soit 54 pour 100.

Voici le tableau de l'étrange conseil résultant de ce
vote :

1er arrondissement. — Louvre.

Électeurs inscrits, 22,000. — Votants, 11,056.

Adam	7.272 voix.
Méline	7.251 —
Rochard	6.629 —
Barré	6.294 —

2e arrondissement. — Bourse.

Électeurs inscrits, 22,858. — Votants, 11,148.

Émile Brelay	7.025 voix.
Loiseau-Pinson	6.932 —

Tirard .... 6.386 —
Cheron .... 6.018 —

3ᵉ arrondissement. — *Temple.*

Électeurs inscrits, 26,600. — Votants, 11,400.

Demay .... 9.004 voix.
A. Arnaud .... 8.912 —
Pindy .... 8.095 —
Murat .... 5.904 —
Clovis Dupont .... 5.752 —

4ᵉ arrondissement. — *Hôtel-de-Ville.*

Électeurs inscrits, 32,060. — Votants, 13,910.

A. Arnould (élu dans le 8ᵉ a opté pour le 4ᵉ) .... 8.608 voix.
Lefrançais .... 8.619 —
Clémence .... 8.163 —
Gérardin .... 8.104 —
Amouroux .... 7.950 —

5ᵉ arrondissement. — *Panthéon.*

Électeurs inscrits, 21,632. — Votants, 12,422.

Régère .... 7.469 —
Jourde .... 7.310 —
Tridon .... 6.469 —
Blanchet .... 5.994 —
Ledroyt .... 5.848 —

6ᵉ arrondissement. — *Luxembourg.*

Électeurs inscrits, 24,807. — Votants, 9,499.

Albert Leroy .... 5.800 voix.
Goupil .... 5.111 —
Robinet .... 3.904 —
Beslay .... 3.714 —
Varlin (élu dans le 17ᵉ et le 12ᵉ) .... 3.602 —

7ᵉ arrondissement. — *Palais-Bourbon.*

Électeurs inscrits, 22,092. — Votants, 5,065.

Parisel .... 3.367 voix.
E. Lefèvre .... 2.859 —
Urbain .... 2.803 —
Brunel .... 2.163 —

8e arrondissement. — Élysée.

Électeurs inscrits, 17,825. — Votants, 4,396.

Raoul Rigault........................	2.173 voix.
Vaillant..	2.145 —
A. Arnould (a opté pour le 4e).................	2.114 —
Alix...	2.028 —

9e arrondissement. — Opéra.

Électeurs inscrits, 26,608. — Votants, 10,340.

Ranc.....	8.950 voix.
Ulysse Parent	4.770 —
Desmarest.................................. ...	4.252 —
E. Ferry.......................................	2.752 —
Nast..	3.691 —

10e arrondissement. — Enclos Saint-Laurent.

Électeurs inscrits, 28,801. — Votants, 16,765.

Gambon.......................................	13.734 voix.
Félix Pyat....................................	11.813 —
Henri Fortuné................................	11.564 —
Champy.....	11.042 —
Babick.....	10.934 —
Rastoul.......................................	10.738 —

11e arrondissement. — Popincourt.

Électeurs inscrits, 42,153. — Votants, 25,183.

Mortier...........................	21.186 voix.
Delescluze (élu dans le 19e, a opté pour le 11e)..	20.264 —
Assi...	19.890 —
Protot.................................	19.780 —
Eudes.................................	19.276 —
Avrial..	17.944 —
Verdure.......................................	17.351 —

12e arrondissement. — Reuilly.

Électeurs inscrits, 19,990. — Votants, 11,328.

Varlin (élu par le 17e et le 6e a opté pour le 6e)..	9.843 voix.
Geresme.......................................	8.896 —
Theisz (élu par le 18e, a opté pour le 12e)......	8.710 —
Fruneau.......................................	8.629 —

15ᵉ arrondissement. — Gobelins.

Électeurs inscrits, 16,597. — Votants, 8,010.

Léo Meillet...	6.531 voix.
Duval...	6.482 —
Chardon	4.669 —
Frankel..	4.080 —

14ᵉ arrondissement. — Observatoire.

Électeurs iuscrits, 17,769. — Votants, 6,570.

Billioray..	6.100 voix.
Martelet	5.912 —
Descamp...	5.835 —

15ᵉ arrondissement. — Vaugirard.

Électeurs inscrits, 19,681. — Votants, 6,467.

Clément	5.025 voix.
J. Vallès..	4.403 —
Langevin	2.417

16ᵉ arrondissement. — Passy.

Électeurs inscrits, 10,731. — Votants, 3,732.

Marmottan	2.036 voix.
De Bouteiller.....................................	1.909 —

17ᵉ arrondissement. — Batignolles.

Électeurs inscrits, 26,574. — Votants, 11,394.

Varlin (élu par le 6ᵉ et le 12ᵉ, a opté pour le 6ᵉ)..	9.356 voix.
Clément..	7.121 —
Ch. Gérardin......................................	7.142 —
Chalin...	4.545 —
Malon..	4.199 —

18ᵉ arrondissement. — Montmartre.

Électeurs inscrits, 32,962. — Votants, 17,443.

Blanqui (a opté pour le 20ᵉ)......................	14.953 voix.
Theisz (a opté pour le 12ᵉ).......................	14.950 —
Dereure	14.661 —
Clément	14.188 —

Ferré... 13.784 —
Vermorel... 13.402 —
Paschal Grousset.............................. 13.359 —

19e arrondissement. — Belleville.

Électeurs inscrits, 28,270. — Votants, 11,282.

Oudet... 10.065 voix.
Puget... 9.547 —
Delescluze (a opté pour le 11e)............... 5.846 —
J. Miot... 5.520 —
Ostyn... 5 065 —
Flourens (élu par le 20e)...................... 4.100 —

20e arrondissement. — Ménilmontant.

Électeurs inscrits, 21,960. — Votants, 16,792.

Bergeret.. 15.290 voix.
Ranvier... 15.049 —
Flourens (élu par le 19e)...................... 14.069 —
Blanqui (a opté pour le 20e).................. 13.859 —

Sauf dans trois arrondissements, le IIe, le VIe et le IXe, les modérés furent complètement battus. Et comme les élus de cette catégorie se démirent dès le jour même du dépouillement du scrutin, il ne resta plus debout, comme prétendu pouvoir municipal, bientôt comme unique pouvoir, que les auteurs de la révolution nouvelle. Il se présenta aussi cette particularité, que, treize seulement des trente-neuf membres du Comité central étant sortis de l'urne, la majorité de ce que l'on appellerait la Commune devait être composée de républicains formalistes, c'est-à-dire imitateurs de 93. A leurs yeux, la révolution qui venait de s'accomplir avait un caractère plus politique que social. Or, c'était tout le contraire que se proposaient les auteurs du mouvement, les candidats de l'Internationale et de la fédération républicaine. Un instant, même, ils eurent la pensée de tenter un coup d'État, mais craignant de compromettre leur premier succès, ils firent mine de battre en retraite,

comme ils l'avaient promis, mais pour rentrer bientôt
en scène.

Le 27 mars, le Comité se déclara dissous et prêt à
remettre ses pouvoirs à la Commune de Paris. Toutefois,
un sous-comité, composé par les soins d'Assi, devait
expédier les affaires jusqu'à l'installation définitive du
conseil communal.

Le 28, eut lieu, avec un grand apparat, sur la place
de l'Hôtel· de ville, la proclamation de cette étrange
municipalité. Sur les quais, dans les rues adjacentes,
se pressait une foule curieuse. Éloignée du sanctuaire,
elle se bornait à contempler de sa place les apprêts de
la solennité qui ne manquaient point d'ailleurs de pittoresque. Une estrade, garnie de fauteuils en velours rouge,
était disposée devant l'entrée du palais au-dessous de la
statue de Henri IV. Ce *souvenir monarchique,* dit le *Siècle,*
était caché par une tenture rouge, à crépines d'or, sur
laquelle ressortait un buste de la République entouré
de drapeaux rouges. Le drapeau tricolore avait été complètement oublié ; encore deux jours, et il sera déclaré
séditieux, réactionnaire, par un décret instituant le drapeau rouge seul drapeau national. Au premier plan de
l'estrade, était une table carrée, devant laquelle devaient
prendre place les membres du Comité. Au centre, se
trouvait un siège plus large et plus élevé, c'était le
trône du citoyen Assi.

A une heure, apparurent les premiers bataillons du
Comité. Leurs délégués, le bras ceint d'un ruban rouge,
marchaient en tête. Trois heures furent remplies par ces
préparatifs de cérémonie. On n'entendait que bruits de
tambours, fanfares de clairons ; et les cris de : Vive la
République ! Vive la Commune ! poussés de toutes parts
avec frénésie faisaient diversion à ce défilé monotone. Mais
bientôt la place fut trop petite. Les nouvaux arrivants
furent obligés de s'arrêter dans les voies adjacentes. Les

rues Saint-Antoine, du Temple, de la Verrerie, de Rivoli, le boulevard Sébastopol, les quais et la rue de Turbigo en étaient encombrés, et c'était un flot toujours grossissant de têtes et de baïonnettes.

Vers quatre heures, un roulement de tambours annonça l'arrivée du Comité qui, magistralement, son président en tête, descendit les degrés de l'Hôtel de ville et prit place sur l'estrade ; de chaque côté se rangèrent les porte-drapeaux. Les canons, placés sur le quai de Grève, ouvrirent la séance par des salves répétées, suivies d'applaudissements et des cris de plus en plus frénétiques de : Vive la Commune ! Vive la République ! L'émotion populaire était à son comble, tous les képis s'agitaient à la pointe des baïonnettes. Ces démonstrations bruyantes nuisirent au discours du citoyen Assi qui ne put dominer le tumulte et parvenir à se faire entendre.

Après cette harangue, qui manqua son effet, le président proclama le nom des élus. L'appel de chaque vote d'arrondissement fut accueilli par l'air de la *Marseillaise* que jouèrent toutes les musiques de la garde nationale. Vinrent ensuite les discours de circonstance, discours où la population, congratulée autant qu'elle pouvait l'être, était portée aux nues par les orateurs du Comité ; où la République était encensée avec non moins de profusion et couronnée des immortelles de l'éloquence la plus étrangement fleurie. Enfin, les orateurs se turent, et alors eut lieu le défilé des milices fédérées, au bruit du canon. Chaque bataillon, en passant devant l'estrade, présenta les armes aux membres de la Commune, dont les noms furent acclamés de nouveau.

Nous avons vu passer cette multitude armée, et nous avons été frappés de la diversité d'éléments dont elle était composée. Elle renfermait un grand nombre d'ouvriers intelligents et de petits boutiquiers, et ce qui est remarquable, elle comptait dans ses rangs **un grand**

nombre d'hommes d'un certain âge. Des vétérans à
cheveux blancs, qui avaient peut-être servi sous le roi-ci-
toyen, marchaient à côté de jeunes gens qui auraient pu
être leurs petits-fils. Ils représentaient ce que le mouvement renfermait de sincérités politiques, ils étaient « les
volontaires de la liberté » les « penseurs avancés »
nourris de la phraséologie, pour eux toujours jeune,
de la première révolution. Ils étaient venus « pour sauver la France » et affirmer les principes de 89. Là aussi
était naturellement toute la fine fleur des gredins de
Paris; jamais on ne vit une collection de figures aussi
sinistres. Ces hommes étaient toujours plus ou moins
ivres; depuis le 18 mars jusqu'à la chute de la Commune, ils n'ont peut-être pas cessé de l'être.

A six heures, la foule s'écoula lentement par les quais
et les rues, et la place, vide de bruit et de spectateurs,
reprit cet air maussade et hérissé qui rappelait si bien
les jours tourmentés de la Ligue ou de la Fronde.

Il faut rapprocher la description de cette parade extérieure du tableau que M. Tirard, l'un des élus de la Commune, a fait à la commission d'enquête de ce qui se
passait, ce jour-là même, à l'intérieur de l'Hôtel de
ville. « Je m'y rendis le lundi soir, a-t-il dit. C'était
un bacchanal effroyable; on mangeait dans tous les couloirs; il y avait des orgies dans toutes les salles, il
s'exhalait partout une odeur de vin, c'était quelque chose
d'affreux. La réunion avait lieu dans la salle du
conseil municipal; à peine y étais-je entré qu'un membre se leva pour demander ma mise en accusation,
en disant que j'étais un traître. » Un autre membre
proposa de déclarer à l'assemblée municipale de se
former en conseil de guerre; un autre prétendit que
la Commune de Paris avait un pouvoir constituant
qui s'étendait à toute la France, et il demanda qu'on
envoyât partout des délégués ou des commissions. —

A propos de la vérification des pouvoirs, M. Tirard entendit proclamer que la Commune ne reconnaissait aucune des lois antérieures, qu'il n'y avait pas d'autres lois que celles qu'elle ferait. Le nouveau gouvernement se mettait dès le premier jour au-dessus des lois.

II

La première séance de la Commune eut lieu le mercredi 29 mars, que les fanatiques amateurs du passé dataient du 8 germinal, an LXXIX.

Un vieillard dont le renom de probité était universel, le citoyen Charles Beslay eut à présider la première séance en qualité de doyen d'âge. Honnête et naïf, il s'imagina d'abord qu'on n'avait voulu qu'un conseil municipal, et, dans le discours d'ouverture, il le dit nettement. Cette pièce est trop curieuse, pour qu'elle ne trouve pas sa place dans une histoire de la Commune; la voici :

« Citoyens,

« Depuis cinquante ans, les routiniers de la vieille politique nous bernaient avec les grands mots de décentralisation et de gouvernement du pays par le pays. Grandes phrases qui ne nous ont rien donné.

« Plus vaillants que vos devanciers, vous avez fait comme le sage qui marchait pour prouver le mouvement; vous avez marché, et l'on peut compter que la République marchera avec vous!

« C'est là, en effet, le couronnement de votre victoire pacifique. Vos adversaires ont dit que vous frappiez la

République; nous répondons, nous, que si nous l'avons frappée, c'est comme le pieu que l'on enfonce plus profondément en terre.

« Oui, c'est par la liberté complète de la Commune que la République va s'enraciner chez nous. La République n'est plus, aujourd'hui, ce qu'elle était aux grands jours de notre Révolution. La République de 93 était un soldat qui, pour combattre au dehors et au dedans, avait besoin de centraliser sous sa main toutes les forces de la patrie ; la République de 1871 est un travailleur qui a surtout besoin de liberté pour féconder la paix.

« Paix et travail ! Voilà notre avenir ! Voilà la certitude de notre revanche et de notre régénération sociale, et, ainsi comprise, la République peut encore faire de la France le soutien des faibles, la protectrice des travailleurs, l'espérance des opprimés dans le monde et le fondement de la République universelle.

« L'affranchissement de la Commune est donc, je le répète, l'affranchissement de la République elle-même ; chacun des groupes sociaux va retrouver sa pleine indépendance et sa complète liberté d'action.

« La Commune s'occupera de ce qui est local.

« Le département s'occupera de ce qui est régional.

« Le Gouvernement s'occupera de ce qui est national.

« Et disons-le hautement : la Commune que nous fondons sera la Commune modèle. Qui dit travail, dit ordre, économie, honnêteté, contrôle sévère, et ce n'est pas dans la Commune républicaine que Paris trouvera des fraudes de quatre cents millions.

« De son côté, ainsi réduit de moitié, le Gouvernement ne pourra plus être que le mandataire du suffrage universel et le gardien de la République.

« Voilà, à mon avis, citoyens, la route à suivre ; entrez-y hardiment et résolûment. Ne dépassons pas cette limite fixée par notre programme, et le pays et le gouvernement seront heureux et fiers d'applaudir à cette révolution si grande et si simple, et qui sera la plus féconde révolution de notre histoire.

« Pour moi, citoyens, je regarde comme le plus beau jour de ma vie d'avoir pu assister à cette grande journée, qui est pour nous la journée du salut. Mon âge ne me permettra pas de prendre part à vos travaux comme membre de la Commune de Paris ; mes forces trahiraient trop souvent mon courage, et vous avez besoin de vigoureux athlètes. Dans l'intérêt de la propagande, je serai donc obligé de donner ma démission ; mais soyez sûrs qu'à côté de vous, comme loin de vous, je saurai, dans la mesure de mes forces, vous continuer mon concours le plus dévoué, et servir comme vous la sainte cause du travail et de la République.

« Vive la République ! Vive la Commune ! »

Ses collègues applaudirent à outrance, mais le sourire aux lèvres. « Vieil as de pique », murmurait, à vingt pas de lui, un ex-romantique ; « oui, nous voulons un conseil municipal, mais avec ses annexes et dépendances. » Le septuagénaire s'aperçut bientôt qu'on l'avait cajolé, et parla de se démettre. Mais on le supplia de rester ; les membres de l'assemblée tenaient à conserver une sorte d'enseigne à leur sénat qui ne se composait guère que de fous furieux. On lui promit de s'occuper d'attributions municipales, et M. Beslay se laissa persuader ; mais, pour se délivrer de ses remontrances incommodes, on le délégua à la banque de France. Heureuse idée, puisque, grâce à elle, l'honnête vieillard put empêcher le vol à main armée des lingots en réserve et l'incendie par le pétrole de ce grand établissement financier.

Outre le président, il y avait au bureau de l'assemblée communale deux secrétaires et deux assesseurs. Raoul Rigault et Ferré furent les premiers secrétaires

de la Commune ; Bergeret et Duval les premiers assesseurs. Pour que chacun des membres arrivât à présider
à son tour, il était admis que le président et ses assesseurs tirés au sort changeraient à chaque séance. Quand
l'assemblée fut ainsi constituée, le citoyen Eudes demanda, uniquement pour la forme, de donner au nouveau conseil municipal le nom de Commune de Paris,
dénomination qui fut votée par acclamation. Puis, il
déclara que les membres du Comité central avaient bien
mérité, non seulement de Paris, mais de la France et
de la République universelle. Et certes, c'était justice.

III

Nous avons vu le Comité central multiplier à l'infini
certains faits qui avaient pour but et pour résultat de
renouveler l'effroi des hommes de 93. Les jacobins, déjà
prépondérants dans la nouvelle assemblée, ne se montrèrent que trop leurs pastiches fidèles.

Dès la première séance de la Commune, ils en revinrent aux traditions révolutionnaires. Ils firent passer
sous les yeux de Paris stupéfait toutes les friperies de
la terreur : Vésinier fut chargé de biffer, en tête de
l'*Officiel*, le style de l'almanach grégorien, pour y substituer les termes du calendrier républicain, imaginé,
comme on sait, par Fabre d'Églantine ; avril devint
germinal ; 1871 fut l'an 79 de la liberté. Et comme
tout pouvoir nouveau a soif de constitution, on tron-
çonna l'assemblée communale en comités correspondant à peu près aux attributions des divers ministères,
sauf celui des cultes dont le budget fut déclaré supprimé.

Mais on eut soin de faire reparaître, en guise d'étiquettes, les dénominations du temps de la Convention :

1° COMMISSION DES FINANCES.

Elle avait pour attributions d'établir sur de nouvelles bases le budget de la ville de Paris; de traiter les questions se rapportant aux finances, aux loyers, aux échéances, à la Banque de France, au Mont-de-Piété, de recouvrer l'impôt, d'examiner rigoureusement la situation financière, de contrôler les demandes de fonds établies par les autres commissions, avant de les soumettre à l'approbation et au visa de la Commune.

Elle se composa, du 29 mars au 21 avril, de : Victor Clément, Varlin et Jourde; du 29 mars au 5 avril, de : Beslay et Régère; du 5 au 21 avril, de : Theisz et Frankel; du 21 avril jusqu'à la fin de la Commune, de : Billioray, Lefrançais et Félix Pyat.

2° COMMISSION DES SUBSISTANCES.

En prévision d'un blocus définitif de la ville de Paris, elle inventoriait les denrées de consommation appartenant à l'État, et soumettait leur distribution à un contrôle sévère, pour mettre fin au gaspillage.

En même temps, elle passait des marchés pour les fournitures militaires, elle encourageait les importations en ouvrant des entrepôts, garantissant la propriété des marchandises aux négociants, et laissant liberté complète de sortir de la ville à tous marchands ayant contribué à l'approvisionnement.

Firent partie de cette commission, du 29 mars au 21 avril : Dereure, Champy, Ostyn, V. Clément, Fortuné, Henri; du 29 mars au 12 mai : Parisel; du 21 avril jusqu'à la fin de la Commune : Varlin et Arthur Arnould.

3° COMMISSION DES RELATIONS EXTÉRIEURES.

Elle était chargée des rapports avec les communes de France, avec l'étranger, et surtout avec la Prusse.

La difficulté des communications avec l'extérieur empêcha cette commission d'apporter un concours très efficace à la Commune, en trompant les populations des grandes villes et en provoquant des mouvements analogues à celui de Paris. Il ne reste donc que le côté plaisant d'un ministère des affaires étrangères lançant dans le vide deux ou trois circulaires.

Ses membres furent, du 29 mars au 5 avril : Ulysse Parent; du 29 mars au 6 avril : Ranc; du 29 mars au 21 avril : Delescluze, Arthur Arnould; du 29 mars jusqu'à la fin de la Commune : Ch. Gérardin; du 21 avril au 25 mai : Meillet, Amouroux, Johannard, Vallès.

4° COMMISSION DU TRAVAIL ET ÉCHANGE.

L'organisation du travail, les intérêts des travailleurs la concernaient exclusivement. Elle s'en tint aux programmes, aux promesses.

Les travaux de cette commission devaient cependant laisser des traces durables, visibles encore dans Paris, grâce à la criminelle initiative d'une sous-commission, dite scientifique, et présidée par le membre de la Commune, Parisel.

Firent partie de cette commission, du 29 mars au 21 avril : Clovis Dupont, Avrial, Loiseau-Pinson, Eug. Gérardin, Pujet; du 3 au 21 avril : Lefrançais; du 21 au 24 avril : Chalain; du 12 mai jusqu'à la fin de l'insurrection : Charles Gérardin.

5° COMMISSION DE LA JUSTICE.

Elle devait organiser et administrer la justice d'une manière démocratique et sociale ; et comme la Commune n'avait à sa disposition ni magistrats, ni greffiers, ni huissiers, ni notaires, ni juges de paix, ni procureurs, elle prit plusieurs mesures d'où résultèrent différentes promotions.

Réformes importantes à noter : la nomination des magistrats devait se faire à l'élection, tous les officiers publics devaient dresser gratuitement les actes de leur compétence.

Deux tribunaux furent installés : le jury d'accusation des otages et un tribunal civil.

Le président du jury, tiré au sort parmi les délégués de la garde nationale, ne résumait pas les débats. Un procureur et quatre substituts nommés par la Commune soutenaient l'accusation.

Les juges, nommés et non élus, au tribunal civil, furent installés le 17 mai seulement. Ils devaient siéger, pour la première fois, le 23 mai.

Firent partie de cette commission : du 29 mars au 6 avril : Ranc ; du 29 mars au 14 avril : Babick ; du 29 mars au 21 avril : Léo Meillet, Vermorel, Ledroyt ; du 3 au 21 avril : Blanchet, Geresme ; du 17 avril jusqu'à la fin de la Commune : Gambon ; du 21 avril jusqu'au dernier jour : Dereure, Clémence, Langevin, Durand.

6° COMMISSION DES SERVICES PUBLICS.

Elle s'occupait du service des postes, des télégraphes, des voiries, des chemins de fer, des relations avec les services de province. Elle devait étudier les moyens de mettre les chemins de fer aux mains des communes, sans léser les intérêts des compagnies.

Ses membres furent, du 29 mars au 21 avril : Billioray, Clément (Jean-Baptiste), Martelet, Mortier ; du 13 avril au 21 : Babick ; du 21 avril au 2 mai : Ant. Arnaud ; du 29 mars jusqu'à la fin : Ostyn et Rastoul : du 21 avril jusqu'à la fin de l'insurrection : Pottier.

7° COMMISSION DE L'ENSEIGNEMENT.

Elle devait réformer l'instruction, préparer un projet de décret sur l'instruction gratuite, obligatoire et exclusivement laïque.

Ses membres furent : du 29 mars au 6 avril : Lefèvre ; du 29 mars au 7 avril : docteur Goupil ; du 29 mars au 21 avril : Urbain, Demay, docteur Robinet ; du 29 mars jusqu'à la fin : Jules Vallès, Verdure, Jules Miot ; du 1er avril jusqu'à la chute de la Commune : J.-B. Clément ; du 21 avril jusqu'au dernier jour : Courbet.

8° COMMISSION DE SURETÉ GÉNÉRALE
(Ministère de l'intérieur.)

Elle devait s'occuper de la police générale, de l'ordre et de la sécurité publics, de la surveillance des suspects, des cultes. Mais cette délégation est une des plus effacées. La préfecture de police, l'administration indépendante des arrondissements, enfin l'action des chefs militaires sur la population lui enlevaient toute initiative.

Elle se composait de : Raoul Rigault, Ferré, Assi, Cournet, Oudet, Chalain et Gérardin.

9° COMMISSION MILITAIRE.

Elle était chargée de la discipline, de l'armement, de l'habillement, de l'équipement de la garde nationale. Elle assurait, de concert avec la commission de sûreté générale, la sécurité de la Commune. Elle élaborait les projets de décrets relatifs à la garde nationale.

Ses membres étaient : Pindy, Eudes, Bergeret, Duval, Chardon, Flourens et Ranvier.

10° COMMISSION EXÉCUTIVE.

Elle exécutait les décrets de la Commune et les

arrêtés des autres commissions, ne prenait aucune mesure sans en référer à la Commune ; elle siégeait à l'Hôtel de ville.

Elle se composait de : Eudes, Tridon, Vaillant, Lefrançais, Duval, Pyat et Bergeret.

Certains conflits d'attributions, le défaut de contrôle sur les actes des commissions, et surtout de la comission exécutive, amenèrent la réforme de l'organisation du pouvoir exécutif. Dans la séance du 20 avril le pontife du jacobinisme fit adopter le projet suivant : « Le pouvoir exécutif est confié à titre provisoire aux délégués des neuf commissions. » On procéda ensuite à l'élection des délégués aux divers ministères.

A la majorité des voix, sur cinquante-trois votants, on nomma à la guerre Cluseret, — aux finances, Jourde, — aux subsistances, Viard, — aux relations extérieures Paschal Grousset, — à l'enseignement, Vaillant, — à la justice, Protot, — à la sûreté générale, Raoul Rigault, — au travail et à l'échange, Frankel, — aux services publics, Andrieux. Ses délégués devaient se réunir chaque soir et prendre à la majorité des voix les décisions relatives à chacun de leurs départements. La Commune statuait ensuite, en comité secret, sur les mesures arrêtées par eux.

Le lendemain, 21 avril, la nouvelle combinaison fut profondément remaniée : les anciennes commissions devinrent commissions de surveillance et pouvaient à toute heure vérifier les actes du délégué. De plus une commission supérieure de contrôle dut examiner les actes de la commission des délégués et en rendre compte à la Commune.

Les archives de la justice militaire ont reconstitué les tableaux nominatifs des diverses administrations, ministères ou services de la Commune. Le général Appert en donne dans son rapport les extraits les plus intéres-

sants. Ces tableaux permettent de se faire une idée de
la masse des efforts tout individuels qui furent tentés
en faveur de l'insurrection, et du grand nombre d'individus coupables d'usurpation de fonctions et complices
de la tentative criminelle de 1871. Mais il faut se prémunir contre la pensée fausse qu'une organisation ho-
mogène, complète, image de la nôtre, ait été créée en
si peu de temps par le gouvernement insurrectionnel.

Non, ces listes ne sont qu'un étalage des vanités et
des appétits qu'il avait excités; chacun, selon son tempérament, s'était improvisé en remplacement des fonctionnaires et employés supérieurs retirés à Versailles,
chef de bureau, chef de division, chef de service, inspec-
teur, etc., colonel, général, etc. Chacun travaillait à sa
manière au triomphe de la révolution, mais sans direction, sans principes arrêtés, n'ayant personne au-dessous de soi dans les emplois inférieurs, et guidé par une
ambition impatiente qui le portait à empiéter sur les
services voisins, à accaparer l'autorité et les places.

En même temps qu'elle s'efforçait de réorganiser à
sa manière les administrations et les services publics,
la Commune inaugurait par une mesure habile son rôle
d'assemblée souveraine. Mieux avisée que l'Assemblée
nationale, elle vota tout d'abord le célèbre décret sur
les loyers, aux termes duquel remise générale était faite
aux locataires des termes d'octobre 1870, janvier et avril
1871. Toutes les sommes payées par eux, pendant les
neuf mois, seraient imputables sur les termes futurs,
et tous les baux seraient résiliables par les locataires,
pendant une durée de six mois, à partir de la promulgation du décret.

Une autre mesure, non moins absolue, fut également
prise sur la proposition de la commission militaire et
de celle des finances. La conscription fut abolie, et la
garde nationale déclarée seule force armée régulière.

Enfin, la Commune décréta que, comme elle était le seul pouvoir légalement constitué, seraient révoqués et considérés comme coupables, les fonctionnaires qui reconnaîtraient l'autorité inconstitutionnelle de Versailles. Elle ôtait son masque, et elle indiquait ainsi ses véritables tendances à se considérer comme gouvernement et non plus seulement comme conseil municipal. Mais un certain nombre de ses membres n'acceptèrent pas, dans cette ampleur, le rôle qu'on les avait appelés à jouer. De nombreuses démissions firent presque immédiatement un vide important dans le sein de la Commune. Par contre, les citoyens Charles Delescluze et Cournet avaient écrit à M. Grévy, président de l'Assemblée nationale, dont ils faisaient partie, pour l'informer qu'ils optaient pour le nouveau mandat qui leur était confié, et qu'ils entendaient rester uniquement membres du conseil municipal de Paris.

La Commune essaya, depuis, de se compléter; de nouvelles élections eurent lieu le 16 avril. Les démissionnaires furent remplacés, ce jour-là, par Andrieu, Arnold, Briosne, Courbet, Cluseret, Dupont, Durand, Garibaldi (Menotti), Joannhard, Lonclas, Longuet, Philippe, Pillot, Pottier, Rogeard, Sicard, Sérailler, Trinquet, Vésinier et Viard.

Les citoyens Briosne, Garibaldi, Rogeard se détachèrent de ce nouveau groupe, dont les élections étaient nulles comme n'ayant pas obtenu le huitième des voix des électeurs inscrits. Mais la commission, nommée pour la validation, passa sur ce léger détail, en concluant qu'il fallait se contenter de la majorité absolue sur le nombre des votants, attendu que dans certains quartiers un grand nombre d'électeurs s'étaient soustraits par la fuite à leurs devoirs de citoyens et de soldats. La légalité ne devait jamais être le fort de ce gouvernement qui, se composant de quatre-vingt-quatorze membres,

ne compta jamais plus de soixante-seize votants. Ce nombre
même devait encore diminuer : Flourens fut tué ; Allix,
enfermé comme fou ; Blanchet, incarcéré ; Bergeret et
Assi subirent quelque temps le même sort ; enfin,
vingt-trois membres se séparèrent à un certain moment
de la Commune, et déclarèrent être résolus à ne plus
assister à ses séances. Ainsi réduit, le gouvernement de
l'Hôtel de ville restait donc effectivement composé de
quarante et un membres, c'est-à-dire moins de la moitié
des élus.

C'est cette minorité violente qui va diriger les destinées de Paris et mener la guerre civile. Nous allons
bientôt la voir à l'œuvre.

IV

La modestie et le désintéressement firent également
défaut aux membres de la Commune. Comme chez les
peuples primitifs, les galons, les ceintures, les couleurs
éclatantes ont joué sous leur règne un rôle prépondé-
rant. Cluseret reprochait aux fédérés d'être trop amou-
reux du galon et des insignes, mais il ne parvenait pas
à leur inspirer le goût de la simplicité. L'ardeur de
ces hommes se dépensait en vains ornements, et, à ce
moment d'égalité à outrance, c'était à qui se distingue-
rait de son voisin. Nous en avons vu plusieurs surchargés
de ceintures et d'écharpes, portant à la fois la marque
distinctive des membres du Comité central et celle des
membres de la Commune.

Les membres du Comité central avaient une écharpe
rouge à franges d'argent, et portaient une décoration
ayant la forme d'un triangle, attaché à un ruban rouge
et noir. Les membres de la Commune mettaient à

leur boutonnière une rosette rouge sur un ruban rouge
garni de franges d'or. L'écharpe était la même que celle
du Comité, mais elle était ornée de glands d'or. Ils
recevaient une indemnité de quinze francs par jour.

La bannière de la Commune était nécessairement le
drapeau rouge.

Ce drapeau est d'origine fort ancienne : c'était celui
des Gaulois ; les Francs marchaient sous une enseigne
couleur de safran ; les rois de France prirent d'abord
pour étendard la chape de Saint-Martin, puis ils adop-
tèrent l'oriflamme, qui n'est autre chose que le drapeau rouge.

Abandonné dans la suite, le drapeau rouge reparut
en juillet 1791. D'après la loi martiale, rendue contre
les attroupements par la Constituante, en 1789, l'autorité municipale devait, en cas de résistance aux sommations, déployer contre l'émeute un *drapeau rouge*. On
arbora ce sinistre étendard lors du massacre du Champ-
de-Mars. Un an plus tard, en juillet 1792, le peuple in-
surgé contre la royauté prit des drapeaux rouges portant cette inscription : *Loi martiale du Peuple contre la
rébellion du pouvoir exécutif.*

En 1848, le peuple voulut consacrer sa victoire en
arborant cette couleur symbole de la justice qu'il s'était
faite. Lamartine l'en empêcha en prononçant une phrase
célèbre : « *Le drapeau tricolore a fait le tour du monde,
le drapeau rouge n'a fait que le tour du Champ-de-Mars
traîné dans le sang du peuple.* » C'est à cette occasion
que Blanqui adressa au Gouvernement provisoire la protestation suivante : « La couleur rouge flotte sur Paris ;
elle doit être maintenue. Le peuple victorieux n'amè-
nera pas son pavillon. »

Après le 18 mars, on se souvint de ces paroles, et le
drapeau rouge prévalut ; il est maintenant l'emblème
de la révolte et du désordre.

CHAPITRE VIII

LES HOMMES DE LA COMMUNE.

Paris avait donc enfin le bonheur de posséder une *Commune*, ce mythe socialiste si longtemps rêvé, si ardemment attendu par les gens de bonne ou de mauvaise foi, dupes ou fripons, trompeurs ou trompés; mais au fond, quels étaient ces hommes dont plusieurs, comme on le voit, avaient obtenu une double élection? Quelles étaient leurs doctrines? Quel système politique appliqueraient-ils?

De tout temps, il s'est rencontré des paresseux et des incapables qui se bornent à se croiser les bras, en regardant passer ceux qui peuvent et veulent rester fidèles au devoir. Malheureusement, ce métier de dédaigneux suffit rarement à celui qui s'y voue, et le condamne toujours à une existence obscure, s'il est né riche, et à la mendicité pour le moins, s'il est né pauvre. Ces minces résultats, comparés à la considération et à la fortune qu'entraîne toujours avec lui le travail utile et consciencieux, ont, à toutes les époques de l'histoire, mis en éveil cette tourbe de fainéants qui, bien que résolus à demeurer toute leur vie les bras croisés, revendiquent aussi leur part de renommée et de richesse. En 1871, ils partirent de ce principe que, pour obtenir quoi que ce soit d'un homme, il suffit de lui déclarer qu'on le trouve fort au-dessus de sa situation ; ils firent choix d'une vache à lait presque inexploitée jusque-là, toujours méprisée et toujours méprisable : la populace. Mais comme ce nom ne représente guère que l'ensemble des repris de justice du présent et de l'avenir, on l'appela le peuple, et on se mit à exploiter ces audacieuses énergies qui sont l'apanage de tous les bandits qui n'ont rien à perdre. Si bien que nos paresseux et nos impuissants, jusque-là dépourvus de l'aisance et de la notoriété que donne le travail, découvrirent le moyen de gagner l'une et l'autre en disant simplement qu'ils aimaient le peuple, et le peuple les crut. Ils furent délégués à un ministère, ministres, souverains même, puisque chacun dans sa sphère était un despote irresponsable.

L'attrait de ce carnaval et la curée de ce pouvoir n'attirèrent pas seulement les oisifs et les sots. Jusqu'au 18 mars, les bataillons de l'émeute ne se recrutaient guère que dans la populace. Cette fois, à la tête de ce gouvernement de parodie, nous voyons apparaître un certain nombre de noms appartenant par leurs origines au monde civilisé, aux Lettres, aux Sciences, aux Écoles, mais ayant tous quelque grief contre la société. On a dressé la statistique des carrières libérales qui ont fourni des membres à la Commune. La médecine et l'enseignement libre s'y rencontrent avec la peinture à côté de professions inavouables, qui abondent. Le journalisme, le pamphlet, le roman même, se coudoient dans cette troupe qui a donné, pendant deux mois, ses représentations lugubres à l'Hôtel de ville. Mais ce qui domine surtout ce sont les incapables, les fous et les coquins vulgaires. Paris, l'Athènes moderne, la ville de l'art, du goût, de l'esprit, de l'élégance, du beau langage et du talent fut, pendant deux mois, choqué par le contact de tant de natures incorrectes ou bizarres. En aucun temps, on n'avait vu une telle bigarrure d'excentriques, d'insensés et de sots poussés par le vent des révolutions au sommet du pouvoir. Le grotesque a pu être accumulé, pendant soixante-six jours, à l'Hôtel de ville comme dans un musée.

D'après l'ouvrage *la Troisième Défaite du prolétariat*, par Malon, membre de la Commune et de l'Internationale, dix-sept membres du nouveau gouvernement appartenaient à la redoutable Association ; treize au Comité central ; quinze au parti bourgeois, comme on disait alors. Ces derniers étaient : MM. Desmarest, E. Ferry, Nast, A. Adam, Méline, Rochard, Baré, Brelay, Loiseau-Pinson, Tirard, Chéron, A. Leroy, Ch. Murat, Marmottan et de Bouttelier. Ils n'acceptèrent pas le mandat qui leur était imposé et donnèrent presque tous leur démission sans avoir siégé. Les autres appartenaient au parti Blanquiste, à la presse révolutionnaire, aux orateurs des clubs.

Les membres de l'Internationale, nommés à la Commune, étaient :

Adolphe-Alphonse Assi [1]. Il devait sa réputation aux grèves du Creusot. Cette usine était paternellement dirigée par M. Schneider, qui toutefois eut le tort de vouloir se réserver la gestion d'une caisse de secours fondée avec les retenues faites sur le salaire des ouvriers. Ceux-ci réclamèrent pour eux le droit de nommer le gérant de cette caisse et désignèrent Assi. M. Schneider le renvoya aussitôt devant tous ses camarades. Ce fut le signal d'une grève qui prit l'importance d'un événement

1. Assi et quelques autres membres de l'Internationale faisaient partie du Comité central. Mais leur notoriété dans l'Association était telle que nous avons cru devoir les placer en tête de ceux de ses membres qui furent nommés à la Commune.

politique, et qui, malgré l'incapacité d'Assi, le rendit
bien vite populaire. On a beaucoup exalté et beaucoup
attaqué cet homme, mais il ne mérite ni cet excès de
louanges, ni cet excès d'insultes. Nature énergique, il a
pu être lancé en avant comme dans l'affaire du Creuzot
et du Comité central, par les meneurs habiles qui le diri-
geaient. Mais, esprit faux et ignorant, il retombait dans
la masse des incapables dès qu'il était livré à lui-même.

Malon. Il avait été tour à tour homme de peine, porte-
faix et ouvrier teinturier. Il s'était fait condamner à deux
mois de prison comme membre du deuxième bureau de
l'Internationale; c'est à cette époque que commença sa
réputation. Il organisa alors, de concert avec Varlin, le
mouvement des sociétés ouvrières qui se groupèrent
sous le nom de fédération; mais sa véritable notoriété
date du mois d'avril 1870, où il dirigea la grève du Creuzot,
sous le couvert du nom d'Assi. Compromis dans le troisième procès de l'Internationale (juin 1870), Malon fut
arrêté et enfermé à Mazas sous la prévention d'avoir fait
partie d'une société secrète. Il fut condamné à un an
d'emprisonnement, auquel l'arracha la Révolution du 4
septembre. Élu adjoint au XVIIe arrondissement et nommé, le 7 février, à l'Assemblée nationale, Malon se démit
bientôt de ce dernier mandat pour reprendre à Batignolles ses fonctions administratives, où le trouva le 18
mars.

Varlin. Ouvrier relieur, il avait travaillé chez Lenègre
et chez Kauffmann, où il essayait déjà d'organiser des grèves. Il n'y a pas eu, en effet, de plus actif agitateur que
Varlin. Sociétaire correspondant de la fédération ouvrière,
il étendit sa propagande à Lille, au Creuzot, à Rouen, à
Marseille, à Lyon et à toute la France. C'est lui qui empêcha l'Internationale de se désorganiser après le jugement qui la frappa, en 1868; grâce à lui, elle continua
de vivre, de fonctionner comme par le passé, en em-

pruntant différents noms, différentes formes, sans bureau officiellement constitué, recourant à des stratagèmes, à des biais, pour déjouer la vigilance de l'autorité. Varlin fut encore un de ceux qui eurent l'idée de créer, à côté de l'Internationale, une association distincte, destinée à être un jour fondue dans l'Internationale; nous voulons parler de la fédération ouvrière, dont les projets de statuts furent adoptés dans une réunion tenue le 28 mars 1869. Cette fédération des sociétés ouvrières mettait dans les mains des chefs de l'Internationale une force puissante et tout organisée; ils s'en servirent pour accomplir la révolution de 1871. Après le 4 septembre, Varlin reprenant son allure sournoise, agit sans bruit, comme il l'avait fait pour la réorganisation de l'Internationale. Membre des plus influents de la Corderie-du-Temple, où il siégeait comme membre de la Fédération ouvrière et comme membre du Comité central de la garde nationale, Varlin, fédéraliste convaincu, peut revendiquer une large part dans le mouvement du 18 mars. « C'était une intelligence remarquable à qui il n'avait manqué qu'une éducation et une situation différentes pour en faire un esprit des plus élevés et des plus modérés. »

Charles Beslay. Il appartenait à une très bonne famille des Côtes du Nord. Fils d'un député conservateur, il était systématiquement de l'opposition quoiqu'il eût refusé de se laisser nommer commissaire général par Ledru-Rollin et qu'il eût été en 1848 élu représentant du peuple par 90 000 voix qui le placèrent en tête de la liste réactionnaire de son département. Il s'était beaucoup occupé des questions sociales qu'il mêla aux questions industrielles, et ses études l'avaient amené à une complète adhésion au socialisme et à l'Internationale. Disciple enthousiaste de Proudhon, rempli de ses incohérences, il entra dans le rêve et crut qu'il suffisait de

quelques décrets pour modifier instantanément toutes
les relations économiques qui régissent les rapports de
la société avec elle-même et des peuples entre eux. Ces
conceptions de réforme sociale, qui ont entraîné bien
des hommes jusqu'au crime, ne firent point dévier
Charles Beslay des principes de probité, sur lesquels sa
vie s'appuya toujours. Il était impossible de ne pas l'aimer, ont dit tous ceux qui l'ont connu. Il avait une bonté
sans limite, sans critique ; il suffisait qu'on lui deman-
dât pour qu'il donnât. Ses combinaisons n'avaient d'autre but que le bonheur de l'humanité, il voulait com-
manditer la félicité universelle et il arrivait à la faillite. Dans les ambitieux, dans les criminels même, il ne
voyait que des persécutés : après le 31 octobre il pro-
testait « contre l'incroyable violation de la liberté individuelle commune par les membres du gouvernement
de la défense nationale en arrêtant, au mépris du droit
et de la foi jurée, les républicains ayant pris part au
mouvement patriotique du 31 octobre.

Émile-Victor Duval. C'était un ouvrier fondeur en fer,
doué d'une nature ardente et plein d'un dévoûment
absolu, aveugle, à la cause révolutionnaire, à laquelle
il consacra son existence et jusqu'à sa vie. Ce fut lui qui
organisa sous l'empire la célèbre grève des ouvriers fon-
deurs. Il fut délégué par les grévistes à Londres, auprès du
conseil de l'Internationale, dont il obtint d'importants sub-
sides, qui permirent aux ouvriers de tenir longtemps tête à
leurs patrons. Duval fut aussi envoyé par les ouvriers fon-
deurs à la chambre fédérale des sociétés ouvrières ; et c'est
à ce double titre de membre de l'Internationale et de membre de la chambre fédérale, qu'il dut d'être impliqué dans
le procès de 1870, dirigé contre l'Association. Malgré la
part qu'il prit à la proclamation de la République, au mouvement du 31 octobre et du 22 janvier, à la révolution du
18 mars, qui le nomma commandant militaire de la Préfec-

ture de police, à côté de Raoul Rigault, Duval ne fut
jamais un faiseur de politique. C'était, comme l'a dit
M. Jules Clère, un de ces hommes ardents, emportés,
dont l'intelligence ne savait pas aller au delà du dévoûment et de l'abnégation aveugle pour une cause qui représentait à leurs yeux l'avènement et la réalisation de
doctrines mal définies. Il fut victime de ces aspirations
vagues qui grisent si facilement les cerveaux faibles, et
que savent si bien exploiter à leur profit les intrigants
politiques.

Demay, ancien ouvrier sculpteur, surnommé le bon
Dieu de la Commune à cause du respect dont on entourait sa vieillesse ; *Theisz*, ouvrier ciseleur ; *Avrial*, mécanicien ; *Langevin*, tourneur sur métaux ; *Frankel*, bi-
joutier, né à Bude ; *Antoine Arnaud*, ancien employé de
chemin de fer ; *Pindy*, ouvrier menuisier ; *Chalain*,
tourneur en cuivre ; *Clémence*, ouvrier relieur ; *Clovis
Dupont*, ouvrier vannier ; *Dereure*, cordonnier ; *Eugène
Gérardin*, honnête ouvrier, qui se montra toujours plein
de modération. Ils n'étaient connus que par leur affi-
liation à l'Internationale et la part plus ou moins active
qu'ils avaient prise au développement de cette société.
Tous, sauf Demay, avaient été impliqués dans les procès
qui lui furent intentés sous l'empire et condamnés à
plusieurs mois de prison ; c'est ce qui fit leur célébrité.
La révolution du 4 septembre les avait rendus à la
liberté.

Le Comité central envoya à la Commune :

Jules Bergeret. D'abord sergent de voltigeurs, il était
devenu ouvrier typographe, puis commis de librairie. Au
18 mars, il fut mis à la tête d'une colonne pour
prendre possession de la place Vendôme, qu'il occupa
sans coup férir, et où il s'installa comme général. Il
joua sous la Commune un rôle militaire si ridicule,
qu'on ne peut mieux le comparer qu'aux ducs de la Mar-

melade et de la Cassonnade, qui amusèrent tant nos pères lors de la première révolte de St- Domingue.

Gabriel Ranvier. C'était un habile peintre en laque. Il habitait Belleville, paisible et heureux, au milieu de sa jeune et honnête famille, lorsqu'un malheur vint bouleverser sa vie. Un de ses ouvriers ayant reproduit sur un meuble un dessin qui était la propriété de l'éditeur Goupil, celui-ci intenta un procès à Ranvier, qui fut condamné à une forte amende. Comme il ne put la payer, il se détermina à se mettre en faillite. A partir de ce jour, le découragement et la colère s'emparèrent de Ranvier. Il ne travailla plus et fréquenta les clubs, dont il devint bientôt, quoique dépourvu d'instruction et de talent, l'un des orateurs les plus populaires. Emprisonné pour un délit de réunion dans les derniers jours de l'empire, il reparut, le 4 septembre, aux yeux de ses fanatiques admirateurs, avec le prestige que donne l'auréole du martyre. Nommé chef du 141e bataillon de la garde nationale, il organisa avec Flourens, cette autre idole de Belleville, le mouvement insurrectionnel du 31 octobre, et se fit porter sur la liste du gouvernement provisoire, élaboré dans cette nuit. Révoqué comme chef de bataillon et incarcéré à la suite de l'échauffourée, Ranvier, quoique prisonnier, fut élu maire du XXe arrondissement ; et le Gouvernement, qui eut la maladresse de faire annuler son élection « parce qu'un failli ne peut exercer de fonction publique », ne fit par cette mesure qu'augmenter sa popularité. Cet homme, quoique d'un caractère faible, a poussé si loin le fanatisme révolutionnaire, qu'il n'a pas hésité à ordonner les actes les plus violents et les plus horribles : ce sera lui qui présidera au massacre de l'archevêque de Paris.

Alfred-Édouard Billioray. Orateur des clubs de la rue Maison-Dieu et du théâtre Montparnasse, Billioray se trouva porté aux élections communales sur la liste du

Comité central, dont il était membre, et bien que complètement inconnu jusqu'alors; c'est à ce titre qu'il dut son élection dans le quatorzième arrondissement.

Babick. Il était parfumeur et avait quelque peu étudié la médecine. Il professait une religion inventée par M. de Toureil, le fusionisme, sorte de mysticisme composé de toutes les croyances.

Émile François Eudes. C'est une des figures les plus curieuses de la révolution du 18 mars. Il avait fait autant de métiers que Gil Blas; il avait été successivement employé dans une maison de blanc, aide-pharmacien, correcteur d'imprimerie, apprenti journaliste. On avait fait de lui le signataire de la *Liberté de penser*, petit journal matérialiste qui paraissait, tous les samedis, au pays Latin. On se rappelle l'émeute qui eut lieu à la Villette, vers le milieu d'août 1870, quinze jours au plus avant le 4 septembre. Ce jour-là, un pompier, une femme et un enfant furent tués; Eudes, arrêté un fusil à la main, fut accusé du fait et condamné à mort; il allait être exécuté, quand la révolution qui survint le délivra. Pendant le siège de Paris, il fut nommé chef de bataillon, vu ses premières prouesses, et collabora à la *Patrie en danger*, de Blanqui, avec Brideau et Cana. Au 31 octobre, Eudes fut naturellement de ceux qui envahirent l'Hôtel de ville. Privé de son grade et emprisonné à la suite de cette affaire, il fut bientôt relâché et acquitté, et il partit pour Bruxelles. Mais, le 19 mars, il était à Paris, se mettant à la disposition du Comité central, qui voulut utiliser son activité révolutionnaire, en faisant de ce courtaud de boutique un de ses premiers généraux.

François Jourde. Ancien élève de l'école Turgot, il en était sorti pour entrer dans une maison de banque, où il s'habitua au maniement de grandes sommes d'argent, ce qui le prépara à ses nouvelles fonctions.

Il est, avec Varlin, une des rares capacités que la révolution du 18 mars ait mises en lumière. Jourde possède un véritable talent oratoire qui lui permet de rendre les discussions financières accessibles à tous les esprits.

Blanchet. Ce n'était point le nom du membre de la Commune élu dans le Ve arrondissement; il s'appelait *Pourille*, et ressemblait à un chartreux en rupture de cloître. Il avait été secrétaire de commissaire de police à Lyon, novice dans un couvent de capucins à Brest et ensuite dans une maison de même ordre à Laroche, en Savoie. Revenu à Lyon, il y donna des leçons, fut traducteur-interprète au palais de justice, entra de nouveau dans un commissariat, et n'ayant pas obtenu un avancement qu'il avait demandé, donna sa démission, qui fut acceptée. C'est après ces événements qu'il vint à Paris. Ayant été condamné à six jours de prison pour banqueroute à Lyon, il avait changé de nom, afin de ne pas tomber sous le coup de la loi, qui interdit au failli de signer un article de journal.

Antoine-Magloire Brunel. Ancien sous-lieutenant de cavalerie, il exerçait les fonctions de commandant du 107e bataillon (11e régiment de marche) de la garde nationale pendant le siège de Paris. Irrité de la capitulation, il essaya, avec le lieutenant-colonel Piazza, de soulever la garde nationale et de s'opposer à toute négociation avec les Prussiens. Mais la garde nationale ne répondit pas à leur appel. Piazza et Brunel furent arrêtés, le 29 janvier, et traduits devant un tribunal militaire. Le conseil les acquitta sur le chef d'excitation à la guerre civile, mais les condamna à deux mois de prison pour avoir, le 28 janvier, sans droits et sans motifs légitimes, usurpé le titre et les fonctions de général. Délivré peu de temps après par les gardes nationaux qui brisèrent les portes de sa prison, Brunel se déroba

aux poursuites du Gouvernement, et devint un de ses
plus acharnés adversaires. Le Comité central le nomma
général.

Hubert Geresme, ouvrier, *Henry Mortier*, commis ar-
chitecte et *Henry Fortuné*. Ils naquirent à la vie politique avec le Comité central. C'étaient des incapables
qui cherchaient à cacher leur ineptie sous des motions
violentes et même souvent cruelles.

Antoine Arnaud et *Clovis Dupont*. Ils faisaient aussi
partie du Comité central, mais à cause de leur affilia-
tion à l'Internationale, dans les rangs de la quelle nous
les avons placés.

Des clubs et des réunions publiques sortaient :

Charles Amouroux, un des plus jeunes et des plus
populaires d'entre les membres de la Commune. Il était
venu à Paris comme ouvrier chapelier, et s'était mêlé
de bonne heure au mouvement politique et social auquel les ouvriers prenaient alors une part si active. Sa
figure toute juvénile, un esprit ardent et audacieux, en
firent bientôt un des favoris des réunions publiques.
Président ou assesseur de nombreuses réunions tenues
à la *Jeune Gaule*, à la Redoute et à la salle Molière, il
résista souvent aux injonctions des commissaires de police et refusa de dissoudre les assemblées malgré leurs
ordres et leurs menaces. Condamné plusieurs fois à la
prison, et en particulier le 2 mars 1870, pour excitation
à la haine et au mépris du gouvernement, il s'enfuit à
Bruxelles, où il se lia avec des réfugiés politiques et des
membres de l'Internationale. Après la révolution du
4 septembre, il servit dans l'artillerie et fut nommé
membre du comité d'armement, fonction dont il se démit le 31 octobre. Il fit une constante opposition au
Gouvernement de la Défense, et se trouva naturellement
désigné par ses antécédents révolutionnaires aux suffrages des partisans de la Commune.

Jules Allix. C'est le type le plus étrange de la Commune. Pour se consoler de son échec à l'Assemblée constituante, il se donna tout entier à une grotesque invention : la télégraphie escargotique qu'il voulait substituer à la télégraphie ordinaire. Il fallait choisir des escargots sympathiques, et en mettant l'un d'eux sur la lettre d'un alphabet spécial, le second escargot se plaçait immédiatement sur la même lettre de l'alphabet correspondant. Ce nouveau mode de correspondance trouva, dit-on, quelque faveur auprès de M. Émile de Girardin, chaud partisan des idées de M. Allix, mais conduisit plus tard ce dernier à Charenton. Il en sortit au moment des élections de 1869, et, pour se faire élire, il organisa des conférences socialistes à Belleville, mais sans succès. Arrêté le 22 janvier 1871, il se fit de cette circonstance un petit piédestal auprès du parti révolutionnaire; et Allix, orateur insipide des réunions publiques, qui eût certainement échoué à Belleville, où l'on connaissait son aptitude, eut l'heureuse pensée de se porter dans le IXᵉ arrondissement, où il était complètement inconnu.

Paul-Émile Rastoul et *Parisel.* Médecins tous les deux, ils avaient cherché longtemps une clientèle, mais sans pouvoir jamais la trouver. Après le 18 mars, ils se vengèrent de l'indifférence du public parisien, en le soumettant à la cruelle expérience de leur médication sociale.

Théodore Régère de Montmore. Né le 15 avril 1826 à Bordeaux, il y fonda la *Tribune de la Gironde* dont la publication lui valut d'être proscrit après le coup d'État. Il n'a pas été toujours aussi radical que le feraient supposer son élection et son rôle à la Commune, On l'accuse de cléricalisme, et non sans raison. Aux plus mauvais jours de cette triste époque, alors que la plupart des églises de Paris étaient fermées au culte, il pria M. le curé de Saint-Étienne du Mont de vouloir bien

admettre sa fille à la première communion, il y assista
même avec la plus vive émotion. Ce qui donnerait à
penser que ce n'est pas un de ces révolutionnaires farouches qui ont fait litière de tout sentiment et de toute
croyance.

Léo Meillet, Raoul Urbain et *Gustave Lefrançais*. Après
s'être livrés quelque temps à l'enseignement, ils s'étaient
jetés à corps perdu dans le mouvement des réunions
populaires et s'y étaient fait connaître par l'extrême violence de leur langage.

Henry Champy, ouvrier ciseleur; *Émile Clément*, cordonnier; *Charles Gérardin*, ancien comptable; *Charles
Ledroyt*, ouvrier déjà âgé; *Martelet*, peintre de décors;
Ostyn, employé; *Émile Oudel*, peintre sur porcelaine;
Descamp, mouleur en fonte; *Chardon*, ouvrier chau-
dronnier. Ils étaient bien peu connus et bien peu dignes
de l'être. Leur incapacité absolue, leur nullité radicale,
rendent tout examen de leur personnalité impossible,
et en tout cas inutile.

A la Commune, la plupart des hommes de ces trois
groupes n'en formèrent qu'un seul, celui des socialistes,
Ils avaient un programme arrêté : ils ne voulaient pas
comme les politiques la domination, mais la destruction
de la société. Toutefois, ayant pour principe de sacrifier
l'intérêt personnel à l'intérêt général, ils furent réduits
à s'associer aux Blanquistes. Avec eux arrivent donc
nécessairement :

Blanqui. La mort de Mgr Darboy a remis plus vivante
et plus sombre cette figure dans l'imagination publique.
C'est pour Blanqui que Mgr Darboy est mort, sans
racheter assurément par la vertu de ce sacrifice la cruelle
personnalité du conspirateur monomane, depuis longtemps d'ailleurs condamné à mort. On sait, et nous le
verrons plus loin, que la vie et la liberté de l'archevêque de Paris, incarcéré à Mazas par les communeux,

répondaïent de la vie et de la liberté de Blanqui, détenu dans les prisons du Lot par le Gouvernement. Voilà la balance de la révolution, c'est-à-dire l'inégalité la plus cynique mettant, sous prétexte d'égalité, Blanqui dans un plateau, l'archevêque dans l'autre. — Depuis le déclin du carbonarisme jusqu'à la dernière explosion communiste, Blanqui, libre ou en prison (et il a été prisonnier vingt-huit ans), n'a cessé de troubler le sommeil du pays et de tous ses gouvernements, soit en personne, soit par insufflation. Homme d'action souterraine, incessante, persévérante, il s'efforce depuis tantôt quarante ans d'enlacer la société dans une immense conspiration populaire, rattachant patiemment les fils qui viennent à se briser, nouant et reformant les mailles rompues. Ce qu'il veut, c'est la révolution sociale, c'est le renversement de la pyramide, la base prenant la place du sommet ; c'est l'avènement de la classe ouvrière au pouvoir, la suprématie du travail sur le capital, la domination des membres sur l'estomac, c'est l'aristocratie des ouvriers qui doit remplacer l'aristocratie des bourgeois, comme elle a remplacé elle-même, en 89 et en 1830, l'aristocratie des nobles. Révolution imprévoyante, bouleversement inique, et que cependant il a failli réaliser ; car, sans exagérer l'influence et la popularité de Blanqui, on ne peut nier que l'effroyable tempête qui a menacé d'engloutir Paris n'ait été amenée par lui et déchaînée par ses adeptes. Pendant la période du siège, il dépopularisa dans les faubourgs le Gouvernement du 4 septembre, en lui reprochant journellement sa faiblesse, sa timidité, ses incertitudes, ses allures réactionnaires, sa défiance à l'égard du peuple ; il prépara ainsi, avec Félix Pyat, les tentatives communeuses du 31 octobre et du 22 janvier. Ces mouvements ayant échoué, et les pouvoirs assumés par les hommes de la Défense nationale ayant été ratifiés par un plébiscite parisien, Blanqui écrivit, dans la *Patrie en danger* du 5 novembre, ces lignes, où la colère et la menace percent sous l'ironie : « La démagogie est désarmée. La Bourse et la sacristie sont maîtresses. On va les voir à l'œuvre. Pays fini, à moins d'un retour qui le délivre de ces deux pestes. » Et dans le numéro du 7 novembre : « Six semaines de résistance avaient inspiré l'admiration, un seul jour nous précipite dans le mépris universel. » A partir de ce moment, Blanqui ne prend plus la peine de cacher son programme socialiste ; il le formule nettement, énergiquement : « La société française n'est pas la nation française, écrit-il le 25 novembre. Ne confondons pas deux êtres distincts et ennemis. La société, c'est le capital, la nation, c'est le travail. Le maître et l'esclave. — On répète souvent : Pourquoi cette division antagoniste de deux choses inséparables ? — Inséparables, en effet. Point d'esclaves sans maîtres. » Élu membre de la Commune, il en eût été nommé président, quoique prisonnier au château du Taureau, sans les protestations énergiques de Delescluze.

Charles Delescluze. Sorti du peuple, petit de taille, assez mal tourné, il n'avait rien de ce que Sallustre exige chez un tribun pour remuer les multitudes. Le front était sans noblesse, l'œil fixe, mais sans puissance de fascination. N'étant plus jeune, il montrait un visage fendillé de rides profondes et de zigzags étranges qui accusent, dit Balzac, les défaites de la vie intime. Sa bouche sans sourire laissait échapper une voix frémissante, toujours orageuse, et qui, par instants, faisait venir à l'esprit l'idée des grincements d'une porte de prison. Il avait le teint jaune comme Brutus. Mais comment aurait-il pu avoir un extérieur agréable, cet homme qui n'avait parcouru jusqu'à ce jour que des chemins remplis des plus rudes aspérités ? Sa vie n'avait été qu'un long et terrible combat : combat du journaliste et du conspirateur contre les gouvernements établis, contre la royauté, contre la république, contre l'empire ; combat du proscrit contre la misère ; combat du transporté politique contre des souffrances et des outrages partagés avec les forçats ; combat du sectaire contre le Gouvernement de la Défense et le pouvoir sanctionné par l'Assemblée nationale. En novembre, au cœur de l'hiver, les membres de la Defense l'avaient fait jeter en prison ; il en sortit à la suite d'une ordonnance de non-lieu, blessé au cœur, atteint d'une laryngite aiguë, faisant sans cesse le total de ses souffrances passées ajoutées aux souffrances du jour. Il eût été un héros ou un saint, s'il eût oublié les dernières persécutions qu'il venait d'endurer ! Il aima mieux mettre le tout sur le compte de la société, aussi fut-il l'âme de la révolution du 18 mars. Digne descendant des fanatiques du seizième siècle, il fut un véritable sectaire, impassible, froid, sacrifiant tout à ses idées. Sa vie et la vie des autres n'étaient rien pour lui ; honnête homme de par sa conscience, mais Jacobin sinistre, il eût fait fusiller son père !

Félix Pyat. C'était l'homme le plus connu de la Commune. Ancien auteur dramatique, journaliste, commissaire général du Cher, représentant du peuple, proscrit, conspirateur, exilé de retour, nul ne s'est plus agité, n'a plus cherché à mettre sa personnalité en relief. S'il eût agi obscurément, sa tenue eût été celle d'un héros. Ceux qui le connaissent, comme Rochefort, pensent qu'il n'a jamais travaillé que pour le bénéfice de sa vanité. Peu d'hommes ont, du reste, été aussi bien reçus dans la vie. En 1831, à 21 ans, il débuta par une très grande hardiesse pour le temps, par un drame en prose sur la vie intime des Romains, sujet que la tradition exigeait qu'on ne traitât qu'en vers. D'une page de

Tacite, il avait tiré une tragédie familière, intitulée : *une Révolution d'autrefois ou les Romains chez eux.* C'était la mort de Caligula, tué par Thraséas et ayant Claude pour successeur. Venant juste après les journées de Juillet, cette *Révolution,* exposée à l'Odéon devant un parterre d'étudiants, obtint une quadruple explosion de bravos, mais fut interdite, le lendemain, par ordonnance du préfet de police. Félix Pyat eut un nom fait en vingt-quatre heures. Les dons les plus précieux de la nature achevaient de lui ménager partout un bon accueil. Une figure harmonieuse, bien sculptée, de très grands yeux, la bouche souriante, la parole sympathique, tel était l'homme. Jules Janin, qui l'avait pris en très vive amitié, lui facilitait l'entrée dans les journaux et chez les libraires. Mais, quand le grand critique le vit, dans un autre drame, *Ango* (le corsaire de Dieppe, qui mettait le pied sur la gorge du vainqueur de Marignan), travestir ainsi la vérité historique, afin de faire de la prédication républicaine, il s'emporta contre son Éliacim d'autrefois. Foudroyé et furieux, Félix Pyat en voulut désormais à la critique et à la censure, qui prit texte d'*Ango* pour ressusciter. « En tout, dit M. Philibert Audebrand, il s'est posé comme un Prométhée au petit format, qui prend son orgueil blessé pour un crime social, et qui en accuse les dieux et les hommes[1]. » En 1848, il fut naturellement un de ceux qui étaient appelés à fonder la République et à la compromettre. Décrété d'accusation à la suite de la manifestation du 13 juin (Conservatoire des arts et métiers) il quitta la France, et résida tantôt en Prusse, tantôt à Londres. L'âge, au lieu de corriger ses instincts, comme cela arrive d'ordinaire, n'a fait que les aigrir ; Félix Pyat est devenu ultra-socialiste. Mais celui qui prendrait au sérieux ses pro-

---

1. *Histoire intime de la Révolution du 18 mars.*

clamations révolutionnaires, ses solennelles adjurations et ses malédictions romantiques, se tromperait singulièrement. Tous ses actes soi-disant politiques ne sont que des inspirations, des préoccupations, des ressouvenirs de mélodrame : soit qu'il parle, soit qu'il écrive, soit qu'il agisse, le démagogue Pyat transporte au théâtre. Comédien émérite, il connaît mieux que personne les tours et les détours de la scène politique ; il en a étudié toutes les trappes, — les trappes surtout, si commodes quand le dénouement s'accélère et que besoin est de disparaître rapidement. — Il sait par expérience que, s'il y a du mérite à faire ses entrées au bon moment, il faut plus de talent encore pour réussir ses sorties. Au reste, nul ne se farde et ne se grime plus habilement que lui. Il joue, d'ordinaire, les traîtres, mais, à l'occasion, il fait très bien les Géronte, les Cassandre, voire les Sganarelle ou les Scapin. Ce matamore cassant et farouche n'est, en vérité, qu'un fantoche gonflé de vent. Il a trouvé, dans le grand drame révolutionnaire de 1793, un canevas à sa convenance ; il se l'est, pour ainsi dire, approprié, croyant habile de ressusciter cette grande époque, de l'ajuster à sa taille et de se créer un rôle dans sa parodie sinistre. Il nous a révélé, lui-même, le personnage qu'il a eu la prétention de remettre en scène : « Je suis l'ami du peuple, du peuple en danger. Je n'ai d'autre intérêt que son salut. Je n'ai pas l'énergie de Marat, et je n'aurai certes pas l'honneur de sa mort ; mais j'ai sa vigilance, et je dis à ce peuple : « Ma foi est démocratie ; ma loi, République ; « mon titre, franchise ; ma vie, exil ; mon but, ta vie. »

Auguste Vermorel. Il était une des notoriétés de la presse démocratique. Sa vie politique, qui datait de ces dix dernières années, a été l'une des plus agitées et des plus malheureuses ; il y perdit une modeste aisance et y gagna de nombreux procès, d'interminables empri-

sonnements. On ne se serait pas attendu à le voir figu-
rer longtemps, lui homme d'esprit, plein d'affabilité et
de douceur, dans cette Commune, d'où Ranc s'est bien
vite retiré, tandis que Vermorel est resté, jusqu'au dernier jour, solidaire par sa présence de cette assemblée
dont il a presque constamment blâmé les folies et les
cruautés. C'est là, pour tous ceux qui l'ont connu, une
énigme, dont on ne peut trouver l'explication que dans
son caractère ambitieux et dans son désir de montrer
aux révolutionnaires, qui avaient douté de son honnêteté politique, la fausseté de leurs attaques.

Raoul Rigault. C'est le personnage qui a le plus carac-
térisé le mouvement communal, puisqu'il est demeuré
en place du 18 mars au 23 mai, toujours armé du même
pouvoir. Socialement parlant, c'était un fils chassé par
son père et dont son père même redoutait la cruauté
pour son propre compte. Intellectuellement, ce n'était pas
un incapable, comme on l'a écrit : il avait fait de bril-
lantes études au collège de Versailles. Quant au physique,
c'était un jeune homme petit de taille, à la barbe noire
et épaisse, au regard inquisiteur, voilé par un lorgnon
qu'il ne quittait jamais. Il avait la monomanie de ce qu'il
a été, un Tristan l'Ermite de la basse démagogie. Fruit
sec de toutes les écoles, Rigault avait puisé dans des
déconvenues d'examens ce sentiment d'envie qui le portait à tout détruire. Mais, pour se prémunir contre le
danger d'un radicalisme insensé, il aimait à faire de la
police, deux sentiments qui l'absorbaient tout entier.
Ami et disciple de Blanqui, on prétend qu'il tenait ces
goûts étranges du Mazzini français. Il porta cet esprit au
journal *la Critique*, et passa le temps qu'il pouvait ravir
aux brasseries, pour lesquelles il eut toujours une pré-
dilection marquée, à pérorer dans les réunions publiques. Il se fit une certaine popularité dans celle du Pré-
aux-Clercs, où il attaqua Jésus-Christ et la religion, en

des termes qui lui valurent une forte condamnation pour outrage à la morale publique et à la religion. Sa tenue devant le tribunal fut pleine d'arrogance, et, quand l'avocat impérial réclama pour lui l'indulgence que méritait son jeune âge, Rigault se leva et répondit : « Monsieur l'avocat général, messieurs les juges, je ne veux pas de votre indulgence, le jour où nous serons au pouvoir nous ne vous en accorderons pas. » On rit beaucoup de cette boutade, de ces menaces, qu'il ne réalisa que trop librement, de faire couper des milliers de têtes, quand il serait chef du Gouvernement. Au 4 septembre, Rigault n'eut qu'une préoccupation, ce fut de courir à la Préfecture de police mettre la main sur les dossiers et prendre la place de l'ancien chef de la police politique sous l'empire. Mais le Gouvernement de la Défense ne jugea pas prudent de l'y maintenir. Il rentra alors dans la vie privée et se fit élire chef d'un bataillon qu'il ne commanda jamais. Au 31 octobre, il tenta, mais en vain, de s'emparer de la Préfecture. Plus heureux au 18 mars, il s'y installa et montra ce dont il était capable. On vit alors cet insensé, qui n'avait de respect pour rien et qui se plaisait à assouvir ses goûts autoritaires et sanguinaires, commencer par attenter à la liberté individuelle et finir par commettre les plus lâches assassinats. Ce qu'il y a de plus horrible, c'est que Rigault n'avait aucune conviction, et qu'il commettait froidement ces actions infâmes pour s'amuser et occuper ses loisirs. Un soir, au café Soufflot, tout en choquant son verre avec ses amis, il dit tout haut et en riant que, pour régénérer révolutionnairement la France, il fallait un bouquet de trois cent mille têtes coupées à déposer aux pieds de la statue de la Liberté ! Il paraît que cette sorte de madrigal fut le mot de la soirée.

Jules Ferré. Il était d'une taille à peu près minuscule, et il avait la figure presque couverte d'une barbe et de favoris, d'où émergeaient deux verres de binocles abritant deux prunelles du noir le plus foncé. Il s'était révélé lors de la manifestation Baudin. Au milieu du recueillement des assistants, on entendit tout à coup pousser des cris de « Vive la République ! la Convention aux Tuileries ! la Raison à Notre-Dame ! » et l'on vit que l'auteur de ces intempestives déclamations c'était le nain Ferré, juché sur un monument voisin de la tombe. On le retrouva depuis dans les réunions publiques, où il récolta plus de jours de condamnations que d'applaudissements. Ses discours n'étaient que des appels à la violence pour la restauration des institutions de 93 : l'injure y surabondait toujours. Lors du procès de Blois, il ne voulut ni défenseur, ni témoins à décharge. Il insulta les témoins qui se présentèrent et essaya de se défendre lui-même, mais avec un tel luxe d'injures qu'on fut obligé de lui retirer la parole et même de le faire sortir de la salle des séances. Cet être vipérin, qui, à l'exemple de Marat, dont il avait fait son modèle, avait parfois des accès de rage épileptique, qui le syncopaient, dit, après son acquittement prononcé faute de preuves, une phrase sinistre, à laquelle on ne fit pas attention, mais qui devait être tristement prophétique. Ses amis l'entouraient et le félicitaient : « Ils m'ont acquitté, leur cria Ferré ; quand nous serons les plus forts, nous les fusillerons. » Cette parole est authentique, et on sait s'il l'a tenue.

Protot. Révolutionnaire de la veille, il avait passé sa jeunesse à conspirer et à défendre les conspirateurs. Sa renommée a commencé avec le procès de Mégy, arrêté pour le meurtre d'un agent. Chargé par lui du soin de le défendre, il eut à subir à ce propos une arrestation arbitraire, contre laquelle protesta le barreau de Paris, et Protot relâché prononça devant la haute cour de Blois la défense de Mégy. Au lendemain du 4 septembre, il fut élu chef de bataillon et se distingua comme un des plus

ardents adversaires du Gouvernement de la Défense nationale. Envoyé à la Commune par le XIe arrondissement,
nommé presque à l'unanimité délégué à la justice, Protot
présentera plusieurs projets de décrets, entre autres la
cruelle loi des otages et le jury d'accusation. Il votera
constamment les mesures révolutionnaires proposées à
la Commune dont il se montrera un des membres les
plus radicaux. Protot est d'un tempérament froid, d'une
nature concentrée ; il a étudié la révolution dans laquelle
il se jeta par raison plus que par sentiment. Il est du
reste un des rares hommes instruits qui aient fait partie
de ce gouvernement d'incapables et d'énergumènes.

Jules Vallès. Sa vie est si complexe, si multiple, si
désordonnée, qu'on a peine à le suivre dans toutes ses
courses et qu'on parvient difficilement à noter les travaux
qu'il a entrepris, puis laissés un moment et repris ensuite, sans les achever la plupart du temps. Jules Vallès
a passé sa jeunesse au quartier latin, où il a écrit dans
de nombreux journaux. Pour se faire une idée exacte du
talent de ce bizarre écrivain il faut lire son article *les
Réfractaires*, qui remplit tout un numéro du *Figaro*. En
lui s'agite un pêle-mêle incroyable d'idées et de mots,
les unes heurtant les autres, et tout cela se mêlant,
formant un concert qui, malgré des notes parfois dis-
cordantes, ne manque point de verve et d'originalité.
Pour se donner des airs de penseur, il criait contre tout
ce qui s'est fait depuis la création du monde, surtout
depuis les époques historiques. C'est lui qui disait :
« Jésus-Christ est une réputation surfaite. » Il disait encore : « J'admire les ânes qui trouvent le *Misanthrope*
un chef-d'œuvre ; le dernier vaudeville du Palais-Royal
vaux mieux que ça. » Et encore : « Dans l'intérêt bien
entendu des Lettres, il faudrait brûler jusqu'au dernier
exemplaire de la dernière édition de Molière. » Au point
de vue politique, Vallès est un ignorant et un incapable

qui se laisse aller aux entraînements de son tempérament et à ceux du milieu dans lequel il vit ; il n'a ni conviction, ni énergie.

Paschal Grousset. Il était le plus élégant des membres de la Commune, dans laquelle il représentait l'élément boulevardier et léger. Républicain par ambition, il est loin d'avoir été toujours aussi radical que le feraient supposer ses déclarations révolutionnaires de la Commune. Il a passé, avant d'être journaliste républicain, par les camps les plus opposés, sans s'arrêter dans aucun, parce qu'il n'y a point obtenu la position aisée qu'il ambitionnait et qu'il a cru trouver dans la révolution du 18 mars. Il s'imagina probablement racheter son passé en se montrant l'un des membres les plus intolérants de la Commune.

Miot. A voir sa figure si patriarcale, on l'aurait pris pour un des sages de la Commune. Mais cette tête, ornée d'une si belle barbe blanche, était dépourvue de tout jugement et il n'en sortait qu'un vieux radotage révolutionnaire. Cet ex-pharmacien de la Nièvre, auquel un pamphlet de Claude Tellier avait jadis tourné la tête, avait passé dans les prisons une partie de sa vie qui finira, dit-on, à Charenton ou aux Incurables.

Gambon. Il s'était fait une grande réputation dans les masses, parce qu'un jour, à Sancerre, dans le Berri, il avait joué à demi le rôle d'Hampden. Il a refusé, en effet, de payer l'impôt ; mais au lieu de se faire tuer pour son idée comme le patriote anglais, il a livré au percepteur une vache, sa fameuse vache, point de départ de sa popularité.

Auguste-Joseph Verdure. Philanthrope, enthousiaste, il fut un des piliers du *Crédit au travail*, créé dans un but généreux, mais géré par des gens trop enthousiastes et trop confiants dans les résultats de la coopération. Envoyé à l'Hôtel de ville par les électeurs du onzième arrondissement, Verdure, que son passé aurait fait ranger parmi les modérés de l'assemblée, s'est montré dans les derniers temps l'un des membres les plus violents de la Commune.

Jean-Baptiste Clément. D'abord garnisseur en cuivre, puis chansonnier, socialiste et révolutionnaire, il quitta bientôt la poésie pour la politique. Il écrivait dans le *Pavé*, les *Tablettes de Paris*, le *Casse-tête*, la *Réforme*, le *Cri du peuple*. En politique, dit M. Jules Clère, J.-B. Clément est un poète doublé d'un sectaire, c'est un admirateur enthousiaste de la Révolution, qui a tous les emportements d'un fanatique et commet toutes les fautes, quitte à les regretter ensuite. En littérature, c'est un fantaisiste d'idées et d'expressions. Son style imagé est plein d'une vive originalité qui donne à ses articles un cachet tout particulier.

Frédéric Cournet. Ses opinions politiques le rangeaient d'avance dans le parti communaliste. Il avait été, sous l'empire, de toutes les conspirations, de tous les complots, de toutes les sociétés secrètes, dont beaucoup échappaient aux investigations de la police. Ami de longue date de Delescluze, il était de son école, de cette petite Église qui ne voulait innover en rien, et qui croyait assurer le triomphe des idées nouvelles, en répétant toute une phase, et la plus terrible de notre histoire, comme si l'histoire se répétait.

Gustave Tridon. Polémiste de talent, disciple de Blanqui, il était l'un des révolutionnaires les plus connus et les plus poursuivis sous l'empire. Il mit sa plume et sa fortune au service de la république sociale. Mais son courage n'a jamais été à la hauteur de ses convictions. Tridon était, du reste, un garçon maladif, d'un tempérament peu propre à l'action.

Arthur Arnould. Il est intelligent, il a l'œil vif, un front élevé, et il eût été dans une assemblée législative un orateur disert, élégant, agréable à entendre ; mais il est sans principes arrêtés et n'a jamais montré les qualités d'un homme d'action.

Gustave Flourens. Il avait été jeté dans l'opposition la plus ardente par son exaltation naturelle encore plus que par la mesure bien légitime qui le priva de ses fonctions de suppléant au Collège de France, à raison de ses opinions matérialistes et révolutionnaires. A partir de ce jour, il mena une vie errante, romanesque, follement périlleuse ; mais il était un des hommes les plus capables, les plus intelligents et les plus honnêtes qui furent compromis dans la formidable insurrection du 18 mars.

Voilà les principaux Blanquistes qui vont entrer en scène. Ils avaient fait, pour arriver au pouvoir, une alliance avec les membres de l'Internationale qui ne tarda pas à être brisée, et leur rivalité d'influence, comme leur antagonisme d'opinions, a rempli le règne de la Commune.

Avec eux, tous les drames de la révolution doivent repasser indéfiniment sous nos yeux. Nous reverrons le renversement des statues royales, les razzias de suspects, les arrestations arbitraires, les perquisitions domiciliaires, les suspensions de journaux. Nous reverrons la Conciergerie encombrée de prisonniers ; nous reverrons des jacobins et des hébertistes ; nous reverrons la Commune tournant ses canons contre l'Assemblée nationale, et pour que rien ne manque au programme, nous entendrons gronder au fond du théâtre, comme la furie traditionnelle, le Comité du salut public. L'histoire, qu'ils ne connaissent que par la déclamation, les pousse et les égare ; ils croient que les générations se ressemblent et se copient, et qu'il suffit d'être un plagiaire plus ou moins fanatique pour être un grand politique.

Ces hommes, socialistes ou jacobins, ont eu le pouvoir pendant soixante-six jours, le pouvoir sans limites. jamais une souveraineté absolue n'a rencontré moins d'entraves, n'a eu moins de comptes à rendre. Qu'ont-ils fait? Ah! s'ils avaient une idée, si réellement ils représentaient, comme ils en avaient l'impudente prétention, le socialisme et tout ce qu'il contient en germe; si enfin ces gens avaient été capables seulement de définir une fois leur propre pensée, de définir leurs théories, ils le pouvaient faire tout à leur aise. Jamais si belle occasion ne leur pouvait échoir. Eh bien! en parcourant la collection des lois, arrêtés et décrets du Comité central de la Commune et du Comité de salut public, l'œil du plus bienveillant philosophe ne peut découvrir, dans le testament de cette infernale trilogie, une parcelle de raison, un atome de vérité, un semblant de justice. Ils se sont comparés aux jacobins, mais on chercherait en vain, dans les dossiers pourtant volumineux des révolutionnaires de la première heure, un seul acte qui dénote une absence de raison aussi complète que dans tout ce que nous avons vu pendant deux mois.

Ils n'ont su que faire revivre les mots de 1793, sans y faire passer le souffle qui les animait. Dans leurs ternes séances, qu'ils n'osèrent pas rendre publiques, et dont ils hésitèrent longtemps à donner le compte rendu, il n'y avait nulle trace de cette éloquence enflammée qui devait, suivant un de ses membres, faire « écumer la multitude », et rappeler « Danton débraillé et tonnant ».

C'est qu'il ne s'agissait pas, pour les hommes du 18 mars, de doctrines à faire prévaloir, mais de détruire une société qui, régie par les lois de la morale et du devoir, ne pouvait leur donner la place qu'ils ambitionnaient. Et nous les avons vus, pendant soixante-six jours, essayer de pousser la France vers l'abîme et, dans l'exaspération de leur défaite, travailler à l'anéantissement d'une ville pour se consoler de n'avoir pu faire crouler le pays tout entier. Plutôt que de ne pas régner, ils auraient volontiers régné sur des ruines.

Tels étaient les chefs.

Si, comme le plongeur qui se précipite dans l'abîme pour étudier le fond de la mer, on examinait maintenant les masses fédérées, couche par couche, que ne trouverait-on pas? On verrait défiler successivement les paresses ignominieuses, les jalousies, les impuissances folles, les ambitions devenues féroces. Quels chefs et quelle armée! Où se recrute-t-elle? Parmi tous ceux qui, à Paris, ont fait naufrage, dont la civilisation n'a su ni reconnaître le génie, ni utiliser « les magnifiques énergies », et qui se sont perdus corps et âme dans cette tempête sans éclair. Il y a là les prolétaires, les déclassés, les ouvriers ne travaillant pas, les vagabonds, les femmes déliées de chaînes légales, les enfants des quartiers sombres, ce que les Romains appelaient *Plebescula*, ce que Mirabeau nommait le *popule*. Il y a dans cette tourbe tant de crimes, de vices, de défauts, de tares au physique et au moral, qu'ils rappellent trait pour trait ce portrait de Salluste :

« Dans une ville si peuplée et si corrompue, Catilina avait rassemblé sans peine des troupes d'infâmes scélérats qui, rangées autour de lui, semblaient composer sa garde. Tous les hommes perdus de vices et de débauches, tous ceux qui s'étaient ruinés en festins, au jeu ou avec les femmes ; ceux qui s'étaient surchargés de dettes... tout ce qu'il y avait de parricides, de sacrilèges, de gens condamnés ou qui craignaient de l'être ; tous ceux, qui pour vivre, faisaient trafic du sang des citoyens ou du parjure ; enfin, les malheureux que l'infamie, l'indigence et les remords poussaient au désespoir ; voilà quels étaient les amis et les confidents de Catilina. »

CHAPITRE IX

I

L'entraînement qui a précipité une partie de la population dans le mouvement insurrectionnel, l'inertie qui paralyse l'autre, semblent, au premier aspect, absolument inexplicables. Il importe donc d'en découvrir la raison d'être, afin de se préserver à la fois de défaillance ou d'emportement. Ce sont des Français, dont la veille nous admirions l'héroïsme, qui sont tombés dans ces égarements. Nous ne devons jamais l'oublier, et la juste horreur que nous inspirent les forfaits de quelques scélérats, est un motif de plus de rechercher avec impartialité par quel monstrueux prodige leurs excès ont pu se produire.

Or, en étudiant les faits, on voit que les causes de l'insurrection sont à la fois accidentelles et générales ; elles tiennent aux événements du siège et à notre état social. Sans sa fièvre généreuse de résistance à l'ennemi, la population de Paris ne se serait pas soulevée ; sans le désordre moral qui règne depuis longtemps dans les âmes, une révolte, si elle eût éclaté, n'aurait jamais présenté les caractères sauvages qui ont marqué celle de la Commune.

Les circonstances exceptionnelles où Paris avait été jeté, depuis de longs mois, ressortent du premier chapitre de cette histoire. On peut les classer sous les chefs suivants : l'armement formidable de la garde nationale et le genre de vie qu'elle a mené pendant le siège ; — l'humiliation et la déception causées par l'armistice ; — les souffrances du commerce et de l'industrie ; — la licence effrénée de la presse et des clubs ; — la concentration de tous les pouvoirs entre les mains des municipalités, qui étaient comme le germe de la Commune.

On sait qu'après le 4 septembre, au moment où allait commencer le siège, des armes de précision furent données à tout le monde, sans distinction et sans discernement. Il était difficile de faire autrement. L'ennemi approchait, et l'opinion publique, préoccupée du seul intérêt de la défense, imposait ce qu'elle a injustement blâmé depuis. L'existence tout à fait anormale des gardes nationaux pendant le siège ne tarda pas à les démoraliser. Ils s'habituèrent à vivre sans rien faire, l'État les habillait, les nourrissait. Il faut ajouter que la nourriture saine faisant défaut, on était obligé de consommer plus d'alcool que de pain.

Quant à la formation des nouveaux bataillons, elle fut presque toujours l'œuvre des révolutionnaires. Un petit nombre de sectaires ardents, en général tous affiliés ou adhérents de l'Internationale, se réunissaient, se distriquaient, entre amis, à peu près toutes les épaulettes, depuis celles de commandant jusqu'à celles de sous-lieutenant ; puis on allait quérir dans le quartier quelques certaines de gens naïfs qu'on amenait à entrer dans le nouveau bataillon. Chacun d'eux avait la bonhomie de croire que des élections régulières avaient été faites avant son incorporation, et qu'en définitive il n'obéissait qu'à des chefs élus par ses camarades ; en réalité, il se trouvait enrôlé dans un corps organisé uniquement par le parti révolutionnaire, en vue de la prochaine guerre sociale, et non pas de la lutte actuelle avec les Prussiens. Si, comme cela arrivait presque toujours, la masse des hommes ainsi surpris était ignorante des choses de la politique, indifférente et facile à subir les impressions, le bataillon tout entier était bientôt gagné à la cause de la révolution. Mais quand on se trouvait en face d'une majorité honnête et intelligente, l'embauchage avortait, et celle-ci finissait par se débarrasser des personnages qui s'étaient mis à sa tête. C'est ainsi que le sieur Sappia, cet énergumène qui périt dans l'insurrection du 23 janvier, fut, dans les premiers jours du mois d'octobre 1871, arrêté par son bataillon qu'il voulait entraîner à l'assaut de l'Hôtel de ville. Mais en général les honnêtes gens avaient toutes les peines du monde à faire lâcher prise aux officiers soi-disant élus par eux. Les divers comités de vigilance, de surveillance, d'armement, d'habillement, créés dans chaque arrondissement, et, en grande partie, composés aussi de révolutionnaires, aboutirent à cette fédération de la garde nationale, pouvoir rival du pouvoir légal, qui fit le 18 mars. Enfin l'élément étranger s'introduisit dans la garde nationale par les corps francs et acheva de faire de l'armée de l'ordre celle du désordre.

On a vivement reproché au Gouvernement de la Défense de n'avoir pas désarmé ces diverses troupes après la capitulation. C'est ce qui a fait surtout la gravité de l'insurrection, ce qui a nécessité le second siège de Paris. Le rapport et les documents de l'Enquête le démontrent jusqu'à l'évidence. Un homme, assurément très compétent, M. l'amiral Pothuau, a soutenu devant la commission que le désarmement de la garde nationale était possible : « On y serait arrivé en faisant venir les bataillons les uns après les autres, et, au besoin, en faisant intervenir la force armée. » Mais cette appréciation a été justement combattue par MM. Jules Favre et Le Flô. « Il était certainement difficile de se faire illusion sur les conséquences que devait avoir, dans un avenir plus ou moins prochain, le maintien de l'armement de la garde nationale. Mais pour la désarmer, il aurait fallu livrer une bataille dans Paris qui aurait au moins duré trois jours, et l'on avait trois jours de vivres ; par conséquent, la famine au bout de ces trois jours, et deux cent cinquante mille Prussiens qui nous enserraient. Nous étions donc réduits à voir dans Paris, en présence des Prussiens qui ne demandaient qu'à intervenir et à se faire nos alliés, une bataille de trois jours avec la famine étreignant une ville de deux millions cinq cent mille habitants, c'est-à-dire tout ce qu'on peut rêver de plus horrible. » Cependant, si le désarmement total était impossible, il fallait du moins faire rentrer dans les arsenaux l'immense artillerie confiée à la garde nationale, enlever les poudres, les cartouches, les bombes et les munitions. Le Gouvernement le pouvait dans les premiers jours qui suivirent l'armistice : il ne s'en préoccupa pas assez. A vrai dire, il n'existait plus que de nom, l'armistice lui avait porté le dernier coup,

Cette désaffection de la population parisienne pour un pouvoir qu'elle avait naguère acclamé avec tant d'enthousiasme, s'explique suffisamment.

Nous avons indiqué dans le premier chapitre les effets produits sur elle par cinq mois de séquestration, l'affaissement physique et moral qui résultait de souffrances et de privations endurées pendant si longtemps. Nous n'y reviendrons pas, non plus que sur l'exaltation développée dans tous les rangs par les fausses nouvelles répandues chaque jour, et par les espérances irréalisables entretenues jusqu'à la dernière heure. Mais si, dans les hautes régions du Gouvernement et de l'armée, on était arrivé à considérer le siège comme une *héroïque folie* qui ne pouvait plus être justifiée par le concours devenu improbable de la France entière, il n'en était pas ainsi de la masse de cette bourgeoisie parisienne qui avait enduré sans secours d'aucun genre et sans murmures de bien douloureuses privations. Trompée par les proclamations pompeuses du Gouvernement et par ses bulletins officiels, elle avait conservé jusqu'au bout l'espérance. Elle ne comprenait pas qu'après avoir rendu la ville imprenable, les membres de la Défense et les chefs de l'armée cédassent sans avoir tenté un suprême effort. On croyait toujours à la possibilité de percer les lignes prussiennes. La garde nationale dans son ensemble partageait cette illusion, qu'explique la déposition du général Le Flô : « On aurait pu, a-t-il dit devant la commission d'enquête, on aurait pu employer plus sérieusement les deux cent cinquante mille gardes nationaux, et ils l'auraient parfaitement accepté. » Nous ne nous arrêterons pas à discuter ce sentiment ; mais nous croyons devoir insister sur l'humiliation profonde que causa l'armistice, parce qu'il mit le comble à l'exaspération de notre malheureuse cité. Couronnant les violences savamment calculées de l'invasion, il révélait le dessein arrêté de l'ennemi d'abaisser et d'appauvrir la France, il enlevait à la patrie une portion vivante d'elle-même pendant qu'il la pressurait sans merci. Si une pareille convention indigne les hommes qui réfléchissent dans le silence du cabinet, que dut-elle produire sur les âmes qui ne disputent rien à la passion du moment ? Cet odieux traité ne restait pas pour Paris à l'état de pur acte diplomatique réalisé loin de ses yeux. Non, il prenait corps devant lui, grâce à la stipulation qui ouvrait une porte de la ville à l'armée allemande. Ce que cette profanation de notre cité par un ennemi qui ne l'avait vaincue que par la faim, souleva de fureurs dans tous les cœurs, nul ne peut le savoir qui n'a subi cette épreuve. Nous eûmes la honte et la douleur de les voir s'avancer en chantant, couverts de rameaux de buis arrachés à nos taillis en guise de lauriers; les musiques militaires jouaient leurs marches les plus triomphales. Un soleil magnifique éclairait ce cortège et semblait railler notre opprobre. On comprend que la population parisienne ait été jetée hors d'elle-même, que son patriotisme ait été une proie facile à saisir par les démagogues qui n'oublient jamais leur jeu.

Certes nous sommes loin de chercher des excuses pour la bande cosmopolite qui a promené sur Paris ses torches incendiaires; mais, pour expliquer l'égarement de cette masse infortunée qu'elle a conduite à sa perte, nous ne pouvons nous dispenser de rappeler les faits, ainsi que les torts qui incombent à chacun, sans en excepter même l'Assemblée nationale.

De quelque mauvais œil qu'elle eût vu les préliminaires de paix, la ville se taisait cependant. La certitude d'entrevoir un terme à ses maux la poussait à reprendre de jour en jour ses allures, ses mœurs, son insouciance et tout son train de vie d'autrefois. On rouvrait les usines, on recrépissait les maisons ébréchées par les obus. Mais on redemandait des théâtres, on cherchait à reprendre les belles toilettes; c'était à peu près ce qui s'était passé au 9 thermidor, quand on s'efforçait d'oublier de longues souffrances.

A ce moment, parut une loi qui ajournait les échéances de tous les effets de commerce. L'Assemblée nationale, la plus honnête assurément qui ait jamais représenté la France, mais aussi la plus timide, se proposait de calmer les esprits et de soulager momentané-

ment les souffrances. Ce fut justement le contraire qui
arriva. Le siège de Paris avait troublé profondément les
relations commerciales et industrielles. Tous les débou-
chés étaient fermés, toutes les industries paralysées, la
production et la vente forcément interrompues ; et cela
dans un centre industriel et commercial de l'importance de Paris ! Un délai pour les échéances était donc
une excellente et indispensable mesure, mais l'Assemblée
l'accorda beaucoup trop court. En fixant le 12 mars, elle
plaça une grande partie des habitants de Paris en présence d'une faillite inévitable et d'une ruine complète.
La plupart des commerçants, qui étaient par intérêt
comme par habitude des hommes d'ordre, ne songèrent
pas à faire remonter la responsabilité de la loi à l'empire, qui déjà, avant le 4 septembre, avait touché au
droit commun. Les uns, sans se rendre compte de la situation, se détachèrent d'un Gouvernement qui ne les
sauvait pas du déshonneur ; les autres se laissèrent
dévoyer aux idées les plus étranges.

La question des loyers intéressait encore davantage la
classe ouvrière et la masse de la garde nationale. La
solde des trente sous par jour, les cantines, les secours
de tout genre accordés aux femmes et aux enfants, avaient
suffi jusqu'ici aux ouvriers et leur suffisaient encore
pour vivre médiocrement, mais ils ne payaient et ils
n'avaient payé aucun terme de loyer. Ils voyaient maintenant avec terreur approcher l'échéance d'une dette
accumulée, et ils auraient voulu que l'Assemblée éloi-
gnât la menace qui pesait sur eux. Placé entre la ruine
et la révolution sociale, on acceptait les promesses de la
Commune, espérant y trouver l'occasion d'échapper au
déshonneur.

Grâce à ces diverses circonstances, le mouvement insurrectionnel se développa de plus en plus. En vain le
Gouvernement essaya de l'arrêter en fermant les clubs,

comme nous l'avons vu, et en frappant six.journaux qui exploitaient le mécontentement public et poussaient ouvertement à la guerre civile, l'agitation ne fit que s'accroître.

En face de cette tourmente qui menaçait de tout emporter, un seul pouvoir était encore intact et respecté, c'était celui des maires. En d'autres mains et légalement exercé, il aurait pu sauver la situation ; il ne fit que l'aggraver et préparer les esprits au dénouement fatal.

On sait qu'après le 31 octobre les municipalités furent soumises au suffrage universel. Dans quelques arrondissements les choix furent très bons, mais non pas dans tous, et sous prétexte de conciliation les électeurs choisirent trop souvent les adjoints parmi les hommes les plus avancés. Certes, il serait injuste de méconnaître le dévouement que montrèrent la plupart des magistrats municipaux de Paris et la part importante qu'ils prirent à la Défense. Ils créèrent des bataillons de garde nationale, les armèrent, les habillèrent, les firent vivre. Ils nourrirent, chauffèrent, éclairèrent la population parisienne, et, pendant la période du bombardement, ils logèrent ceux qui n'avaient plus de domicile. Mais cette administration irrégulière, qui réunissait et confondait dans les maires tous les pouvoirs, contribua encore à égarer les esprits et prépara les événements du 18 mars. Les réunions de l'Hôtel de ville, où, sous la présidence du maire de Paris, prenaient place tous les magistrats municipaux, et où se discutaient les questions économiques et même politiques, présentèrent souvent un caractère d'assemblée révolutionnaire. On aurait dit une image anticipée de la Commune.

Telles furent les causes matérielles et immédiates du 18 mars. Mais, pour qu'elles aient produit une aussi épouvantable catastrophe, il faut qu'elles aient trouvé un milieu tout préparé. Un peuple ne tombe pas tout à coup du faîte des grandeurs à un tel degré de décadence. Si la France a subi les horreurs de la Commune, c'est parce qu'elle était arrivée à un état de prostration morale qui avait pour cause prochaine l'accouplement du régime impérial et d'un certain socialisme.

II

Au commencement de décembre 1852, la France, fatiguée de provisoire et d'incertitude, avait une soif ardente de repos et de conservation; elle ne voulait pas abdiquer cependant les aspirations révolutionnaires qu'elle couve et caresse depuis près d'un siècle. Or, l'empire réunissait et conciliait à ses yeux le pouvoir matériel et la révolte morale, et il répondait ainsi à la fois aux intérêts des conservateurs comme aux instincts révolutionnaires du pays. Le coup d'État, qui aurait dû faire réfléchir ces empiriques à courte vue, était un acte de violence qui leur parut excusable, parce que cette fois il venait d'en haut. Ils ne comprirent pas que le Gouvernement, en renversant la constitution au nom du suffrage universel, ouvrait une brèche par laquelle la démagogie ne pouvait manquer de passer tôt ou tard. Le nouveau régime le sentit si bien qu'il se préoccupa de son vice d'origine; au lieu de s'appuyer sur les grands intérêts qui l'avaient porté au pouvoir, il ne leur donna jamais qu'une satisfaction incomplète. Il les alarmait sur un point quand il les rassurait sur un autre, et semblait garder toujours comme en réserve le spectre rouge de la démagogie. A la fois autoritaire et révolutionnaire, il fut amené par le double caractère de sa politique à favoriser l'abaissement des hautes classes et la corruption des classes inférieures ; pour les dominer plus sûrement, il leur accorda en jouissances matérielles ce qu'il refusait en liberté. L'impulsion une fois donnée, une soif effrénée de bien-être s'empara de la population entière. L'ambition de la richesse remplaça toutes les autres. La spéculation dépassa toute limite, il fallait faire fortune et une fortune rapide. Le scandale des succès financiers démoralisait la nation, et des manœuvres inavouables compromettaient le crédit public en amenant devant la justice des noms qui auraient dû rester honorés. Ainsi disparaissait de plus en plus ce que l'on appelle à juste titre le ciment de l'édifice social, le respect.

Le gouvernement impérial crut fermer la porte à la révolution en travaillant à l'amélioration du sort des classes pauvres. Mais il ne vit pas que leur premier capital est la probité, l'ordre et la tempérance. Au lieu de songer à mettre à leur portée tout ce qui est bon et honnête, il chercha à faciliter leur accession rapide au bien-être, à la richesse relative, en exagérant les travaux, ce qui attire les ouvriers de tous les pays dans la capitale. Or, il est un résultat de notre civilisation moderne qui ne contribue pas peu à la fréquence de l'émeute, c'est l'accumulation des masses d'hommes dans nos grandes villes. Là se forme et s'accroît sans cesse une armée composée d'éléments divers, mais qui, à un moment donné, unissent leurs efforts et concourent au même but, le renversement de l'État. Elle comprend d'un côté cette tourbe nombreuse d'aventuriers de toute espèce, gens ruinés ou déclassés auxquels se mêle la lèpre toujours envahissante des repris de justice ; et de l'autre la portion de la classe ouvrière qui, errante et sans foyer de famille, se laisse facilement gagner par les mœurs dissolues des grandes cités. Ce qu'ils veulent, les uns et les autres, c'est une participation directe et complète aux jouissances matérielles dont ils sont chaque jour les témoins envieux et mécontents. Tels sont les deux groupes qui ont fait le 18 mars, en lui constituant une armée.

Ce mal de l'agglomération excessive des ouvriers dans la capitale s'est singulièrement accru depuis vingt ans, mais il remonte plus haut. En 1840, les travaux gigantesques des fortifications obligèrent de concentrer dans Paris une véritable armée d'ouvriers qui, après la révolution de février, devinrent les soldats de l'insurrection de juin. Sous l'empire, le désir d'occuper une foule de bras et aussi de faire, en quelques années, ce qui devait être l'ouvrage de plusieurs siècles, augmenta dans une proportion effrayante le chiffre de ces populations qui vivent au jour le jour, en dehors des conditions normales de la vie de famille, de l'influence religieuse et et par conséquent de la moralité.

On ne se borna pas à exagérer les constructions, — Paris fut démoli, bouleversé. Les vieilles rues s'effondrèrent partout. Relégués dans les faubourgs, les ouvriers ont vécu tout à fait séparés des classes riches restées au centre, et sont peu à peu arrivés à n'avoir pour elles que de l'envie et de la haine.

D'un autre côté, l'annexion des populations urbaines, en les mettant en contact avec ces nouveaux habitants des faubourgs, a changé complètement leur aspect. Excellentes en 1848, elles venaient avec enthousiasme au secours de l'ordre, tandis qu'elles ont fourni le principal élément en 1871. A un autre point de vue, les Parisiens, noyés dans un flot d'étrangers, devinrent eux-mêmes étrangers à Paris. Plus de lien de quartier, plus de relations professionnelles; « chacun a vécu comme l'Arabe sous sa tente, et Paris s'est transformé en un vaste caravansérail où toutes les nations de l'Europe ont pu camper, mais où toute tradition de vie munici-

pale, de mœurs locales, tout respect de famille, ont
nécessairement disparu[1]. »

C'est ainsi que sous les pieds du gouvernement impérial l'abîme se creusait chaque jour plus profond; mais,
ébloui par le luxe, Napoléon III ne voulut jamais voir
que ce monde, si brillant en apparence, était secrètement miné par un mal étrange, multiple de formes et
d'une contagion irrésistible. Et cependant, s'il eût prêté
l'oreille, il aurait pu entendre déjà comme le bruit
d'une chute prochaine. Ah! sans doute, le Paris de
M. Haussmann, le bois de Boulogne vu un jour de courses,
la richesse de la France étalée devant les yeux jaloux
de l'Europe, enfin l'excès des dépenses prodiguées par
la main d'un pouvoir imprévoyant, avec la complicité
irrécusable d'une grande partie de la nation, tout cela
pouvait alors faire illusion. Mais il y avait dans ces splen-
deurs je ne sais quoi d'artificiel et de provocant qui
appelait l'écroulement. Ces joies insensées, ces frivolités
malsaines, cette fièvre de plaisir, cette fureur de fortune,
étaient comme un défi à Dieu qui ne souffre pas les prospérités immodérées et qui les châtie par leurs excès
mêmes.

Dans cette démoralisation générale de notre pays, y
a-t-il eu système et parti pris comme on l'a souvent
écrit? Il est injuste de le prétendre, mais il est vrai de
dire que, par faiblesse et pour complaire à une société
affolée de sensualisme, l'empire toléra souvent et pro-
tégea même quelquefois l'immoralité dans les arts et
dans les lettres. Des productions qui auraient dû être
flétries, méritèrent plus d'une fois à leur auteur des distinctions et des récompenses, tandis qu'on abandonnait
aux sarcasmes d'une presse éhontée ce qu'il y a de plus
respectable et de plus sacré chez un peuple : ses

1. M. Delpit : 18 mars

croyances! La loi elle-même contribua à démoraliser les travailleurs. La loi imprévoyante sur les coalitions encouragea le mécontentement et la révolte des ouvriers contre les patrons, sans régler les droits légitimes des uns et des autres. En favorisant les grèves, elle poussait à une guerre sociale; en supprimant les livrets, elle enleva une garantie à l'ouvrier honnête et laborieux.

Que dire de ces réunions publiques que le pouvoir déchaîna contre la société déjà si menacée pour échapper aux responsabilités? Pour ceux qui les ont suivies, il a été facile de mesurer les ravages que les doctrines démagogiques et antireligieuses ont faits par ce moyen dans les masses, et de connaître la cause des troubles qui ont ensanglanté notre pays. Grâce à elles, furent mis en lumière ces tribuns d'estaminet qui n'avaient encore exercé leur talent que devant un auditoire spécial, en vue d'une popularité restreinte, et qui eurent sur la révolution du 18 mars une influence directe. Ils s'étaient d'abord formés dans les cafés appelés littéraires, on ne sait pourquoi. Il paraît que c'est là que se sont préparés plusieurs épisodes de notre triste histoire. Dans le récit des derniers événements, on n'a pas tenu assez de compte de cette éducation de bavardage excentrique, de ce noviciat de l'extravagance parlée. Écoutons un de ceux qui ont le mieux connu, pour les avoir pratiquées à fond, ces mœurs étranges. « Après avoir pataugé toute la journée dans la boue, ils revinrent s'enfoncer dans la discussion jusqu'au cou, faire brûler leur petit verre et flamber leur paradoxe, montrer qu'on aime les mal chaussés, les mal vêtus; ils en valent bien d'autres, *ils ont quelque chose là*. Les vaincus du matin deviennent les vainqueurs du soir. La vanité y trouve son compte, ils s'accoutument à ces dissertations sans fin, aux témérités héroïques..... De cette table d'estaminet ils font une tribune, ils parlent là, sous le gaz, les livres qu'ils

devraient écrire à la chandelle ; les soirées s'achèvent,
les jours se passent : ils ont causé trente chapitres et
n'ont pas fait quinze pages[1]. »

On ne s'est pas assez défié de cette génération politique qui a fait son apprentissage dans les cafés du
quartier latin ou des boulevards, et que l'on vit surgir
tout à coup dans les clubs. Ceux qui ont suivi ces réunions, avec quelque attention et une douloureuse sollicitude pour les symptômes du mal dont le pays était
attaqué, ont pu remarquer que les orateurs les plus
applaudis étaient de deux espèces, des ouvriers intelligents mais qui avaient lu au hasard, sans direction,
surchargeant leur mémoire de tirades injustes et de
déclamations antisociales, et des étudiants de dixième
année, vieux bohèmes qui avaient depuis longtemps cessé
d'entretenir tout rapport avec l'école de droit ou de
médecine, pour se vouer à la politique transcendante
de la régénération humanitaire.

Ajoutez à ce groupe quelques médecins sans clientèle,
quelques avocats sans causes, des professeurs sans
élèves, des rédacteurs de journaux qui paraissent une
fois, tous les déclassés des carrières libérales ; vous
avez l'état-major de ce pouvoir occulte, de cette société
moitié secrète, moitié publique, politico-sociale qui, établie en France sous la protection de l'empereur et des
princes de sa famille, avait acquis bientôt assez de force
pour repousser tout appui. C'étaient les chefs de l'Internationale : il ne s'agissait pas pour eux d'ôter, comme
dans les précédentes insurrections, le pouvoir aux uns
pour le donner aux autres. La société était tout simplement condamnée dans ses institutions, dans son existence ;
on lui demandait de disparaître corps et biens pour
faire place à un ordre nouveau.

1. Jules Vallès : *Les Réfractaires*.

Voilà les causes directes de l'insurrection. Nous avons d'abord indiqué les circonstances qui en furent les causes accidentelles ; il est temps maintenant de rechercher les causes morales et primitives. Elles sont exactement les mêmes que celles qui ont amené les désastres de l'invasion. On ne peut le contester aujourd'hui : les capitulations de Paris, de Metz et de Sedan se tiennent par un lien étroit. Oui, si la France a été vaincue, si elle a subi les douleurs de la guerre allemande et de la Commune de Paris, c'est qu'elle était tombée dans un état de défaillance morale qui a sans doute pour cause prochaine le régime impérial, mais dont il faut, pour être juste et vrai, chercher plus haut l'origine.

III

On a, avec raison, reproché à l'empire le coup d'État qui fut son vice originel, et la perverse influence qu'il exerça sur l'esprit public, par l'apologie qu'il en fit faire. Mais il faut remonter à quatre-vingts ans, pour trouver dans la société française le point de départ de cette erreur politique, qui fut si largement exploitée le 2 décembre 1851, et qui consiste à accepter le désordre et l'insurrection comme moyens de progrès social. Au lieu de se borner à réaliser, par le seul fait de la loi, les réformes inscrites dans les mémorables cahiers de 1789, la première Constituante glorifia le droit de révolte dans la personne des gardes françaises, et le sanctionna en quittant elle-même Versailles. Depuis, nous avons fait quatorze révolutions, nous avons essayé de toutes choses : de la république, de l'empire, de la monarchie constitutionnelle ; sans cesse nous recommen-

çons nos essais. Et cependant de nos jours, sous nos
yeux, dans trois des plus grands États du monde,
ces trois mêmes gouvernements, la monarchie constitutionnelle en Angleterre, l'empire en Russie, la république dans l'Amérique du Nord, durent et prospèrent.
Pour nous, infatigables dans notre manie de changement, nous acceptons le gouvernement que la première
émeute nous impose, sans nous préoccuper de la perte
plus ou moins grande de richesses, de sang, de dignité
nationale qu'elle nous occasionne.

Cet esprit insurrectionnel est devenu comme le fond
de notre tempérament ; et malgré cela, chose singulière !
nous avons la superstition du pouvoir, mais du pouvoir
révolutionnaire. Nous attendons tout de ceux qui nous
gouvernent ; et dès que nous sommes mécontents, nous
voulons les changer. Or « toute révolution est propre
à pervertir la génération qui l'accomplit. Ces brusques
revirements de fortune, ces élévations et ces ruines inopinées, ce renversement des coutumes et des règles établies troublent les mœurs, déracinent le respect, exci-
tent les convoitises et désorientent les consciences [1]. »
Et quand les révolutions se succèdent, sous prétexte de
guérir le mal, elles ne font que l'accroître dans la plus
effrayante et la plus irréparable proportion. C'est ainsi
que nous avons descendu le chemin douloureux de la
décadence, et que de crise en crise nous avons été ame-
nés à la dernière, à la plus honteuse et à la plus incom-
préhensible de toutes, à l'insurrection du 18 mars.

Nous avons indiqué le caractère et le but de cette dernière révolution ; il ne s'agissait plus pour les hommes
qui l'accomplirent, d'arriver au pouvoir, d'améliorer
l'état social, pas même d'en modifier les bases. Ce qu'ils
voulaient, c'était le renverser : « La vieille société est

---

1. *L'empire et la révolution*, par M. le vicomte de Meaux.

mauvaise; déclaraient-ils sur tous les tons; il faut la détruire. » En 1789, on agissait au nom des intérêts moraux ; ici, il n'est question que d'appétits. Comment, de politique qu'elle était d'abord, la question est-elle devenue sociale? et dans cet ordre d'idées, comment avons-nous pu descendre si bas ?

Nos pères ont eu raison d'introduire des réformes, devenues indispensables, dans l'ordre politique et légal; mais ils se sont trompés, en méconnaissant que toute autorité vient de Dieu. Il n'y a pas de société possible sans le frein d'une autorité morale; et l'autorité morale, nous ne pouvons la concevoir et la maintenir qu'avec l'autorité divine. Si vous enlevez au peuple ses croyances, si vous le laissez seul avec ses passions, en présence d'un pouvoir qui n'a plus pour lui que la force, n'arrive-t-il pas un jour où cette force fait défaut, aux heures des plus terribles cataclysmes?

La haine du christianisme, et, par suite, comme on vient de le voir, la destruction de toute autorité, la négation de tout frein moral, le droit égal de tous aux biens et aux jouissances de ce monde, voilà l'un des signes et des résultats de la Révolution française.

M. Jules Favre en signale justement un autre, dans son intéressant ouvrage, *Simple récit*[1] : « Le grand mouvement de 89 a fait l'unité politique, administrative, judiciaire. Jusqu'ici, il n'a rien changé au fonctionnement social. J'ai tort : il l'a aggravé : le tiers État, en se rapprochant de la noblesse, ne lui a point enlevé ses prétentions et ses préjugés, et lui-même il a oublié son origine; il s'est accoutumé à se considérer comme seul digne du pouvoir, et il s'ingénie à le conserver; au lieu de se confondre avec la nation, il a voulu se retrancher dans un camp privilégié. S'y maintenir est sa première

1. IIIᵉ volume, page 454.

préoccupation, et il pense de bonne foi que tout serait
perdu s'il était débordé. Il veut sincèrement le bien
public, mais il ne le croit possible qu'à la condition de
tenir les classes laborieuses en tutelle. De là un système
de législation, de gouvernement, de finances, absorbant
toute initiative au profit de l'État, et froissant ceux qui
voudraient librement se conduire eux-mêmes. »

Telles sont les causes lointaines et générales qui ont
préparé l'insurrection du 18 mars, en affaiblissant de
longue date toutes les forces vitales, en déshabituant
peu à peu notre nation d'aimer et de respecter l'ordre
social établi.

Au lieu de réagir contre cette conséquence nécessaire
de notre état révolutionnaire, nous avons tout fait pour
la développer. Il y a eu comme un concours malheureux
d'efforts pour fausser chez nous la notion du droit politique, et affaiblir de plus en plus le sentiment religieux.

Les historiens de la Révolution ont présenté les mesures les plus iniques comme des nécessités qui sau-
vaient le pays. La Terreur, une nécessité ! le Comité de
salut public, une nécessité ! et, qui pis est, les plus
féroces Jacobins les plus grands hommes de la France !
Tel qui n'était qu'un poltron sanguinaire nous apparaît
sous la figure d'un fougueux tribun, capable de toutes
les audaces et de toutes les témérités. Cet autre, à qui
la nature ingrate avait refusé toute inspiration généreuse, tout noble élan, et qui régna par la terreur sur
la Convention affolée, nous est présenté comme un sage,
comme un homme sans passions, d'un naturel doux et
de mœurs austères. Nous avons tous été nourris avec
ces grands mots. Il y aurait à remonter bien haut dans
l'histoire de notre éducation nationale, pour retrouver
les origines des sentiments révolutionnaires confondus
dans notre esprit avec les premières impressions intellectuelles. Nous ne savons que deux sortes d'histoires :

celle de l'antiquité classique et celle de la Révolution française. Tout le reste s'est graduellement effacé ; mais ces deux groupes d'événements et de personnages se meuvent et vivent dans notre imagination ; ils se détachent avec un étonnant relief sur un fond vague de souvenirs languissants. Les héros des républicains antiques se mêlent à ceux de notre récente histoire. C'est une sorte de compagnie illustre qui hante nos esprits dans des allures choisies, avec des vertus sublimes. Tout y est grand, plus grand que nature, tout y est surhumain par les sentiments exaltés, par la fierté indomptable.

Le roman moderne a eu aussi sa part et sa lourde part dans cette altération du sentiment national. Qui pourrait nier que l'auteur de *la Comédie humaine* ait créé une émulation funeste, autour des types tristement fameux qu'il a consacrés ? Les jeunes générations littéraires ont ressenti son influence dans leurs idées et les passions les plus secrètes. Il a été un des agitateurs les plus puissants de l'imagination et des convoitises contemporaines. Parcourez tous les cercles de cet enfer social, dont Balzac serait le nouveau Dante : Quelle puissance dévore tous ces visages de damnés qui s'agitent, qui hurlent dans ce tourbillon de Paris ? La passion et, selon Balzac, la passion moderne se résout dans ces trois mots : la richesse et le pouvoir, qui sont le moyen ; le plaisir, qui est le but. Que de cervelles il a troublées par ces mirages d'une fortune soudaine, ou d'un ministère invraisemblable ! Combien ont cru voir se réaliser cette féerie, le jour où la Commune est née. Voilà ce qui a surexcité jusqu'au crime les vanités d'abord inoffensives, puis envieuses, à la fin démoniaques.

Cette propagande du mal, par le roman, au lieu de s'affaiblir, depuis Balzac, n'a fait qu'augmenter de force et d'intensité. A l'heure présente, ce n'est plus unique-

ment dans les feuilles quotidiennes que l'on répand les
fausses et dangereuses doctrines. La librairie à bon
marché est devenue la succursale infatigable de cette
croisade de scandales. Une multitude de romans illus-
trés, à vingt centimes, sortent journellement des presses
et inondent Paris et la province. Ces œuvres circulent
dans toutes les mains. L'enfant les lit au collège, l'ouvrier les emporte dans son atelier, et le père de famille, le plus religieux, ne peut pas défendre sa maison
contre cette peste nouvelle à laquelle tout semble donner du succès.

Dans la plupart de ces romans, c'est toujours le même
tableau dans des cadres peu variés, c'est-à-dire le monde
peint comme une caverne de brigands, la société représentée comme composée de fripons et de dupes, de victimes et de bourreaux : Toutes les femmes sont adul-
tères, tous les hommes vils ou féroces ; c'est un incroyable
entassement de crimes possibles et impossibles, d'horreurs invraisemblables, de dépravations sans nom. Pour
Frédérié Soulié, comme pour Eugène Sue, la loi de ce
monde, c'est le triomphe du mal, le vice règne ici-bas.
Bien plus, à les en croire, le bonheur et l'estime sociale
dont jouit un homme sont toujours en raison directe de
sa corruption ; sa misère et son opprobre donnent la
mesure exacte de sa vertu. Beau critérium moral ! Doctrine bien faite pour relever les âmes défaillantes, et
défendre la civilisation épouvantée contre un socialisme
menaçant.

Cette influence délétère du roman s'accrut encore par
le théâtre, où elle prit en quelque sorte chair et os.
Grâce à elle la scène française descendit peu à peu
cette pente qui conduit à l'abîme, au fond duquel il
n'y a plus ni mœurs, ni lettres. Elle y est aujourd'hui
si complètement plongée que ce serait une chose difficile de dire honnêtement tout ce que l'on joue. Il n'est

plus possible d'y conduire une jeune fille sous peine de flétrir cette âme candide à la vue de ces turpitudes. Le théâtre moderne fait parade du sensualisme le plus abject et du matérialisme le plus effréné.

A relire ces choses sans valeur, rêves fébriles de cerveaux aigris, on s'étonne, dit M. Jules Janin, de voir que les doctrines, qui naguère encore ont mis la France à deux doigts de sa ruine définitive, et qui ont justifié si cruellement cette admirable parole de Tacite, lorsqu'il parle du penchant des multitudes à se ruer dans l'esclavage absolu ; *Ruere in servitutem*, sortent justement de ces beaux drames faits pour le peuple et par le peuple. Voilà pourtant le berceau des socialistes ! Voilà le point de départ du droit au travail ! Voilà les spectacles qui ont soulevé toutes ces haines effrayantes et ces instincts féroces de vengeances inassouvies, dont l'explosion est devenue aujourd'hui l'effroi du genre humain ! Non, ce n'est pas Proudhon et sa fameuse formule dont on n'avait jamais entendu parler avant 1848 ; non, ce ne sont pas les philosophes et les déclamateurs qui ont porté la corruption et la colère dans ces âmes faciles à subir toutes les empreintes, ce sont les drames et les mélodrames mauvais, c'est la chose jouée en chair et en os ; la chose en action, revêtue à peine de quelques haillons et râlant la faim, le froid, l'hiver, l'injustice, le cachot, le bourreau ! Voilà le berceau de nos guerres ! Voilà le commencement de ces déclamations pareilles à des *lampes brûlantes sur des gerbes de blé*, disait le ministre Saurin, le théâtre étant de nos jours une chaire, une tribune et la seule chaire où les âmes soient attentives, et la seule tribune où la parole soit suivie à l'instant même d'un effet réel [1].

1. Jule Janin, *Histoire de la littérature dramatique*, tome Ier, page 203.

Une autre influence avec laquelle il faudra compter dans l'histoire morale de ces derniers temps, c'est celle des singulières philosophies qui ont envahi le domaine de la littérature. Pour les désigner de leur vrai nom, c'est l'athéisme. Les collaborateurs du 18 mars, leurs amis des différents degrés, avaient adopté certaines théories qui s'annonçaient bruyamment dans leurs journaux et dans leurs livres. Une nuée de petites feuilles prétendues littéraires, paraissant et disparaissant à divers intervalles, et cachant sous différents noms la même rédaction monotone, la même doctrine mille fois rabâchée, avait précédé la grande œuvre qui s'avançait à pas lents et graves, l'encyclopédie de la nouvelle école. « Là, dit M. Caro, sous les auspices d'un personnage trop fameux (M. Mottu), le capitaliste de la secte, encore ignoré du grand public, mais désigné à de grandes destinées par la vénération du parti, s'étaient groupées les fortes têtes de l'école, les penseurs, tous ceux qui avaient poussé assez loin leurs études pour manier impunément de dangereuses formules. Réunis aux enfants terribles du positivisme, aux enfants de la science expérimentale, ils formaient un bataillon nombreux préparé aux luttes intellectuelles, en attendant l'heure des luttes politiques [1]. »

L'enseignement de cette école ne resta point à l'état purement théorique, enfermé dans les feuilles spéciales que personne ne lisait, ou dans ce monument encyclopédique où peu de clients avaient pénétré. Il descendit avec des allures, plus vives, plus dégagées, dans les journaux politiques du parti, et jusque dans les clubs populaires ; mais là il ne put paraître avec avantage qu'à la condition de se transformer. La science expérimentale du physicien, les dissertations de l'athée sur le ridicule des causes premières ou le néant des causes fi-

1. *Revue des Deux-Mondes.*

nales, les raisonnements des médecins sur les conditions physiologiques des phénomènes qu'ils appellent l'âme, les expériences du chimiste faisant toucher du doigt l'éclosion de la vie sans aucun recours à l'hypothèse qu'on nomme Dieu, les évaluations du critique sur la quantité de bile et de sang qu'il faut pour faire un poème, un drame ou un sermon, toutes ces lourdes doctrines passèrent au creuset de l'esprit parisien. Elles s'évaporèrent bientôt après, en je ne sais quelle nuée légère, qui retomba en un déluge de fines ironies et de traits acérés contre les vieilles croyances, les vieilles superstitions, les Prud'hommes de la philosophie, les dieux démodés.

Tout cela ne parut pas très dangereux au pouvoir. Mais s'il était descendu de quelques échelons dans la hiérarchie des journaux et des esprits, s'il avait suivi, avec l'attention qu'il devait, cette dégradation de l'idée religieuse, depuis la littérature des cercles élégants jusqu'à celle des bouges, il aurait compris qu'on ne travaille pas impunément à démoraliser le peuple, à détruire en lui toute foi, tout idéal, à faire le vide dans son âme inquiète, et qu'il faut la remplir autrement que d'appétits et de jouissances malsaines.

DEUXIÈME PARTIE

RÈGNE DE LA COMMUNE

A peine installée, la Commune devint une véritable machine à décrets; elle ne cessa d'assumer le rôle d'une assemblée législative. Jamais le papier n'a supporté de pareilles folies; si la Commune avait exécuté tout ce qu'elle votait, la désorganisation sociale eût été sans mesure.

Il faut distinguer dans ces décrets ceux qui étaient les armes de la lutte à outrance, et ceux qui étaient destinés à reconstituer la société sur « sa véritable base ». Ces derniers révèlent toute l'insanité de l'entreprise, car ils ont pour la plupart une portée si vaste qu'ils dépassent non seulement la compétence d'un conseil municipal quelconque, mais encore celle d'une assemblée nationale. Ils ne se contentent pas, en effet, de régler les intérêts généraux du pays, comme s'ils avaient force de loi de la Manche aux Pyrénées; ils portent encore atteinte sans pudeur à ces droits primordiaux devant lesquels l'État doit toujours s'arrêter, parce qu'ils constituent cette liberté individuelle qu'il a pour principale mission de protéger. Aussi, plus la Commune croyait avoir fait merveille par la grandeur des réformes qu'elle promulguait, plus elle rendait son œuvre absurde et s'enlevait à elle-même toute raison d'être. Tout ces socialistes réunis n'ont pas révélé une seule idée nouvelle ou pratique, ils n'avaient pas même un mauvais système. Ils ne savaient qu'unir Babœuf à Chaumette, associer le communisme à l'impiété intolérante, en essayant de ressusciter le terrorisme au profit de cette glorieuse fusion. Il n'était pas possible au socialisme populaire d'échouer plus tristement, de donner une plus piteuse idée de sa science économique, qui se réduit à s'emparer du bien d'autrui. C'est là ce qui résulte de tout cette seconde partie.

CHAPITRE I

ÉLÉMENTS DES TROUPES COMMUNALES.
PREMIÈRES OPÉRATIONS MILITAIRES. DÉCRET DES OTAGES.

I

Dans l'organisation de la Commune, deux commissions disposaient de la garde nationale, et pouvaient, dès le début, la faire mouvoir à leur gré, en vertu de leurs attributions spéciales : c'étaient la commission militaire et la commission exécutive.

La première se composait de Bergeret, Duval et Eudes, les trois généraux du Comité ; de Chardon, chef d'état-major de Duval, le 19 mars ; Pindy, commandant militaire de l'Hôtel de Ville à la même date ; Ranvier, membre du Comité central, et Flourens qui accepta le commandement d'une colonne d'attaque, tous hommes d'énergie et d'action, membres du Comité central ou dévoués à ses vues.

La commission exécutive, qui pouvait contrôler les actes de la commission militaire et arrêter l'exécution de ses ordres, se composait encore de : Eudes, Bergeret, Duval; de Félix Pyat, sur le caractère duquel il est inutile d'insister; de Vaillant et Tridon qui, tous les deux, votèrent plus tard l'application de la loi des otages, et dont le premier écrivait dans l'*Officiel de Paris* du 27 mars : « La société n'a qu'un devoir envers les princes : la mort; elle n'est tenue qu'à une formalité : la constatation d'identité. » Enfin de Lefrançais, le seul qui fut relativement modéré, et qui donna sa démission de membre de cette commission.

Les plans les plus audacieux du Comité central devaient donc revivre dans ces commissions; et le compte rendu de la séance du 24 mars, séance dans laquelle le Comité décida qu'il romprait toute negociation avec les maires et qu'il ferait seul les élections, nous apprend ce qu'il pensait de l'éventualité d'une guerre civile. Assi, son président, résumait la discussion en disant : « La guerre civile peut être un crime civique.... dans les circonstances actuelles, elle est une nécessité fatale !... » Et Bergeret s'écriait : « .... Oui, rompons les négociations et préparons la lutte à outrance[1]. »

A partir de ce jour, ces hommes ne perdent pas un instant. Du 28 au 31 mars, les ordres se succèdent avec rapidité. Les bataillons se réorganisent et envoient à la place leurs états d'effectif. Des renforts et des vivres, des munitions, sont expédiés à Courbevoie; un officier supérieur est chargé spécialement du secours et de la surveillance des avant-postes, de Courbevoie au Point-du-Jour. Les portes de Passy, Saint-Cloud, Auteuil, gardées encore par la garde nationale d'un arrondissement douteux, sont occupées, de gré ou de force, par des troupes dévouées; les autres portes sont fermées; le mouvement des trains suspendu ; des réserves de dix-huit

---

1. Conciliabules de l'Hôtel de Ville, 24 mai, séance de nuit, pages 12 et 13.

cents à deux mille hommes sont massées sur la place
de l'Hôtel-de-Ville et sur la place Vendôme. Bergeret
adjoint à son état-major un escadron de cavaliers, pour
faire le service d'estafettes, et stimule l'ardeur des gardes nationaux dans une proclamation emphatique :

« .... Vous avez bien mérité de la patrie, je le pro-
clame bien haut; en présence de ce que vous venez de
faire, avec des hommes tels que vous, Paris, animé du
vrai souffle révolutionnaire, sera capable des plus
grandes choses. »

Les peines les plus sévères sont édictées pour abandon de poste, et contre les traînards. D'un autre côté on
cherche à séduire les masses, à embaucher les nombreux soldats qui, surpris par l'évacuation de la ville,
n'ont pu rejoindre leurs corps. Mais, il faut le dire à
l'honneur de notre armée, la plupart d'entre eux restent
sourds aux promesses et aux menaces.

La tentative réussit mieux auprès des ouvriers. Félix
Pyat leur dit dans le *Vengeur :* « Cette abolition des
loyers, prenez-là. Ce n'est qu'un commencement, mais
c'est un bon commencement. Bientôt on vous donnera
vos outils. A un homme pour travailler, il faut l'outil et
le champ. Vous aurez d'abord l'outil, le reste viendra. »

Ces promesses et ces prédications exaltent les travailleurs; presque tous pauvres et la plupart irrités, ils
croient trouver dans la nouvelle révolution le terme de
leurs souffrances. C'est pour eux la terre de Chanaan,
et ils s'apprêtent à la conquérir le fusil à la main. Une
seule chose peut les faire hésiter, c'est l'incertitude où
ils se trouvent sur la réussite du mouvement. Mais si la
révolution de 1830 et de 1848 avait vaincu, comment celle
du 18 mars ne triompherait-elle pas avec une armée
composée de deux cent quinze bataillons, formant un
contingent de cent quatre-vingt mille hommes environ,
des fortifications et une artillerie formidable?

Il est vrai que les forces communales se composaient d'éléments peu propres à inspirer une grande confiance. Le dénombrement en a été fait par un de ceux qui, n'ayant d'autre mobile que l'amour de la vérité, n'ont aucun intérêt à amoindrir ni à exagérer l'importance d'une situation.

Suivant ces renseignements, il y avait d'abord à l'état de volontaires, obéissant à l'*Internationale* ou prenant le mot d'ordre du Comité central, un contingent de trente mille adhérents, pour la plupart fanatisés. C'était, à bien prendre, la meilleure portion des troupes de la Commune, l'état-major dans lequel on choisissait des chefs. Si, en regard de ce chiffre, on place les esprits faibles ou ignorants que l'influence pernicieuse du voisinage et de décevantes doctrines entraînent toujours après elle, on trouve un autre élément qui ne s'élève pas à moins de vingt mille hommes. Immédiatement après, arrivent les déclassés, les fruits secs des diverses professions, avocats sans causes, médecins sans clientèle, journalistes sans public, peintres sans nom, ingénieurs de tabagie, officiers rebutés, commerçants ayant mis la clef sous la porte, faillis non réhabilités, ivrognes incorrigibles. Cela fait encore vingt mille hommes. On porte à trente mille la section des ouvriers sans épargne, des contre-maîtres peu avancés, des commis sans asile, des teneurs de livres jetés nécessairement sur le pavé par un chômage forcé, et qui ont considéré comme une providence le hasard de la révolution du 18 mars avec la solde 1 fr. 50, la haute paye pour les femmes légitimes ou non, et le subside pour les enfants.

D'après le savant M. Frégier[1], la portion la plus importante et de toute façon la plus redoutable s'est recrutée dans un monde terrible, c'est-à-dire parmi les

1. *Histoire des classes dangereuses de la société.*

repris de justice, les forçats libérés, en rupture de
ban ou tolérés, dans les existences excentriques, les ba-
teleurs, les mendiants, les voleurs de profession et les
receleurs. Il a dû sortir de cet ensemble pour défendre
le drapeau rouge trente-cinq mille combattants.

Vers le milieu d'avril, c'est-à-dire au plus fort de la
lutte engagée contre Versailles, la Commune imagina,
pour renforcer sa milice décimée, un nouveau mode de
recrutement. Les citoyens Protot, Raoul Rigault et
Ferré, revêtus d'écharpes rouges, se rendirent dans les
prisons renfermant les détenus condamnés pour délits
communs, les sodomites, les voleurs, les faussaires, les
assassins. Des képis, des vareuses, des pantalons à
bandes rouges furent donnés à ces réclusionnaires en
échange de l'uniforme abject qu'ils portaient. On leur
remit ensuite des fusils en disant : « Vous voilà redeve-
nus citoyens ; vous êtes purifiés, mêlez-vous maintenant
à ceux qui défendent la Commune aux remparts. »

Au contingent déjà connu, il convient d'ajouter l'é-
cume de l'Europe. En 1871, la fumée de la guerre avec
l'Allemagne, excitant le besoin d'aventures, avait amené tout à coup dans la grande et malheureuse capitale,
des représentants de toutes les races européennes. Tant
que cela était de mode, ces volontaires s'étaient fort
animés contre la Prusse. Après que la guerre civile eut
succédé à la guerre étrangère, les souffrances de la
patrie ne pouvaient les toucher comme nous-même. Les
utopies les intéressent bien plus que nos destinées.
Aussi dans la crise qu'a développé le 18 mars, leur
adhésion fut-elle soudaine. Il y eut dans le Comité central des échantillons d'Allemands, de Russes, d'Italiens ;
et, pendant la résistance militaire, l'armée de Versailles
avait surtout en face d'elle des Polonais, des Russes,
des Valaques, des Piémontais, des Grecs, en un mot
des aventuriers venus de tous les points du continent,

formant un total de quinze à vingt mille hommes.

Pendant le siège prussien, Paris avait eu ses corps francs ; sous la Commune, il y eut aussi quelques corps spéciaux : celui qui s'intitula les *Vengeurs de Flourens* montra seul quelque fermeté au feu. Parmi les autres, il faut citer les *Enfants du père Duchesne*, les *Zouaves de la Commune*, et enfin les *Pupilles de la République*. Ces derniers étaient des enfants de quatorze à seize ans, la plupart sans famille, et que le besoin avait jetés dans la révolution.

Il fut également question de former des bataillons de femmes, bizarre souvenir des Vésuviennes de 1848. Les journaux de la Commune, surtout le *Cri du Peuple*, le *Vengeur* et *le Père Duchesne*, excitaient l'ardeur guerrière parmi le sexe faible. Une légion de citoyennes fut même organisée, et Gambon, membre de la Commune, la mena à l'Hôtel de Ville : nous nous rappellerons toujours avoir vu arriver ces amazones, drapeau rouge en tête !

Les bataillons des fédérés avaient tous, du reste, des cantinières portant en bandoulière, d'un côté, le petit bidon plein d'eau-de-vie, et de l'autre, le chassepot, dont quelques-unes se servaient volontiers au moment de l'action.

Composées de tels éléments, les troupes communales ne pouvaient être très solides, mais elles faisaient illusion par le nombre. Il y avait lieu d'ailleurs de compter sur deux grandes causes de succès : Lyon, Marseille, se soulevaient, la fièvre était partout ; d'autre part l'armée de Versailles était embryonnaire, et quelque rassurantes que fussent les proclamations du pouvoir exécutif, elle en renfermait tout au plus douze mille hommes dans lesquels on pût avoir confiance.

II

La Commune, pleine de confiance, résolut donc de prendre l'offensive.

Le 30 mars, elle mit en marche soixante-dix mille gardes nationaux pourvus de huit jours de vivres.

Le 31, le mouvement de ses troupes se dessina et, pendant la journée du premier avril, diverses concentrations se manifestaient au nord-ouest et au sud de Paris.

Après s'être assuré qu'il n'y avait rien de sérieux dans une démonstration opérée par les insurgés vers Châtillon, le général Vinoy dirigea tous ses efforts sur la presqu'île de Genevilliers. On y signalait, en effet, la présence de bon nombre de fédérés qui après avoir pris et barricadé le pont de Neuilly, s'étaient répandus dans Courbevoie et Puteaux et poussaient jusqu'à Nanterre et Rueil.

Le corps expéditionnaire de Versailles était formé de deux brigades d'infanterie : l'une, la brigade Daudel, de la division Faron ; l'autre, celle de Bernard de Seigneurens, de la division Bruat. Eclairé sur la gauche par la brigade de cavalerie de Galiffet, de la division du Barrail, sur la droite par deux escadrons de garde républicaine, il se mit en marche le 2 avril, à six heures du matin.

Ce fut le dimanche des Rameaux, le premier jour de la semaine où le Christ institua le grand mystère d'amour, que s'ouvrit entre Paris et Versailles la lutte fratricide !

Une colonne s'avançait par Rueil et Nanterre, l'autre

par Vaucresson et Montretout. La jonction de ces deux
détachements s'opéra sans encombre au rond-point des
Bergères. C'est de là que les troupes partirent pour
attaquer et enlever les positions barricadées de Courbevoie, défendues par quatre bataillons d'insurgés. En tête
de la colonne marchaient les gendarmes. Leur conduite, pleine d'élan et de résolution, fit disparaître
l'hésitation qui d'abord se manifestait parmi les soldats
de la ligne. Aussi la caserne fut-elle bientôt prise par
les régiments de marine, et la grande barricade céda-
t-elle aux efforts du 113e de ligne. Le pont ne tarda pas
à être dégagé, et les abords de Courbevoie furent entièrement abandonnés par les fédérés. Le général Vinoy
fit cesser le feu, et les troupes de Versailles regagnè-
rent leurs cantonnements, vers quatre heures de
l'après-midi.

Les bataillons de la Commune qui avaient eu à soutenir le choc, étaient le 93e du faubourg Saint-Antoine,
le 113e de Belleville et le 119e du Val-de-Grâce. Le 93e,
qui occupait le pont de Neuilly, et dont les hommes
pour la plupart n'étaient armés que du fusil à piston,
eut beaucoup à souffrir de cette attaque, qui occasionna
d'abord une véritable déroute. La retraite cependant
put être couverte, grâce à l'appui des 218e, 152e et 170e
bataillons, qui occupaient diverses positions en dehors
des remparts.

La première victime de cette horrible lutte avait été
le docteur Pasquier, chirurgien en chef de la gendarmerie, qui s'était avancé en parlementaire et qui fut
tué d'un coup de revolver par un garde national. Le
premier sang est un appât terrible ! Après celui-là des
torrents allaient couler.

Cet échec, au début des opérations, irrita vivement la
Commune. On dissimula cependant avec effronterie les
intentions des généraux et leur déroute complète. Les

journées du 2 et du 3 avril devinrent des faits d'armes
où l'héroïque garde nationale avait repoussé les Versaillais. — La modération de l'armée française dans la
poursuite des fédérés devint la preuve de sa défaite.
Voici du reste la proclamation du *Journal officiel de la
Commune* :

« Les conspirateurs royalistes ont attaqué. Malgré la
modération de notre attitude, ils ont attaqué ; ne pouvant plus compter sur l'armée française, ils ont attaqué
avec les zouaves pontificaux et la police impériale....

« *La commission exécutive,*

« *Signé :* BERGERET, EUDES, DUVAL. »

Dans la soirée, on afficha, pour rassurer les esprits,
que tout allait bien et que « Bergeret lui-même était à
Neuilly, » phrase bouffonne dont le public parisien
s'est amusé longtemps, et qui jeta un peu de gaieté sur
ces tristes jours.

La Commune ne fut pas dupe de cette comédie, elle
sut ce qui s'était passé. Dans le conseil de guerre qui
suivit l'échauffourée, il fut décidé que, sans plus attendre, on marcherait sur Versailles.

De grandes concentrations de troupes eurent lieu
dans Paris toute la soirée et une partie de la nuit. Les
bataillons se rendaient tous, aux Champs Élysées, et de
là dans l'avenue de la Grande Armée ; une partie même
passa la porte Maillot. Une autre concentration de
troupes avait lieu entre les forts de Vanves et d'Issy.

Elles avaient un objectif : Versailles ; elles devaient
former trois colonnes, chasser l'Assemblée et marcher
ensuite à la délivrance des grands centres de population. La première colonne commandée par Bergeret
ferait diversion sur le mont Valérien. Eudes, à la tête de
la seconde, dirigerait l'attaque de front par Clamart. Et

la troisième sous les ordres de Duval opérerait un mouvement tournant par le Bas-Meudon.

Ce plan, on le voit, ne manquait pas d'audace ; il pouvait avoir quelque chance de réussir s'il avait été mis à exécution par des chefs expérimentés, mais il fut suivi sans esprit d'ensemble, sans lien entre les diverses troupes, sans commandement sérieux, surtout sans discipline.

Ce qu'il y avait de plus important à prendre pour commencer, c'était le pont de Neuilly. Dix mille gardes nationaux se jetèrent de ce côté, en chantant et en se faisant accompagner de roulements de tambour. L'artillerie était assez nombreuse, mais mal attelée et encore plus mal servie. Les pièces de tous les calibres étaient traînées par des chevaux d'omnibus et conduites par des jeunes gens, presque des enfants. Quelques artilleurs suivaient, mais ils étaient en très petit nombre. Rien de plus étrange que l'aspect de ces bataillons et l'adolescent coudoyait le vieillard, tous dans des costumes et avec des armes d'une pittoresque variété. Le crayon de Callot bien mieux que celui de Charlet eût pu convenablement reproduire l'aspect de ces cohortes de la Commune.

A minuit on était à la tête du pont. Une heure après, un corps de quatre mille hommes passait la Seine et occupait le rond-point de Courbevoie qui avait été évacué la veille par les troupes de Versailles. Il paraît que ces troupes avaient ordre de prendre la fuite afin d'attirer les agresseurs. Vers quatre heures, Bergeret assis dans un fiacre traversait l'avenue de Neuilly et donnait le signal de l'action. Les rangs se formèrent, les 4000 hommes désignés pour marcher les premiers s'avancèrent sur la route de Rueil. A la vue du mont Valérien qui se dressait morne et sombre, une certaine hésitation se manifesta parmi eux. Mais Bergeret encourageait ses hommes et, dans les rangs, les chefs de bataillon, les officiers répétaient ses exhortations. Les fédérés continuèrent gaiement leur marche en chantant jusque sous les feux du mont Valérien, persuadés que l'armée vaincue allait vider les bidons des compagnies et fraterniser au cri de : « Vive la Commune ! » Durant toute la matinée il n'y eut que d'insignifiants engagements ; mais vers le soir l'action devint tout à coup plus chaude. A sept heures, quelques feux de peloton furent échangés, puis les bastions supérieurs du fort lâchèrent une bordée de leurs grosses pièces. La terreur, une terreur inconsciente, s'empara des insurgés qui jetèrent leurs armes en criant à la trahison.

Bientôt après, la masse des bataillons était disloquée par l'entrée en ligne des brigades Garnier, Dumont et Daudel, tandis que deux batteries de 12, de réserve, les canonnaient vigoureusement. Devant ces trois attaques inopinées, l'armée de la Commune se débanda. La retraite se changea en déroute lorsque la division de cavalerie de Preuil menaça de couper la route par laquelle il était impossible de rentrer dans Paris. La plaine était jonchée de morts ; un grand nombre de prisonniers tombèrent aux mains de la ligne.

Ce n'est pas sans nous sentir le cœur serré que nous racontons ces luttes fratricides rendues plus atroces encore par le degré d'acharnement et le caractère implacable qu'elles revêtaient.

Nous avons à rapporter ici un de ces épisodes horribles qui ne se produisent qu'aux époques néfastes des guerres civiles. Nous donnons le récit de Versailles qui n'enlève à cet événement rien de ce qu'il a de douloureux :

« Vers huit heures du matin, les fédérés qui occupaient la gare de Rueil se dirigèrent sur Chatou ; mais le pont ayant été coupé, leur mouvement dut nécessairement s'interrompre. Quelques hommes seulement passèrent la Seine en bateau, annonçant que la troupe allait suivre. On ne sait pas au juste le but qu'ils poursuivaient : car surpris par les escadrons de chasseurs qui descendaient de Saint-Germain, ils furent sur-le-champ passés par les armes. »

Nous allons flétrir bientôt les représailles exercées par la Commune, nous ne pouvons que déplorer l'exécution sommaire des prisonniers fédérés. Mais ce ne fut là qu'un fait isolé, depuis on ne fusilla plus que les soldats qui avaient déserté l'armée pour servir le gouvernement insurrectionnel.

Pendant que se passait ce sombre drame, les autres gardes nationaux attendaient sur la rive opposée, irrésolus, sans direction. Tout à coup ils furent enveloppés et chargés par la gendarmerie à cheval. Une dispersion presque générale en résulta. L'un des chefs du mouvement, Flourens, abandonné par les siens, se réfugia avec son aide de camp Cypriani, dans la gare du chemin de fer. Il y fut poursuivi par un gendarme. Flourens saisit son revolver et s'apprêtait à faire feu, lorsque le capitaine de gendarmerie Desmarest, accouru au secours du soldat mis en joue, fendit d'un coup de sabre la tête du célèbre agitateur.

Ainsi finit cet homme étrange, dont il est difficile de définir la personnalité, mais qu'on aime mieux croire égaré que pervers. On est tenté, dit avec raison M. Jules Favre, d'être reconnaissant envers le sort qui lui a procuré la faveur d'un trépas militaire, et qui a fermé ses yeux au moment où ils se seraient ouverts sur tant de turpitudes et de crimes [1]. » A Clamart et à Meudon le combat dura jusqu'au soir. Il provoqua surtout un vif engagement d'artillerie entre les batteries

---

1. *Simple récit*, tome III, page 306.

d'Issy, de Vanves, de Montrouge, des Moulineaux appartenant aux fédérés, et les ouvrages de Châtillon,
Meudon et le Bas-Meudon occupés par les troupes
de Versailles. A quatre heures et demie du matin, les
troupes devant composer le centre et l'aile droite des
fédérés se divisaient en deux colonnes ; l'une s'enga-
geait sur la route de Clamart, l'autre descendait la crête
du fort d'Issy et venait se masser en avant de la redoute des Moulineaux. Le centre, très peu compacte,
était composé de cinq bataillons à peine, soutenus par
deux batteries. Le *général* Duval dirigeait l'attaque sur
Clamart, il avait pour aides de camp le chef de bataillon Razoua et le commandant du 79e ; le *général* Eudes
dirigeait la colonne chargée de tourner Meudon.

A six heures du matin, le premier coup de canon partit
du fort d'Issy. C'était le signal de la marche en avant. Il
fut salué par des hourrahs frénétiques. Bientôt la fusillade crépitait dans le bois du Bas-Meudon. L'action commença entre les gardes nationaux et les soldats de Versailles. La voix sourde des batteries de Meudon vint
bientôt faire sa partie dans ce triste concert. Trois fois
les fédérés se déployèrent en tirailleurs devant les lignes
de l'armée, trois fois ils furent repoussés. Ils se reformè-
rent cependant et se mirent en colonne. Les obus tombèrent alors au milieu de leurs rangs, semant dans les
bois des panaches de fumée, éclatant de toutes parts,
tuant et blessant beaucoup de monde.

A ce moment, c'est-à-dire au plus fort de l'action, un
modeste héros, le curé de Puteaux, M. Ducastel, arrivait
sur le champ de bataille. Il alla d'un blessé à l'autre, relevant celui-ci, exhortant celui-là, prodiguant aux ago-
nisants les consolations les plus touchantes. De tous côtés
les malheureux s'écriaient à la fois : « A moi, monsieur
le curé, à moi ! » Et le digne homme se multipliait ; il
courait vers ceux dont les souffrances réclamaient un plus

prompt soulagement. Après avoir parcouru ainsi une partie du champ de bataille, donnant à boire à l'un, aidant
l'autre à s'asseoir, il prit sur son dos un blessé, l'y installa le mieux qu'il put et le transporta, non loin de là,
derrière une maison effondrée, au-dessus de laquelle
flottait le drapeau de la convention de Genève, et où un
chirurgien faisait les premiers pansements. Après avoir
déposé son précieux fardeau, il retournait sous le feu, au
champ de bataille, il recommença jusqu'à quatorze fois
ce pénible voyage, et ne s'arrêta, quoique accablé de
fatigue, qu'à la tombée de la nuit. A Puteaux, à Courbevoie et à Nanterre il n'y eut qu'un cri d'admiration pour
ce prêtre courageux.

Cependant les fédérés tenaient bon sous la canonnade
et avançaient insensiblement en tournant le viaduc du Val-
Fleury. Mais là ils furent accueillis par une fusillade si in-
tense et si bien nourrie, qu'ils commencèrent à plier. Le
fort d'Issy, armé seulement depuis la veille d'une batterie de grosses pièces de siège, et remis au commandement du *général* Cluseret qui venait d'arriver à Paris,
faisait rage contre Meudon. Mais il ne parvint pas à con-
trebattre cette position, et son aide fut insuffisante pour
soutenir les fédérés qui se virent exposés à découvert aux
coups des canons incessants de la terrasse, tandis que, maladroitement pointés, les obus de la redoute des Moulineaux les prenaient à revers, et secondaient au lieu de la
combattre l'action meurtrière de cette batterie. A quatre
heures, reconnaissant l'impossibilité d'avancer davantage, les chefs firent sonner la retraite.

En réalité, les bataillons de Duval avaient infiniment
mieux tenu que ceux de Bergeret, mais leur défaite n'était
pas moindre. Le résultat de la journée fut doublement
favorable au Gouvernement de Versailles. Pour la première fois depuis sa défection du 18 mars, on venait
d'essayer l'armée avec succès ; les fédérés étaient désor-

ganisés. De leurs quatre généraux, les deux plus braves avaient succombé : Flourens avait été tué, comme nous l'avons dit et, lors de l'enlèvement de la redoute de Châtillon par les troupes régulières le *général* Duval avait été pris et fusillé. Il était tombé en criant : Vive la Commune !

Un officier, témoin de cette exécution, a dit que Duval est mort en *fanfaron.* Pourquoi refuser le courage à un ennemi vaincu ? La valeur ne manquait pas aux troupes fédérées : ce qui leur a fait complètement défaut, ce sont les chefs. La plupart n'avaient pas la moindre connaissance militaire ; ils ne possédaient pas non plus cet ascendant qu'inspirent la confiance et la discipline. La direction supérieure elle-même manquait d'ensemble et de vigueur. Aussi la confusion la plus grande régnait-elle dans tous les engagements. Longtemps la Commune, qui le savait bien, espéra mettre à la tête de ses troupes un homme dont le nom exerçait un grand prestige auprès des masses et qui n'était pas étranger à l'art militaire. Cet homme, c'était Garibaldi. Tous les jours elle faisait annoncer l'arrivée du célèbre agitateur. Mais le rusé Italien, plus fin politique qu'on ne le croit généralement, avait pressenti toutes les difficultés de la situation, et il déclina habilement l'honneur qu'on lui offrait. Tout adouci qu'il était dans la forme, son refus jeta le découragement parmi les soutiens de la Commune.

Versailles au contraire, en s'emparant de Châtillon, venait de compléter ses succès. Le Gouvernement désira faire une ovation aux troupes victorieuses. On ramena triomphalement les armes, les canons pris sur l'ennemi, on fit traverser à un millier de prisonniers souillés de boue, noirs de poudre, les vêtements mis en lambeaux, mais le front haut, les avenues et les rues de Versailles encombrées de la foule qu'attire toujours un pareil spectacle. Nous avons vu prodiguer les injures et les outrages à ces malheureux, et les soldats qui les ramenaient durent faire des efforts pour les soustraire aux mauvais traitements des fuyards parisiens, sans dignité à ce moment, comme ils étaient naguère sans courage.

Ne pouvant pas, comme le gouvernement de Versailles, exciter l'enthousiasme en promenant dans Paris de longues files de prisonniers, la Commune chercha à frapper les esprits en faisant aux morts de pompeuses funérailles. Elle pensait qu'une mise en scène imposante devait impressionner vivement les imaginations.

Une grande cérémonie eut lieu le 5 avril. Un avis de l'Hôtel de Ville portait : « Tous les citoyens sont conviés à l'enterrement de nos frères assassinés par les ennemis de la République, dans les journées des 3, 4 et 5 avril. »

Près de cent mille personnes se donnèrent rendez-vous à l'hôpital Beaujon où devait se former la réunion funèbre. A trois heures et demie, trois grands corbillards contenant chacun de douze à quinze cercueils se mirent en marche vers le Père-Lachaise. Ils étaient recouverts d'un drap de velours noir, frangé d'argent, et de bandes de crêpe. Chacun était traîné par quatre chevaux caparaçonnés avec des housses noires, semées d'étoiles d'argent et conduits par autant de piqueurs des pompes funèbres. Les quatre coins du char étaient ornés d'un trophée de drapeaux rouges cravatés de crêpe, et portant une couronne d'immortelles jaunes et noires. Derrière le dernier char, marchaient en tête du cortège les délégations de la Commune et du Comité central, où l'on se montrait les citoyens Delescluze, Félix Pyat, Bergeret, Jules Allix, Tridon et Vermorel. Les familles éplorées, les jeunes filles, les enfants, les veuves, les yeux rouges de larmes, puis la foule des gardes nationaux et de la population complétaient cet immense et imposant cortège qui suivit le boulevard Haussmann, la place et le boulevard de la Madeleine, les boulevards des Capucines, des Italiens, etc.

C'était comme un convoi de haine et de malédiction qui défilait à travers la ville sacrilège. Chacun saluait avec tristesse la dépouille de ces malheureux tombés sans espérance et sans bénédiction. Au cimetière, au moment où l'on jetait la dernière pelletée de terre, un homme de petite taille, vêtu de noir, pâle, malade, mais toujours animé d'une ardeur fébrile se détacha du groupe des délégués de la Commune; c'était le citoyen Delescluze. Il prit la parole et, en quelques mots il prononça l'oraison funèbre des soldats fédérés morts au delà des remparts. « Pas de long discours, dit-il; vous ne les aimez pas plus que moi. Citoyens, citoyennes, ce que je vais vous dire se résume en ceci ; vengeance contre les assassins de Versailles. » Le reste du discours n'était qu'une paraphrase de ces préludes.

Ce premier deuil n'était pas le dernier que devait mener la Commune, en attendant de conduire le deuil de Paris. Mais cette cérémonie était bien faite pour exaspérer certaines natures.

A partir de ce moment, les mesures les plus rigoureuses et les plus tyranniques furent adoptées par les hommes de l'Hôtel de Ville.

Le 2 avril, ils décrétaient déjà la mise en accusation du chef du pouvoir exécutif et celle des ministres, et la saisie de leurs biens, jusqu'à leur comparution devant la justice du peuple.

Le 5, paraissait au *Journal officiel* un décret qui dut faire tressaillir d'aise les mânes de Robespierre et de Saint-Just, et aux termes duquel toute personne, prévenue de complicité avec le Gouvernement de Versailles, devait être mise en accusation, incarcérée et maintenue comme otage.

On se rappelle encore cette bande d'assassins qui, à quelques kilomètres d'Athènes, firent prisonniers, il y a quelques années, des touristes anglais et un diplomate étranger, en promenade, et massacrèrent ceux qu'une énorme rançon ne vint pas à temps délivrer de leurs mains. Ce n'est plus dans la plaine de Marathon, c'est au sein de Paris que vont se passer des scènes analogues. La ville la plus civilisée, la plus brillante, la plus aimable du monde, est devenue comme un lieu pestiféré d'où chacun cherche à s'enfuir. Les malheureux qui ne peuvent s'échapper, sont réduits à invoquer sur le sol de la patrie l'appui des puissances neutres, ils vont demander aide aux consulats étrangers ; et il en est, maintenant, de la capitale de la France comme de ces lointains pays de l'Orient, où il faut des capitulations pour protéger les Européens contre la barbarie des coutumes locales et les atrocités des indigènes. Comment caractériser autrement la manière de faire des hommes qui, sous prétexte d'opposition politique, arrêtent les femmes, les enfants et les prêtres et en retiennent un grand nombre comme otages : la Commune osa bien donner ce nom aux malheureuses victimes de son cannibalisme.

L'otage est une personne que l'on remet volontairement à ceux avec qui l'on traite pour la sûreté et en garantie de l'exécution du traité conclu. On n'emploie proprement ce mot que dans les affaires d'État à État. Or, les bandits de la Commune ont mis la main sur les honnêtes gens qu'ils haïssent plus vivement et qu'ils veulent dépouiller ; ils menaceront ensuite de les assassiner lorsqu'ils se verront battus sur tous les points.

Comprenant, cependant, l'émotion que causerait en France et en Europe l'extrême iniquité de cette mesure, la Commune fit la déclaration suivante :

« Chaque jour les bandits de Versailles égorgent ou fusillent nos prisonniers, et pas d'heure ne s'écoule sans nous apporter la nouvelle d'un de ces assassinats.

« Les coupables, vous les connaissez, ce sont les gendarmes et les sergents de ville de l'empire, ce sont les royalistes de Charette et de Cathelineau, qui marchent contre Paris au cri de : *Vive le roi!* et drapeau blanc en tête.

« Le Gouvernement de Versailles se met en dehors des lois de la guerre et de l'humanité, force nous sera d'user de représailles.

« Si, continuant à méconnaître les conditions habituelles de la guerre entre peuples civilisés, nos ennemis massacrent encore un seul de nos soldats, nous répondrons par l'exécution d'un nombre égal ou double des prisonniers.

« Toujours généreux et juste, même dans sa colère, le peuple abhorre la guerre civile ; mais il a le devoir de se protéger contre les attentats sauvages de ses ennemis, et quoi qu'il lui en coûte, il rendra œil pour œil et dent pour dent. »

Cette communication, destinée à inaugurer l'établissement du règne de la Terreur, était suivie de ce décret, afin qu'aucun doute ne subsistât :

« Considérant que le Gouvernement de Versailles foule ouvertement aux pieds les décrets de l'humanité comme ceux de la guerre; qu'il s'est rendu coupable d'horreurs dont ne se sont pas souillés les envahisseurs du sol français ;

« Considérant que les représentants de la Commune de Paris ont le devoir impérieux de défendre l'honneur et la vie de deux millions d'habitants qui ont remis entre leurs mains le soin de leurs destinées ; qu'il importe de prendre sur l'heure toutes les mesures nécessitées par la situation ;

« Considérant que des hommes politiques et des magistrats de la cité doivent concilier le salut commun avec le respect des libertés publiques,

« Décrète :

« Art. 1er. Toute personne prévenue de complicité avec le Gouvernement de Versailles sera immédiatement décrétée d'accusation et incarcérée.

« Art. 2. Un jury d'accusation sera institué, dans les vingt-quatre heures, pour connaître des crimes qui lui seront déférés.

« Art. 3. Le jury statuera dans les quarante-huit heures.

« Art. 4. Tous accusés, retenus par le verdict du jury d'accusation, seront les otages du peuple de Paris.

« Art. 5. Toute exécution d'un prisonnier de guerre ou d'un partisan du Gouvernement régulier de la Commune de Paris sera, sur-le-champ, suivie de l'exécution d'un nombre triple des otages, retenus en vertu de l'article 4, et qui seront désignés par le sort. »

Et pour que les portes de la ville restassent « fermées » sur les otages qu'on avait en mains, il était interdit de sortir de Paris sans un permis de circulation. Les permis s'obtenaient à l'ex-Préfecture de police; mais un arrêté du citoyen Raoul Rigault faisait savoir à ceux qui iraient en demander, que s'ils étaient soupçonnés de vouloir se soustraire au service de la garde nationale ou d'avoir des rapports avec Versailles, ils seraient arrêtés, séance tenante, et détenus jusqu'à ce que le jury d'accusation eût statué sur leur sort.

Voilà les principes d'équité que proclamait, au dix-neuvième siècle, la Commune de Paris, et elle comptait sur de pareils sentiments pour se rendre favorables les puissances étrangères. Il n'est pas besoin de le démontrer : au point de vue de l'opinion et de la conscience publiques, prendre des otages, c'est faire acte d'impuissance et surtout d'injustice, car on punit assurément un innocent pour celui que l'on croit coupable; c'est faire preuve aussi de haine, de dépit et de colère. Il n'y a qu'un mot dans la langue française pour qualifier cette nature et ce degré de passion : prendre des otages, c'est commettre une insigne lâcheté.

Le décret du 5 avril n'était pas seulement inique au fond, il était mensonger dans ses imputations, car le Gouvernement n'avait jamais poussé la Commune au moindre excès, et l'armée de Versailles ne s'était jamais montrée impitoyable et cruelle envers ses prisonniers. « Vous êtes les seuls, a dit dans un mouvement d'éloquente indignation le commandant Rustan devant le quatrième conseil de guerre, vous êtes les seuls à ne pas connaître son caractère essentiellement loyal et généreux. S'il en était besoin et sans sortir de France, j'appellerais à cette barre tous ceux qui sont morts en nous combattant, et je leur dirais : « Levez-vous, Espagnols et Anglais qui nous avez vus à Toulouse ! Levez-vous, Autrichiens et Russes qui nous avez vus à Champaubert et à Montmirail ! Et vous, Prussiens, qui nous avez vus si souvent, hélas ! à Sedan, à Coulmiers, à Belfort et à Champigny, et venez affirmer ici si le soldat français, vainqueur ou vaincu, ne s'est pas toujours montré loyal et généreux envers ses ennemis ! »

Pour excuser cette loi des otages, la Commune s'autorisa de l'exemple de la Prusse et prétexta les mêmes nécessités révolutionnaires que la Convention. Nous ne savons que trop, aujourd'hui, qu'il ne faut plus remonter aux guerres de Thrace et de Macédoine, ni même au moyen âge, pour retrouver l'emploi de ce moyen inique qu'on a fait entrer, de nos jours, dans les combinaisons stratégiques de la force. Quant à l'exemple de 1793, la prise d'otages fut alors considérée comme un accident, et non comme un principe. Les circonstances, d'ailleurs, étaient loin d'être les mêmes. En 1793, au fond des âmes les plus féroces, il y avait l'amour de la France, le culte

de la patrie. Les proscriptions étaient terribles, mais
c'étaient des hommes, dévoués à l'unité nationale, qui
arrêtaient des hommes soupçonnés de s'entendre avec
l'étranger, et de rêver fédéralisme en présence des armées ennemies. En 1871, c'étaient des fédéralistes de
la pire école, des amis de l'étranger, eux-mêmes en
partie étrangers, qui proscrivaient l'unité française.
En 1793, la terreur n'était qu'un moyen ; la victoire
était le but. En 1871, la terreur était à elle seule le but
de ceux qui l'appliquaient, ou bien, si elle était un
moyen, c'était le moyen d'assurer le pillage et de protéger l'assassinat. En 1793, la Commune et la Terreur
étaient sorties comme par explosion, des susceptibilités
nationales exaspérées par les résistances intérieures,
surexcitées par les dangers du dehors. En 1871, la Commune et la Terreur, se reproduisant au lendemain de
nos désastres pour souscrire obséquieusement au traité
de paix, ne furent que le résultat d'un guet-apens, pré-
médité à froid par des condottieri sans pitié.

CHAPITRE II

ARRESTATION DE L'ARCHEVÊQUE ET D'UN GRAND NOMBRE
DE PRÊTRES.
PILLAGE ET FERMETURE DES ÉGLISES.
PERSÉCUTION DIRIGÉE CONTRE LES COMMUNAUTÉS.
RAISON DE LA PERSÉCUTION RELIGIEUSE SOUS LA COMMUNE.

I

A la lutte des 2, 5 et 4 avril succède une période de
calme relatif aux avant-postes. A Versailles, les corps
d'armée, les batteries s'organisent pour l'attaque définitive; les troupes avancent peu à peu, à coup sûr, et
serrent de près les ouvrages avancés, défendus par l'insurrection. A Paris, la Commune essaye de faire œuvre
de gouvernement, d'appliquer à la capitale ses idées et
ses théories en matière de religion, de liberté, de finances, de presse, d'enseignement, etc., secondée et suppléée
par ses délégués et ses commissions.

Les premiers efforts ont l'Église pour objectif.

Dès le 2 avril, pendant le terrible combat de Courbevoie et de Neuilly, la Commune avait rendu le décret
suivant :

« La Commune de Paris,

« Considérant que le premier des principes de la République française est la liberté ;

« Considérant que la liberté de conscience est la première des libertés ;

« Considérant que le budget des cultes est contraire au principe de la liberté de conscience, puisqu'il impose les citoyens contre leur propre foi ;

« Considérant en fait que le clergé a été le complice des crimes de la monarchie contre la liberté,

« Décrète :

« Art. 1er L'Église est séparée de l'État.

« Art. 2. Le budget des cultes est supprimé.

« Art. 3. Les biens dits de mainmorte, appartenant aux congrégations religieuses, meubles et immeubles, sont déclarés propriétés nationales.

« Art. 4. Une enquête sera faite immédiatement sur ces biens. »

Il apparut aussitôt au regard le plus superficiel que l'Église touchait à l'une de ces heures solennelles de crise et d'épreuve que Dieu lui ménage dans le cours du temps, pour lui rappeler qu'elle est fille du Calvaire, et, aussi, pour faire éclater, devant les hommes distraits et légers, son indestructible vitalité.

Le lendemain de ce décret, et, comme pour en faire voir la signification, la Commune procédait à l'arrestation du vénérable Archevêque de Paris, sans pitié pour son âge et les défaillances journalières d'une santé depuis longtemps altérée. Mgr Darboy avait été prévenu du danger qui menaçait sa liberté ; on le pressait de s'éloigner, de ne pas donner à de tels ennemis l'avantage de tenir dans leurs mains sans scrupules un otage aussi précieux. Il repoussa avec fermeté ces prévoyantes sollicitations, il revendiqua, comme le privilège de son rang dans le clergé de Paris, l'honneur de souffrir le premier pour le Christ et pour l'Église.

Lorsque le désordre semble triompher pour une heure, lorsque le cri de la révolte a trouvé partout des échos dociles, lorsque l'appât du sang a dompté la faible raison d'un peuple abusé, ou plutôt lorsque le vrai peuple a disparu pour laisser la place publique à une poignée de factieux, lorsque les chefs impuissants voient les soldats faiblir devant l'émeute et se refuser à l'austère devoir de défendre la patrie contre des compatriotes, il est beau de voir l'évêque lever la tête vers le ciel, dans sa confiance et dans sa fierté, résolu à tout souffrir plutôt que d'abandonner son troupeau au gouvernement du mal, au règne de la force inintelligente!

Nous pouvons raconter en détail l'arrestation et l'incarcération du vénérable prélat. Nous avons appris ces faits de l'unique témoin qui ait accompagné l'Archevêque en ces douloureuses circonstances.

Monseigneur reçut la horde tumultueuse des prétoriens de la Commune avec cet air d'affabilité pleine de dignité qu'il portait toujours avec lui, avec ce visage éclairé d'un sourire bienveillant, auquel le signe manifeste d'une souffrance chrétienne, refoulée par la volonté, ajoutait comme une grâce de plus. Un instant déconcerté par la dignité et la douceur de cette attitude, le capitaine Révol, que la Commune avait chargé d'arrêter l'Archevêque, lui présenta avec quelque hésitation le mandat dont il était porteur, et qui était ainsi conçu :

Ordre est donné au citoyen Révol, capitaine adjudant de place, attaché à la place de Paris, de se rendre à l'Archevêché pour y arrêter le sieur Darboy, se disant archevêque de Paris, et y faire ensuite les plus minutieuses perquisitions.

Mais, pour atténuer ce qu'avait de brutal une pareille injonction, le sieur Révol s'empressa d'affirmer qu'il

s'agissait seulement d'une visite au Préfet de police et
de renseignements à lui fournir sur un coup de fusil
tiré de la rue des Postes. Sans ajouter, naturellement,
beaucoup de foi à cette allégation, Monseigneur en fit
part à M. Lagarde, et lui demanda de l'accompagner :
« Vous, au moins, vous reviendrez, ajouta-t-il. » Le vicaire général accepta cette proposition avec empressement, quoiqu'il ne se fît pas la moindre illusion sur
son retour, mais il avait l'espoir d'adoucir pour l'Archevêque les rigueurs de la captivité.

Un singulier spectacle les attendait tous les deux à
la Préfecture de police : ils aperçurent en entrant dans
la cour un immense fouillis d'hommes criant et gesticulant, tous sales, avinés, abrutis ou féroces. C'était
le bataillon de Rigault, gens de sac et de corde, prêts à
déployer dans n'importe quelle mission un zèle effrayant.
Ils ne parurent pas, cependant, se préoccuper beaucoup
de la présence de Monseigneur et de son grand vicaire,
qu'ils regardaient d'un air hébété et ils les auraient
laissés se retirer, si ces vénérables personnages l'avaient
voulu.

Conduit au cabinet du délégué, Monseigneur trouva
le *magistrat* assis dans un fauteuil, et la tête couverte
de l'inévitable képi galonné.

« C'est vous, lui dit Rigault, qui êtes le citoyen Darboy,
à notre tour ! »

Et se renversant :

« Vous nous embastionnez (textuel) dans vos superstitions, il faut que cela cesse, vos chouans massacrent
nos frères, il faut que nous vous fusillions. »

Monseigneur répondit : « Voyons, mes enfants... » Mais
il fut interrompu aussitôt par des trépignements et des
gestes impossibles à rendre.

Nous ne savons quel sentiment fit battre, dans ce moment, le cœur du vénérable prélat ; mais, à coup sûr, il

n'a pas souri, comme on l'a écrit, et rien ne provoqua cette nouvelle menace : « Vous serez fusillé ! »

— Et vous, qui êtes-vous ? demanda ensuite le farouche procureur à M. Lagarde.

— J'ai l'honneur d'être le vicaire général de Monseigneur, et j'ai aussi l'honneur de l'accompagner.

— Allons, ne prenez pas vos airs, vous aussi ! »

Monseigneur pressentant les intentions de Rigault, intervint à ce moment :

« Je vous prie en grâce de lui rendre la liberté ; il n'a pas été arrêté.

— Il est pris et il reste pris[1]. »

Et se tournant vers M. Lagarde :

« Votre nom ? »

Après quoi, il donna l'ordre de les emmener tous les deux au dépôt, et séparés. Mais le capitaine, auquel il s'adressait, portant la main à sa moustache blanche, lui dit courageusement :

« Citoyen, je suis militaire et je ne me charge pas de pareilles missions.

— Lieutenant, debout ! » s'écria Rigault, qui ne put dissimuler son mécontentement ! »

Et l'on vit un homme, plongé dans l'ivresse, se lever avec peine et dire encore plus difficilement, en portant la main à son képi : « A... a... *avec* plaisir, mon commandant. » Mais son état était tel qu'il ne pouvait diriger les prisonniers ; le greffier Kahn survint heureusement presque aussitôt, il congédia bien vite le lieutenant aviné et permit aux deux captifs de rester ensemble jusqu'à six heures et demie[2]. Dès qu'ils furent seuls,

---

1. C'est de cette manière sommaire qu'on procédait à la Préfecture de police. M. l'abbé Miquel, s'y étant présenté quelques jours après l'arrestation de Monseigneur pour avoir de ses nouvelles, fut arrêté et emprisonné séance tenante pour ce seul fait.

2. Les marques d'humanité que M. Kahn se plut à donner aux pre-

Monseigneur demanda pardon à M. Lagarde de l'avoir amené avec lui, et exposé ainsi à partager les dangers qui menaçaient son archevêque, et sur lesquels il ne pouvait se faire illusion.

Pendant que cette saisissante et dramatique scène se passait à la Préfecture, le sieur Journaut, capitaine d'une compagnie de marche qui commandait le détachement resté à l'Archevêché, posait des sentinelles partout et procédait à une perquisition odieuse. Dans la nuit, sur de nouveaux ordres venus de Rigault, il arrêta successivement Mlle Darboy, M. Petit, secrétaire général, et Mgr Surat. Ce dernier, à cause de son état de santé, ne fut emmené au dépôt que le lendemain, vers trois heures. On fit également prisonniers la femme de chambre de Mlle Darboy, le concierge et un des domestiques. M. Jourdan et M. Schœffer furent maintenus à l'Archevêché, mais gardés à vue. M. Bayle, le promoteur, ne fut arrêté que quelques jours après, en sortant de Saint-Germain-l'Auxerrois.

Dans la nuit qui suivit l'arrestation de Mgr Darboy, un jeune officier, accompagné de quelques gardes nationaux se présentait devant la petite maison attenant à l'Assomption et qu'habitait le vénérable abbé Deguerry, curé de la Madeleine. Après avoir longtemps agité la sonnette et frappé à coups redoublés ils virent enfin les battants s'ouvrir... Mais dans le vestibule régnait une obscurité complète, on dut alors chercher une lanterne et on se mit en devoir d'enfoncer la seconde porte. Elle céda bientôt et l'on trouva derrière la vieille concierge plus morte que vive et dont on ne put tirer aucune parole.

miers et aux plus éminents otages de la Commune, l'Archevêque de Paris, M. l'abbé Lagarde, le curé de la Madeleine, le président Bonjean, amenèrent bientôt son arrestation. Ce fut uniquement pour ce motif qu'il passa de son bureau dans une cellule, où il resta quarante jours

Les gardes nationaux se répandirent alors dans la maison
dont les fenêtres s'éclairèrent tout à coup, et procédèrent
au déménagement des objets précieux. Les ornements
du culte, l'argenterie, le linge furent emballés et placés
dans une voiture réquisitionnée à cet effet. Les perquisitions se continuèrent jusqu'à six heures et demie du
matin, du grenier à la cave. Pendant ce temps, M. Deguerry, qui avait pu s'échapper du presbytère, trouvait un
refuge au ministère des finances ; mais étant sorti vers
quatre heures de sa cachette, il fut reconnu par un
garde national dans la rue Saint-Honoré et reconduit à
son domicile. On eut beau chercher, on ne trouva pour
l'accuser que ce fait, qu'il avait en sa qualité de prêtre
présidé à la communion du fils de l'Empereur et confessé
l'Impératrice. Pourtant, les hommes qui l'arrêtèrent,
le traitèrent, du moins en paroles, avec une brutalité
révoltante. Ils ne se contentèrent pas d'outrager grossièrement ses sentiments religieux, ils se complurent à
faire croire à ce respectable vieillard que sa vie était en
danger immédiat : « Nous allons bientôt vous procurer
votre paradis », disait l'un. « S'il faut quelqu'un, ajouta
un autre (capitaine de la garde nationale), pour exécuter
ce criminel, on n'a qu'à m'appeler, je les *descendrai* volontiers tous. » Il était évident que des hommes, qui tenaient
ce langage, étaient prêts à réaliser leurs menaces, et que,
lorsque le moment serait venu, l'archevêque de Paris,
et tout prêtre, dont ils s'empareraient, pouvait s'attendre
à quelque chose de pire encore que d'être emprisonné dans
la cellule d'un malfaiteur. Mais cette sinistre éventualité,
clairement entrevue par le clergé de Paris, ne l'empêcha
pas de rester inébranlablement attaché à son poste.

Quelques heures après l'arrestation de Mgr Deguerry,
M. l'abbé Mauléon, curé de Saint-Séverin, était, sous le
plus frivole prétexte, saisi à son domicile et conduit à
la Préfecture.

Le lendemain, jeudi saint, la Commune, désireuse de
tenir entre ses mains le pieux et bon curé de Saint-
Eustache, mais, n'osant pas le faire appréhender à cause
de la grande popularité dont il jouissait dans sa paroisse,
le manda au dépôt. C'était sous le faux prétexte de délivrer un de ses prêtres arrêté sans motif le matin. Elle
l'y retint malgré les énergiques protestations des dames
de la halle, qui vinrent réclamer leur pasteur pour les
fêtes de Pâques. Nul n'a rapporté la verte réponse que
fit l'orateur de la démonstration à Raoul Rigault. Le
procureur de la Commune lui demandait :

« Et si je vous refusais votre calotin?

— Alors, on te viderait à la première occasion sur une
dalle au marché aux poissons, comme un joli merlan
que tu es. »

Il est dit dans les Actes des Apôtres que lorsque Pierre
fut pris et chargé de chaînes les fidèles priaient sans
cesse pour lui. C'était le jour des Azymes, Hérode voulait
garder son prisonnier jusqu'au jour de Pâques et le
faire paraître devant le peuple assemblé pour la fête.
Mais pendant la nuit, un ange vint trouver Pierre, fit
tomber ses chaînes et le rendit à la liberté. La paroisse
de Saint-Eustache priait, à l'exemple des premiers
fidèles, et Dieu, quoiqu'il n'y eût pas d'anges parmi les
membres de la Commune, sut bien, encore cette fois,
rendre le pasteur à son troupeau. Le matin même de
ce grand jour, M. l'abbé Simon était mis en liberté, et,
quelques heures plus tard, il célébrait les saints mystères,
au milieu des témoignages de tendresse et de respect
qui débordaient de toutes les âmes.

La persécution n'en continua pas moins contre les
autres membres du clergé de Paris. Le 8, était arrêté
M. l'abbé Planchat, directeur du patronage des jeunes
apprentis de Sainte-Anne, à Charonne. Ce n'était pas
cependant ce digne ecclésiastique que se proposait de

faire prendre la Commune, mais M. l'abbé de Broglie, attaché à la même œuvre et otage beaucoup plus important, puisqu'il était le frère du député, envoyé comme ambassadeur à Londres par M. Thiers. Prévenu par M. Icard, directeur du séminaire Saint-Sulpice, M. de Broglie avait pu se soustraire aux recherches dont il était l'objet, et l'on dit que M. Planchat s'offrit volontairement à sa place.

Le 9, ce ne fut plus à des prêtres isolés que s'en prit la Commune. Ce jour-là, on se saisit de M. le curé de Montmartre et de tous ses prêtres. Les gardes nationaux, qui se rendirent coupables de cet attentat, en donnèrent les motifs suivants, que nous reproduisons, textuellement, d'après la pièce curieuse qu'ils ne rougirent pas d'afficher sur les portes de l'église :

« Attendu que les prêtres sont des bandits, et que les repaires où ils ont assassiné moralement les masses, *en courbant la France* sous la griffe des infâmes Bonaparte, Favre et Trochu, sont les églises,

« Le délégué civil des Carrières près l'ex-préfecture de police ordonne que l'église de Saint-Pierre (Montmartre) soit fermée, et décrète l'arrestation des prêtres et des ignorantins.   « LE MOUSSU.

                                        « 10 avril 1871. »

Ce Le Moussu était un dessinateur dont la Commune avait fait un commissaire de police aux délégations judiciaires. Comme l'on connaissait sa haine burlesque contre « les curés », c'est lui que dans plus d'une circonstance on lâcha contre les églises où l'on voulait découvrir les crimes du catholicisme.

Le 11 avril, à la tête d'un bataillon de Montmartre, il envahit l'église de Notre-Dame-de-Lorette. L'abbé Sabatier s'y trouvait seul. C'était la douce et sainte victime que Dieu avait jugée digne de représenter les vicaires de Paris dans la grande immolation qui se préparait.

« Qui cherchez-vous ? dit-il, en souriant, au délégué de la Commune.

— Les curés ! hurle le bandit, désespéré de n'avoir pu mettre la main sur le vénérable M. de Rolleau que sa distinction et sa vertu désignaient naturellement à la haine de la Commune.

— Eh bien me voici ! » et il se livre à eux.

« Alors, dit M. l'abbé Laurençon, son collègue et son ami, se passa une scène touchante : on l'emmenait avec violence ; mais les enfants, qu'il aimait tant et que la curiosité avait attirés, se précipitèrent sur lui, s'accrochèrent à sa soutane et cherchèrent à l'arracher aux méchants qui se riaient de leurs efforts et les repoussaient brutalement, tandis que le futur martyr leur souriait, les bénissait et les rassurait. »

Nous sommes en pleine persécution : les arrestations se succèdent et s'opèrent même simultanément. Il n'y a pas que les prêtres des quartiers agités qui deviennent les prisonniers de la Commune, les centres les plus paisibles vont essuyer la tempête.

Le 13, on arrêtait M. Lartigues, curé de Saint-Leu, avec tout son clergé, et M. Bécourt, curé de Bonne-Nouvelle ; le 14, M. l'abbé Millault, curé de Saint-Roch.

Nous regrettons que les bornes de ce livre ne nous permettent pas d'indiquer ici les noms de tous ceux de nos confrères qui eurent l'honneur d'être emprisonnés en haine de la foi, ni de reproduire les scènes émouvantes qui accompagnaient d'ordinaire leur arrestation.

Le 16 avril, leur nombre dépassait cent vingt ! A cette date, la Commune avait déjà eu la pensée de faire arrêter le clergé de Paris tout entier, comme cela résulte d'une lettre fort curieuse de Beslay à Raoul Rigault [1] :

1. Cette lettre, peu connue, a été publiée pour la première fois par M. l'abbé Coullié, deuxième vicaire de Saint-Eustache, aujour-

« Mon cher Raoul Rigault,

« En vrai Breton, je suis têtu et ne me lasse point ;
comme républicain et dans l'intérêt de notre cause, je
reviens à la charge pour la mise en liberté, du moins
pour aujourd'hui, du curé de Saint-Eustache. Croyez-moi :
comme je vous l'ai dit hier soir, *vous ne pouvez arrêter
tous les prêtres de Paris*, vous ne sauriez où les mettre,
et, s'il y a faveur, que ce soit pour ceux qui passent
pour libéraux et ne s'occupent pas de politique.

« A vous cordialement,

« CHARLES BESLAY. »

Cette lettre ne fut pas étrangère à la délivrance du
curé de Saint-Eustache, mais elle ne mit pas fin à la
persécution religieuse. A mesure que l'armée approchait,
la tourmente devenait plus terrible pour le clergé, et
surtout pour les curés qui étaient restés au milieu de
leurs ouailles.

Le premier vicaire de Saint-Germain-l'Auxerrois,
M. l'abbé Brunies, a bien voulu nous communiquer
d'intéressantes notes, sur l'arrestation de M. l'abbé
Legrand, son curé. Ces deux vénérables ecclésiastiques,
que la sympathie de leurs paroissiens avait préservés
jusque-là des fureurs de la Commune, furent saisis vers
la fin de l'insurrection, et jetés au fond des caves de la
mairie du premier arrondissement. Ils y passèrent
quelques jours sans lumière, sans matelas et presque
sans nourriture, et ne durent leur salut qu'à l'arrivée
des soldats de l'ordre.

Voilà le cas que faisait la Commune de la liberté de
conscience ! Et il faut le dire pour la confusion de la
population parisienne, de pareils attentats contre la

d'hui évêque d'Orléans dans son intéressante brochure : *Saint-
Eustache pendant la Commune.*

plus précieuse des libertés soulevèrent à peine quelques protestations. Il y en eut deux, cependant, qui furent très remarquées, et qui font grand honneur à ceux qui les ont écrites. Ce sont les lettres suivantes de MM. de Pressensé et Guillaume Monod, pasteurs protestants, adressées au *Temps* et au *Journal des Débats*.

« Paris, 11 avril.

« Monsieur le rédacteur,

« Permettez-moi, en m'associant à vos généreuses protestations contre un état de choses sans pareil dans notre histoire contemporaine, d'insister sur l'une des plus graves atteintes qui aient été portées à la liberté depuis le 18 mars : je veux parler de l'injuste incarcération de l'Archevêque de Paris et de quelques-uns des membres les plus éminents de son clergé.

« Appartenant à une église qui n'est pas la sienne et s'en distingue par son principe même, je suis d'autant plus poussé par ma conscience à déclarer que tous les chrétiens, je dirai plus, tous les amis de la liberté religieuse, sont atteints par le coup qui a frappé le clergé catholique de Paris.

« Nous avons défendu en toute occasion le droit sacré de la conscience ; nous ne nous tairons pas quand il est foulé aux pieds avec tant d'autres dans notre malheureuse cité. Nous portons notre protestation au grand tribunal de la conscience publique, qui finira bien par se faire entendre.

« Recevez, etc.

« E. DE PRESSENSÉ, pasteur. »

« Paris, 11 avril 1871.

« Monsieur le directeur,

« Permettez-moi d'emprunter la voie de votre journal pour exprimer la douleur avec laquelle j'ai appris l'incarcération de l'Archevêque de Paris et d'un assez grand nombre de prêtres entourés de l'estime publique.

« J'appartiens à une Église dont les pasteurs et les fidèles furent dans un temps mis en prison, où à mort en France, ou forcés à l'exil ; mais je me souviens que l'un des premiers actes de l'Assemblée des représentants de la France et de la révolution de 1789, fut de rappeler les protestants exilés ou leurs enfants, et je me fais gloire d'être moi-même un de ces enfants des exilés.

« Comment ne protesterais-je pas quand des chrétiens français, appartenant à une communion différente de la mienne, sont traités par des concitoyens comme s'ils étaient des malfaiteurs ? Ainsi, si quelque ministre de la religion, protestant ou catholique, avait commis un délit, ce n'est pas moi, ni, je pense, aucun des prêtres dont je parle, qui demanderais qu'il ne fût pas jugé. Mais, en voyant frapper sans jugement et même sans accusation des hommes que vénère la France, je sens que c'est la France que l'on frappe et je m'indigne, et je prie pour eux et pour la France.

« Si j'ai pleuré sur mon pays quand l'étranger le foulait aux pieds et l'ensanglantait, je pleure plus amèrement quand ses propres enfants le déchirent et le poussent à se déchirer de ses propres mains.

« Si quelqu'un me reprochait ma douleur, si l'on m'en faisait un crime, je répondrais : Emprisonnez-moi, si vous le voulez, à la place de ceux dont je prends la défense ; je continuerai à prier pour la France, et je prierai aussi pour vous comme je crois que le font ces prêtres eux-mêmes, et je demeurerai persuadé que le salut de la France est dans la constitution d'une république unie au vrai christianisme, celui de la repentance, de la foi et de la charité.

« G. Monod, pasteur.

Quelque sincères que soient notre respect et notre gratitude pour les auteurs de ces deux belles lettres, nous ne pouvons nous empêcher de répondre ici avec une égale franchise à la question qui nous a été souvent posée, à leur occasion : Pourquoi la Commune a-t-elle persécuté les catholiques et non les protestants ? C'est que le protestantisme, en consacrant le libre examen, l'émancipation de la pensée, est essentiellement favorable à la Révolution. Aucun système politique ou religieux ne nous conduit aussi directement à la licence de l'esprit, au dogme de la liberté absolue, c'est-à-dire au mépris de l'autorité et en dernier ressort au socialisme avec lequel, par nature, il doit être disposé à fraterniser, puisqu'il n'est lui-même qu'un socialisme religieux. Le catholicisme, au contraire, se présente à la Révolution, non plus avec la licence de la pensée nécessaire à ses principes anarchiques, mais avec la résistance invincible de ses dogmes éternels, sur lesquels ni menaces, ni séductions ne peuvent le faire transiger. Voilà pourquoi la France, ayant abandonné de fait la pratique du catholicisme, se trouve en contradiction avec ses antiques croyances. Voilà pourquoi les hommes les plus avancés, se repliant sur eux-mêmes et passant de l'ordre social à l'ordre religieux, font logiquement la guerre à l'Église et non aux dissidents.

II

On ne pouvait espérer qu'après avoir frappé des coups si audacieux contre les ministres du sanctuaire, les membres de la Commune gardassent quelque ménage-

ment envers l'autel. La population chrétienne de Paris
se rappellera longtemps le dégoût et l'indignation
qu'elle ressentit quand, troublée tout à coup dans le
recueillement de sa prière, elle se vit assaillie d'une
foule sans nom, déguenillée, qui se répandait dans le
temple, le képi sur la tête, le sabre nu à la main, la
menace et le blasphème à la bouche. Les fidèles étaient
chassés ou retenus selon le caprice du chef de bande,
les portes gardées militairement, les troncs forcés, le
marbre des autels soulevé, les tombes profanées. Heu-
reuses encore les églises qui ne furent pas indignement
souillées par des genres de profanation que la plume se
refuse à décrire !

Rien de plus enfantin que le prétexte imaginé pour
ces perquisitions. On fouillait, disait-on, les églises afin
d'y découvrir des chassepots, de la poudre et même
des canons. C'est à faire rire ou à faire rougir. Le temps
de la Ligue est loin de nous, le prêtre ne se montre plus
la robe retroussée, la hallebarde au poing ou le mous-
quet sur l'épaule, la satire Ménippée n'a rien à raconter
de nos jours ; le clergé possède des armes bien autrement puissantes, le confessionnal et l'école ; et ce n'est
pas en le poursuivant de mesquines colères qu'on les
lui arrachera des mains.

La première église enlevée au culte fut, comme toujours, Sainte-Geneviève. Depuis que la première révolution a souillé les caveaux de cette église des cendres
immondes de Marat, il semble qu'aucune révolution ne
puisse s'accomplir sans dédier le Panthéon « au culte
des grands hommes ». La Commune suivit la tradition,
la croix fut sciée. L'ouvrier qui s'était chargé de cette
triste besogne ne put pas jouir des 50 francs qu'on lui
avait promis ; en descendant du dôme il était devenu
fou. Une grande cérémonie qui dura deux jours mar-
qua la prise de possession du monument. Les quatre

gardes nationaux, qui l'occupèrent, à partir de ce moment, y ont commis les plus scandaleux dégâts. Ils ont troué de balles les quatre grandes peintures de Gros qui décoraient les piliers du dôme, percé de coups de baïonnette les copies des stanzes de Raphaël par les frères Balze, mutilé les deux groupes de marbre de Maindron qui ornaient le péristyle, et enfin violé et brisé la châsse de Sainte-Geneviève.

Après l'église de la sainte patronne, l'antique et vénérable métropole était naturellement désignée à la profanation. Le vendredi saint, à deux heures trois quarts, après la vénération des saintes reliques, quelques hommes habillés, les uns en civils, les autres en gardes nationaux, entrèrent dans l'église, ayant à leur tête un individu jeune encore qui avait gardé sa casquette sur sa tête et avait l'air assez déterminé.

Quelques-uns se dirigèrent vers le sanctuaire ; les autres allèrent à la sacristie du chapitre et à celle de la paroisse. Ils étaient accompagnés par un homme qui se disait commissaire, et qui avait un mandat de délégué de la préfecture de police.

Il se fit ouvrir les armoires du trésor de la sacristie et procéda à l'inventaire des vases sacrés, des bronzes et des ornements. Pendant ce temps un serrurier ouvrit le tombeau des archevêques, dans lequel ils allèrent faire une visite toujours la casquette sur la tête et la pipe à la bouche. Il donna ensuite l'ordre de transporter tout le mobilier de Notre-Dame dans une voiture qui, requise à cet effet, stationnait sur la place du Parvis.

L'un des employés de la basilique courut à l'Hôtel de Ville informer les membres de la Commune de ce qui se passait. Ils parurent surpris, et l'un d'eux s'écria : « C'est affreux, surtout un vendredi saint ! » Un délégué de la Commune arriva à Notre-Dame et se fit exhiber le mandat dont se disait muni le commissaire. Il trouva

que ce mandat était irrégulier et ordonna que tous les
objets fussent retirés de la voiture et ramenés dans la
sacristie.

L'heure du pillage de la basilique n'avait point encore
sonné à l'Hôtel de Ville ; mais Notre-Dame était fermée
et les cérémonies saintes interdites. Environ un mois
après, la Commune, dont les ressources diminuaient à
mesure que croissaient son ambition et son audace, se
souvint des fameux trésors qu'elle s'était réservés et dont
elle pensait tirer grand profit. Mais avant de les réquisitionner, elle eut soin d'y préparer l'opinion publique par
un article de Rochefort dans le *Mot d'Ordre*.

« Notre croyance éternelle sera que, Jésus-Christ étant
né dans une étable, le seul trésor que Notre-Dame doit
posséder dans sa trésorerie, c'est une botte de paille.
Quant aux saints ciboires enrichis d'émeraudes et aux
émeraudes enrichies de saints ciboires, nous n'hésitons
pas à les déclarer propriétés nationales, par ce seul fait
qu'elles proviennent des générosités de ceux à qui l'Église
a promis le paradis ; et la promesse faite de bénéfices
imaginaires, pour extorquer des valeurs quelconques,
est qualifiée escroqueries par tous les codes. »

Ce fut le signal du pillage. Le 26 avril, les scellés
furent brisés, et l'on transporta d'abord à la Préfecture
toutes les richesses de Notre-Dame : bronzes, ornements,
vases sacrés. Désirant tirer parti de tous ces objets inutiles à leurs yeux, ne pouvant d'ailleurs les utiliser autrement, les chargés d'affaires de la Commune ne tardè-
rent point à les envoyer à la Monnaie. Mais après l'épreuve
du poinçon, il leur fut déclaré que ces pièces, d'un
grand prix aux yeux de l'art, avaient à peine assez de
valeur réelle pour couvrir les frais de la main-d'œuvre
nécessaire à leur nouvelle destination. Cette réponse,
qui ne dut satisfaire qu'à demi la cupidité des pillards,
nous conserva du moins des objets précieux qui, dès

lors, furent déposés au garde-meuble où on les a retrouvés depuis.

Le saint jour de Pâques, Saint-Pierre de Montmartre, Saint-Jean-Saint-François ainsi que beaucoup d'autres églises restèrent fermées ; et le lendemain, on lisait dans le *Rappel*, feuille de Victor Hugo, que rédigeaient ses compères, en l'absence du grand homme parti pour la Belgique : « Hier, jour de Pâques, il n'y a pas eu de grand'-messe à Sainte-Lorette. Probablement il en a été de même dans la plupart des paroisses de Paris. Les curés absents avaient laissé à leurs vicaires le soin de louer Dieu. »

Au milieu de ces scandales officiels, un maire eut le courage de faire respecter la justice, et prit l'arrêté suivant :

« L'administration déléguée à la mairie du IXᵉ arrondissement,

« Considérant que l'occupation par la garde nationale de certains édifices de l'arrondissement, consacrés au culte, n'a plus de raison d'être, par suite des perquisitions que la sûreté générale y a fait opérer ;

« Après en avoir conféré avec le délégué de la sûreté générale, arrête :

« Les églises, temples et synagogues du IXᵉ arrondissement, qui pourraient être occupés par la garde nationale, devront être évacués par elle dans la journée du 29 avril.

« L'exécution du présent arrêté est confiée au colonel de la 9ᵉ légion.

« Paris, le 29 avril 1871.

« BAYEUX-DUMESNIL. »

Cet arrêté pouvait être le premier pas d'une réparation; il ne fut que le signal de nouveaux sacrilèges, aussi bien dans le IXᵉ arrondissement que dans tous les autres.

Après l'arrestation de M. l'abbé Sabatier aucune abomination n'avait été épargnée à Notre-Dame de Lorette. Les troncs avaient été forcés, ou plutôt défoncés, les ta-

bernacles des chapelles à peu près détruits, le baptistère
privé de sa piscine, plusieurs toiles, dues au pinceau de
nos grands maîtres, percées à coups de baïonnette, les
statues du Christ décapitées et jetées à terre, les candélabres et les croix brisés ou tordus. Mais dans les premiers jours de mai, il se commettait de telles profanations, qu'une personne notable de la paroisse fit appel
au zèle sacerdotal d'un prêtre polonais, M. l'abbé Postawka. Après d'orageux pourparlers, ce digne ecclésiastique put pénétrer dans la sacristie de droite qu'il
trouva encombrée de fusils et de baïonnettes. En passant
dans la grande nef, il vit avec douleur que le maître-autel
était démoli, le tabernacle profané et toute l'église dans
la désolation. Mais la statue de la Vierge, mutilée depuis,
était encore intacte. Sur son autel deux cantinières étaient
assises, les pieds appuyés sur des chaises, et elles étaient
entourées de gardes, qui causaient et riaient avec elles,
tout en fumant leurs pipes. Quand M. Postawka parvint
à la deuxième sacristie, il fut arrêté par Le Moussu, qui
s'élança sur lui, et, le saisissant par la soutane, l'apos-
tropha en ces termes : « Comment osez-vous porter cet
habit infâme ? » Le prêtre ne répondit que ces mots :
« Je viens réclamer les saintes huiles et le Saint-Sacre-
ment, choses qui n'ont pour vous aucune valeur, et qui
sont les plus chères pour moi. » A quoi Le Moussu répliqua : Si vous avez besoin d'huile pour la salade, allez
en chercher chez l'épicier (textuel).

Dans la plupart des rares églises encore ouvertes, le
jour de l'Ascension, cette fête se passa plus triste et plus
sombre même que celle de Pâques. Ce jour-là eut lieu,
de midi à deux heures, le pillage régulier de la Trinité.
Les lampes, les chandeliers, les candélabres, les encen-
soirs, les croix, tout ce qui parut bon à emporter fut
entassé dans des voitures que des soldats en guenilles
avaient amenées dans la rue latérale. Les aubes rouges

des enfants de chœur furent suspendues aux corniches, en guise de drapeau. Les azymes disparurent, et, chez les marchands de vins, on parodia nos saints mystères. Émues de tant d'impiété, des âmes chrétiennes purent recueillir quelques-unes de ces hosties qu'elles croyaient consacrées ; et, obligées de se dérober par la fuite à la tyrannie qui opprimait les consciences, elles les déposèrent pieusement entre les mains de l'évêque de Meaux.

Le même jour furent également fermées les églises de la Madeleine, de Saint-Augustin et de Saint-Philippe, malgré l'énergique résistance des prêtres dévoués qui les avaient desservies, jusque-là, avec le zèle le plus courageux.

Tous ces pillages et toutes ces fermetures d'églises pouvaient indisposer la population ; la Commune sentit le besoin de l'irriter contre le clergé. Elle inventa les quatorze cadavres de Saint-Laurent.

En soulevant le tapis qui recouvrait l'escalier, à l'entrée de la nef de cette église, on vit une dalle mal scellée percée de deux trous : c'était une bouche de calorifère. On fouilla, on trouva trois cadavres de femmes. Ainsi vint l'idée de visiter l'église de fond en comble.

Après bien des recherches, on découvrit sous l'autel de la Vierge un trou béant, obstrué à l'entrée par des bouts de cierges, des décombres, des ossements humains. Douze ou quinze marches conduisent à un souterrain dont les voûtes sont soutenues par deux énormes piliers. C'est une cave demi-circulaire, placée juste sous l'autel de la Vierge et en reproduisant les contours. Il fut trouvé là quatorze squelettes. Afin d'exciter au plus haut point l'opinion publique, on porta sur l'un des squelettes un de ces petits vers blancs qui n'apparaissent que sur les chairs en décomposition et l'on y attacha une chevelure blonde, achetée chez un coiffeur qui a reconnu depuis l'avoir vendue à cette époque. Afin que le public ne pût pas s'apercevoir de la fraude, on l'empêchait de s'approcher de trop près; et la chevelure, placée pour ce motif dans un endroit écarté, était même gardée par plusieurs soldats fédérés.

La pièce ainsi montée, Jules Vallès se chargea de la lancer.

« On apprenait, disait-il dans le *Cri du Peuple,* que des faits étranges se passaient dans l'église Saint-Laurent. Un officier d'état-major reçut la mission de s'y rendre et de les vérifier exactement.

« A son entrée dans l'église, il vit différents souterrains ouverts, et grand fut son étonnement quand il aperçut un espace de plus de vingt mètres cubes rempli d'ossements humains.

« Plus loin, quelques squelettes, qui remontaient à une date plus récente, furent trouvés ; après une minutieuse perquisition, on remarqua que ces cadavres appartenaient au sexe féminin. Un d'eux surtout avait encore une chevelure abondante d'un blond cendré.

« On se souvient qu'il y a environ dix années, une histoire de séquestration de personnes pesa sur le curé de Saint-Laurent ; un homme oublié et endormi dans l'église avait été réveillé par des gémissements.

« L'affaire, rapportée dans la presse, souleva l'indignation générale, des rumeurs circulèrent ; mais le parti clérical, aidé par les écrivains du trône et de l'autel, soudoya des médecins qui firent passer le spectateur de cette scène pour un halluciné.

« Il y a là un mystère qu'il faudra éclaircir, une série de crimes qu'il faudra dévoiler pour l'édification des timorés et la confusion des hypocrites et des gens de mauvaise foi qui blâment la mesure relative à la fermeture des églises. »

La calomnie lancée, toutes les feuilles de la Commune prirent feu.

Voici, entre autres, le récit que publiait l'une d'elles :

« C'est ici l'autel de la Vierge, une petite église dans l'église, le tabernacle du Dieu femme, au pied duquel les femmes viennent prier. Elle est debout, la madone, dans sa parure blanche, avec l'enfant Jésus entre ses bras. Sur sa tête se déroule l'inscription suivante : *Notre-Dame-des-Douleurs, priez pour nous.* Des tableaux, des statues, des fleurs, des cierges entourent la consolatrice des affligés. A travers les vitraux rougis, le soleil de mai la caresse de ses chaudes lumières. Ah ! si ce lieu tient ce qu'il promet, il doit être doux de venir s'agenouiller ici. Sans doute, les âmes brisées y trouveront la force de vivre encore et l'oubli ou le don d'espérer.

« *Autel privilégié.* Cette inscription flamboie au-dessus des saintes et des anges, et des plaques de marbre dans le mur la confirment en lettres scellées d'or. Par la voix des mères reconnaissantes et des petits enfants sauvés de la mort, elle semble déclarer que tout dans ce coin salutaire est douceur, paix, sainteté.

« Mais quel est ce trou béant qui s'ouvre sous l'autel, obstrué à l'entrée par des bouts de cierges, des décombres, des ossements humains ? Douze, quinze marches, deux énormes piliers qui soutiennent les voûtes ; et, au fond de tout cela, un souterrain. C'est une cave demi-circulaire, placée juste sous l'autel de la Vierge, et en reproduisant les contours. Une odeur fade, indéfinissable monte de là par bouffées. D'épaisses ténèbres, des murs étroits qui semblent vouloir se rapprocher pour se fermer autour de vous et faire au visiteur un manteau de pierre, à la mesure de son corps. Pourtant, des jets de lumière se détachent sur les murs, des lampes brillent, des voix d'hommes se font entendre. Ils déblayent les cendres sans doute : il doit y avoir là des tombeaux de saints, des os de martyrs.

« Eh bien, non. Il y a quatorze cadavres, quatorze squelettes méthodiquement alignés ; quatorze squelettes

de femmes ! des femmes jeunes, enfouies ici depuis
dix ans, quinze ans au plus ! C'est l'opinion unanime
des médecins de toute nation, français, anglais, américains, qui ont contemplé ce spectacle terrible. On a
encore retrouvé un peigne et une chevelure blonde que
les visiteurs peuvent voir et toucher. Tous ces squelettes
ont la même attitude : les jambes écartées, les genoux
serrés l'un contre l'autre comme par un mouvement
convulsif, les mains rapprochées sur le ventre comme
si elles avaient été liées.

« Mais l'horrible, le monstrueux, ce qui défie toute
description, c'est l'effort des muscles du cou, ce sont
ces crânes tournés en sens contraire du corps, ces bouches ouvertes, béantes, affreusement grimaçantes dans
un suprême effort pour aspirer le jour, la lumière, la vie !

« La voyez-vous, cette scène horrible, ces jeunes femmes, ces jeunes filles liées, scellées, murées vives ? Dans
ces ténèbres, dans cette horreur, adossées à des cadavres avant de devenir cadavres elles-mêmes, se sentant
lentement mourir, et râlant, et hurlant, sans que personne entende, sans que personne vienne, pendant que
là-haut, dans la rue, les voitures roulent, le soleil brille
sur les vieilles murailles ; pendant que les enfants chan-
tent, et que l'homme de Dieu, les yeux baissés, les bras
étendus, bénit les âmes dévotes agenouillées au pied
de l'autel.

« Le certain, c'est qu'il y a eu crime. Quiconque verra
cela, dira : *Ces femmes sont mortes ici ; elles ont affreusement souffert avant de mourir*. Aucune d'elles n'a été
déposée dans un cercueil car le bois, fût-il pourri, on
aurait retrouvé les clous et les ferrures.... !

« Et maintenant ces vierges et ces anges, ces *ex-voto*,
ces tableaux de saints, ces fleurs en carton, bons petits
Jésus, petits agneaux mystiques, toute cette défroque
hypocrite, tout cet appareil jésuite et félin, soulève le

cœur et le remplit de dégoût. Mères de familles crédu-
les, vous qui confiez aux prêtres l'honneur et la vie de
vos enfants, vous pour qui toute attaque contre le clergé
est calomnie ou blasphème, venez voir ce que renferme
dans ses hideux caveaux la vieille église de Saint-Laurent.
Ici le catholicisme est à l'œuvre : contemplez-le. »

En même temps, un rapport fut publié par les soins
de la mairie du Xe arrondissement ; il se terminait ainsi :

« Après avoir vidé l'ossuaire, après avoir dégagé
l'humus enveloppant ces restes terrifiants, la science
calme et froide est venue constater que ces débris appartenaient tous à des infortunées enterrées depuis moins
de dix ans. Or le règne du dernier curé en a duré dix-
sept. »

La conclusion était facile à tirer.

La science eut beau démontrer, par la plume de plusieurs de ses plus illustres membres, que ces restes
humains appartenaient à des personnes de tout sexe et
de tout âge et remontaient à des époques, dont la plus
récente était d'un siècle, et la plus reculée de sept siècles, les clameurs des compères et des sots n'en continuèrent pas moins, redoublant à chaque exhibition
nouvelle. Et durant plusieurs jours on entendit des voix
éraillées qui criaient : « Demandez l'histoire des femmes enterrées vivantes par les curés de Saint-Laurent[1]. »

Malgré tout, cette comédie, qui n'était qu'un appel
à l'assassinat, avait manqué. On la renouvela bientôt
à Notre-Dame-des-Victoires. Cette église devait être
odieuse à l'Hôtel de Ville parce qu'elle était en vénération
parmi les fidèles, et par ses riches ex-voto elle devait
tenter les avidités de la Commune.

Ce fut le *Réveil du Peuple*, le propre journal de Deles-

---

1. Ne sont-ce pas les mêmes qui disaient sur la butte Montmartre, le 16 juin 1875 : « Demandez la médaille bénie par Mgr. l'arche
vêque? »

cluze, « ce diamant de la démocratie », qui attacha le grelot.

« Des bruits singuliers, disait-il, couraient depuis quelques jours sur les singuliers miracles qui s'accomplissaient dans l'église Notre-Dame-des-Victoires. On parlait de mystérieux assassinats, de crimes rappelant ceux de Saint-Laurent.

« Hier, à six heures, le 159e bataillon de la garde nationale a cerné l'église. Le citoyen Le Moussu, commissaire de police délégué, accompagné de trois membres de la municipalité du IIe arrondissement et de deux médecins, a fait ouvrir les portes de l'église et immédiatement pratiquer des fouilles. A l'heure où nous écrivons, on a déjà déterré plusieurs cadavres, et tout fait prévoir des découvertes nouvelles.

« Au pied de l'autel de la Vierge, on a trouvé un cercueil en chêne où était enseveli un prêtre. D'après les renseignements donnés par le curé actuel, ce corps avait été déposé là depuis dix ans.

« Dans un caveau, près du même autel, les travailleurs ont mis au jour plusieurs caisses d'argenterie et d'objets précieux. A côté de ces caisses, est une tête de femme avec de longs cheveux blonds.

« Dans un autre caveau, on a découvert quatre cadavres de femmes dont l'ensevelissement est récent.

« A gauche de l'entrée de l'église, sous une chapelle latérale, est un petit caveau où les travailleurs ont trouvé deux bracelets de femme en or. Sur le mur de ce caveau, on remarqua l'empreinte d'un bras orné d'un bracelet. Cette empreinte ne peut s'être produite que pendant une lutte, et alors que la peinture du caveau était fraîche.

« Dans toute l'église, on sent une odeur cadavéreuse qui fait présager de nouvelles découvertes.

« Quatre prêtres de Notre-Dame-des-Victoires ont été arrêtés.

« Au dernier moment, nous apprenons que les cadavres, trouvés à l'église en question, sont à cette heure exposés à la porte de l'église. »

Comme à Saint-Laurent, la calomnie produisit un immense effet. L'émotion du peuple fut profonde, surtout lorsqu'on exhiba un squelette d'une prétendue jeune femme, morte à la fleur de l'âge. Sa magnifique chevelure blonde, restée intacte, provoqua une recrudescence de lamentations, et ne cessa d'attirer un grand nombre de visiteurs sur le parvis de l'église. Or il est acquis à l'histoire que cette splendide chevelure était une queue achetée à un perruquier de Paris, dont le nom est au dossier de la Commune, à Versailles. Il l'a reconnu comme sortant de sa fabrique, et il a déclaré l'avoir vendue à l'époque de la profanation des reliques de sainte Aurélie, de sainte Aurélie elle-même! car ce squelette, si indignement violé et exploité, était celui de la sainte, doublement vénérable désormais[1]. Quant à la présence d'ossements sous les dalles de Notre-Dame-des-Victoires, aussi bien que dans les cryptes de Saint-Laurent, elle n'avait rien que de très normal. Avant 1791, avant la création de vastes nécropoles, chaque église, chaque chapelle avait son cimetière, et les personnages de distinction avaient le privilège d'être inhumés dans l'église même. Aussi les squelettes dans Paris se comptent-ils par milliers, abstraction faite de ceux qui sont rangés en allées dans les catacombes. Quand on remue le sol autour d'un ancien édifice religieux, on trouve des ossements avec plus de certitude que des hydroscopes ne découvrent des sources.

N'avons-nous pas vu, lorsque la rue Ollivier fut pro-

---

1. Le misérable auteur de cette sacrilège exhibition ne craignit pas, au moment de l'entrée des troupes à Paris, de se joindre aux défenseurs de l'ordre qui occupaient la mairie, située en face même de l'église. Reconnu et dénoncé par un jeune homme qui passait là providentiellement, et duquel nous tenons le fait, il fut aussitôt passé par les armes.

longée jusqu'à la rue Lafayette, mettre à découvert, aux
environs de l'ancienne chapelle de la rue Notre-Dame-de-
Lorette, des monceaux de crânes, de tibias, de péronès,
de vertèbres et de dentelés, etc....? Nous défions d'en trouver autour de la nouvelle église de Notre-Dame-de-Lorette,
de Sainte-Clotilde, de Saint-Eugène, de la Trinité et de
Saint-Augustin. Indépendamment des morts obscurs, on
peut exhumer sous le pavé de nos églises : Pierre Cor-
neille, à Saint-Roch ; le musicien Lulli, aux Petits-Pères ;
Voiture, Vaugelas, Furetière, le grand Colbert, à Saint-
Eustache ; Gumault, à Saint-Louis-en-l'Isle ; Blaise Pas-
cal, Rollin, Lesueur, Tournefort, Charles Perrault, Le-
maistre de Sacy, à Saint-Étienne-du-Mont. Les gens de
la Commune n'avaient donc pas lieu de s'étonner que
les caveaux des Petits-Pères renfermassent des cercueils,
et ils n'auraient pas eu l'idée de les profaner, s'ils
n'avaient eu l'intention de dépouiller l'église de ses
richesses.

Une rage vraiment infernale fut déployée dans cette
orgie communeuse. Satan s'est abattu là comme chez
Job. Les tabernacles furent arrachés, les autels dé-
molis, les confessionnaux renversés, les dalles du
temple brisées. Outre le corps de sainte Aurélie, qui
reposait sous l'autel de la Vierge, celui du vénérable
M. Des Genettes, ancien curé de la paroisse et fonda-
teur de l'archiconfrérie, exhumé au pied du même
autel, fut profané aussi. Les caveaux renfermant les
ossements des religieux augustins, qui étaient morts
dans cet ancien couvent, furent violés. En même temps,
on volait l'argent des troncs, on dépouillait l'église de
tous ses ornements sans exception, on dévalisait les
sacristies ; la fureur des pillards s'arrêta lorsque le
sanctuaire ne présenta plus que l'aspect de la ruine.
Alors commença une autre orgie non moins navrante.
L'argent trouvé dans l'église avait été partagé entre les

gardes nationaux ; il servit à payer les frais d'une ripaille à laquelle prirent part des cantinières et d'autres femmes de mœurs douteuses. Ces revenants de quatre-vingt-treize se revêtirent des ornements sacerdotaux, et simulèrent des cérémonies religieuses où l'odieux était mêlé au grotesque. La saturnale ne cessa que lorsque la fatigue et l'ivresse eurent vaincu les héros de cette sacrilège comédie. Les chefs se réservèrent tous les objets précieux, les calices, les ciboires, les riches couronnes offertes par le Pape à Notre-Dame-des-Victoires, le trésor complet de l'église, toutes les valeurs et le linge. Ils n'envoyèrent au Garde-Meuble que des objets inutiles pour eux et d'une valeur insignifiante, comme les objets en bronze, les lustres, les lampadaires, les candélabres et un certain nombre de cœurs en cuivre.

Telle fut la destinée de Notre-Dame-des-Victoires, à l'époque de la seconde Terreur. Toutefois, et contrairement à ce qui arrivait en pareil cas dans les autres églises, l'envahissement et la profanation ne s'accomplirent pas sans provoquer les plus courageuses protestations. A peine l'église était-elle occupée militairement qu'on fut témoin d'une scène digne des premiers âges du christianisme. On défiait les baïonnettes et les revolvers des envahisseurs ; on les traitait avec une noble audace de sacrilèges et de maudits ; on se groupait autour de l'autel de la Sainte Vierge comme pour lui faire un rempart de son corps ; enfin nos héroïques fidèles, se cramponnant aux balustrades de la chapelle, demandaient comme une grâce de mourir sous le regard protecteur de Marie, plutôt que de laisser profaner son illustre sanctuaire. Un administrateur de la Banque de France, M. de Benque, et un négociant en fleurs artificielles, M. Blot, se signalèrent entre tous par leur dévouement et leur courage.

Les autres édifices consacrés au culte ne furent pas le

théâtre de pareilles impiétés ; mais on en dévalisa un
très grand nombre, du 11 au 30 avril. Pendant cette période, nous citerons : Saint-Eustache, envahi le 11 avril ;
Saint-Vincent-de-Paul, Saint-Jean-Saint-François, le 9 ;
Saint-Martin, le 24 ; Saint-Pierre, le 10 ; Notre-Dame-
de-Clignancourt, le 12 ; Saint-Bernard, Saint-Roch, le
14 ; Saint-Honoré, Saint-Médard, Saint-Jacques-du-Haut-
Pas, la chapelle Bréa, le 15 et le 16 ; Notre-Dame-de-la-
Croix, le 17 ; Saint-Ambroise, le 22 ; Notre-Dame-de-
Bercy, Saint-Lambert, Saint-Christophe, Saint-Germain-
l'Auxerrois, Saint-Pierre-de-Montrouge, du 28 au 30 avril.

On a bien retrouvé dans les magasins du quai d'Orsay
des lampes endommagées, des lustres brisés, des frag-
ments d'autels, des croix tordues et en général tout ce
qui n'était pas or et argent ; les églises ont recouvré
aussi un certain nombre d'ornements, parmi lesquels il
y en avait d'assez riches. Les employés du Garde-Meuble
en ont pu sauver plusieurs, en trompant les gens de la
Commune sur la valeur des broderies ; mais la plupart
étaient lacérés et souillés. Ils n'arrivèrent au dépôt
qu'après une station à la Préfecture de police. Les sauvages qui occupaient cet antre avaient déployé leur
rage et leur insolence en les recevant ; ils les avaient déchirés et couverts de crachats, ils les avaient même traî-
nés par terre. Ce ne fut qu'après s'en être amusés qu'ils
s'en dessaisirent. On les chargea sur des charrettes et on
les porta au quai d'Orsay. Là, les honnêtes ouvriers qui
les reçurent ne purent retenir leurs larmes. Ils se
disaient entre eux : « Puisqu'on en vient là, les gens de
bien sont perdus. Qui peut maintenant se flatter d'être
en sûreté et de posséder quelque chose? » Ils accueillirent avec respect ces saintes dépouilles et les rangèrent
de leur mieux.

Le délégué aux domaines, le citoyen Fontaine, s'indi-
gna des soins que l'on prenait de ces « guenilles ». Il

voulait les voir à terre, en tas dans un coin. Il rudoya
les braves gens qui les avaient étalées sur des planches.
« Si la Commune savait cela, leur dit-il, elle vous ferait
fusiller. » Du haut en bas, toute la bande ne parlait
jamais que de fusiller. Elle n'avait que cet argument et
que cette science. Hélas! elle a pu se convaincre qu'ils
suffisaient, et qu'un peuple qui se vante de ne plus obéir
à aucune loi du ciel ni de la terre sait parfaitement obéir
à la gueule du fusil.

III

Quoiqu'elles pratiquassent dans toute sa perfection le
culte persécuté par la Commune, les congrégations religieuses n'en vivaient pas moins dans cette fraternité
véritable et cette communauté de biens qui est le rêve
socialiste. A ce titre, elles auraient dû trouver grâce aux
yeux de la nouvelle révolution. Et cependant, les hommes
du 18 mars poursuivirent de leur haine les établissements
religieux, plus encore que les paroisses. La Révolution
n'ignore pas qu'ils sont les postes avancés de l'Église,
et qu'on la frappe au cœur en les détruisant. Elle connaît
la puissance des préjugés, et elle savait que tous les
excès lui seraient pardonnés dès qu'elle aurait prononcé
ce mot terrible : *Jésuites*.

Aussi ce fut par les religieux de cette compagnie que
commença la persécution contre les couvents. Dans la
nuit du lundi au mardi saint, 4 avril, vers une heure
du matin, une bande de fédérés faisait irruption dans
l'institution de Sainte-Geneviève, tenue par les révé-
rends Pères, rue Lhomond, 18. Pour se faire annoncer,

les gens de la Commune tirèrent bruyamment plusieurs coups de fusil, et menacèrent d'employer le canon, si l'on hésitait un seul instant à leur ouvrir à deux battants les portes de l'établissement. Une fois entrés, et sans autre mandat que leur bon plaisir, ils déclarèrent tous les Pères en état d'arrestation, fouillèrent la maison de fond en comble, brisèrent à coups de crosse portes et meubles, et mirent enfin au pillage cette maison qu'auraient dû faire respecter la science et le dévouement de ceux qui l'habitaient. Les vases sacrés furent découverts et pour la plupart volés. Enfin, la horde de brigands descendit dans les caves, but principal de leur visite, et, pendant plusieurs heures, ils se gorgèrent du vin destiné aux élèves et au personnel de la maison.

A cinq heures du matin, le clairon sonna le rappel ; c'était le signal du défilé et du départ pour la Préfecture de police. Les prisonniers furent rangés entre deux haies de gardes nationaux, le P. recteur en tête, — c'était le P. Ducoudray, — il marchait un peu en avant de tous les autres ; derrière lui venaient les PP. Ferdinand Billot, Émile Chauveau, Alexis Clerc, Anatole de Bengy, Jean Bellanger, Théodore de Régnon et Jean Tanguy ; les FF. Benoît Darras, Gabriel Dedébat, René Piton, Pierre le Falher et sept domestiques.

Cette sainte phalange s'avançait, toute joyeuse d'avoir été jugée digne d'être outragée pour le nom du Christ. A la hauteur du pont Saint-Michel, vers l'entrée de la Cité, le P. Ducoudray se retourna, et, d'un air radieux, dit au P. Chauveau qui se trouvait le plus près de lui : « Eh bien ! *ibant gaudentes*, n'est-ce pas ? » — « Que vous a-t-il dit ? » demandèrent à ce dernier les gardiens inquiets. Le P. Chauveau répéta la phrase suspecte, qui fut loin de les rassurer.

En arrivant à la Préfecture de police, les clairons

sonnent aux champs pour annoncer le succès de l'expédition et la riche capture qu'on a faite. Les prisonniers
ont à traverser des groupes nombreux de gardes nationaux, au milieu des risées, des huées générales. A leur
entrée, un chef de bataillon nommé Garreau, jeune
encore et d'une figure assez douce, les accueille par
ces paroles qui ne l'étaient guère : « Pourquoi donc
m'amenez-vous ces coquins-là ? Que ne les avez-vous
fusillés sur place ? » Il les fait entrer dans son cabinet,
et là, le revolver au poing, il demande d'abord le directeur.

Le P. Ducoudray avance et répond : « Me voici.

— Vous avez des armes dans votre maison, je le
sais.

— Non, monsieur.

— Je le sais de source certaine.

— S'il y en a, c'est à mon insu.

— Vous avez une volonté de fer. Nous irons voir cela
tous les deux, et si nous n'en trouvons pas, vous ne reviendrez pas ici. Du reste, vous avez commis bien des
crimes.... »

Ici commence toute une énumération de forfaits : em-
poisonnements des malades et des blessés à l'ambulance, perversion de la jeunesse, complicité avec
l'*infâme* gouvernement de Versailles.... Puis, passant
tout à coup de la violence à l'ironie, le citoyen Garreau
se tourne vers ses satellites : « Ces messieurs s'en donnaient, pendant que nous mourions de faim ! Aujour-
d'hui les rôles sont changés. Et d'abord, ces messieurs
doivent être fatigués, nous avons dérangé leur sommeil,
vous allez leur donner des sommiers élastiques. — Oui,
oui, rembourrés de noyaux de pêche ! » s'écrie un
garde national, pour faire chorus avec son chef.

« Quant à vous, ajoute ce dernier en s'adressant au
P. Ducoudray, je vais vous donner un écrou serré. »

La liste des prisonniers est dressée. Le tour du P. de
Bengy venu : « Anatole de Bengy ! s'écrie le noble Garreau ; c'est bien, voilà un nom à vous faire couper le
cou.

— Oh ! j'espère, répond le Père sans s'émouvoir, que
vous ne me ferez pas couper le cou à cause de mon
nom.

— Et quel est votre âge ?

— Quarante-sept ans.

— Vous avez assez vécu. »

Sans autres formalités, le P. recteur est renfermé seul
et au secret dans une cellule de la Conciergerie. Tous
les autres sont conduits à la prison du Dépôt, dans une
salle commune destinée jusque-là aux femmes sans aveu
que la police ramasse, la nuit, dans les ruisseaux de
la capitale. Nous aurons à revenir à la Conciergerie ;
mais afin de suivre l'ordre des temps et des faits, voyons
ce qui se passait à la maison de la rue de Sèvres.

La journée du 4 avril allait finir par une scène moins
bruyante que celle du matin, mais aussi fatale dans ses
conséquences. Vers six heures et demie, des gardes nationaux de Montrouge, accompagnés d'un commissaire
de police, le citoyen Lagrange, et d'un membre de la
Commune, le docteur Goupil, délégué à l'instruction
publique, se présentaient, tambours en tête, à la maison du même ordre, rue de Sèvres. Les portes n'étaient
point fermées. Une partie des fédérés pénétra dans la
maison ; le reste établit devant la façade un cordon cou-
pant la rue dans toute sa largeur. Ces gardes station-
nèrent là jusqu'à onze heures et demie du soir, car la
perquisition dura trois heures. Le prétexte était de rechercher des armes et surtout de l'argent. Mais l'entre-
tien absolument gratuit d'une nombreuse ambulance
avait épuisé les dernières ressources des Pères, et
depuis assez longtemps ils ne vivaient plus que d'em-

prunts. Alors le citoyen Lagrange, furieux de sa déconvenue, s'écria : « Nous sommes volés ! » Et au nom de la Commune il arrêta le supérieur et l'économe : c'étaient les PP. Olivaint et Caubert. En vain le P. Lefèvre le supplia en grâce de l'emmener avec ses frères : « Non, non, lui fut-il répondu, vous êtes trop *gentil* (textuel); restez ici et gardez cette maison au nom de la Commune. » Dans le fait, la sentence du citoyen Lagrange est devenue prophétique, et la maison gardée par le P. Lefèvre a été épargnée par lui.

Le premier pas était fait; les autres congrégations religieuses allaient avoir le même sort.

Le mardi de la semaine sainte, 4 avril, le jour même où tout le clergé de Paris se vit frappé dans le libre exercice de son ministère par l'arrestation de Mgr Darboy et de ses vicaires généraux, les séminaristes de Saint-Sulpice, qui s'étaient empressés, dès le lendemain du siège, de reprendre leurs études, furent invités par leurs maîtres à fuir au plus tôt le danger. Ils y réussirent tous, à l'exception de sept qui, le jeudi, vers une heure, furent retenus prisonniers à la Préfecture, où ils allaient sans défiance chercher leurs passeports. C'étaient MM. Delfau, Barbequet, Déchelette, Gard, Raynal, Guitton et Seigneret.

Le même jour, cinq gardes nationaux se présentèrent au séminaire Saint-Sulpice et se saisirent de M. Icard, directeur de la maison. Ils le conduisirent au Dépôt, mais pour le ramener bientôt après au séminaire, où ils firent une perquisition qui ne servit qu'à faire arrêter M. Roussel, économe du séminaire. On les écroua tous les deux à la prison de la Santé, où, par une faveur spéciale, ils eurent chaque jour, depuis le jeudi de Pâques, la consolation de pouvoir célébrer les saints mystères.

Cependant le séminaire restait libre et ouvert; mais

à partir du 22 il devint une caserne où logèrent jusqu'à quatre bataillons à la fois, entre autres le 231e, de
Belleville, et le fameux bataillon des Vengeurs. Les
cellules des séminaristes ont porté longtemps la triste
trace de leur passage.

La position devenait de jour en jour plus intenable
pour les professeurs qui n'avaient pas craint de rester
à leur poste. C'étaient MM. Bacuès, Sire et Hogan. Les
têtes des gardes nationaux se montaient à la nouvelle
des revers successifs qu'essuyaient les armes de la Commune. Le dépit qu'ils en conçurent fut tel, qu'il se tra-
duisit aussitôt par de nouvelles vexations. Le samedi
6 mai, et le lendemain 7, il n'y eut plus aucune sécurité pour les directeurs. On consigna d'abord dans la
même chambre, et puis on conduisit à la Préfecture,
maîtres et serviteurs, tous ceux que l'on put saisir ;
M. Sire seul parvint à s'échapper avec un des domestiques de la maison. M. Hogan, réclamé par l'ambassade
anglaise, fut relâché, mais obligé de quitter Paris dans
les vingt-quatre heures.

Resté libre, mais sans cesse exposé au péril d'un mandat d'arrêt, M. Sire eut dès lors à veiller de loin, par
des correspondances secrètes, sur les propriétés du séminaire, et à continuer seul auprès de ses confrères, des
élèves et des domestiques prisonniers, ce doux ministère
d'assistance et de consolation que, jusqu'à ce jour, il
avait partagé avec d'autres : avec M. de Cambis, M. Gra-
midon, et M. Hogan surtout, plus libre, en sa qualité
d'étranger, d'affronter les périls et de suivre les inspirations de son cœur. Dès le début, M. Hogan avait trouvé
les plus inappréciables secours en la personne de
M. l'abbé Amable, du clergé de l'église Saint-Antoine,
et dans une femme dévouée qui habite le voisinage de
Mazas ; il adoucit souvent par leur entremise les souffrances des otages.

Après tant d'actes arbitraires et odieux, la Commune eut la folie de s'attaquer à un vieillard, connu de tout Paris, populaire entre tous, et qui, par les incomparables services rendus pendant la guerre, a couronné d'un éclat sans pareil une popularité déjà immense, acquise par de longues années de dévouement : nous voulons parler du frère Philippe.

Le 11 avril, à deux heures et demie du matin, au moment où se terminaient les visites et les pansements des malades et des blessés recueillis depuis le siège à la maison mère des Frères des Écoles chrétiennes, le sieur Rivault, commissaire central de police, ceint d'une écharpe, s'y présenta avec deux citoyens. Après avoir cerné la maison et placé en sentinelle, à chacune des issues de l'intérieur, les gardes nationaux d'une compagnie du 164e bataillon, il demanda le supérieur général, et, en son absence, le frère Callixte, vieillard de soixante-quinze ans, son premier et plus ancien assistant. La recherche des armes servait de prétexte, mais la saisie et le vol de la caisse (elle pouvait contenir deux mille et quelques francs), des calices, des ciboires et de l'ostensoir, furent l'unique but de cette sacrilège violence. Loin de se préoccuper des malades et des blessés, qui ne leur épargnèrent ni les protestations ni les injures, les envahisseurs s'empressèrent de visiter la cuisine, la cave, la caisse, la sacristie, la chapelle, où ils se firent ouvrir les tabernacles pour s'emparer des ciboires. Le vol accompli, les pillards revinrent avec leur butin, et se placèrent dans la cour principale, entourés des gardes nationaux qui quittèrent alors leur poste de faction. Un fiacre requis attendait dans la rue ; on eut peur de l'émotion populaire, et on le fit entrer. Au dehors stationnait une foule indignée, les femmes pleuraient ; au dedans retentissaient d'énergiques protestations contre le jeune commissaire (il pouvait avoir de vingt-quatre à vingt-

cinq ans), quand de sa voix rauque il intimait brutalement
ses ordres au vénérable assistant. Un instant même, le
commissaire se vit dans l'impossibilité d'emmener son
prisonnier. En vain il menace d'envoyer quérir un bataillon ; en vain il donne l'ordre d'arrêter un frère qui
proteste avec trop de force ; des cris de réprobation
s'échappent de toutes les consciences, et il ne parvient
à les dominer qu'en promettant de rendre promptement
le frère Calixte à la liberté.

La Commune ne fit pas même grâce de ses visites
armées à ces saintes femmes qui passent leurs jours et
une partie de leurs nuits dans le travail, la pénitence et
la prière. Leur dévouement et leur caractère vénérable
l'impressionnèrent cependant quelquefois. Ainsi au couvent du Roule, à celui des Oiseaux, au Sacré-Cœur de
la rue de Varennes, ses gens furent convenables et ne
réquisitionnèrent pas. La visite faite aux Petites-Sœurs
des Pauvres du faubourg Saint-Antoine, commencée
sous de terribles auspices, s'acheva par ces mots du
commandant :

« Je ne savais pas ce que c'était que les Petites-Sœurs ;
c'est bien beau, ce que vous faites, se dévouer ainsi à
tous ces vieux !... »

Rue de la Santé, la supérieure des Dames Augustines,
femme d'esprit et d'énergie, sut en imposer aussi aux
gardes visiteurs par sa bonne grâce et sa dignité. Elle
conduisit elle-même les réquisiteurs à travers la maison,
et, chemin faisant, elle parla si bien, qu'elle détermina
la plupart d'entre eux à accepter des médailles. Ce
n'était pas assurément ce qu'ils étaient venus prendre.
L'opération finie, le capitaine ne put s'empêcher de balbu-
tier des excuses et tendit sa main à la supérieure, comme
pour réparer la brutalité de son invasion. Il lui offrit
même ses services en ces temps néfastes ; et comme il
fut chargé par la Commune de veiller sur le couvent,

il put servir d'intermédiaire pour faire parvenir à Mgr Darboy et à sa sœur du linge et des provisions de bouche.

Toutefois, cette modération relative n'était pas du goût de la Commune. Pour justifier les violations de domicile, ainsi que les attentats plus graves encore qu'elle méditait, il lui fallait un prétexte quelconque.

Il circule depuis longtemps, dans le peuple, de mystérieuses légendes, des histoires fantastiques sur les couvents et sur les maisons religieuses. L'imagination populaire, à cet endroit, est toujours éveillée : il s'agissait de la surexciter. Les cryptes des maisons conventuelles devinrent tout à coup le théâtre des exhibitions les plus odieuses. La chapelle du couvent de Picpus fut plus particulièrement le siège d'abominables profanations.

A la fin d'avril, des bruits étranges circulaient sur cette communauté. Le peuple était invité, soit par affiches, soit verbalement, à la visiter.

Le couvent de Picpus, dans lequel le travail manquait comme partout ailleurs, avait nourri cependant un certain nombre de gardes qui, après avoir mangé bien vite les provisions faites après le siège, exigèrent qu'on leur livrât les vases sacrés et autres objets servant au culte. Contraintes d'obéir, les religieuses furent encore l'objet de perquisitions incessantes, la nuit comme le jour.

En cherchant inutilement des souterrains dans lesquels douze ou quinze mille chassepots avaient, disait-on, été déposés, les gardes nationaux finirent par découvrir, dans une petite dépendance de la maison, trois religieuses atteintes d'aliénation mentale. L'une d'elles, au dire des citoyens, ayant témoigné le désir de sortir du couvent, fut conduite dans une caserne du faubourg. Le lendemain, sans prévenir personne, et sans laisser à leurs compagnes la liberté de s'ap-

procher des deux autres aliénées, on put en emmener
une seconde ; mais la troisième se refusa à franchir la
porte du monastère, et se réfugia toute tremblante dans
l'intérieur de la communauté.

Pour intéresser le peuple en faveur de ces infortunées
que l'on avait soustraites à leurs habitudes, bien différentes de celles d'une caserne, on défonça la cave
située au-dessous du pavillon qu'elles habitaient, et on
fit accroire aux visiteurs que c'était là qu'elles vivaient
depuis dix ans et plus. Pendant trois jours, une
affluence considérable viola le seuil de cette maison de
retraite et de prière, pour aller voir les prétendus
cachots. Comme toute liberté fut donnée à la foule, elle
monta aussi dans le grenier situé au-dessus du même
pavillon, où l'on avait déposé, depuis quinze à vingt ans,
des lits orthopédiques employés par l'ordre des parents
pour le traitement de la taille de quelques élèves. Personne ne connaissant l'usage de ces lits, on conclut et
on répéta sur ce sujet les choses les plus outrageantes.

Le mardi 2, le concours du peuple fut plus nombreux encore que les jours précédents. La foule envahit
les jardins et l'établissement tout entier, sans que les
gardes nationaux de faction pussent l'empêcher de
forcer les portes et les fenêtres, et de se précipiter
comme un torrent par toutes ces ouvertures avec un
tumulte effroyable. Ce ne fut pas sans peine que deux
délégués de la Commune, arrivés à ce même moment,
parvinrent à faire évacuer la maison. Pour donner à cette
visite un caractère plus saisissant encore, on avait placé,
sur le passage des curieux, deux têtes de morts que les
fouilles de la nuit précédente avaient fait découvrir
dans l'emplacement d'un ancien cimetière.

Dans cette campagne héroïque contre des femmes
sans défense, un homme surtout se distingua : ce fut
Rochefort, avec son *Mot d'ordre*. Il se rendit lui-même

au couvent, et voici l'étrange relation qu'il fit de sa visite :

« Plusieurs des honorables gardes nationaux, chargés par la Commune d'occuper le couvent de Picpus, et de garder les vingt ou trente religieuses qui sont restées dans cet établissement, ont tenu à nous faire constater, *de visu*, l'exactitude des renseignements qu'ils nous avaient transmis. Sur leur invitation, nous nous sommes rendu à la communauté, située faubourg Saint-Antoine. C'est une immense propriété, composée de plusieurs corps de bâtiment et d'immenses jardins potagers et fruitiers.

« Nous sommes allé visiter la prison où les religieuses de Picpus tenaient séquestrées, depuis dix ans, leurs trois malheureuses compagnes. Qu'on se représente une espèce de chenil situé tout au centre de ces immenses jardins. Dans ce chenil, humide et peu aéré, une grille en bois forme deux cages, un peu moins hautes et beaucoup plus petites que celles où l'on enferme les léopards du Jardin des Plantes. Chacune de ces cages a près d'un mètre soizante-quinze de long sur un mètre de largeur, et un mètre soixante de hauteur, juste de quoi placer un misérable grabat sur lequel les malheureuses séquestrées ont passé neuf ans de leur vie.

« Nous sommes sorti de ce local immonde, le cœur plein d'indignation et de dégoût, pour avoir sous les yeux quelque chose d'encore plus affreux. Les gardes nationaux qui nous accompagnaient nous ont conduit dans une petite chapelle située plus au fond du jardin. Là, tout près d'un autel en bois surmonté d'une petite statuette vêtue d'une robe bleue, et sur le fronton duquel on lit cette inscription : *Sainte Anne, priez pour nous!* nous avons vu des instruments bizarres dont nous allons essayer de donner une idée à nos lecteurs.

« Ce sont d'abord deux sommiers étroits et déchirés, longs d'un mètre cinquante environ, et couverts de crochets et de courroies en cuir ; il est tout d'abord assez difficile de s'expliquer l'usage auquel pouvaient servir ces sommiers particuliers ; mais on commence à comprendre, quand on a vu, près de l'un de ces sommiers, un tout petit berceau qui n'a pu évidemment recevoir que des nouveau-nés. L'autre, par exemple, ne paraît pas avoir eu la même destination : il offre une construction un peu différente, et on nous a montré, tout auprès, une couronne de fer, toute rouillée, avec un crochet qui pouvait la fixer à ce lit singulier, un carcan étroit, et une longue tringle au milieu de laquelle se trouve une espèce de poids ; cette tringle est terminée par une fourche en fer évidemment destinée à assujettir le menton. Tout à côté, nous avons vu aussi, fixé sur un volet représentant un carré d'environ cinquante centimètres de côté, un corset de fer rouillé, *sans bourrelets aucuns*, avec des courroies en cuir pour le boucler sur la poitrine ; ce volet, formé de deux planches grossièrement clouées, est fixé lui-même sur deux tringles reposant sur un support d'un genre tout particulier, dans lequel on fixait probablement les pieds de la patiente ; ce support est muni d'un ressort et d'un tourniquet auquel s'adapte une longue courroie qui ne paraît pas avoir eu d'autre usage que de rejoindre la fourche ou la couronne de fer que nous avons déjà décrite.

« Ce nouvel instrument — corset, volet et support — pouvait également se tenir debout ou s'adapter au fameux sommier, à l'aide des courroies dont celui-ci était garni. Disons, en terminant la description de toutes ces horreurs, que la chapelle où on les a découvertes, située au fond des jardins, est séparée des habitations du voisinage par d'immenses terrains vagues, et qu'aucun cri, si poignant fût-il, n'est jamais sorti de cette solitude.

« A quoi les religieuses employaient-elles tout cet atti-
rail, qui rappelle assez bien ce qu'on a trouvé plus d'une
fois à Rome ou en Espagne, dans les caves de l'Inquisi-
tion ? C'est ce qu'établira peut-être l'enquête à laquelle
il est actuellement procédé par ordre de la Commune.

« Des fouilles, opérées dans un caveau situé tout près
du chenil où l'on avait enfermé la sœur Bernardine et
ses deux compagnes de captivité, ont, à ce que nous ont
affirmé les gardes nationaux, amené la découverte de
quelques ossements, que le médecin de l'établissement
lui-même aurait dû reconnaître pour des ossements humains. D'autres perquisitions ont amené la découverte
d'environ deux cents robes de toutes étoffes et de toutes
couleurs, et d'un souterrain qui faisait communiquer
le couvent des sœurs de Picpus avec un établissement
de religieux situé tout en face, de l'autre côté de la rue.

« Nous allions nous retirer, lorsque en traversant une
cour nous nous rencontrâmes avec une sœur blanche, qui,
sur notre demande, nous introduisit dans une grande
salle qu'elle nous a dit être le parloir. Déjà âgée, petite
et pâle, avec des yeux bleus clignotants, elle paraissait
fort effrayée et répondait avec un extrême embarras aux
questions que nous lui adressions, le plus courtoisement
possible. Elle ne sembla un peu rassurée que quand
elle vit arriver à son secours deux ou trois autres sœurs,
dont l'une, grande, brune et taillée en hercule, paraissait être le cardinal Richelieu de la troupe, bien qu'elle
ne fût que l'économe de la maison.

« Nous ne pûmes nous empêcher d'entamer avec cette
terrible nonne une sorte de dialogue, qui ne tarda pas
à ressembler à un interrogatoire dans lequel chacun de
nous posait ses questions. Nous lui avons tout naturellement parlé d'abord de cette espèce de resserre que
nous avons vue adossée au mur du jardin, et dans
laquelle sont établies deux cages garnies chacune d'un

grabat sans draps et sans couvertures, et tellement exiguës qu'il n'est même pas possible d'y faire tenir une chaise.

« Est-ce bien, lui demandâmes-nous, dans ce cloaque
« sans cheminée, et où on ne logerait pas une bête du
« Jardin des Plantes, que sont restées neuf ans les
« trois religieuses en question ?

« — C'est bien dans cette chambre qu'il vous plaît
« d'appeler une cage, répondit-elle avec calme ; mais
« elles avaient la permission de se promener dans le jar-
« din, une heure par jour ; elles rentraient, le soir, et
« couchaient dans la maison commune. »

« Le Richelieu dont nous parlons avait compris tout ce qu'il y avait de grave à avouer que trois vieilles femmes dormaient ainsi, à peu près en plein air, sur une affreuse paillasse. Il ne nous fut pas difficile de lui démontrer que, le lit tenant à lui seul toute la cage, il était évident que non seulement la prisonnière passait la nuit, mais forcément aussi toute la journée, sur cet affreux grabat.

« La sœur économe vit qu'elle se fourvoyait, et elle n'insista pas.

« Nous nous enquîmes alors des causes pour lesquelles trois Françaises, vivant à Paris, sous la protection des lois, avaient été séquestrées pendant plus de neuf années.

« Sœur Bernardine et sœur Victoire étaient folles,
« nous répondit-elle, et nous ne pouvions pas les garder
« avec les autres religieuses ; c'est pourquoi nous leur
« avions donné une habitation à part.

« — Mais, fîmes-nous, si elles sont folles, quand elles
« sont entrées dans votre couvent, elles ne l'étaient pas,
« car on ne les y aurait pas reçues ; et quand elles le
« sont devenues, au lieu de leur donner les soins qui
« auraient pu empêcher que leur état ne s'aggravât, on
« les a enfermées, pendant neuf ans, dans une niche à
« chien. Voilà une singulière façon de soigner les ma-
« lades. »

« La sœur essayait d'échapper à de plus longues investigations, en protestant de sa sincérité bien connue; mais
nous tenions à savoir quel motif elle pouvait bien alléguer relativement à la séquestration de la sœur Stéphanie,
qui, elle, jouit de tout son bon sens et se trouve actuellement à la caserne de Reuilly, sous la protection des
braves gardes nationaux qui l'ont tirée de cet enfer.

« Quant à la sœur Stéphanie, dit-elle, c'est autre chose,
« elle avait l'esprit d'indépendance.

« — L'esprit d'indépendance, fit un de nous, mais
« c'est là le meilleur des esprits; et quel crime cet esprit
« d'indépendance lui a-t-il fait commettre, pour qu'elle
« ait été soumise à une aussi épouvantable punition?...»

« Le reste ed la conversation porta sur les diadèmes
de fer rouillé, les sommiers munis de boucles et de
courroies rappelant le matelas sur lequel était étendu
Damiens, et le corsage de fer pouvant se serrer de façon
à couper la respiration la plus robuste.

« Ce sont des instruments d'orthopédie, répondit invariablement la sœur économe. Nous avons eu ici des
enfants contrefaits, et c'est au moyen de ces instruments que nous tâchons de les redresser.

« — Mais ce corsage en fer implique une poitrine
« de femme, et non une taille d'enfant.

« — Ce sont des instruments d'orthopédie.

« — Et ce petit berceau d'enfant nouveau-né qui a
« été découvert dans le bâtiment situé au fond du jardin,
« comment l'expliquez-vous?

« — C'était un berceau destiné à recevoir un petit
« Jésus de plâtre. C'est ce que nous appelons « faire des
« crèches ». Au reste, vous pouvez interroger notre
« médecin. »

« Nous ne pûmes tirer aucun autre éclaircissement
de ces filles de Dieu, qui se lançaient de temps en temps
des regards en dessous où perçait une malice mêlée

d'inquiétude. Nous ne faisons aucune difficulté d'avouer que le Bismark féminin auquel nous avons eu affaire était une femme forte sous tous les rapports et dans toute l'acception du mot.

« Avant de remonter en voiture, nous descendîmes dans une cave bondée de futailles et coupée de compartiments pleins de légumes, et notamment de pommes de terre.

« — Diable ! fit un assistant, pendant que les mères de « famille mouraient de faim à Paris, vous vous nour- « rissiez bien, vous autres ! »

« Cette réflexion, qui nous a paru résumer toute la moralité des corporations religieuses, termina notre visite. Trois des religieuses de Picpus nous accompagnèrent presque jusqu'à la porte... pour être bien sûres que nous nous en allions ; mais nous avons tout lieu de croire qu'elles n'auraient pas demandé mieux que de nous imiter, si la foule qui grondait dans la rue et le bataillon qui gardait leur seuil ne leur avaient fait comprendre qu'après avoir si bien emprisonné les autres, elles étaient, jusqu'au jour où la justice prononcera, prisonnières à leur tour. »

Tels sont les crimes et les mystères du couvent de Picpus, d'après le récit même des écrivains de la Commune. On y a trouvé, en résumé, trois religieuses folles, deux vieux lits orthopédiques et une crèche. C'était d'ailleurs tout ce qu'il fallait à Paris, à cette époque, pour être pillé, volé, emprisonné.

Pauvre congrégation de Picpus ! avec quel acharnement les sbires de l'hôtel de ville se sont rués sur elle ! Avant de piller les religieuses et de les enfermer comme ils le firent à Saint-Lazare, au nombre de quatre-vingt-quatre, ils en avaient pillé et emprisonné les religieux. Nulle part ils n'ont autant volé, montré autant de fureur, commis autant de sacrilèges. Dans l'église des religieux, ils ont mutilé une statue de la Sainte Vierge, fusillé une statue de saint Pierre et une statue de saint Joseph, brisé les reliquaires, enlevé les ostensoirs et les vases sacrés. Dans les cellules, ils ont coupé les bras des crucifix, décapité les images pieuses, brûlé papiers et livres. Ils ont arrêté tous les Pères et les ont tenus sous les verrous. Ils ont enfermé pendant deux jours dans un cachot le frère Liévin-Jacob, infirme. Ils ont mis le revolver sur la poitrine d'un autre (le frère Brunet) et l'ont sommé de jurer qu'il n'y avait pas de Dieu. « Eh bien, a dit tranquillement le frère, je jure qu'il y a un Dieu ! » Et ils ne l'ont pas tué, ont-ils dit, pour ne pas faire un martyr.

Un seul établissement religieux semblait avoir échappé au pillage et aux audacieuses violations. C'était l'école d'Albert-le-Grand, tenue par les dominicains d'Arcueil et transformée en ambulance dès le début du siège de Paris. Les fédérés blessés y avaient trouvé, durant deux mois, abri, secours et dévouement. La croix qui, pendant le premier siège, flottait sur les murs de l'école ne s'était point abaissée ; et, fidèle au sens que lui a donné la convention de Genève, elle avait été le drapeau de la neutralité entre l'armée de la tyrannie révolutionnaire et l'armée de la liberté nationale, comme elle l'avait été entre les soldats de la Prusse et ceux de la France. Chacun dans cette ambulance avait fait son devoir avec un zèle et une abnégation qui ne permettaient pas aux plus égarés d'ignorer quels cœurs recouvrait le froc blanc de saint Dominique. Il se trouva cependant un bataillon, le 101ᵉ, qui, cantonné dans le voisinage, accablait de vexations les ambulanciers ses voisins ; il les accusait d'avoir des intelligences avec Versailles. Composé en grande partie d'étrangers et de repris de justice dressés à tous les crimes, ce bataillon était commandé par Sérisier. C'est là une des figures les plus sinistres de cette triste époque.

Il avait passé la plus grande partie de sa vie militaire dans les compagnies de discipline, en Afrique. Avant la guerre, il menait l'existence la plus éhontée au milieu de ce que Paris renferme de plus ignoble et de plus corrompu. Industriel hardi et habile, et cependant toujours à court d'argent, sous des dehors fanfarons et bruyants, il cachait la plus insigne lâcheté. Tout cela se lisait sur sa face, tantôt illuminée par l'eau-de-vie, tantôt abrutie par l'absinthe. Il injuriait, il menaçait ; ses injures et ses menaces redoublèrent, à la suite de plusieurs événements dont s'émurent et s'inquiétèrent les insurgés. A l'avenue Rapp, c'est-à-dire à six kilomètres au moins d'Arcueil, une capsulerie faisait explosion. Dans la vallée de la Bièvre, divers postes avaient été enlevés à la baïonnette. Enfin, à quelques pas de l'école, le château de M. de La Place, transformé en caserne et occupé par les fédérés, avait été incendié. On trouva tout naturel de rendre responsables de faits si dissemblables les Dominicains d'Arcueil.

Ainsi donc, le 19 mai, sous prétexte que les Pères avaient mis le feu au château pour donner à l'ennemi un signal convenu, leur maison reçut la visite des citoyens Léo Meillet et Lucy Pyat, envoyés de la Commune de Paris et revêtus de l'écharpe rouge ; du Prussien Thaler, sous-gouverneur du fort de Bicêtre, et du commandant Sérisier. Sur l'ordre de Léo Meillet, le P. Captier, supérieur de la maison, dut comparaître. On lui présenta un mandat de la Commune n'alléguant ni plainte ni motif légal, mais signifiant à toutes les personnes de la maison, depuis le prieur jusqu'à la dernière servante de la cuisine, d'avoir à se mettre à la disposition des délégués. Une demi-heure fut accordée pour les préparatifs indispensables.

Alors s'organisa le fatal voyage. Les religieuses et les femmes au service de la maison furent dirigées d'abord sur la Conciergerie, puis sur la prison de Saint-Lazare, dernière station des femmes perdues. Quant aux Pères, aux professeurs et aux domestiques, on les conduisit au fort de Bicêtre, où ils furent enfermés dans une casemate. Ils y restèrent huit jours sans autre lit qu'un peu de paille, sans autre nourriture que du pain et de l'eau. Le 23 et le 24 mai, leur situation s'aggrava encore : ces infortunés furent privés de toute nourriture pendant deux jours. Le 24, l'abbé Féron, aumônier de Bicêtre, tenta courageusement une demande auprès de Léo Meillet, en faveur des infortunés religieux ; il fut repoussé et faillit être victime de l'incroyable sauvagerie de ces bandits.

Pendant que Léo Meillet se retranchait derrière une impuissance simulée pour refuser la liberté des Dominicains, le pillage de leur maison s'exécutait par ses ordres. Vers midi, le 120e bataillon, aidé par deux cents hommes du 160e, enlevait les scellés, brisait les portes, chargeait une douzaine de prolonges d'artillerie et huit voitures de réquisition avec les meubles, les vêtements, la caisse, etc., en un mot toutes les valeurs, estimées quatre-vingt mille francs environ, et les expédiait sur le fort de Bicêtre.

Telles sont les persécutions sur lesquelles la Commune de Paris s'est chargée de fonder la liberté de conscience. Ce qui est grave, ce n'est pas qu'un certain nombre de sectaires aient osé, dans l'ivresse de leur éphémère triomphe, commettre d'aussi nombreux attentats ; c'est qu'ils aient pu le faire impunément, en face d'une population de près de deux millions d'âmes, dont une partie applaudissait et l'autre partie se résignait. Le mal est profond, mais il faut presque rendre grâce à la Commune de l'avoir si clairement révélé.

IV

Pourquoi cette haine de la religion, cette proscription
absolue du prêtre, qui est peut-être le caractère le plus
saillant de la révolution du 18 mars? Est-ce seulement,
comme il est dit dans les considérants du décret du 2 avril,
parce que « le clergé a été le complice des crimes de la
monarchie, contre la liberté » ? Non, assurément. Bien
que l'on ait accusé le clergé de s'être montré favorable
au coup d'État de 1851, on ne saurait dire que pendant
les dernières années de l'Empire, sous l'influence des
affaires de Rome, son attitude fût plus bienveillante envers la monarchie de Juillet. Ce n'était donc pas, comme
l'ont écrit plusieurs écrivains catholiques, et en particulier
M. l'abbé Lamazou, ce n'était pas un sentiment de ran-
cune ou de vengeance politique qui déchaînait contre la
religion et ses ministres les colères de la Commune. Cette
hostilité systématique tient à des causes plus sérieuses et
remonte plus haut. Il faut voir là un symptôme de la ma-
ladie qui afflige notre temps, un acte réfléchi du matérialisme, qui, pour cheminer dans les masses, invoque
les traditions révolutionnaires de 93 et les dépasse même.

C'est aussi là ce qui explique la différence qui existe
entre l'insurrection de 1871 et les phases par lesquelles
a passé l'esprit révolutionnaire dans ses rapports avec
la religion. Les hommes de 93 avaient bien aboli le culte
catholique et persécuté les prêtres, mais ils ne prétendaient pas supprimer l'idée religieuse, ni même le culte,
qui est l'expression et le signe de toute religion. Ils
croyaient à l'Être suprême, ils célébraient des jours de
fêtes. La révolution de 1830, accomplie par les classes
moyennes, respecta la religion et s'abstint de persécuter
le clergé, bien qu'elle reprochât à ce dernier de s'être
associé trop intimement à la politique du régime qui

venait de tomber. En 1848, le peuple de Paris, tout frémissant encore d'une victoire qui l'étonnait lui-même, s'inclina devant un crucifix porté par un jeune élève de l'École polytechnique, et demanda respectueusement aux prêtres la bénédiction des arbres de la liberté. Les barricades s'étaient à peine abaissées que le P. Lacordaire, remontant dans sa chaire de Notre-Dame, voyait se presser autour de lui une foule inconnue, nouvelle, encore armée, qui, malgré la gravité du lieu, saluait par des applaudissements les accents de sa libre et fière éloquence. Et quand l'horizon se fut assombri, quand les faubourgs s'agitèrent de nouveau, quand l'ouvrier égaré par de détestables doctrines parla de ressaisir les armes, ce ne fut pas contre l'Église que se tournèrent les menaces de l'insurrection prête à éclater. Les excitations de quelques fanatiques restèrent sans écho. C'est que, à cette époque, le parti révolutionnaire français était plutôt politique que socialiste, il se contentait d'attaquer le Gouvernement sans s'inquiéter des choses religieuses, et sans prendre part aux discussions mystiques qui agitaient les démocrates d'un autre pays. Mais après 1848, les révolutionnaires français tournèrent rapidement au socialisme : ils reconnurent que le sentiment religieux est essentiellement rebelle à la prétendue régénération sociale. Ce fut l'exemple de la jeune Allemagne qui les poussa dans cette voie nouvelle. Dès 1840, cette dernière, qui avait établi ses quartiers généraux à l'abri de l'hospitalité helvétique, inscrivait dans son programme l'athéisme pur et simple. Les doctrinaires avaient compris que le socialisme rencontrerait dans l'idée religieuse l'adversaire le plus redoutable, et que pour préparer son triomphe il devait tout d'abord supprimer Dieu [1]. Comment ont-ils été conduits logiquement

1. Rien de plus instructif à cet égard que les publications fort

à cette conséquence? c'est ce qu'il est aussi intéressant qu'indispensable de rechercher.

En présence du spectacle complexe des choses humaines, il y a toujours eu des hésitations dans l'humanité. Tantôt l'ordre et la beauté du monde élèvent l'âme sur les ailes de la foi et de la prière vers cet être invisible que toute chose annonce et révèle. Tantôt le désordre et le mal, la misère et la brièveté du présent nous troublent, nous attristent, nous poussent à la défiance, au murmure, au désespoir. Dans cette hésitation, dans cette épreuve de la raison et de la volonté, les uns, soutenus par l'instinct légitime de la nature humaine ou, pour mieux dire, par le contact de Dieu à la racine de l'âme, vivent résignés à l'inévitable souffrance, maintiennent en eux l'idéal de la foi en la perfection infinie, substantielle, actuelle et vivante qu'ils espèrent posséder un jour. Les autres, malgré l'horreur qu'éprouve leur âme et les remords de leur raison, laissent étouffer en eux l'idéal par le spectacle de l'accident, la foi par la vue de l'obstacle, et, en réponse au doute, choisissent la négation. Ce sont là les deux races morales et intellectuelles qui aujourd'hui plus que jamais se partagent le monde. Il y a des esprits et des cœurs qui affirment, ce sont les chrétiens; il y en a qui nient, ce sont les socialistes. Et comme là est toute la question : Dieu ou non, oui ou non, les socialistes ont fait la guerre à Dieu sous le règne de la Commune ; ils ont voulu, comme ils le disaient eux-mêmes, le fusiller dans la personne de ses ministres, espérant, les insensés! changer ainsi l'ordre de choses qui repose sur son adorable et immuable volonté.

nombreuses de la jeune Allemagne et les comptes rendus des réunions fréquentes qu'elle tenait en Suisse, principalement à Lausanne, de 1840 à 1848. Le complot contre Dieu se déroule avec un cynisme absolu.

CHAPITRE III

ATTENTATS CONTRE LA LIBERTÉ INDIVIDUELLE.
GARANTIES DÉRISOIRES DONNÉES AUX DÉTENUS. — RAISON
DU DESPOTISME DE LA COMMUNE.

I

Lorsqu'ils persécutaient la religion avec tant de maladresse, les hommes de la Commune faisaient foin et litière du seul principe qui pouvait être pour eux un droit et une force, le seul que les sociétés modernes reconnaissent et qu'ils avaient eux-mêmes mille fois proclamé, la liberté. Devant une telle violation, les Parisiens se demandèrent, avec une inquiétude légitime, quelles garanties leur seraient laissées, puisqu'on ne respectait pas même la liberté la plus sacrée de toutes, puisqu'il n'était plus permis d'honorer le Dieu en qui l'on croit, de tel ou tel culte, lorsque ce culte ne trouble pas la paix publique.

Tout se tient dans l'ordre de la liberté; quand on s'en écarte une fois on n'y peut plus rentrer, et l'on arrive au despotisme de l'anarchie ou du trône. Dès qu'elle se mit à fermer les livres de prière et les églises, la Commune ne tarda pas en effet à fermer les codes et les tribunaux. Les maîtres de l'hôtel de ville ne se bornèrent pas à l'arrestation des prêtres ou des religieux; ils rendirent des décrets de suspicion, ils

proclamèrent la menace. Un pouvoir multiple, partagé
entre une Commune que désavouait un tiers de ses
membres élus, un Comité central qui fonctionnait sans
aucune apparence de mandat, et une Commission
exécutive qui s'était nommée elle-même, régissait despo-
tiquement la capitale et voulait faire la loi à la France.
Contre la force aveugle au service d'une puissance
occulte, il n'y avait plus aucune sécurité pour les citoyens
paisibles qui ne reconnaissaient qu'une autorité en
France, celle de l'Assemblée nationale. Pour eux, il n'y
avait plus ni lois, ni tribunaux, ni défense : la prison
seule leur restait, avec la perspective de la mort. La
liberté individuelle, ainsi que toutes les autres libertés
qui avaient fait le prétexte de l'insurrection du 18 mars,
n'existaient plus que dans les colonnes du *Journal
officiel* ou dans les proclamations affichées. Babick a
pris soin de nous l'apprendre, dans une dépêche
du 23 mars :

« Agissez avec fermeté contre la réaction ; ne craignez
pas d'arrêter, car vous serez dans l'esprit du Comité
central.... Prenez en tout une bonne initiative[1]. »

Les délégués n'y manquaient pas, secondés par la préfecture de police réorganisée par Duval. La prison était
la conséquence forcée de l'installation d'un état-major ;
Bergeret avait à la place Vendôme sa geôle et son
tribunal, sous la direction d'un sieur Dubois, « dont les
forces étaient épuisées, le 31 mars, après les interrogatoires de jour et de nuit[2] ».

Assi disait encore en séance :

« Tout être qui attaquerait la Commune par un moyen
quelconque n'aurait droit qu'à un coup de fusil[3]. »

---

1. Dépêches. — Archives. — Comité central.
2. Dépêches. — Archives. — État-major général, 31 mars.
3. *Conciliabules de l'hôtel de ville*, p. 29.

Le 29 mars, on commence à dresser des listes de proscription avec l'assentiment du Comité, en relevant dans tous les arrondissements les adresses de ceux que l'on supposait ennemis de la République [1], et le même jour, Duval, aidé de Raoul Rigault, fut autorisé à requérir la force publique pour maintenir l'ordre et « faire les perquisitions nécessaires pour trouver les gens hostiles qu'il jugera dangereux [2] ».

Voici le texte littéral de quelques notes prises au hasard dans le registre de la mairie du VIII⁸ arrondissement :

« Le citoyen Migeon, chargé du recensement du VIII⁸ arrondissement, *demeure* rue du Rocher, est venu informer, que le nommé... tenant le café du chalet, au Rond Point à refusé, sur sa demande, de signer la feuille du recensement. Il y a dans cette maison un personnel de sept ou huit jeunes gens dont le plus âgé peut avoir environ trente ans. Vu la nullité des affaires dans ce quartier, il y a urgence de voir pourquoi un personnel aussi nombreux. — Informer. » (En marge est écrit : Voir à six heures du soir.)

Plus loin : « Le citoyen Cormier, 45, rue du Rocher, est venu prévenir qu'à l'ambulance du presbytère de Saint-Augustin, il existe avec Versailles des relations journalières entre les sœurs et dames de cette ville. — Informer. »

Tous les jours des prêtres, des magistrats, des gendarmes, des citoyens de toutes les classes, étaient enfermés dans les prisons, sans mandat, sans motif et sans droit. L'insulte, les menaces, les mauvais traitements, ne leur étaient pas épargnés ; et ce ne fut pas seulement en vertu des ordres de la Préfecture de police, dirigée par Raoul Rigaul, que tant de citoyens

1. *Conciliabules de l'hôtel de ville*, p. 20.
2. *Conciliabules de l'hôtel de ville*. p. 21.

furent arrachés de leurs demeures; — tous les commissaires de police, les chefs de poste, de simples gardes
nationaux, sur de vagues indices, une dénonciation
anonyme, un propos, ordonnaient l'incarcération.

Sous prétexte d'arrêter les réfractaires et les agents
de Versailles, les fédérés saisissaient les passants
inoffensifs et les poussaient dans leurs geôles. Le 9 mai,
dans la soirée, stationnait sur le boulevard, à la hauteur
du nouvel Opéra, un groupe d'une vingtaine d'individus
qui venait de protéger une femme maltraitée par un
garde national ivre. lorsqu'une compagnie de marins de
la Commune, débouchant au pas de course de la rue
de la Paix, se sépara en deux escouades, entoura les
promeneurs et les conduisit au quartier général de la
place Vendôme. Personne ne résista. Ils furent inter-
rogés par le chef de poste, qui était un jeune homme
vêtu en officier de marine, et qui ricanait en voyant
la mine piteuse des prisonniers que l'on envoyait dans
une des caves de l'hôtel, convertie en *violon*.

Une arrestation odieuse entre toutes. fut celle du
président Bonjean. Il s'était toujours distingué par ses
idées tolérantes en religion, libérales en politique;
pendant la guerre, il avait, malgré son âge avancé, donné
l'exemple du patriotisme, et toutes les fois qu'il en
avait trouvé l'occasion, il avait fait acte de présence aux
fortifications et ailleurs. Le 21 mars il avait présidé la
chambre des requêtes. — Vers cinq heures du soir, on
alla le saisir chez lui et on le conduisit au Dépôt. Il
donna ses noms au greffe : Bonjean (Louis-Bernard), âgé
de soixante-six ans, né à Valence (Drôme); l'ordre d'é-
crou portait : « Au secret le plus absolu. »

Le 13 avril, l'infortuné Gustave Chaudey était écroué
au Dépôt et transporté à Mazas dès le lendemain. Le 7
avril, M. Kahn écroua, sous le numéro 1801, un certain
Victor, arrêté sans motif par ordre du citoyen Chapitel,

chef de bureau à la *permanence* ; subitement l'écriture
du livre d'écrou change, et le numéro 1802 est l'écrou de
M. Khan lui-même, que l'on enferma dans la cellule n° 11,
sous prétexte qu'il entretenait des intelligences avec
Versailles.

Parmi les individus arrêtés, on comptait encore, au
milieu d'un assez grand nombre d'individus obscurs et
inconnus, — gendarmes, sergents de ville, Frères de la
Doctrine chrétienne, religieux, gardes nationaux réfractaires, — M. Claude, le chef bien connu de la sûreté
publique, et deux commissaires de police, MM. Thomas
de Coligny et Dodreau, qui furent enfermés à la prison
de la Santé.

Un tel état état de choses plongeait les Parisiens
honnêtes dans la stupeur. Leur angoisse s'accrut encore
lorsqu'ils virent la Commune s'efforcer de remplacer la
conscription par le raccolement arbitraire et forcé.
Partout on traquait les hommes, même ceux de la
province de passage à Paris, et jusqu'aux étrangers,
pour les incorporer de force dans les bataillons de la
garde nationale. Malheur à qui résistait : rue de
Trévise, un passant ainsi arrêté faisait observer au
prétorien qu'il avait dépassé l'âge de la garde nationale.
Pour toute réponse, celui-ci lui passa sa baïonnette à
travers le corps et le cloua au mur. Toutes les polices
étaient sur pied, tous les citoyens étaient invités à la
dénonciation. La cour martiale, dont l'institution était
sans doute une liberté nouvelle, avait pour but de soutenir le zèle de tous, d'effrayer les officiers qui refusaient
le service, et de les obliger à contraindre les hommes
qui ne voulaient pas marcher au combat. Qu'importait
que les fusils, placés entre leurs mains, fussent des armes
fratricides chargées et dirigées contre l'honneur même
de la France, contre son autonomie et sa puissance !

Peut-on concevoir une tyrannie à la fois plus exécrable

et plus inepte? Ce n'était pas seulement en face de la patrie que la Commune plaçait les soldats contraints à entrer dans sa milice; elle les mettait en présence de leurs parents et de leurs frères et elle leur ordonnait de tirer sur eux. Elle n'avait aucun droit pour commander. Elle se croyait la force, elle n'admettait pas de refus. Elle prétendait que des citoyens paisibles, qui avaient protesté par leur abstention contre le nouvel ordre de choses, et qui ne l'avaient jamais reconnu, des hommes qui estimaient l'Assemblée, le vrai gouvernement de la patrie, et qui tenaient l'armée de Versailles pour une armée française, marchassent contre cette armée et contre ce gouvernement, et s'empressassent même, à l'occasion, de combattre et d'égorger leurs frères avec leurs concitoyens.

Que lui importait le deuil des familles, la désolation de la foule qui, après chaque combat, se pressait dans les cimetières et cherchait un des siens parmi les victimes non encore reconnues! Nous n'oublierons jamais le lugubre tableau qui s'est offert un jour à nos yeux dans le cimetière de l'Est. Sur une longue ligne, dans une profonde tranchée, étaient rangés des cercueils dont le nombre s'accroissait à chaque instant. Un accès était ménagé, sous la surveillance des gardes nationaux, aux parents et aux amis qu'une poignante inquiétude amenait à cet endroit. Ces visiteurs anxieux défilaient silencieusement, levaient les couvercles des cercueils, en bois blanc extrêmement mince, et cherchaient des traits connus. Un gémissement profond, un cri d'angoisse, indiquait qu'un père, un fils, un frère, venait d'être retrouvé. La plupart des corps étaient ceux d'hommes d'un certain âge, pères de famille. Presque tous étaient affreusement mutilés, criblés de balles, hachés par des éclats d'obus.

Ces victimes et cette douleur ne faisaient qu'accroître

la rage de suspicion, de dénonciation et d'arrestation qui ne se produisit pas seulement au dehors de la Commune. Dans son propre sein, on vit des membres se surveiller, s'emprisonner et se condamner à l'envi. Assi, Lullier, Bergeret, Clément, Allix, passaient tour à tour de l'hôtel de ville à Mazas, pour y rentrer bientôt à la sourdine, comme par la porte des artistes de leur comédie. Un jour la Commune, effrayée, reconnaissait dans un de ses membres un capucin défroqué. La Convention avait toléré Chabot; la Commune expulsa Panille, dit Blanchet, et le remit en cellule pour crime d'ex-capucinade. Une autre fois, c'était Rossel arrêté et remis en garde au citoyen Gérardin. Une heure après, le geôlier et le prisonnier s'échappaient ensemble, et Bergeret offrait de les poursuivre, espérant sans doute les reprendre et s'évader avec eux. Cluseret, Brunel, Mégy, Mortier, Clémence, Lebeau, Lemaçon, chef d'état-major au ministère de la guerre, et autres, goûtèrent tour à tour des douceurs de la Conciergerie, de Mazas et du Cherche-Midi. On n'épargnait même pas les républicains les plus sincères : M. Schœlcher ayant commis l'imprudence de venir de Versailles, pour juger l'état de Paris dont il était le représentant, fut emprisonné et n'obtint qu'après de grandes difficultés son élargissement.

Quelles garanties avaient sous la Commune ces détenus qui devenaient chaque jour plus nombreux[1]? Il semblait naturel qu'on s'empressât de leur en donner quelqu'une. Il n'en fut pas ainsi ; et les hommes de l'hôtel de ville se contentèrent, par le décret suivant, qu'ils firent attendre plus de huit jours, de remettre

---

1. Dans les derniers jours, le nombre des détenus était tel au Dépôt, que l'on avait été obligé de les réunir non seulement dans les cellules et les salles communes que le règlement leur attribue, mais qu'on les avait enfermés dans les salles communes des femmes. Celles-ci étaient parquées au premier étage dans ce que l'on appelle l'*annexe*, section réservée où l'on place de préférence les jeunes filles que l'on veut isoler.

au délégué à la justice le soin d'interroger l'individu arrêté et de le faire écrouer ou relâcher :

« La Commune de Paris,

« Considérant que s'il importe pour le salut de la République que tous les conspirateurs et les traîtres soient mis dans l'impossibilité de nuire, il n'importe pas moins d'empêcher tout acte ambitieux ou attentatoire à la liberté individuelle,

« Décrète :

« Art. 1ᵉʳ. Toute arrestation devra être notifiée immédiatement au délégué de la Commune à la justice, qui interrogera ou fera interroger l'individu arrêté, et le fera écrouer dans les formes régulières s'il juge que l'arrestation doit être maintenue.

« Art. 2. Toute arrestation qui ne sera pas notifiée dans les vingt-quatre heures au délégué de la justice sera considérée comme une arrestation arbitraire, et ceux qui l'auront opérée seront poursuivis.

« Art. 3. Aucune perquisition ou réquisition ne pourra être faite qu'elle n'ait été ordonnée par l'autorité compétente ou ses organes immédiats, porteurs de mandats réguliers, délivrés au nom des pouvoirs constitués par la Commune.

« Toute perquisition ou arrestation arbitraire entraînera une arrestation de ses auteurs.

« Paris, le 14 avril 1871. »

On le voit, les garanties données à la liberté individuelle par ce décret sont dérisoires ; les détenus se trouvaient à la merci d'un seul homme, et cet homme était le citoyen Protot, l'homme selon le cœur du Père Duchêne. Le délégué à la justice, qui se heurtait d'ailleurs au délégué à la sûreté générale, toujours disposé à trouver les arrestations trop peu nombreuses, se borna à faire mettre en liberté un certain nombre d'individus arrêtés avant le 18 mars pour délits de droit commun. Quant à l'article 2 du décret du 14 mars, qui menaçait de poursuites les auteurs d'arrestations arbitraires, il resta lettre morte pendant toute la durée de la Commune ; le premier garde national venu était libre d'arrêter qui il voulait, et jamais ses excès de zèle ne lui attiraient le moindre reproche, à moins qu'un haut personnage de la Commune ou du Comité central n'en fût l'objet.

Le premier tribunal régulier fut établi par le citoyen Cluseret, délégué à la guerre ; c'était une cour martiale composée du colonel Rossel, président ; du colonel Henry, du colonel Razoua, du lieutenant-colonel Collet, du colonel Chardon et du lieutenant Boursier, membre du Comité central.

Cette cour martiale, formée le 16 avril, à cause « des nécessités de la guerre », et en présence « de l'impossibilité de traduire devant le conseil des légions, non encore existant, les cas exceptionnels, qui exigent une répression immédiate », avait une procédure sommaire qui fut réglée par un arrêté en date du 17 avril[1].

---

1. « TITRE PREMIER. — *De la procédure devant la cour martiale.*

« Art. 1er. La police judiciaire martiale est exercée par tous magistrats, officiers ou délégués, procédant de l'élection, dans l'exercice des fonctions que leur assigne leur mandat.

« Art. 2. Les officiers de police judiciaire reçoivent, en cette qualité, les dénonciations et les plaintes qui leur sont adressées.

« Ils rédigent les procès-verbaux nécessaires pour constater le corps du délit et l'état des lieux. Ils reçoivent les déclarations des personnes présentes ou qui auraient des renseignements à donner

« Ils se saisissent des armes, effets, papiers et pièces, tant à charge qu'à décharge, et, en général, de tout ce qui peut servir à la manifestation de la vérité.

« Art. 3. Ils sont autorisés à faire saisir les inculpés, les font conduire, immédiatement, à la prison du Cherche-Midi, et dressent procès-verbal de l'arrestation, en y consignant les noms, qualités et signalement des inculpés.

Ces dispositions n'étaient pas une vaine menace. La cour martiale exista et fonctionna aussitôt. Ses arrêts, d'une extrême rigueur, étaient irrévocables et exécutés sur l'heure.

« Art. 4. Les officiers de police judiciaire martiale ne peuvent s'introduire dans une maison particulière, si ce n'est avec l'assistance du juge de paix, ou de son suppléant, ou du maire, ou d'un adjoint, ou du commissaire de police.

« Art. 5. Chaque feuillet du procès-verbal, dressé par un officier de police judiciaire martiale, est transmis sans délai, avec les pièces et documents, à la cour martiale.

« Art. 6. Les actes et procès-verbaux, dressés par les officiers de police judiciaire martiale, sont transmis sans délai, avec les pièces et documents, à la cour martiale.

« Art. 7. La poursuite des crimes et délits a lieu d'office, d'après les rapports, actes ou procès-verbaux dressés conformément aux articles précédents.

« Art. 8. La cour désigne pour l'information, soit un de ses membres, soit un rapporteur qu'elle choisit ; l'information a lieu d'urgence et sans aucun délai.

« Art. 9. L'accusé est défendu.

« Le défenseur choisi par l'accusé ou désigné d'office a droit de communiquer avec l'accusé ; il peut prendre, sans déplacement, communication des pièces de la procédure.

« Art. 10. Les séances sont publiques.

« Art. 11. Le président a la police des audiences, les assistants sont sans armes.

« Les crimes ou délits commis à l'audience sont jugés séance tenante.

« Art. 12. Le président fait amener l'accusé.

« Art. 13. Le président fait lire par le greffier les pièces dont il lui paraît nécessaire de donner connaissance à la cour.

« Art. 14. Le président fait appeler ou amener toute personne dont l'audition paraît nécessaire ; il peut aussi faire apporter toute pièce qui lui paraît utile à la manifestation de la vérité.

« Art. 15. Le président procède à l'interrogatoire de l'accusé et reçoit les dépositions des témoins.

« Le rapporteur est entendu.

« L'accusé et son défenseur sont entendus ; ils ont la parole les derniers.

« Le président demande à l'accusé s'il n'a rien à ajouter pour sa défense, et déclare que les débats sont terminés.

Elle débuta par l'affaire d'un sieur Gigot, chef du 74ᵉ bataillon, qui avait refusé, disait-on, de se rendre à la porte Maillot pour combattre. Comme l'accusé n'avait pas de défenseur, un avocat de province, M. Barse, qui

« Art. 16. La culpabilité est résolue à la majorité des membres présents ; en cas de partage, l'accusé bénéficie du partage.

« Art. 17. L'arrêt est prononcé en séance publique.

« Art. 18. Tout individu acquitté ne peut être repris ou accusé à raison du même fait.

« Art. 19. Tous frais de justice sont à la charge de la Commune.

« Art. 20. Le rapporteur fait donner lecture de l'arrêt à l'accusé par le greffier, en sa présence et devant la garde rassemblée sous les armes.

« Art. 21. L'arrêt de condamnation est exécuté dans les vingt-quatre heures après qu'il a été prononcé, ou, dans le cas de condamnation à mort, dans les vingt-quatre heures après la sanction de la commission exécutive.

« Art. 22. Toutes assignations, citations et notifications aux témoins, inculpés ou accusés, sont faites par tous magistrats, officiers ou délégués procédant de l'élection, requis à cet effet par le rapporteur.

« TITRE. II. — *Des crimes, des délits et des peines.*

« Art. 23. Les peines qui peuvent être appliqués par la cour martiale sont :

« La mort,

« Les travaux forcés,

« La détention,

« La réclusion,

« La dégradation civique,

« La dégradation militaire,

« La destitution,

« L'emprisonnement,

« L'amende.

« Art. 24. Tout individu condamné à la peine de mort par la cour martiale est fusillé.

« Art. 25. La cour se conforme, pour les peines, au Code pénal et au Code de justice militaire.

« Elle applique en outre la jurisprudence martiale à tous faits intéressant le salut public. »

était venu à la séance d'ouverture des audiences de la
Cour, pour étudier sur le vif ce qui allait se passer devant
cette juridiction terrible, s'offrit spontanément. On le
présenta à un jeune homme dont l'attitude était grave,
et qui avait une certaine vivacité dans le regard.

« Inscrivez-vous, dit-il, il nous faut des défenseurs ;
l'homme qu'on vient d'amener n'en a pas. Voulez-vous
être le sien ?

— Déjà, sans instruction ?

— Aussitôt pris, aussitôt jugé.

— Et sera-t-il aussitôt pendu ? »

Le jeune homme regarda son interlocuteur sévèrement ?

« Voulez-vous défendre cet homme, voyons ?

— A qui ai-je l'honneur de parler ? demanda à son
tour l'avocat.

— Au président de la Cour martiale, le commandant
Rossel. »

L'avocat comprit que c'était sérieux.

« Je ne demande pas mieux, citoyen président, dit-il,
que de défendre cet homme ; mais, je vous le répète,
veuillez ordonner une instruction ou, du moins, faites-
moi communiquer son dossier ; donnez-moi l'autorisation de le voir lui-même à la prison, et je viendrai à
la barre au jour fixé. »

Rossel haussa imperceptiblement les épaules, et ri-
posta sèchement :

« Vous ne vous rendez donc pas compte de ce que
c'est que la *Cour martiale*, monsieur ? Cet accusé a commis
une infraction, aujourd'hui, à cinq heures du soir ; on
l'a emprisonné à sept heures ; on va le juger à dix heures,
et demain matin, à cinq heures, il sera fusillé.

— Quoi ! condamné d'avance !

— L'infraction est flagrante !

— Alors pourquoi une défense ?

— Il en faut une.

— Pour la forme ?

— Soit. Comprenez ceci : nous sommes en marche militaire, nous siégeons sur des caisses de tambour. On n'en finirait pas s'il fallait instrumenter et avocasser.

— C'est trop raide !

— C'est de la fermeté ! dit Rossel avec aplomb. Un militaire qui n'a pas obéi à un ordre, je n'en fais pas plus de cas que d'un chien, d'un lièvre, d'un loup ou d'une brute dont il faut se défaire. Si l'on avait été comme cela pendant le siège, Paris n'aurait pas eu besoin de se rendre. »

La séance fut ouverte, et les formes ordinaires de la justice pour ce qui touche la tenue des séances, c'est-à-dire les formes extérieures de la tenue orale, les bagatelles de la porte, furent observées.

Mais le plaignant, le témoin et l'accusateur n'étaient qu'un seul et même individu, celui qui, en qualité de supérieur, avait donné l'ordre auquel l'accusé n'avait pas obéi, qui avait fait la dénonciation et requis l'arrestation ; celui enfin qui portait la parole et demandait la condamnation.

L'accusé était un ouvrier du faubourg Saint-Antoine ; il fit valoir, en termes grossiers, les motifs de son refus d'obéir à un ordre mal libellé. C'était un amphigouri comique qui provoquait à chaque instant les rires de l'auditoire.

Rossel, qui présidait, vêtu en bourgeois, ne riait pas. « Citoyens ! s'écria-t-il, je ne veux pas de ces interruptions tout au plus bonnes dans un club ! » Et il reprit en peu de mots l'accusation. Le malheureux était coupable d'avoir fait manger la soupe à ses hommes sur la place Vendôme, et d'avoir perdu ainsi une heure, au lieu d'aller immédiatement à la porte Maillot.

Rossel emmena la Cour dans la Chambre des délibérations, et revenant peu de temps après, il se couvrit d'un petit chapeau rond et lut un jugement condamnant l'accusé Gigot à la peine de mort, pour refus d'obéir à un ordre, en présence de l'ennemi.

La Commune, sur la demande de plusieurs de ses membres, se contenta de le faire emprisonner. Et comme les arrestations continuaient malgré le décret du 14 avril, dont le citoyen Protot s'inquiétait fort peu d'assurer l'exécution, elle ne put faire autrement que d'entendre les plaintes qui s'élevaient de tous les côtés ; le 20 avril, un de ses journaux officieux disait :

« Dans sa sollicitude pour la liberté individuelle, la Commune, outre sa commission de justice (qui ne faisait absolument rien pour protéger les détenus), a institué une commission d'enquête, composée des citoyens Breslay, Gambon, Miot, pour visiter les prisons, les maisons de refuge et les hospices d'aliénés. »

Parler de la sollicitude de la Commune pour la liberté individuelle, à l'occasion d'une commission qu'on savait d'avance ne devoir rien faire, l'épigramme était dure. Ce fut seulement le 22 avril, que fut voté un décret réglant la formation du jury d'accusation, institué depuis le 7 avril ; le voici :

« La Commune de Paris,

« Considérant que si les nécessités de salut public commandent l'institution de juridictions spéciales, elles permettent aux partisans du droit d'affirmer les principes d'intérêt social et d'équité qui sont supérieurs à tous les événements :

« Le jugement par les pairs ;

« L'élection des magistrats :

« La liberté de la défense,

« Décrète .

« Art. 1er. Les jurés seront pris parmi les délégués

de la garde nationale, élus à la date de la promulgation du décret de la Commune de Paris, qui institue le jury d'accusation.

« Art. 2. Le jury d'accusation se composera de quatre sections, comprenant chacune douze jurés tirés au sort, en séance publique de la Commune de Paris, convoquée à cet effet. Les douze premiers noms sortis de l'urne composeront la première section. Il sera tiré en outre, pour cette section, huit noms supplémentaires, et ainsi de suite pour les autres sections. L'accusé et la partie civile pourront seuls exercer le droit de récusation.

« Art. 3. Les fonctions d'accusateur public seront remplies par un procureur de la Commune et par quatre substituts, nommés directement par la Commune de Paris.

« Art. 4. Il y aura auprès de chaque section un rapporteur et un greffier nommés par la Commission de justice.

« Art. 5. L'accusé sera cité à la requête du procureur de la Commune; il y aura au moins un délai de vingt-quatre heures entre la citation et les débats.

« L'accusé pourra faire citer, même aux frais du trésor de la Commune ses témoins à décharge. Les débats seront publics. L'accusé choisira librement son défenseur, même en dehors de la corporation des avocats. Il pourra proposer toute exception qu'il jugera utile à sa défense.

« Art. 6. Dans chaque section, les jurés désigneront eux-mêmes leur président pour chaque audience. A défaut de cette élection, la présidence sera dévolue par la voie du sort.

« Art. 7. Après la nomination du président, les témoins à charge et à décharge seront entendus. Le procureur de la Commune ou ses substituts soutiendront l'accusation. L'accusé et son conseil proposeront la défense. Le président du jury ne résumera pas les débats.

« Art. 8. L'examen terminé, le jury se retirera dans la chambre de ses délibérations. Les jurés recevront deux bulletins de vote portant :

« Le premier, ces mots : l'accusé est coupable ; le second, ces mots : l'accusé n'est pas coupable.

« Art. 9. Après sa délibération le jury rentrera dans la salle d'audience. Chacun des jurés déposera son bulletin dans l'urne ; le scrutin sera dépouillé par le président ; le greffier comptera les votes et proclamera le résultat du scrutin. L'accusé ne sera déclaré coupable qu'à la majorité de huit voix sur douze.

« Art. 10. Si l'accusé est déclaré non coupable, il sera immédiatement relaxé.

« Art. 11. Toutes citations devant le jury et toutes notifications quelconques pourront être faites par les greffiers des sections du jury d'accusation. Elles seront libellées sur papier libre et sans frais. »

Ce décret ne passa pas sans protestation. On demanda que, pour offrir une réelle garantie aux accusés, les jurés fussent, non pas pris parmi les délégués de la garde nationale, mais nommés par les électeurs. La réponse du délégué Protot fut incorrecte, mais nette : « Nous nous adressons à la garde nationale, se trouvant être (*sic*) les citoyens les plus intelligents et les plus dévoués à notre cause. » Un seul membre de la Commune, Arthur Arnould, montra dans cette circonstance une lueur d'humanité et de bon sens. Il demanda que les circonstances atténuantes fussent admises, et qu'on ne votât pas en bloc et à la première lecture un décret de onze articles, qui intéressait la vie des citoyens ; mais la Commune passa outre.

III

Comme toutes les révolutions, le mouvement du 18 mars, s'était fait au nom magique de liberté, mais jamais moins qu'alors ce mot n'exprima une réalité; jamais chez aucun peuple il ne fut plus ironiquement interprété.

Un poète a comparé la liberté à une forte femme qui marche au pas de charge et qui fait des barricades. Les Américains se la représentent volontiers assise sur une balle de coton avec un traité de commerce à la main. Les Espagnols la font consister à jouer de la guitare en chantant faux, les Turcs à fumer dans une pipe en regardant le Bosphore. En France, l'opinion la plus répandue c'est que la liberté n'est que le droit de vexer le prochain.

Sous tous les gouvernements, il en a été ainsi; avec la Commune ce fut bien autre chose. Ses partisans se donnèrent en deux mois toutes les libertés de leurs rêves. On avait promis non seulement « la garantie absolue de la liberté individuelle, de la liberté de conscience », mais toutes les autres libertés. On avait proclamé « la liberté du travail » et les ouvriers furent contraints par la force d'abandonner l'atelier pour aller faire le coup de feu; « l'intervention permanente des citoyens dans les affaires communales pour la libre défense de leurs intérêts », et aux réunions publiques qui essayèrent de se tenir on opposa les baïonnettes; les journaux voulurent parler, et, comme nous allons le voir, on leur imposa silence par la suppression et les arrestations. On avait annoncé « la fin du militarisme et du fonctionnarisme, » Paris ne fut plus régi que par la loi militaire; les affiches comminatoires signées de de mille et un fonctionnaires couvrirent les murs; la personne et le domicile des citoyens furent à la merci du premier venu qui s'intitulait délégué de la Commune.

La Commune, cependant, avait un besoin de liberté, c'était son but, et un besoin d'autorité, c'était son moyen. D'où vient que, la crise étant donnée, l'autorité entre ses mains est allée jusqu'au despotisme et la liberté jusqu'à l'anarchie? D'où lui est venu ce double accès despotique : cet accès dictatorial et cet accès anarchique?

« Blâmez, répond Victor Hugo, pour expliquer ce fait monstrueux qu'il appelle une oscillation prodigieuse, blâmez, si vous voulez, mais vous blâmez l'élément. Ce sont des faits de statique sur lesquels vous dépensez de la colère. La force des choses se gouverne par A plus B et les déplacements du pendule par le compte du mécontentement.

« Ce double accès despotique, despotisme d'assemblée, despotisme de foule, cette bataille inouïe entre le procédé à l'état d'empirisme et le résultat à l'état d'ébauche; cet antagonisme inexprimable de but et de moyen, la Convention et la Commune le représentent avec une grandeur extraordinaire. Elles font visible la philosophie de l'histoire.

« La Convention de France et la Commune de Paris sont deux quantités de révolution. Ce sont deux valeurs, ce sont deux chiffres : C'est l'A plus B dont nous parlions tout à l'heure. Deux chiffres ne se combattent pas, ils se multiplient. Chimiquement, ce qui lutte se combine Révolutionnairement aussi.

« Ici l'avenir se bifurque et montre ses deux têtes. Il y a plus de civilisation dans la Convention et plus de révolution dans la Commune. Les violences que fait la

Commune à la Convention ressemblent aux douleurs utiles de l'enfantement.

« Un nouveau genre humain, c'est quelque chose. Ne marchandons pas trop qui nous donne ce résultat.

« Devant l'histoire, la révolution étant un lever de lumière venu à son heure, la Convention est une forme de la nécessité, la Commune est l'autre ; noires et sublimes formes vivantes, debout sur l'horizon, tant de clarté derrière tant de ténèbres, l'œil hésite entre les silhouettes des deux colosses.

« L'un est Léviathan, l'autre est Béhémoth. »

L'enfantement d'un nouveau genre humain ! Votre amour de l'antithèse vous égare, ô poète ! Ce qu'il y a de vrai dans ces lignes léviathanesques, que vous avez eu le courage d'écrire au moment où le canon grondait, où la fusillade crépitait, où le sang inondait les rues de l'infortuné Paris, c'est que ce double accès, despotisme et anarchie, fut, sous la Commune athée, une forme de la nécessité. Dès qu'on a ôté à l'homme le droit divin, plus rien ne le couvre et ne protège sa liberté ; nul droit humain ne lui reste, il est impunément insulté, il sera bientôt immolé et profané. Coupez la dernière attache qui lie la loi civile à Dieu, cette loi tout humaine ne garde rien d'humain. Le naturalisme prétend vainement, en politique comme en religion, refaire l'homme bon et libre de la nature, il ne produit que l'homme fauve et l'homme esclave : nous venons de contempler à l'œuvre la démocratie sans Dieu. Encore quelques jours, et 1871 étonnera 1793.

CHAPITRE IV

Dans les âges héroïques de l'Église, entre deux persécutions, entre celle qui finissait et celle qui pouvait surgir, les chrétiens employaient leur temps à rechercher pieusement les traces des martyrs, à visiter les lieux témoins de leur supplice, à recueillir les paroles tombées de leurs lèvres et consacrées par la mort. Ainsi faisons-nous à cette heure, nous, prêtre de cette Église de Paris qui vient de renouveler son antique splendeur dans le sang de ses ministres, répandu pour témoigner que la cruauté inepte des bourreaux, aussi bien que la vertu et le courage des apôtres, est de tous les temps.

Après le grossier interrogatoire qu'on lui avait fait subir, l'Archevêque de Paris fut écroué avec M. l'abbé Lagarde au dépôt de la Préfecture, et, en même temps que Monseigneur et son grand-vicaire, M. le président Bonjean et divers ecclésiastiques : M. Deguerry, les P. P. jésuites, deux prêtres des Missions étrangères et plusieurs séminaristes de Saint-Sulpice.

La Conciergerie fut donc la première station des otages dans la voie douloureuse. Il n'est pas sans intérêt de s'y arrêter un instant avec eux.

« Les cellules de cette prison, dit M. l'abbé Dignat, qui a eu l'honneur d'y séjourner à cette époque, ont toutes la même dimension, et l'ameublement de l'une ne diffère en rien de l'autre. On peut y faire six pas en long et deux pas et demi en large, ce qui représente une superficie de neuf à dix mètres environ ; elles ont trois mètres d'élévation, et elles sont légèrement cintrées au plafond. A droite, en entrant, en forme d'amphore et soudé au mur, est un objet de première nécessité, mais fort incommode, parce que l'aération n'est pas suffisante. Un peu plus loin, se trouve un lit de fer également attaché au mur. La couche se compose d'une paillasse très mince, d'un matelas plus mince encore, d'un traversin et de deux couvertures, couleur de cachot. Chacun de ces objets porte écrit, en grosses lettres, le mot : Prisons. Au fond de la cellule, à un mètre et demi du parquet, deux petits vasistas à charnières s'ouvrent par le haut de l'extérieur à l'intérieur ; mais comme la coulisse en fer qui les retient ne permet qu'une ouverture de vingt centimètres, le soleil ne visite jamais les prisonniers.

« Au coin de gauche et au fond, est un petit calorifère pour l'hiver ; en revenant vers la porte, sous le bec de gaz, se trouve une petite étagère, à charnières, qui sert de table et qui peut se rabattre ; il y a enfin, un tabouret en bois, attaché au mur avec une grosse chaîne qui permet de l'avancer jusqu'auprès de l'étagère, quand elle est relevée, mais pas plus loin. Comme on a pu le remarquer, tout est enchaîné dans la cellule, pour rappeler sans cesse au prisonnier qu'il est lui-même privé de liberté. La vaisselle est aussi simple que le mobilier : un petit pot de terre noire, contenant un demi-litre pour mettre le vin qu'on achète à la cantine quand elle passe, un petit gobelet de fer-blanc, une cuiller en bois et un bidon plein d'eau. A mi-hauteur de la porte et, en dedans, est une petite étagère surmontée d'un guichet qui s'ouvre en dehors. Le guichet est percé au milieu d'un petit trou évasé en dedans, qui permet au gardien de voir, sans ouvrir la cellule, ce que fait le détenu.

« Quant à la nourriture des prisonniers, elle est insuffisante. A l'aube du jour, un gardien entre dans la cellule pour éteindre le gaz ; il est suivi d'un domestique qui enlève les balayures réunies par chaque détenu sur le seuil de la chambre, et place en même temps un bidon rempli d'eau pour la journée. A six heures et demie, on fait passer aux prisonniers un pain de munition à travers le guichet. A neuf heures, on leur verse dans un vase en fer-blanc deux doigts d'une eau chaude et presque claire qui a l'odeur de pois ou de haricots, et qui annonce la ration de trois heures après-midi. Une fois on deux par semaine, ce bouillon aux herbes est remplacé par un liquide froid qui a un peu le goût de viande, et les légumes du soir par un morceau de bœuf froid salé. »

Tels sont la règle et l'ordinaire de la maison ; heureusement qu'ils furent adoucis par la charité chrétienne.

Une femme dévouée, Mme Coré, dont le mari était, avant le 18 mars, directeur du dépôt de la Préfecture, se mit à la disposition des otages pour leur faire avoir du linge, des aliments, de l'argent. Elle s'attacha surtout à être utile à l'Archevêque et à sa sœur. Grâce à elle, l'infortuné prélat était dans des conditions matérielles aussi bonnes que possible en prison.

Monseigneur et la plupart des otages ne firent que passer à la Conciergerie. Le 6 avril, assez tard dans la soirée, une voiture cellulaire, partagée en huit cases soigneusement fermées et séparées les unes des autres, emportait à Mazas l'Archevêque, M. l'abbé Lagarde, M. Bonjean, M. Allard, M. Crozes, et les PP. Ducoudray, Clerc et de Bengy. Quant à la sœur de l'Archevêque, elle fut conduite à Saint-Lazare beaucoup plus tard.

Les Parisiens connaissent les voitures de la Préfecture, ils les ont vues quelquefois circuler dans les rues ; mais ils ne se doutent guère des souffrances qu'éprouvent les personnes qui y sont enfermées. Être enserré dans une case où l'on manque d'air, où le moindre mouvement vous fait heurter une des quatre planches qui vous étreignent, c'est se sentir encore vivant dans un cercueil, et pour peu que le trajet soit long, le malheureux reclus peut perdre connaissance.

Tel fut cependant le traitement qu'on ne rougit pas d'infliger à l'Archevêque de Paris ! Ses misérables persécuteurs se refusèrent absolument de lui épargner cette cruelle humiliation. Mais la main secourable qui avait déjà fait éprouver à Monseigneur sa généreuse assistance, adoucit encore pour lui les nouvelles rigueurs de la Commune. A dater de ce jour, nous croyons écrire un épisode des catacombes. L'Église est bien toujours féconde en âmes généreuses ; mais c'est l'épreuve surtout qui met à nu le fond des cœurs, et si d'une part, il y a dans le martyre une patience plus grande que dans toutes les douleurs, il y a dans les chrétiens une charité plus forte que la mort.

Aussitôt que Mme Coré apprit que l'Archevêque allait quitter la Conciergerie, elle voulut le voir ; elle parvint, après de grandes difficultés, jusqu'à sa cellule.

« Monseigneur, lui dit-elle, vous partez pour Mazas.

— Je le sais, répondit-il.

— Du courage, Monseigneur, ne vous formalisez pas de ce que je vais vous dire. Vous êtes sans doute sans argent ?...

Sur un signe affirmatif de l'Archevêque :

— Voulez-vous me faire le plaisir et l'honneur de partager avec moi ? »

Il accepta et lui dit :

« Merci, mon enfant; je laisse ma sœur captive ici, pouvez-vous me promettre d'être sa sœur pendant la durée de ces terribles événements ? »

Elle lui en donna l'assurance formelle, et, tout en larmes, se mit à genoux.

L'Archevêque étendit la main et lui donna sa bénédiction.

En même temps, s'organisait en faveur des Jésuites et des séminaristes restés au dépôt un petit service de ravitaillement et de correspondance, et il fonctionna sans relâche jusqu'à la fin. Trois fois par semaine on apportait des provisions; on sut mieux faire encore, nous le verrons, bientôt.

Quand Monseigneur et les sept autres prisonniers, partis avec lui de la Conciergerie, entrèrent à Mazas, une double ligne de soldats armés bordait le pourtour de l'espace qu'ils avaient à franchir pour arriver au vestibule de la prison. Cet appareil militaire, déployé pour l'incarcération de quelques prêtres et d'un magistrat sans armes, n'était de la part de la Commune qu'une fanfaronnade burlesque. — On écroua séparément les prisonniers dans une cellule d'attente dont une porte donnait sur le principal bureau. Après une grande heure, cette porte s'ouvrit et ils se trouvèrent en face de trois employés. Celui qui paraissait le chef les fit approcher, et leur fit décliner leurs noms, prénoms, pendant que les deux autres écrivaient avec lui leurs réponses. Cette formalité remplie, Monseigneur demanda qu'on voulût bien lui donner un ecclésiastique pour compagnon de cellule; on le lui refusa. Un gardien montra alors aux prisonniers le chemin qu'ils devaient suivre.

A l'extrémité d'un long couloir, s'élève une rotonde assez spacieuse et terminée en forme de dôme. Elle ouvre de six ou huit côtés dans son pourtour une voie qui introduit dans autant de corps de bâtiment. Au centre du rond-point, est un bureau d'inscription entouré de colonnes en pierres supportant un plafond. Au-dessus, se trouve un bel autel en marbre blanc que l'on peut apercevoir depuis les couloirs de chaque aile : c'est la chapelle de la prison.

Au bureau de la rotonde, on remit à chaque détenu un billet sur lequel on inscrivit son nom, et en même temps un employé lui montra la direction qu'il devait prendre. Peu après, un autre, l'arrêtant au passage, le fit entrer dans une cellule qui renferme une baignoire ; et, sur son refus de prendre un bain, il le conduisit à sa cellule définitive.

L'ameublement de ce nouveau séjour ne diffère en rien de celui de la Conciergerie. Le lit plus que simple consiste uniquement dans une sangle qui s'attache à des anneaux de fer, fixés aux parois des murs, d'une largeur à l'autre de la cellule : c'est un véritable hamac qu'il n'est pas permis de tendre durant le jour. Le régime de la maison est exactement le même qu'à la Préfecture. Seulement, à Mazas, tout est moins propre, surtout la vaisselle en fer-blanc. L'isolement, la solitude, y sont aussi plus complets. Au dépôt, le guichet de la porte demeure ouvert, une partie de la journée; à Mazas, il est constammen fermé. Au dépôt, les domestiques servent le repas ; à Mazas, on confie ce soin aux gardiens de service eux-mêmes. Toutes les mesures sont prises pour que le prisonnier ne reçoive aucune nouvelle, n'entende rien du dehors, ne voie personne, même du coin de l'œil, parmi ses compagnons de captivité. C'est le régime cellulaire dans toute sa rigueur.

A partir du 15 avril, les prisonniers eurent la faculté

de se promener chaque jour pendant environ une heure ; mais toutes les précautions étaient prises pour les empêcher de communiquer, et ils étaient l'objet d'une surveillance incessante. Il leur était bien difficile de savoir qui ils avaient pour voisin de cellule. Au dépôt, dès les premiers jours de leur captivité, les otages s'étaient vus privés, contrairement à ce qui se fait d'ordinaire pour les détenus, de la faculté d'écrire et de recevoir des lettres. A Mazas, on finit par se relâcher de cette sévérité, mais la correspondance était soumise à un examen.

Pour compléter ces indications sur le règlement, il ne sera pas inutile de faire connaître la manière dont il est exécuté et de donner une idée des vexations gratuites qu'on y ajoute. « On a forgé ici, dit l'un des otages, tout un système de molestations. Soient quelques exemples : le hasard, une maladresse peut-être d'un gardien, si vous le voulez, vous laisse la possibilité d'entrevoir un ami codétenu; pouvez-vous ne pas lui faire de loin un simple sourire? Aucune parole n'a été échangée. Aussitôt une rude et solennelle objurgation vient vous faire froncer les sourcils. Vous recevez de la ville des provisions en nature et en espèces pour vous et pour un ami. Impossible de rien faire parvenir à cet ami qui est là, à quatre pas, en face même de votre cellule : « La règle s'y oppose, vous dit-on.— Portez au directeur.— Je n'ose. »En disant ce mot, le gardien jette un regard furtif au fond du couloir comme pour voir si personne ne l'observe durant ce court dialogue. « Voilà une lettre pour la poste. — Ah ! ce n'est pas l'heure. —Quelle est l'heure? — Huit heures. » Vous reprenez votre lettre et attendez au lendemain à huit heures. Le jour suivant, voici un autre gardien. « Une lettre, s'il vous plaît. — Ah ! l'heure est passée. — Quelle est l'heure ? — Sept heures. » C'est justement alors que la veille vous remettiez votre lettre. Je vous citerais mille traits de ce genre. Pour définir ce système de molestations incessantes infligées au prisonnier, je dirai que c'est « la persécution la mieux organisée que l'on connaisse ». Elle est étudiée avec un soin parfait ; elle est savante avec un art raffiné ; elle est appliquée avec une froide politesse ; en un mot elle va droit au but. C'est le supplice lent du détenu ; elle l'agace, l'irrite, le décourage, lui fait maudire justement ce système[1]. »

Tel est le régime de Mazas, et voilà comment furent traités les otages, pendant plus de deux mois. Aucune distinction ne fut faite entre eux et les malfaiteurs de droit commun, c'est-à-dire entre les membres les plus éminents du clergé et de la magistrature de France, et le voleur qui s'est emparé d'une montre, ou l'assassin qui, sous l'influence de l'ivresse, a tué un camarade. Ils avaient les uns et les autres la même cellule étroite, le même lit, le même mobilier, — une chaise et une petite table, — et, ce qui fut peut-être le plus pénible, ils étaient soumis à la même surveillance incessante. Les gardiens les observaient à toute heure de jour et de nuit, pendant le jour par le judas des portes, et, la nuit, les portes des cellules devaient rester ouvertes et le gaz allumé, pour que les gardiens, qui se promenaient dans les corridors, pussent s'assurer par un coup d'œil de la présence des prisonniers.

Cette manière de traiter les détenus politiques était inouïe et choquante. On avait déclaré expressément qu'ils étaient de simples otages. Or, les otages ont été, de tout temps, considérés comme des victimes et non comme des coupables. Chez les peuples anciens, les otages étaient libres dans leurs demeures, ils recevaient leurs amis et continuaient leurs travaux. Sous la première République, ils étaient réunis et conversaient en-

1. *Deux mois de prison,* page 67 et suiv.

semble. Les Prussiens eux-mêmes, qui se sont montrés si implacables contre la France, dans la guerre de 1870, ont traité les otages qu'ils ont pris avec certains égards. Mais les chefs de l'insurrection de 1871 ont voulu se montrer les dignes émules des plus fameux tyrans dont l'histoire fasse mention. Il y avait, parmi eux, un certain nombre de fanatiques, des hommes pour lesquels le seul fait d'être prêtre, et, à plus forte raison, d'être archevêque, est un crime que l'emprisonnement dans une cellule de malfaiteur punit avec trop de modération. Quel autre prétexte pouvait-on alléguer pour maintenir ce genre de prisonniers dans une cellule destinée aux criminels, au lieu de les placer en lieu sûr, mais de manière à les faire jouir du confort, nous ne voulons pas dire commandé par leur position sociale, mais auquel ils avaient droit comme hommes qui n'étaient inculpés d'aucun crime ou délit ?

Loin de chercher à adoucir les rigueurs de ce triste séjour, les gardiens avaient au contraire reçu l'ordre exprès de les aggraver pour Monseigneur. Aussi ces misérables infligeaient-ils, chaque jour, de nouvelles tortures à leur illustre prisonnier. Tantôt ils venaient devant sa cellule, et, là, se disaient entre eux des choses abominables ; une autre fois, sous prétexte de parler de Paris, ils donnaient sur la ville les détails les plus extravagants et les plus sinistres. Ils racontaient avec une atroce volupté les soi-disant cruautés des Versaillais, et semblaient vouloir en faire retomber toute la responsabilité sur l'Archevêque et ses prêtres. Un jour, M. l'abbé Hogan, dont nous avons déjà apprécié la charité, étant venu l'entretenir de diverses affaires, il ne put voir Monseigneur que dans le cabinet du directeur. On y amena le prélat comme un prisonnier vulgaire ; et, quand il entra dans la pièce, aucune des personnes présentes ne lui donna la moindre marque

de civilité ; on ne mit même pas de siège à sa disposition, et l'Archevêque de Paris aurait été obligé de se
tenir debout, si M. Hogan ne lui eût offert sa chaise.
— Malgré ses instances réitérées, Monseigneur n'avait
pu jusque-là obtenir de table pour écrire. Bien plus,
on lui avait retiré jusqu'à son bréviaire, et on avait eu
soin de le placer dans la cellule la plus petite et la
plus malsaine. Qu'on juge, en présence d'une solitude
aussi complète et d'un tel désœuvrement, combien devaient être longues et pénibles les journées et les nuits !
La prière, sans doute, et la méditation en remplissaient
la plus grande partie ; mais quelque pieux, quelque
saint que l'on soit, on ne peut pas toujours prier et
méditer, et le malheureux prélat a dû parfois trouver
bien dures certaines heures.

Un curé de Paris, qui avait été arrêté et mis au secret
comme ses confrères de captivité, ayant été relâché, nous
avouait que cet isolement complet est épouvantable, et
que, si on ne l'avait pas délivré, il en serait devenu fou.
Il n'est donc pas étonnant que la santé de Monseigneur,
déjà si délicate, se soit promptement détériorée. Du
reste, indépendamment du régime de la prison les tortures morales, que Mgr Darboy a eu à subir, auraient
suffi pour abattre l'homme le plus robuste. Les gens
de la Commune ne savaient pas, ils ne pouvaient pas
savoir quelle douleur c'était, pour l'évêque, de voir
son autorité sacrée méconnue, l'Église entière atteinte
par l'attentat commis contre sa personne, ses prêtres emprisonnés, ses églises dépouillées ou fermées, sans qu'il
lui fût possible, du fond de sa prison, de se rendre
compte de l'étendue de cette persécution, et du développement qu'elle pouvait prendre encore.

Sous l'influence de ces causes diverses, le mal fit
même de tels ravages que le médecin en chef de la prison dut intervenir et déclarer aux bourreaux de l'Arche-

vêque que, s'ils ne plaçaient pas le prisonnier dans
une autre cellule, et s'ils ne lui permettaient pas
de suivre un autre régime que celui de la prison, dans
quinze jours ils n'auraient plus qu'un cadavre. Cette
perspective déconcerta un peu les potentats de l'Hôtel
de ville. Dans leur haine contre la religion et le clergé,
ils ne demandaient pas mieux que de faire souffrir l'Archevêque, mais ils ne voulaient pas encore sa mort ; ils
l'avaient pris comme otage dans la pensée que, pour
obtenir sa liberté, le gouvernement de Versailles ferait
grâce à quelques-uns des leurs retenus captifs.

Monseigneur fut donc transféré dans une cellule plus
vaste et plus aérée; on lui permit alors d'avoir une
table pour écrire et même des livres, et il put recevoir
ses repas du dehors. Mme Corée, secondée par M. Picard, chef du bureau central des contributions indi-
rectes, chez qui elle avait dû se réfugier, fit alors chaque
jour, à tout instant, les efforts les plus courageux, les
plus ingénieux, pour soulager le sort des malheureux
prisonniers. Deux fois, elle fut menacée dans sa liberté,
comme il résulte des notes trouvées dans les bureaux
du dépôt; mais ni les difficultés ni les menaces n'ébran-
lèrent son dévoûment. A plusieurs reprises, elle vit
l'Archevêque par la lucarne de sa cellule, et elle lui
fit parvenir des nouvelles de sa sœur, quand celle-ci fut
réfugiée à Nancy. De son côté, Monseigneur réussissait
quelquefois à faire donner des siennes à Mlle Darboy.

II

Quelque triste que fût l'état de la santé de l'Archevêque, jamais sa force d'âme n'en fut ébranlée. Il
justifia le mot prophétique prononcé à son sujet par

Mgr Parisis : « Il y a dans ce prêtre l'étoffe d'un héros[1]. » M. Hogan, qui le visita plusieurs fois dans sa prison, nous a rapporté sa fière réponse, quand on lui demanda, au nom de la Commune, ce qu'il désirait : « Je ne demande qu'une chose, c'est qu'on me dise pourquoi je suis ici. »

Un correspondant du *Times*, qui put alors visiter Monseigneur, exprimait ainsi à ce journal toute l'admiration que lui avait inspirée l'auguste captif :

« Nous avons été frappés de l'énergie des prisonniers, bien que mon compagnon et moi, nous eussions eu l'occasion de constater souvent le courage déployé par les aumôniers français exerçant leur ministère sur le champ de bataille. L'Archevêque causait presque aussi gaiment dans sa triste cellule qu'il aurait pu le faire dans son palais, et il discutait les chances qu'il avait de perdre la vie avec une voix aussi calme que s'il s'agissait d'une police d'assurance. »

Même au temps où rien ne pouvait faire prévoir à Mgr Darboy les souffrances qui l'attendaient, il suffisait d'un coup d'œil jeté sur sa personne, pour reconnaître en lui un martyr depuis longtemps touché de la grâce divine. La dernière fois qu'il avait visité Jules Janin parmi ses livres, celui-ci était très malade; et, comme il remerciait le prélat de l'honneur qu'il lui faisait : « Il faut bien, lui répondit Monseigneur, obéir à la loi sainte qui nous ordonne de visiter ceux qui souffrent. » Puis, lorsque l'illustre critique, qui voulait aussi faire honneur et plaisir à l'Archevêque lui montra un magnifique exemplaire (aux armes royales) des *Oraisons funèbres* de Bossuet, où le grand évêque avait laissé sa signature, l'Archevêque ouvrit d'une main tremblante

1. Ce mot se trouvait textuellement dans le dossier de Mgr Darboy, envoyé de Langres à l'archevêché de Paris.

et pleine d'émotion ces pages immortelles : « Ah !
s'écria-t-il, quand on songe qu'un pauvre homme tel
que moi tient la clef de la chaire de Bossuet ! » Il lut,
tout bas, deux ou trois pages de l'oraison funèbre
d'Henriette d'Angleterre, avec un avant-goût d'immor-
talité. « Là, disait-il de la vie future, le soleil ne se tait
jamais ! » Il entendait parler le soleil ! Hélas ! en ces
geôles où il est plongé, le martyr n'entend plus maintenant que des soupirs et de profonds gémissements.
Jusqu'à son dernier jour, il n'entendra plus que d'horribles langages : il ne verra plus que des âmes abominables ; il n'aura plus d'espérance ici-bas !

Telle était aussi, dans cet air de mort, la sérénité des
autres prisonniers. Un soir, Ferré, Rigault et quelques-
uns de leurs amis, après avoir fait un dîner dont la
carte à payer s'élevait à 228 francs, s'amusèrent à visiter
le dépôt. Ferré ouvrit le guichet de la cellule n° 6 et
dit : « Monsieur Bonjean ! Monsieur Bonjean ! voulez-
vous vous sauver ? je suis surveillant, Garreau est couché, voulez-vous filer ? » M. Bonjean s'approcha et
répondit : « Je suis las, laissez-moi reposer. » Une autre
fois, dans la nuit du 4 au 5 avril, les mêmes exécrables
polissons revinrent ; ce fut encore Ferré qui ouvrit le
guichet de M. Bonjean et qui cria : « Eh bien ! mon
vieux, comment trouves-tu le bouillon ? — Qui êtes-vous,
vous qui me parlez ainsi ? — Nous sommes des gens fatigués parce que nous arrivons de Versailles ; nous
avons flanqué Thiers dans la pièce d'eau des Suisses, et
nous avons empalé le gros Picard ; ton tour viendra
bientôt, ne t'impatiente pas. — Jeunes gens, répliqua
M. Bonjean, laissez dormir un vieillard ! »

Les lettres des otages ecclésiastiques attestent le
calme de leur âme, leur gaîté même ; à certaines heures,
ils chantaient, comme autrefois les premiers chrétiens
à la veille de mourir.

Le 17 avril, le P. Olivaint écrit à un de ses frères :

« Cher ami, j'ai reçu votre bonne lettre; elle m'a fait grand plaisir. Remerciez bien pour moi toutes les personnes qui s'intéressent à mon sort. Dites-leur bien que je ne suis pas du tout à plaindre. Santé assez bonne; pas un moment d'ennui dans ma retraite, que je continue jusqu'au cou; je suis au treizième jour, en pleine Passion de Notre-Seigneur, qui se montre bien bon pour ceux qui essayent de souffrir quelque chose avec lui. De plus en plus soyons à Dieu. Je ne sais rien de mes compagnons. Je compte sur les livres que je vous ai demandés. Amitiés à tous. A vous de cœur. »

Le 29, le P. Caubert nous initie à la vie de Mazas :

« Ma santé, jusqu'à présent, s'est bien maintenue. Du reste, j'ai tout ce qui m'est nécessaire et même au delà. En outre, le moral sert à fortifier le physique, en donnant du courage et des forces; or, c'est ce qui m'arrive, car je me sens plein de confiance en Dieu, et très heureux de faire sa volonté dans ce qu'il me demande actuellement.

« Au surplus, le régime de la prison, malgré son côté austère et sévère, n'est pas en soi nuisible à la santé. On nous fait prendre l'air tous les jours pendant une heure, isolément et à notre tour. Les estomacs délicats peuvent se procurer les aliments dont ils ont besoin. Deux fois par semaine, on nous donne du bouillon et un morceau de bœuf. Il y a dans la maison de la propreté, de l'ordre, de la régularité. On a pour les personnes les égards qui paraissent convenables; enfin il y a dans toute la maison un ensemble qui fait honneur au directeur, puisque tout dépend de lui, et qui rend témoignage de sa sollicitude. Tous les jours, on peut aller à la visite du médecin et du pharmacien. Il y a une bibliothèque renfermant un assez grand nombre de livres très variés, et chacun peut en demander pour s'occuper.

« Quant aux détails du ménage, ce que je reçois est
très suffisant et je n'ai pas besoin d'autre chose. Il faut
d'ailleurs simplifier les envois pour ne pas encombrer
ma cellule, où je dois mettre tout un peu pêle-mêle ».

Vraiment, le P. Caubert, aussi bien que ses compagnons de captivité, voyaient Mazas du bon côté parce
qu'ils le prenaient en bonne part. Jamais on ne les sur-
prend se plaindre de rien, ni de personne. A les entendre, tout est bien, et tout le monde est bon pour
eux. Ils souffrent, sans doute ; mais comme ils patien-
tent, ils souffrent moins que d'autres, et comme ils espèrent, ils souffrent mieux.

Et cependant, avant d'écrire ces lignes, nous avons,
nous aussi, suivi l'itinéraire des martyrs. Nous avons
vu à Mazas ces longues nefs à triple étage, à double
galerie, rayonnant autour d'un centre, et des deux
côtés, à tous les étages, toutes ces portes armées de
verrous et munies du guichet réglementaire, et ces
étroites cellules dont nous avons déjà fait l'inventaire.
Quant au fameux promenoir si souvent mentionné dans
les lettres des captifs, qu'on se figure de petits préaux
triangulaires, fermés d'une grille en avant et de murs
sur les deux autres côtés, sans abri d'ailleurs et sans
autre siège qu'un cube de pierre posé dans un coin :
les détenus, pendant leur récréation solitaire, ne peuvent entrevoir absolument personne, si ce n'est sur le
belvédère du milieu, le gardien qui les surveille.

Pour que les otages aient été contents à Mazas, il fallait qu'ils fussent vraiment de la race des martyrs !
C'est ce que révèle d'une manière extrêmement glorieuse
pour la congrégation de Picpus une lettre du P. Radi-
gue, écrite le 5 mai au R. P. Bousquet, son supérieur
général. On croirait lire une épître retrouvée dans les
écrits de saint Ignace d'Antioche.

« Mon très révérend Père,

. . . .

« Je suis maintenant fier de me trouver à la suite de
tant d'illustres confesseurs, qui ont rendu témoignage
à Jésus-Christ. Je pense au glorieux Apôtre Pierre dans
la prison Mamertime ; tous les jours je baise avec amour
un *fac simile* de ses chaînes, que je suis heureux de
posséder. Je pense au grand saint Paul, en lisant ses
souffrances dans les Actes et dans les Épîtres. Ce que je
souffre n'est rien en comparaison ; c'est beaucoup
pour moi, parce que je suis faible. Je passe en revue
tant d'autres saints et de saintes qui sont loués pour
avoir souffert ce que je souffre, et je me demande alors
pourquoi je ne me trouverais pas heureux de ce qui a
fait la félicité des saints. Les fêtes de chaque jour me
fournissent encore des encouragements. Comment se
plaindre en disant l'office de saint Athanase ? et aujour-
d'hui, comment n'être pas glorieux de porter un peu
de cette croix dont on célèbre le triomphe ? Je pense à
la Congrégation dont tous les membres prient pour nous ;
je pense à vous surtout, bien-aimé Père, qui souffrez
autant que nous de nos souffrances. Je suis tout joyeux
de tenir votre place ici et de vous savoir en sûreté ;
vous pouvez consoler la famille et la diriger. Je tâche
de m'unir au saint Sacrifice célébré dans nos chapelles,
aux adorateurs et aux adoratrices qui nous remplacent
au pied du saint Tabernacle. Je me suis orienté ; et
comme Daniel se tournait vers Jérusalem, je me tourne
vers les sanctuaires de la maison mère, et j'adore avec
les membres de la famille qui y sont encore, hélas !
aussi, dans la captivité. »

Une seule douleur désolait ces généreux confesseurs
pendant qu'ils souffraient ainsi pour l'Église et pour la
France, c'était d'être privés de la messe et de la com-

munion. « Si j'étais petit oiseau, écrivait l'un d'eux,
j'irais tous les matins entendre la messe quelque part,
et je reviendrais volontiers dans ma cage ».

Que ne peut la charité de Dieu! une fois de plus, il
voulut bien, comme dit Bossuet, chercher d'autres voiles
et d'autres ténèbres que ces voiles et ces ténèbres mystiques dont il se couvre volontairement dans l'Eucha-
ristie. On joignit aux provisions de bouche envoyées à
Mazas quelques hosties consacrées, et ainsi, en dépit de
la surveillance des sbires de la Commune, le Christ
pénétra dans la cellule des pauvres prisonniers. Quelle
joie pour leur cœur! Il faut lire la lettre ou plutôt
l'hymne écrit par le P. Clerc après qu'il eut reçu quatre
hosties consacrées :

« Tout est arrivé en parfait état, et tout était disposé avec une industrie et une adresse admirables.
J'aime mieux laisser à votre piété le soin de se retracer
ma joie que d'essayer de le faire par ma plume. Mais
je crois bien pouvoir dire que je défie tous les évènements. Il n'y a plus de prison, il n'y a plus de solitude,
et j'ai confiance que si Notre-Seigneur permet aux méchants de satisfaire toute leur haine et de prévaloir pendant quelques heures, il prévaudra sur eux, en ce mo-
ment-là même, par le plus faible et par le plus vil
instrument.

« Ah! mon Dieu, que vous êtes bon! et qu'il est vrai
que la miséricorde de votre cœur ne sera jamais démentie!

« Je n'avais pas osé concevoir l'espérance d'un tel
bien : posséder Notre-Seigneur, l'avoir pour compagnon
de ma captivité, le porter sur mon cœur et reposer sur le
sien comme il l'a permis à son bien-aimé Jean. Oui, c'est
trop pour moi, et ma pensée ne s'y arrêtait pas. Et cependant cela est...

«Ah! prison, chère prison, toi dont j'ai baisé les murs
en disant : *Bona Crux*, quel bien tu me veux! Tu n'es

plus une prison, tu es une chapelle. Tu n'es plus même une solitude, puisque je n'y suis pas seul, que mon Seigneur et mon roi y demeure avec moi.

« Oh! dure toujours ma prison qui me vaut de porter mon Seigneur sur mon cœur, non pas comme un signe, mais comme la réalité de mon amour avec lui. J'avais l'espérance que Dieu me donnerait la force de bien mourir; aujourd'hui, mon espérance est devenue une vraie et solide confiance. Il me semble que je peux tout en celui qui me fortifie et qui m'accompagnera jusqu'à la mort. Le voudra-t il? Ce que je sais, c'est que s'il ne le veut pas, j'en aurai un regret que rien ne pourra calmer.... »

Le P. Ducoudray clot cette correspondance de Mazas l'*alleluia* dans le cœur et le *fiat* sur les lèvres :

« J'ai tout reçu. Quelle surprise! Quelle joie! Je ne suis pas seul! Notre-Seigneur pour hôte dans ma petite cellule! Et c'est vrai, *Credo!* Je me suis cru au jour de ma première communion, et je me suis surpris fondant en larmes. Depuis quarante-cinq jours, j'étais privé d'un si riche bien, de mon seul trésor! Je me renferme dans mon cénacle, et je voudrais bien, après ces jours qui nous séparent de la Pentecôte, revoir la lumière du ciel...»

Oui, Martyrs de Jésus-Christ, vous deviez revoir la lumière du ciel, et c'était pour aller dans la sainte patrie de vos âmes! Telle était la perspective qui faisait tressaillir de joie un jeune séminariste de Saint-Sulpice, M. Paul Seigneret, dont M. Bouet vient de retracer l'innocente vie en des pages émues. Sous la même impression que ses nobles compagnons de captivité, M. Seigneret écrivait dans les premiers jours de mai à un directeur de Saint-Sulpice, M. Sire :

« Vous avez vu sans doute les discours prononcés à l'Hôtel de ville après le renversement de la colonne Vendôme. Les journaux auront reproduit cela en province;

nos pauvres familles doivent être épouvantées. Ce sont
elles qui sont à plaindre et non pas nous.

« Pour nous, la Commune sans qu'elle s'en doute, nous
a fait tressaillir d'espérance avec ses menaces. Serait-il
donc possible qu'au commencement seulement de notre
vie, Dieu nous tînt quittes du reste, et que nous fussions
jugés dignes de lui rendre ce témoignage du sang, plus
fécond que l'emploi de mille vies! Heureux le jour où
nous verrons ces choses, si jamais elles nous arrivent!
Je n'y puis penser sans larmes dans les yeux. »

Ces nobles paroles, souvent publiées depuis la mort
du saint jeune homme, ont valu à sa modeste mémoire
l'honneur assurément bien inattendu, mais qu'on a jugé
mérité, d'attirer l'attention des personnes les plus illustres et les plus compétentes en matière de noble langage. Le 7 décembre 1871, à la séance de réception de
M. Xavier Marmier à l'Académie française, M. Cuvillier-
Fleury, a cité, en terminant son discours, ces lignes
qu'anime un si généreux enthousiasme; et son éloquente péroraison a été vivement applaudie par l'auditoire.

CHAPITRE V

I

Sous l'influence de l'esprit anti-social qui les animait, les gens de la Commune n'avaient pas même conscience du caractère odieux de leurs procédés envers leurs otages. Non seulement ils ne rougirent pas de traiter d'une manière indigne le premier pasteur du diocèse, mais ils osèrent bien aller dans son cachot lui demander des lettres pour M. Thiers, en lui faisant entrevoir des représailles, des exécutions par l'émeute, si ce qu'ils prétendaient obtenir n'était pas accordé. Et le principal rédacteur de leur *Journal officiel* ne pouvait trop admirer l'homme habile qui croyait avoir trouvé le moyen de forcer la main au chef de l'État. Or voici ce qu'on demandait.

Par une étrange fatalité, l'homme qui avait été condamné à mort pour la cause de la Révolution et de l'idée communale, Blanqui, était séquestré dans une prison ignorée, à l'heure même où cette révolution triomphait. La Commune en fut frappée, et, à la prière

d'un ami du conspirateur, le citoyen Flotte, elle résolut
de demander l'élargissement de Blanqui. C'est alors que
s'ouvrit cette négociation autour de laquelle on a fait
tant de bruit, et qu'il est temps d'approfondir avec plus
de calme.

Le 12 avril, M. l'abbé Lagarde, qui partageait à
Mazas la captivité de son Archevêque, fut chargé par
Monseigneur d'aller porter à M. Thiers une lettre dans
laquelle il sollicitait l'échange de M. Blanqui, malade
et prisonnier, contre divers otages de la Commune de
Paris. Le vicaire général accepta cette mission de grand
cœur, avec l'espérance que ce serait peut-être un premier pas dans la voie d'une conciliation.

M. Lagarde, parti le 12, ne put arriver à Versailles
que le 13 ; il remit aussitôt la lettre suivante à M. Thiers,
en ajoutant quelques mots inspirés par la religion et le
dévoûment :

« Prison de Mazas, 12 avril 1871

« Monsieur le Président,

« J'ai l'honneur de vous soumettre une communication
que j'ai reçue hier soir, et je vous prie d'y donner la
suite que votre sagesse et votre humanité jugeront la
plus convenable.

« Un homme influent, très lié avec M. Blanqui par
certaines idées politiques et surtout par le sentiment
d'une vieille et solide amitié, s'occupe activement de
faire qu'il soit mis en liberté. Dans cette vue, il a
proposé de lui-même, aux commissaires que cela concerne, cet arrangement : si M. Blanqui est mis en
liberté, l'Archevêque de Paris sera rendu à la liberté
avec sa sœur, M. le Président Bonjean, M. Deguerry,
curé de la Madeleine, et M. Lagarde, vicaire général
de Paris, celui-là même qui vous remettra la présente

lettre. La proposition a été agréée, et c'est en cet état qu'on me demande de l'appuyer près de vous.

« Quoique je sois un peu dans cette affaire, j'ose la recommander à votre haute bienveillance ; mes motifs vous paraîtront plausibles, je l'espère.

« Il n'y a déjà que trop de causes de dissentiment et d'aigreur parmi nous ; puisqu'une occasion se présente de faire une transaction, qui du reste ne regarde que les personnes et non les principes, ne serait-il pas sage d'y donner les mains et de contribuer ainsi à préparer l'apaisement des esprits ? L'opinion ne comprendrait peut-être pas un tel refus.

« Dans les crises aiguës comme celle que nous traversons, des représailles, des exécutions par l'émeute, quand elles ne toucheraient que deux ou trois personnes, ajoutent à la terreur des uns, à la colère des autres et aggravent encore la situation. Permettez-moi de vous dire, sans autres détails, que cette question d'humanité mérite de fixer toute votre attention, dans l'état présent des choses à Paris.

« Oserai-je, Monsieur le Président, vous avouer ma dernière raison ? Touché du zèle que la personne dont je parle déployait avec une amitié si vraie en faveur de M. Blanqui, mon cœur d'homme et de prêtre n'a pas su résister à ses sollicitations émues, et j'ai pris l'engagement de vous demander l'élargissement de M. Blanqui le plus promptement possible. C'est ce que je viens de faire.

« Je serais heureux, Monsieur le Président, que ce que je sollicite ne vous parût point impossible ; j'aurais rendu service à plusieurs personnes, et même à mon pays tout entier.

« G. DARBOY, Archevêque de Paris. »

M. Thiers promit une réponse pour le lendemain, et la bienveillance de son accueil donnait un certain espoir ; mais ce jour-là, lorsque M. Lagarde se présenta pour recevoir cette réponse, une autre lettre de Monseigneur, apportée par M. l'abbé Bertaut, curé de Montmartre, avait gravement modifié les dispositions de la veille.

Voici cette seconde lettre :

« De Mazas, 8 avril 1871.

« Monsieur le Président,

« Hier vendredi, après un interrogatoire que j'ai subi à Mazas où je suis détenu en ce moment, les personnes qui venaient m'interroger m'ont assuré que des actes barbares avaient été commis contre des gardes nationaux par divers corps de l'armée dans les derniers combats : on aurait fusillé les prisonniers et achevé les blessés sur le champ de bataille. Ces personnes, voyant combien j'hésitais à croire que de tels actes pussent être exercés par des Français contre des Français, m'ont dit ne parler que d'après des renseignements certains.

« Je pars de là, monsieur le Président, pour appeler votre attention sur un fait aussi grave, qui peut-être ne vous est pas connu, et pour vous prier instamment de voir ce qu'il y aurait à faire dans des conjonctures si douloureuses. Si une enquête forçait à dire qu'en effet d'atroces excès ont ajouté à l'horreur de nos discordes fratricides, ils ne seraient certainement que le résultat d'emportements particuliers et tout individuels. Néanmoins, il est possible peut-être d'en prévenir le retour, et j'ai pensé que vous pouvez plus que personne prendre à ce sujet des mesures efficaces.

« Personne ne trouvera mauvais qu'au milieu de la lutte actuelle, étant donné le caractère qu'elle a revêtu dans ces derniers jours, j'intervienne auprès de tous ceux qui peuvent la modérer ou la faire finir.

« L'humanité, la religion me le conseillent et me l'ordonnent.

« Je n'ai que des supplications ; je vous les adresse avec confiance.

« Elles partent d'un cœur d'homme qui compatit depuis plusieurs mois à bien des misères ; elles partent d'un cœur français que les déchirements de la patrie font douloureusement saigner ; elles partent d'un cœur religieux et épiscopal qui est prêt à tous les sacrifices, même à celui de la vie, en faveur de ceux que Dieu lui a donnés pour compatriotes et pour diocésains.

« Je vous en conjure donc, Monsieur le Président, usez de tout votre ascendant pour amener promptement la fin de notre guerre civile, et en tout cas pour en adoucir le caractère autant que cela peut dépendre de vous.

« Veuillez, Monsieur le Président, agréer l'hommage de mes sentiments très-respectueux.

« G. Darboy, archevêque de Paris. »

« P. S. — La teneur de ma lettre prouve assez que je l'ai écrite d'après la communication qui ma été faite ; je n'ai pas besoin d'ajouter que je l'ai écrite non-seulement en dehors de toute pression, mais spontanément et de grand cœur.

M. Thiers, péniblement impressionné, fit presque sur-le-champ à cette lettre la réponse suivante :

« Versailles, 14 avril 1871.

« Monseigneur,

« J'ai reçu la lettre que M. le curé de Montmartre m'a remise de votre part, et je me hâte de vous répondre avec la sincérité de laquelle je ne m'écarterai jamais.

« Les faits sur lesquels vous appelez mon attention sont *absolument faux*, et je suis véritablement surpris qu'un prélat aussi éclairé que vous, Monseigneur, ait admis un instant qu'ils pussent avoir quelque degré de vérité. Jamais l'armée n'a commis, ni ne commettra, les crimes odieux que lui imputent des hommes qui assassinent leurs généraux, et ne craignent pas de faire succéder les horreurs de la guerre civile aux horreurs de la guerre étrangère. Pendant la lutte, nos soldats se défendent avec ardeur, c'est possible ; mais le combat terminé, ils rentrent dans la générosité du caractère national, et nous en avons ici la preuve matérielle exposée à tous les regards.

« Les hôpitaux de Versailles contiennent quantité de blessés appartenant à l'insurrection, et qui sont soignés comme les défenseurs de l'ordre eux-mêmes. Ce n'est pas tout, nous avons eu entre nos mains seize cents prisonniers qui ont été transportés à Belle-Isle et dans quelques postes maritimes, où ils sont traités comme des prisonniers ordinaires, et même beaucoup mieux que ne le seraient les nôtres, si nous avions eu le malheur d'en laisser dans les mains de l'insurrection.

« Je repousse donc, Monseigneur, les calomnies qu'on vous a fait entendre ; j'affirme que jamais nos soldats n'ont fusillé les prisonniers, que toutes les victimes de cette affreuse guerre civile ont succombé dans la chaleur du combat, que nos soldats n'ont pas cessé de s'inspirer des principes d'humanité qui nous animent tous, et qui seuls conviennent aux convictions et aux sentiments du Gouvernement librement élu que j'ai l'honneur de représenter.

« J'ai déclaré, et je déclare encore, que tous les hommes égarés qui, revenus de leurs erreurs, déposeraient les armes, auraient la vie sauve, à moins qu'ils ne fussent *judiciairement* convaincus de participation

aux abominables assassinats que tous les honnêtes gens
déplorent ; que les ouvriers nécessiteux recevraient, pour
quelque temps encore, le subside qui les a fait vivre pendant le siège, et que tout serait oublié une fois l'ordre
établi.

« Voilà les déclarations que j'ai faites, que je renouvelle et auxquelles je resterai fidèle, quoi qu'il arrive,
et je nie absolument les faits qui seraient contraires à
ces déclarations.

« Recevez, Monseigneur, l'expression de mon respect
et de la douleur que j'éprouve en vous voyant victime
de cet affreux système des otages, emprunté au régime
de la Terreur, et qui semblait ne devoir jamais reparaître chez nous.

         « Le président du conseil,

                        « A. THIERS. »

L'étonnement du chef de l'État fut partagé par le public ; personne ne comprenait comment Monseigneur
avait pu consentir à écrire une semblable lettre. Mais
telle n'eût pas été l'impression générale, si on eût considéré que cette lettre avait été faite en prison, à la demande des agents de la Commune, *menaçant d'appliquer
la loi dite des otages*, non seulement à l'Archevêque, mais
aux autres détenus. C'est donc dans un but d'humanité,
et non par crainte de voir exercer des représailles contre
sa personne, que Monseigneur ne refusa pas de faire
cette démarche. Quoi qu'il en soit, elle fut cause que
M. Thiers ajourna sa réponse à la lettre qu'avait apportée M. Lagarde. Le devoir du vicaire général était de se
soumettre et d'attendre, pour ne point brusquer un dénouement qui n'était que compromis ; il s'empressa d'en
informer le citoyen Flotte.

Rien n'était encore désespéré ; mais M. Flotte, que son
affection pour M. Blanqui rendait d'une impatience ex-

trême, voulut une réponse après cinq ou six jours d'attente, temps bien court quand on songe aux difficultés
d'obtenir des audiences et de se mettre en rapport avec
un personnage aussi occupé que le chef du pouvoir exécutif. Le 18, il alla trouver Mgr Darboy et lui demanda
« un mot de sa main » pour M. l'abbé Lagarde. L'Archevêque lui remit le billet suivant :

> « *L'Archevêque de Paris à M. Lagarde,*
>   *son Grand Vicaire.*

« M. Flotte, inquiet du retard que paraît éprouver le retour de M. Lagarde, et voulant dégager vis-à-vis de la
Commune la parole qu'il avait donnée, part pour Versailles à l'effet de communiquer son appréciation au né-
gociateur.

« Je ne puis qu'engager M. le Grand Vicaire à faire
connaître au juste à M. Flotte l'état de la question, à
s'entendre avec lui, soit pour prolonger son séjour encore de vingt-quatre heures, si c'est absolument nécessaire, soit pour rentrer immédiatement à Paris, si c'est
jugé plus convenable.

« De Mazas, 19 avril 1871.

>   « G..., Archevêque de Paris. »

M. Flotte voulait porter lui-même ce billet ; mais ses
amis lui ayant fait observer qu'il pouvait être arrêté, il
le fit remettre à M. Lagarde, qui répondit :

« M. Thiers me retient toujours ici, et je ne puis
qu'attendre des ordres *comme je l'ai plusieurs fois écrit
à Monseigneur.* Aussitôt que j'aurai du nouveau, je m'em-
presserai d'écrire. »

Le *Journal officiel de la Commune* conclut que M. Lagarde refusait de revenir ; le billet de l'Archevêque
n'implique pas cette conclusion ; M. Lagarde dit que
« M. Thiers le retient toujours à Versailles », mais il ne
déclare pas qu'il ne reviendra pas.

M. Flotte, de plus en plus impatient, alla trouver Mgr Darboy qui, sur des instances extrêmement pressantes, lui remit encore quelques lignes pour son Grand Vicaire.

« Au reçu de cette lettre, et en quelque état que se trouve la négociation dont il a été chargé, M. Lagarde voudra bien reprendre immédiatement le chemin de Paris et rentrer à Mazas. On ne comprend guère que dix jours ne suffisent pas à un Gouvernement pour savoir s'il veut accepter ou non l'échange proposé. Ce retard nous compromet gravement et peut avoir les plus fâcheux résultats.

« De Mazas, le 23 avril 1871.

« G..., Archevêque. »

Cette lettre de l'Archevêque paraît un peu dure, surtout pour un vicaire général qui lui avait donné une preuve éclatante de dévouement et de courage, en partageant volontairement sa captivité. Mais il faut remarquer que les lettres et billets de Monseigneur sont datés de Mazas, et attestent par là même qu'ils ne sont pas l'œuvre d'un homme en liberté; leur teneur prouve que le prélat n'a pas écrit de son propre mouvement, mais d'après les instances réitérées des amis de Blanqui, venant le trouver avec l'autorisation des commissaires de la Commune. On doit se rappeler aussi les tristes perspectives si souvent offertes à l'infortuné prélat; la Commune ne parlait que de *représailles*, d'*exécutions* par l'*émeute*. De telles menaces, nous l'avons déjà fait remarquer, n'auraient eu aucune action sur l'Archevêque s'il avait été seul en cause. Mais refuser les lettres qu'on lui demandait, c'était non seulement rendre plus périlleuse la situation des quatre personnes comprises avec lui dans la négociation, mais encore exciter contre tout le clergé et toute l'Église de Paris la rage de leurs ennemis. C'est là surtout le motif qui a certainement déterminé le pon-

tife. On le sent, en lisant ses lettres, écrites pourtant
sous le regard de ses geôliers. On le sentirait bien davantage si la Commune n'avait impudemment altéré le
texte du dernier billet de Monseigneur, en supprimant
après ces mots : *on ne comprend guère*, l'adverbe *ici* qui
se lit dans l'original que nous avons vu à Versailles.

Mais ce qui ne laisse aucun doute à ce sujet, c'est
l'article publié dans le *Cri du peuple*, journal de Jules
Vallès, le jour même où paraissait la lettre de Monseigneur. L'auteur, Casimir Bouit, s'efforçait de prouver
que l'Archevêque de Paris, et en *sa personne le clergé
français*, avait fait un serment à la Commune, l'avait
violé et devait par conséquent être traité sans miséricorde.

Il est manifeste que des hommes qui tenaient ce
langage étaient prêts à réaliser leurs menaces, et que,
si le vicaire général était revenu, il n'en eût pas été
quitte cette fois pour être emprisonné dans la cellule
d'un malfaiteur.

Or, c'est seulement le 20 avril, le lendemain du jour
où avait paru cet odieux et violent article, que
M. Lagarde, recevait du Gouvernement de Versailles la
réponse à la lettre qu'il lui avait remise le 13. Cette
réponse était close, et on refusait d'en faire connaître
le sens et les termes. On renvoyait ainsi, comme un
commissionnaire ignorant la mission qu'on lui confiait,
porteur peut-être de son arrêt de mort et de celui de
beaucoup d'autres, l'homme qui était venu en négocia-
teur avec une lettre ouverte et des instructions verbales
qui la complétaient.

M. Lagarde ne pouvait évidemment accepter un
congé qu'on lui donnait d'une façon si étrange. D'un
autre côté, il ne se trouvait lié par sa parole ni vis-à-vis
de la Commune, ni vis-à-vis de l'Archevêque, car il
n'avait pas juré de revenir à Mazas en cas d'insuccès

dans sa négociation, comme on l'a faussement prétendu. Il devait donc avant tout chercher à éclairer Monseigneur sur l'état réel des choses et sur les conséquences d'un retour qui ne compromettait pas que le Grand Vicaire. C'est ce qu'il parvint à faire, non sans peine, par l'intermédiaire de ce bienveillant jurisconsulte dont nous avons déjà loué avec justice le précieux dévouement. Il demandait au prélat de vouloir bien lui faire connaître, par un mot remis à M. Plou et non plus à M. Flotte, ses véritables désirs, et de les exprimer en termes assez paternels pour qu'il parût rentrer à Mazas spontanément et sans compromettre sa dignité d'homme et de prêtre. Ce mot, Monseigneur ne l'écrivit pas, hésitant sans doute devant les suites du retour de son vicaire général, qui, sans rien sauver, pouvait tout aggraver et précipiter.

Ainsi s'explique la prolongation du séjour de M. l'abbé Lagarde à Versailles : il fut retenu par l'incident de la lettre du curé de Montmartre, les hésitations de M. Thiers, qui fit attendre dix jours sa réponse, et l'article violent du *Cri du peuple*. Il ne négligea rien pour arriver à des explications avec l'Archevêque et l'éclairer sur la situation réelle. Et, quelle que soit la manière d'apprécier sa conduite, on ne peut s'empêcher de reconnaître que loin d'avoir aggravé la situation, comme ne craint pas de l'insinuer M. Fèvre à la suite du P. Perny, elle n'a pu que retarder la catastrophe finale.

Quant à ce qui regarde l'issue de la négociation, on sait qu'elle ne fut pas heureuse, grâce à l'ineptie de la Commune, comme l'a dit Raoul Rigault au bâtonnier des avocats[1]. Le soir même de la malencontreuse arrivée

---

1. Comme Raoul Rigault parlait à M. Rousse de la négociation commencée avec Versailles, M. Rousse lui fit observer qu'elle était

à Versailles de M. le curé de Montmartre, le conseil des ministres discuta la question de savoir si, comme l'avait proposé la Commune, par l'intermédiaire de Mgr Darboy et de ses amis, on rendrait Blanqui en échange de l'Archevêque. La question fut résolue négativement. Blanqui était sous le coup d'une condamnation à mort par contumace ; il était donc régulièrement emprisonné, et la justice devait suivre son cours. Cette considération dicta la réponse du Gouvernement. Mais pressé par les instances de M. l'abbé Lagarde, le conseil des ministres ne voulut pas assumer sur lui seul la responsabilité d'une si grave résolution ; il s'adressa à la commission des Quinze et lui demanda son avis : la commission, à l'unanimité, refusa l'échange des prisonniers. De ce jour fut décidé par la Commune, annoncée hautement par ses journaux et demandée avec frénésie par les orateurs des clubs, la mort de Monseigneur et le massacre des otages.

Voici avec quelle extrême violence le citoyen Gustave Maroteau en parlait dans *la Montagne :*

« Les chiens ne vont plus se contenter de regarder les évêques, ils les mordront ; nos balles ne s'aplatiront pas sur les scapulaires ; pas une voix ne s'élèvera pour nous maudire le jour où on fusillera l'Archevêque Darboy.

« Il faut que M. Thiers le sache, il faut que M. Favre, le marguillier, ne l'ignore pas.

« Nous avons pris Darboy comme otage, et si l'on ne nous rend point Blanqui, il mourra.

« La Commune l'a promis ; si elle hésitait, le peuple tiendrait le serment pour elle.

engagée depuis longtemps et qu'elle avait échoué. « Oui, répondit Raoul Rigault, parce que ç'a été mal mené, mais nous sommes sur un autre terrain. »

« Et ne l'accuserait pas !

« Que la justice des tribunaux commence, » disait Danton au lendemain des massacres de septembre, et celle du peuple cessera....

« .... Ah ! j'ai bien peur pour Mgr l'archevêque de Paris. »

II

Le monde catholique et diplomatique s'émut vivement de ces sinistres dispositions. Le citoyen Nory Ott, délégué du lord maire de Londres, le nonce du pape et l'ambassadeur des États-Unis allèrent eux-mêmes à Versailles appuyer auprès de M. Thiers la demande précédemment autorisée par la Commune.

De son côté, le citoyen Flotte, que son amitié pour Blanqui avait déjà fait l'intermédiaire de la première négociation, vint remettre entre les mains du chef du pouvoir exécutif une nouvelle lettre aussi pressante que les autres de Mgr Darboy et de M. le curé de la Madeleine, demandant au nom de la religion, au nom de l'humanité, au nom de la justice, le consentement de M. Thiers.

Le citoyen Flotte eut avec le chef du Gouvernement deux longues conversations, dans lesquelles celui-ci déclara qu'il n'y avait plus à cette heure qu'une loi : la loi de la guerre. Et M. Thiers, qui avait refusé la mise en liberté de Blanqui aux premières demandes de l'Archevêque, la refusa de nouveau à l'ambassadeur d'Amérique, au nonce du pape et au délégué du lord maire de Londres, en alléguant que l'élargissement de Blanqui donnerait à l'insurrection un chef trop dangereux.

Quelque décourageant que fût l'insuccès de tant de tentatives, M. Cernuschi, préoccupé du sort de M. Chaudey, accueillit aussi dans les derniers jours du règne de la Commune la proposition d'une promesse de liberté pour son collaborateur et ami, et pour tous les otages, si le pouvoir exécutif accordait la délivrance de Blanqui. Il se rendit aussitôt à Versailles et obtint de M. Thiers, non l'élargissement du conspirateur, mais la permission pour sa sœur de lui rendre visite dans les prisons de Cahors.

Quelle influence exercèrent sur le sort des otages ces refus successifs de M. Thiers? Dans une pièce émanée du conseil général de l'Internationale, il est dit formellement qu'elle fut considérable. Le conseil attribue même uniquement à cette détermination tous les massacres de mai : « Le véritable assassin de l'Archevêque Darboy, c'est Thiers : la Commune avait à plusieurs reprises offert d'échanger l'Archevêque et plusieurs prêtres par-dessus le marché, contre Blanqui seul, alors entre les mains de Thiers. Thiers refusa obstinément. Il savait que Blanqui donnerait une tête à la Commune ; tandis que l'Archevêque servirait mieux ses desseins, quand il ne serait plus qu'un cadavre. Thiers a suivi le précédent de Cavaignac. En juin 1848, Cavaignac et ses hommes d'ordre ont poussé des cris d'horreur en stigmatisant les insurgés comme les assassins de l'Archevêque Affre, sachant bien en même temps que l'Archevêque avait été tué par les soldats de l'ordre ! M. Jacquemet, le vicaire général, qui y était, leur avait fourni des preuves positives de ce fait [1]. » Sans être, il s'en faut,

1. The civil War en France. Address of the general Council of the international Working-mens-Association. Brochure in-12, de 45 pages très compactes, publiée à Londres, chez Edward Truelore, 256, High-Holbom, c'est-à-dire au siège même de l'Internationale

aussi affirmatif, nous croyons cependant que le refus
de M. Thiers contribua au massacre des otages, en pré-
parant les esprits communeux à cette terrible éventualité qu'on leur représentait comme une simple et légitime représaille. Mais, malgré les liens de religion et
d'amitié qui nous unissaient à plusieurs de ces vénérables personnages, nous sommes bien obligé d'admettre
qu'en repoussant la demande de la Commune, M. Thiers
remplissait un des plus grands devoirs de l'ordre moral
et politique. Accepter l'échange des prisonniers, c'était,
aux yeux de la France, des grandes villes surtout, qui
hésitaient entre les deux partis, reconnaître aux partisans de la Commune le caractère de belligérants ;
c'était aussi faire acte de faiblesse gouvernementale en
face des Prussiens qui suivaient, sans en rien perdre,
les péripéties de cette lutte intestine, et qui, on a lieu
de le croire par la lettre du général Fabrice à M. Jules
Favre, eurent une forte tentation d'en profiter pour
entrer dans Paris et y faire la loi. Du reste, M. Thiers
avait des motifs d'espérer que le soin de sa propre sécurité engagerait la Commune à retarder les massacres
jusqu'au dernier moment, et qu'alors la rapidité des
manœuvres ou quelque autre circonstance empêcherait
peut-être l'exécution des otages, comme cela est arrivé
pour un grand nombre d'entre eux.

Outre les négociations entamées entre Paris et Versailles, au sujet de l'échange des prisonniers, des démarches furent faites auprès de la Commune pour la
délivrance de Mgr Darboy. La télégraphie et la presse
les attribuèrent faussement à l'initiative de M. de Bismarck. C'était le pape Pie IX lui-même qui les avait
entreprises, en ordonnant à Son Excellence le prince
Flavio Chigi, son nonce apostolique en France, d'intéresser les représentants des puissances dans cette
affaire. Se conformant aussitôt aux volontés du souverain

pontife, Mgr Chigi eut une entrevue avec lord Lyons,
ambassadeur d'Angleterre, lequel exprima, dans les termes les mieux sentis, la satisfaction qu'il éprouvait en
faisant une chose agréable au pape ; mais après avoir
pris des informations, lord Lyons reconnut son impuissance, et déclara tristement qu'il se trouvait hors d'état
de protéger ses propres compatriotes dans Paris.

Sur ces entrefaites, le nouveau ministre des États-Unis,
M. Washburne, présentait à Versailles ses lettres de
créance à M. Thiers. Le nonce s'empressa d'aller à lui,
et il en reçut le meilleur accueil. M. Washburne lui
promit de faire, et fit réellement, les démarches les
plus actives pour obtenir des autorités de la Commune
la mise en liberté du vénérable prélat ; mais n'ayant
pu y parvenir, il fut cependant autorisé à lui rendre
visite.

Voici dans quels termes l'ambassadeur rendit compte
lui-même de l'entrevue :

« En compagnie de mon secrétaire intime, de M. et
Mme Kean, je me rendis à la prison de Mazas, où je fus
admis sans difficulté. On m'introduisit dans une cellule
vacante, et l'Archevêque y fut immédiatement amené.
Je dois avouer que je fus profondément touché de l'aspect de cet homme vénérable. Sa personne amaigrie, sa
taille mince et légèrement courbée, sa longue barbe,
qui, selon les apparences, n'avait pas été rasée depuis sa
captivité, son visage hagard et indiquant une santé
ébranlée, tout en lui était de nature à affecter les plus
indifférents mêmes.

« Je dis au prélat que, sur les instances de ses amis, je
m'étais empressé d'intercéder en sa faveur, et que,
bien que je ne pusse pas me promettre la satisfaction
d'obtenir son élargissement, j'étais très charmé d'avoir
obtenu la permission de lui rendre visite, pour m'informer de ses besoins et pour tâcher d'apporter quel-

que adoucissement à la cruelle position où il se trouvait.

« L'Archevêque me remercia cordialement et avec effusion des bonnes dispositions que je lui témoignais. J'admirai beaucoup sa sérénité et, le dirai-je ? sa gaieté d'esprit, ainsi que son intéressante conversation. Il semblait cependant avoir conscience de sa position critique, et être parfaitement préparé pour le pire de tout ce qui pouvait lui arriver. Nulle parole amère, nul reproche, ne furent prononcés par lui contre ses persécuteurs ; mais au contraire, il me fit cette remarque, que tout le monde les jugeait plus méchants qu'ils ne l'étaient en réalité.

« Il attendait, ajouta-t-il, avec patience, la marche logique des événements, et priait pour que la Providence trouvât une solution à ces terribles troubles, sans qu'il en résultât une plus longue effusion de sang humain.

« L'Archevêque est confiné dans une cellule d'environ six pieds sur dix, et peut-être quelque chose de plus. L'ameublement se compose d'un lit de prison, d'une chaise en bois et d'une table.

« La lumière y pénètre par une petite fenêtre. Comme prisonnier politique, le prélat peut faire venir ses repas du dehors ; et, en réponse à l'observation que je lui fis que je serais heureux de lui envoyer ce qu'il désirait, ou de lui fournir tout l'argent dont il pourrait avoir besoin, il me dit qu'il ne lui fallait absolument rien pour le présent.

« J'étais le premier homme que l'Archevêque eût vu jusque-là dans sa prison, hormis ses gardiens et ses juges, et il ne lui avait pas été permis de recevoir des journaux ou des nouvelles de ce qui se passait au dehors.

« Je ferai tout mon possible pour lui procurer cette douceur et obtenir la permission de le revoir, pour lui offrir tous les secours et toutes les consolations en mon pouvoir. Cependant je ne puis me dissimuler que les plus grands dangers le menacent. »

Monseigneur reçut quelques jours après la visite de deux autres personnes : c'étaient deux avocats, MM. Plou et Rousse. Ils étaient bien convaincus que la Commune ne reculerait devant aucun excès, mais ils croyaient au moins à un simulacre de jugement pour les otages devant le jury d'accusation. Dès lors il fallait les défendre, quoique la condamnation des membres du clergé surtout eût été plusieurs fois annoncée d'avance.

Ce fut M. l'abbé Amodru, vicaire à Notre-Dame-des-Victoires, qui, à la prière de M. l'abbé Lagarde, procura à Mgr Darboy un défenseur dévoué dans la personne de M. Plou. Cet avocat, quoique atteint de cécité, s'empressa de faire des démarches pour se mettre en rapport avec les otages; et il obtint, non sans peine, la permission de voir Mgr Darboy, M. l'abbé Deguerry, M. Bonjean, etc. C'était de sa part un acte de pur dévouement; il s'exposait à être lui-même arrêté par ordre de la Commune, qui aurait pu incriminer ses généreuses dispositions pour les prisonniers.

M. Plou vit plusieurs fois l'Archevêque; il s'entremit activement pour obtenir la mise en liberté de Mlle Darboy, arrêtée en même temps que son frère, et détenue alors à Saint-Lazare. Il a rendu compte de ses efforts dans une lettre à *la Liberté*, datée du 3 juin. Mais la délivrance de Mlle Darboy fut due uniquement aux instances d'une dame polonaise, Mlle Pustovoïtoff, qui, pendant le premier siège de Paris, avait pris soin des enfants de Dombrowski. Celui-ci, pour lui témoigner sa reconnaissance, obtint, en faveur de la sœur de l'Archevêque, un ordre d'élargissement; et craignant une perfidie de Raoul Rigault, il la fit inviter à quitter Paris immédiatement.

L'autre avocat était M. Rousse. Comme bâtonnier de l'ordre, il devait défendre M. Chaudey, rédacteur du *Siècle*, qui avait été arrêté pour sa participation à la répression de l'émeute du 22 janvier. Il demanda à Raoul Rigault l'autorisation de voir, non seulement M. Chaudey, mais aussi Mgr Darboy, M. l'abbé Deguerry et le R. P. Caubert qu'il se proposait également de défendre. L'autorisation lui fut accordée sans trop de difficulté par le procureur de la Commune.

« En sortant du palais, dit-il, je remontai en voiture, et je me fis conduire à Mazas. Je demandai à voir l'Archevêque dans sa cellule et non dans le parloir des avocats; cela me fut accordé de bonne grâce.

« — Il est bien malade, » me dit le gardien en chef.

« En effet, en entrant dans la cellule du pauvre Archevêque, je fus frappé de son air de souffrance. Grâce au médecin de la maison, on avait remplacé par un lit le hamac réglementaire des détenus. Il était couché tout habillé, les moustaches et la barbe longues, coiffé d'un bonnet noir, vêtu d'une soutanelle usée sous laquelle passait un bout de ceinture violette, les traits altérés, le teint très pâle. Au bruit que je fis en entrant, il tourna la tête. Sans me connaître, il devina qui j'étais, et me tendit la main avec un sourire doux et triste, d'une finesse pénétrante.

« — Vous êtes souffrant, Monseigneur, et je vous dé-
« range. Voulez-vous que je revienne un autre jour ? »

« — Oh ! non. Que je vous remercie d'être venu ! Je
« suis malade, très malade. J'ai depuis longtemps une
« affection de cœur que le manque d'air et le régime
« de la prison ont aggravée. Je voudrais d'abord que
« vous puissiez faire retarder mon affaire puisqu'ils
« veulent me juger. Je suis hors d'état d'aller devant
« leur tribunal. Si l'on veut me fusiller, qu'on me
« fusille ici... »

« Je me hâtai de l'interrompre.

« — Monseigneur, lui dis-je, nous n'en sommes pas là. »

« Et je lui rapportai, en insistant sur tout ce qui le pouvait rassurer, la conversation que j'avais eue avec Rigault. En causant ainsi, Mgr. Darboy s'animait, s'égayait même peu à peu. Il développa en quelques mots des idées qu'il jugeait utiles à sa défense.

« — Je ne sais, me dit-il, d'où vient leur animosité
« contre moi. Après mon arrestation, on m'a fait subir
« des interrogatoires ridicules. Ce Rigault ou Ferré m'a
« dit que j'avais accaparé les biens du peuple.

« — Quels biens? lui ai-je dit.

« — Parbleu, les églises, les vases, les ornements.

« — Mais, ai-je répondu, vous ne savez pas ce dont
« vous parlez : les vases, les ornements, tout ce qui
« sert au culte appartient à des personnes morales
« qu'on appelle des *fabriques*, qui ont parfaitement le
« droit de les posséder, et, si vous vous en emparez,
« vous vous exposez à des peines écrites dans les lois... »

« Il revint ensuite à sa défense, à la nécessité d'un sursis, à la composition du jury. Il parlait avec une grande douceur, une liberté d'esprit parfaite, quelquefois avec une ironie sans amertume. Il me dit que pendant longtemps on l'avait laissé se promener dans le préau, soit avec l'abbé Deguerry, soit avec le président Bonjean.

« — Le président, a-t-il ajouté, m'a proposé de me dé-
« fendre ; mais, je lui ai dit qu'il aurait assez à faire
« de se défendre lui-même. »

« L'Archevêque me parla ensuite de sa sœur, qui a été arrêtée avec lui, puis relâchée, il y a quinze jours. Je lui demandai si je pouvais lui rendre quelque service, s'il avait besoin de quelque chose.

« — Rien, me dit-il, rien, si ce n'est qu'on me laisse
« ici ; qu'on vienne m'y fusiller si l'on veut ; mais je ne

« pourrai pas aller là-bas, le docteur a dû le leur dire. »

« Après une demi-heure de conversation, je lui tendis la main et pressai la sienne avec émotion. Plus d'une fois je sentais les larmes me gagner. Il me dit adieu avec effusion, me remerciant vivement de ma *charité!* Ma visite, l'assurance que je lui donnai que le jugement n'aurait pas lieu tout de suite, la promesse que je lui fis de venir le voir souvent, l'avaient évidemment remonté. Quand je me levai, il rejeta vivement la couverture de laine grossière qui l'enveloppait à moitié, descendit de son grabat, sans que je pusse l'en empêcher, et, me serrant la main dans les siennes, il me reconduisit jusqu'à la porte.

« — Vous reviendrez bientôt, n'est-ce pas ? »

« — Mardi, Monseigneur, » et je sortis.

« Sa cellule porte le n° 62. »

De là, M. Rousse se rendit chez M. l'abbé Deguerry dont la cellule était trois ou quatre numéros plus loin.

« Lorsque j'entrai, dit-il, M. Deguerry était assis entre le lit et la table sur l'unique chaise de la cellule. Sur la table étaient quelques livres, des journaux et un petit crucifix en cuivre, comme ceux que portent les religieuses. Sans se lever, le pauvre curé me tendit les bras et m'embrassa longuement, puis il me força de prendre sa chaise.

« — Ah ! j'ai bien le temps d'y être, » me dit-il.

« Et il s'assit près de moi, sur le pied de son lit. Je ne le trouvai pas changé ; seulement il avait maigri. Sa barbe et ses moustaches se détachaient sur son teint rouge et sur ses grands traits qu'encadraient les restes de sa plantureuse chevelure. Avec son abondance ordinaire, le bon curé se mit à me raconter les propos burlesques que lui avaient tenus Rigault et Dacosta.

« — Qu'est-ce que c'est que ce métier que vous faites ?

« — Ce n'est pas un métier. C'est une vocation, un
« ministère moral, que nous remplissons pour amélio-
« rer les âmes.

« — Ah ! des blagues, tout cela. Enfin, quel tas d'his-
« toires faites-vous au peuple ?

« — Nous lui enseignons la religion de Notre-Seigneur
« Jésus-Christ.

« — Il n'y a plus de *seigneur ;* nous ne connaissons
« pas de *seigneur.* »

« Voici ce que disait au bon abbé le directeur de la
prison dans un moment d'épanchement :

« — Moi aussi, j'ai des idées religieuses ; j'ai voulu
« me faire frère morave ; après ça, j'ai eu l'idée de me
« faire chartreux ; mais j'aime mieux me faire mormon. »

. . . .

« L'abbé Deguerry ajouta qu'il n'avait besoin de
rien.

« — Vous pouvez revenir, n'est-ce pas?

« — Assurément, tant que je voudrai , ma permission
« n'est pas limitée.

« — Ah ! j'en suis bien heureux, bien heureux ; que
« je vous remercie ! »

« Le digne homme, en disant cela, s'attendrissait, et
les larmes le gagnèrent. Je m'étais levé ; en faisant les
deux ou trois pas qui nous séparaient de la porte, il me
tenait la main. Arrivés au bout de la cellule :

« Allons, me dit-il, cher ami, portez mes tendresses
« à votre mère. Vous lui direz que j'ai pleuré. »

« En effet, il m'embrassa en sanglotant.

« — Allons, allons, dit-il en se remettant, à mardi[1]... »
Et le mardi suivant les otages étaient à la Roquette !

M. Rousse vit également le R. P. Caubert. L'éminent
avocat était au parloir, lorsqu'arriva un petit homme

---

1. M. de Pressensé. Le 18 mars : *Paris sous la Commune.*

habillé en civil ; il avait la barbe et les moustaches in-
cultes, et cet accoutrement insolite, joint à son extérieur
chétif, fit hésiter tout d'abord son visiteur qui ne le
connaissait pas personnellement.

M. Rousse a consigné dans des notes communiquées
aux PP. Jésuites les impressions qu'il a rapportées de
cette entrevue : « Je me nommai. Nous échangeâmes
nos souvenirs. Sans nous connaître, nous étions en pays
ami. Nous parlâmes de son père qui avait été un de mes
anciens quand je vins au barreau, de son frère le colonel,
qui a été mon camarade de collège à Saint-Louis. Puis
spontanément, sans qu'il me fît aucune question sur sa
position, je lui dis comme aux autres (Mgr l'archevêque
de Paris et M. Deguerry), ce que je savais et ce que j'es-
pérais. Il m'écouta avec l'indifférence la plus sincère,
souriant toujours et ayant l'air de penser : A quoi bon
tout cela ? Enfin il me dit : — « Je vous remercie beaucoup
« de ce que vous faites. Il en sera ce qu'il plaira à
« Dieu. S'ils veulent nous tuer, ils en sont les maîtres. »
Et, s'éloignant tout de suite de lui et de ce qui le regardait. — « C'est une bien grande épreuve pour le pays, me
« dit-il, et qui le sauvera. » Comme je lui exprimais mes
« doutes à cet égard : « Quant à moi, me dit-il avec le plus
« grand calme, je ne doute pas, je suis sûr, je crois fer-
« mement que la France sortira de là régénérée, et par
« conséquent plus forte qu'elle n'a jamais été. »

M. Rousse termine sa relation en ces termes : « Au
bout d'une demi-heure, un peu moins peut-être, je me
levai un peu gêné et ne trouvant pas grand'chose à dire
à un homme si fermement trempé, et dont le courage
me semblait si fort au-dessus du mien. »

CHAPITRE VI

I

En même temps que par sa loi dite des otages, et l'indigne traitement qu'elle fait subir à ces innocentes victimes, la Commune de Paris essaye d'inaugurer la terreur, le Comité central fait appel aux passions les plus dangereuses : c'est la guerre sociale qu'il souffle. Le crime de complicité avec le Gouvernement de Versailles ne sera pas seulement imputé aux amis de la religion qui reconnaissent le pape comme le chef du catholicisme et Rome, la Ville éternelle, comme son centre ; on accusera aussi de trahison tous ceux qui possèdent quelque chose, et que le Comité central désigne collectivement à la fureur des masses sous le nom « d'aristocratie d'argent ».

Il n'y a pas en effet de moyen plus sûr pour recruter des adhérents que d'opposer la pénurie des uns à la richesse des autres et de subordonner le bien-être général au nivellement des fortunes. On lève ainsi ces armées de misérables que les chefs des révolutions ont toujours trouvées prêtes pour le combat.

La Commune le savait bien ; aussi telle fut sa marche : par un premier décret elle sépara l'Église de

l'État. Bientôt elle biffa Dieu ; et si l'Hôtel de ville
avait eu de la logique et du courage, il aurait fait aux
premiers jours ce qu'il a fait aux 24, 25, 26 et 27 mai,
brûlé les églises et égorgé les prêtres.

Le second décret proclama la déchéance du pouvoir
de Versailles et condamna à mort tout citoyen convaincu
d'entretenir des relations avec lui. Pendant les deux
mois qu'a duré la Commune, il ne s'est pas tenu de
réunion publique où l'on n'ait autorisé l'assassinat par
le poignard de M. Thiers ou de ses ministres.

Le troisième décret confisqua la propriété au profit
du prolétariat sous trois formes diverses. — Une première décision libéra les locataires de tous les termes
dus, quels qu'en fussent le nombre et l'importance. Les
propriétaires devaient délivrer des quittances aux locataires, sans être autorisés à garder contre eux un recours
quelconque. Cette loi de spoliation était évidemment excessive dans ses conséquences. Au lieu de se borner à
discuter la cause d'une diminution notable, la Révolution du 18 mars fit peu de cas des charges des posses-
seurs. L'impôt, les réparations, l'assurance, l'hypothèque,
le salaire des gardiens, n'étaient rien pour elle. Mais au
fond le décret de la Commune n'offensait pas toutes les
notions de la justice. Quand Paris avait été investi par
les Prussiens, plus de quatre cent mille habitants s'é-
taient enfuis en province ou à l'étranger, laissant au
petit commerce, à l'employé, à l'artiste et au prolétaire
le soin de protéger leurs immeubles ; une part de sacrifice pouvait donc être exigée des propriétaires. Il y
avait aussi pour eux dans cette loi de fer, qui leur était
imposée, quelque chose comme une expiation. Depuis
vingt années, à Paris du moins, la propriété a été tour
à tour avare et inhumaine. Sur cent points différents de
la grande cité, elle a constamment surélevé le prix des
locations et plusieurs fois imposé des clauses révoltantes

pour la religion de la famille[1]. — Une seconde décision autorisa tous les débiteurs à différer pendant trois ans, *sans intérêts*, le payement de leurs dettes. — Enfin le décret du 16 avril fut encore plus radical; nous en donnons un peu plus loin la teneur.

La propriété devint, on le voit, le point de mire de la révolution. Mais il ne fut pas question de la supprimer, comme le demandaient les premiers communistes, cela eût été une imprudence, car les plus pauvres aspirent à devenir propriétaires, et ils ne se battent que pour réaliser cette ambition. Transformer la propriété aurait été plus habile, parce que sous une promesse vague on pouvait entendre la rectification d'un état de choses qui était dénoncé comme contraire à l'égalité, à la justice et à l'intérêt du plus grand nombre. Cependant cette rédaction a été encore perfectionnée : la Commune voulut *universaliser* la propriété. Elle pensait arriver à ce résultat par la suppression des privilèges et des monopoles, par la gratuité du crédit et par l'organisation du travail.

Le temps lui manqua pour tenter la réalisation de ces différentes réformes; toutefois l'organisation du travail a reçu un commencement d'exécution. Un certain nombre de patrons ayant quitté leurs usines et Paris, où la sécurité et le travail leur faisaient défaut, la Commune rendit, le 16 avril, un décret par lequel les chambres syndicales ouvrières étaient convoquées « à l'effet de constituer une commission d'enquête chargée : 1° de dresser une statistique et un inventaire des ateliers abandonnés; 2° de présenter un rapport établissant les conditions pratiques de la prompte mise en exploitation de ces ateliers, non plus par les déserteurs qui les ont aban-

---

1. « Nous ne voulons pas d'enfants, » faisaient dire beaucoup de propriétaires aux locataires qui se présentaient à la porte de leurs maisons.

donnés, mais par l'association coopérative des ouvriers qui y étaient employés ; 3° d'élaborer un projet de constitution de ces associations coopératives ouvrières ; 4° de constituer un jury arbitral qui devra statuer, au retour des patrons, sur les conditions de la cession définitive des ateliers aux sociétés ouvrières et sur la quotité de l'indemnité qu'auront à payer les sociétés aux patrons. « Il convient de rendre cette justice à la Commune, qu'elle entendait non pas occuper gratuitement, mais exproprier pour cause d'utilité ouvrière les établissements demeurés en chômage. Par quels fonds ou au moyen de quelles garanties les ouvriers auraient-ils payé le prix des ateliers? Le 27 avril, par un avis inséré au *Journal officiel*, le syndicat des mécaniciens invita les autres corporations à choisir des délégués pour la commission d'enquête. « Travailleurs, disait-il, voici une des grandes occasions de nous constituer définitivement et de mettre en pratique nos études patientes et laborieuses de ces dernières années. » La coopération, ce remède souverain, allait donc être essayée en grand sous les auspices de la Commune; les ouvriers allaient devenir patrons : c'était la fin du prolétariat, l'émancipation des travailleurs! Les choses en restèrent là ; pas plus que les anciens patrons, les ouvriers ne purent durant cette affreuse crise ni obtenir, ni exécuter des commandes.

L'insurrection du 18 mars n'a pas eu le temps d'appliquer sa doctrine; mais elle s'en est dédommagée en portant plusieurs fois atteinte au principe de la propriété. Dans ces cas, elle procédait ordinairement par voie de réquisition et de spoliation. C'était un moyen plus efficace et plus expéditif pour remplir ses caisses vides. C'est que la question d'argent était devenue le point critique de la nouvelle révolution; il lui fallait satisfaire l'appétit désordonné des masses et en même temps équilibrer son budget.

La Commune avait cependant à sa disposition les encaisses des grands services publics, elle avait accaparé toutes les branches des finances, des postes, de l'octroi, des tabacs, de l'entrepôt des vins, des impôts, etc., etc., sans remplacer aucun des produits tels que les tabacs dont le prix était consommé en entier. Mais toutes ces ressources ne lui suffirent pas, bien qu'elle négligeât la plupart des services municipaux proprement dits, bien qu'elle n'eût alloué qu'un crédit de *mille francs* au ministère de l'instruction publique. Dans les quarante premiers jours de son règne, le chapitre de la guerre s'éleva au chiffre énorme de vingt millions ! Forcée de recourir à d'autres expédients, la Commune ne recula pas devant les réquisitions, le vol à main armée, la spoliation légale. Elle préleva près de neuf cent mille francs sur les chemins de fer ; elle taxa chèrement toutes les grandes institutions de crédit qu'elle obligea même, comme la compagnie générale des chèques, de laisser attester par l'*Officiel* (avec défense de protester contre ce mensonge) qu'on avait levé les scellés d'abord mis sur leurs caisses et leurs valeurs, sans rien prélever. La compagnie du gaz qui, taxée à cent quatre-vingt-trois mille francs, avait commencé à payer, se ravisa et rentra adroitement en possession de son argent. « Si vous emportez ma caisse, dit-elle, je ne pourrai plus payer mes ouvriers. » L'Hôtel de ville n'osa point passer outre et, pour cette unique fois, rendit l'argent volé.

La Banque de France dut se racheter plusieurs·fois, mais elle fut sauvée et avec elle le crédit de la France qui put faire face aux obligations d'une indemnité de guerre écrasante. Le salut n'a pas été obtenu sans luttes, et plus d'un incident a inquiété les hommes courageux qui veillaient sur le grand établissement financier de la rue de la Vrillière.

Le 13 avril M. Mignot, caissier principal, étant chargé

du dépôt des objets précieux, vit entrer dans son cabinet Jourde, Varlin, Amouroux, accompagnés de Charles Beslay que la Commune avait délégué à la Banque pour se débarrasser de ses remontrances.

« Nous venons réclamer la remise immédiate des diamants de la couronne.

— Nous ne les avons pas, répond M. Mignot; nous ne les avons jamais eus.

— Vous les avez, répliquèrent tous à la fois les délégués; nous le savons! nous prenez-vous tous pour des imbéciles? Vous entendrez bientôt parler de nous. »

On était fort inquiet à la Banque, et on l'eût bien plus été encore si l'on avait su ce qui se passait à l'Hôtel de ville, au sein de la commission exécutive. Amouroux demandait que la Banque qui refusait d'obtempérer aux ordres régulièrement transmis par les délégués fût occupée militairement; tant pis pour elle, il fallait profiter de la circonstance pour s'y installer. Beslay prit la parole : il ne doutait pas de la loyauté des fonctionnaires de la Banque, il croyait à un malentendu et il demandait à être autorisé à faire seul une démarche courtoise près de M. de Plœuc.

Sa motion fut adoptée. Charles Beslay se rendit chez M. de Plœuc et lui montra deux procès-verbaux en original, l'un daté du mercredi 10 août 1870 constatant que les diamants de la couronne ont été déposés « dans la resserre principale à deux clefs de la caisse centrale du trésor public; » le second dans lequel il était dit : « Nous, maréchal Vaillant, ministre de la maison de l'empereur, assisté du trésorier de la cassette de Sa Majesté et d'un des joailliers de la couronne, avons retiré de la resserre du trésor public, pour en faire la remise au gouverneur de la Banque, la caisse dont la description précède et nous avons reconnu que les cachets apposés sont intacts. »

M. de Plœuc ne pouvant fournir une explication satisfaisante proposa d'envoyer à Versailles M. de Lisa, l'un des inspecteurs de la Banque, pour demander une réponse à M. Rouland. Le laisser-passer fut donné par Raoul Rigault, et le lendemain M. de Lisa revenait rapportant une longue lettre du gouverneur où il était dit : « L'encaisse de la Banque a été emportée à Brest dans la première quinzaine de septembre, et les diamants de la couronne ont suivi la même route; je m'étais directement arrangé avec les ministres, et les fonctionnaires n'en avaient rien su. »

M. Charles Beslay se montra satisfait de ces explications; il avait atteint son but qui était de gagner du temps et d'empêcher ainsi une exécution de vive force.

Après cette alerte on vécut assez péniblement à la Banque. Pendant le mois d'avril les relations avec les délégués aux finances furent tolérables, Jourde ne frappa sur la Banque que des réquisitions modérées; mais le péril ne tarda pas à s'accentuer et tous les désastres étaient à redouter. La Banque parvint à s'y soustraire, mais à travers bien des péripéties et après bien des sacrifices.

Le 5 mai, Jourde demandait à la Banque de lui ouvrir un crédit de 10 millions pour dix jours, puis il réduisait ce chiffre à 4 millions. On discuta un peu, plutôt pour sauver les apparences que pour se défendre, et les quatre millions lui furent accordés.

Quelques jours après, la Commune qui a voulu être diplomate, militaire, législative, voulut aussi usurper le droit régalien par excellence, faire battre monnaie. Mais pour cela il faut avoir du métal et elle en demanda à la Banque. Du 8 au 17 mai M. Mignot secrétaire général se vit contraint d'abandonner à Camélinat, délégué à la direction de l'hôtel des Monnaies, 165 lingots d'argent représentant une valeur de 1 114 843 francs. Camélinat put opérer rapidement, il employa les coins en cours de service, mais il remplaça l'abeille, déférent de M. de Bussière, directeur régulier de la fabrication par le déférent qu'il s'attribua : un trident. En dehors des lingots fournis par la banque, le bureau de change de l'hôtel Conti a reçu des objets d'argenterie soustraits à diverses administrations, évalués approximativement à 561000 francs. De ces matières, Camélinat a tiré onze ou douze cent mille francs de pièces de cinq francs qui ont été presque toutes refondues.

A partir du jour où les mouvements d'approche de l'armée de Versailles s'accentuèrent, quelques-uns des chefs de la Commune ne se firent plus d'illusions sur le sort qui leur était réservé. Soit qu'ils voulussent se pourvoir d'argent, afin de fuir avec plus de facilité, ou qu'ils aient eu l'intention de s'emparer tout de suite d'une très forte somme pour mieux activer la lutte, ils décidèrent dans un conciliabule secret, où se trouvaient Rigault, Ferré et Cournet, que la Banque serait occupée. Ni la Commune ni le Comité de Salut public ne furent consultés, car on redoutait les objections de Beslay et de Jourde, dont le respect relatif pour la Banque de France était considéré comme une faute. Mais pour pénétrer en force dans l'hôtel de la Vrillière, il fallait un prétexte, ce fut Paschal Grousset qui le fournit. Dans une lettre adressée au délégué à la guerre il dénonçait formellement la Banque, et l'accusait de recéler un dépôt d'armes et d'être le centre de réunion des agents versaillais.

L'expédition fut confiée à Le Moussu, déjà connu comme détrousseur d'églises, mais elle échoua grâce à l'énergie de Beslay, qui tança vertement Le Moussu et menaça le commandant des Vengeurs de Flourens de lui brûler la cervelle si, dans cinq minutes, il ne s'était retiré avec ses deux compagnies.

Cependant le bon temps de la Banque était passé,

Jourde et Beslay appartenaient à la minorité de la Commune. On commençait à les trouver « intempestifs » et
l'on voulait s'en débarrasser. Le parti Jacobin ne cherchait qu'un prétexte pour donner à Jourde un successeur qui agirait immédiatement avec violence, jetterait le
père Beslay à la porte et occuperait la Banque. Un article publié le 18 mai, par le *Père Duchêne*, préparait
l'opinion aux mesures violentes que l'on méditait, il
dénonçait nominativement Jourde, Beslay, Vallès, Vermorel, Andrieu et deux autres. Il était prudent de se
mettre en garde. La demande excessive de Camélinat,
qui était venu réclamer une réserve de 3 200 000 francs
en monnaies aurifères que le trésor avait déposée à la
Banque, acheva d'alarmer le conseil. Il décida le transport des valeurs dans les caves et l'oblitération de l'escalier de celles-ci.

Le transbordement eut lieu le 20 mai. On commença
par l'or, l'argent et les billets. On transporta ensuite
les effets de commerce en portefeuille, les titres déposés. Cela dura depuis une heure de l'après-midi jusqu'à
minuit. Lorsque tout fut fini, on souffla les bougies allumées dans les vieux chandeliers en fer qui datent de
la création de la Banque, on repoussa, après avoir fermé
les douze serrures, les quatre portes massives qui
servent de défense au trésor souterrain, et alors pendant plus de deux heures on vida les sacs de blé dans
la cage où se tourne l'escalier ; lorsque tout fut comblé,
M. Mignot, caissier principal, ferma l'énorme porte à
trois pènes, à sept verrous, à neuf combinaisons. Il y
avait de la douleur et surtout une honte insurmontable
pour les braves employés qui prirent cette mesure, mais
ils mettaient ainsi les richesses de la Banque à l'abri d'un
coup de main et de l'incendie.

Les dernières réquisitions eurent lieu le 21, le 22 et le
23 mai. Elles fermèrent le compte des sommes extorquées

à la Banque par le Comité central et par la Commune. Le total s'élève à 16 625 200 francs. Chiffre énorme, sans doute, mais qu'était-ce que ce sacrifice en présence des sommes bien autrement considérables qu'on put soustraire à la rapacité de la Commune, des trois milliards qui se seraient engloutis dans le gouffre d'une épouvantable banqueroute?

Nous ne pouvons raconter toutes les autres réquisitions faites par la Commune dans les établissements publics et les maisons privées. Le général Brunel était spécialement chargé « de délivrer au besoin par la force les caisses cernées par les ennemis de l'ordre démocratique et social[1]. » La Caisse centrale des Halles fut violée ainsi que celle de l'hospice du Val-de-Grâce. On s'empara en même temps de cent cinquante mille francs laissés pour les besoins urgents dans la caisse de l'Assistance publique. — La halle aux cuirs fut mise sous séquestre et ses marchandises réquisitionnées. — L'administration des pompes funèbres, qui est cependant une compagnie particulière, fut envahie par les gardes nationaux du Comité, et l'Hôtel de ville y plaça un délégué avec la mission de recevoir toutes les sommes versées pour les convois. Il alla même jusqu'à exiger de quelques pauvres curés des sommes considérables, représentant le prix du loyer qu'il prétendait être dû à la municipalité pour l'occupation des édifices religieux. « Il me serait difficile de vous donner les vingt mille francs que vous réclamez, leur répondit M. le curé de Charonne; grâce à vous la caisse de la fabrique est à sec, mais venez à l'église et faites la recette vous-même. Nous travaillerons pour vous, satisfaits du morceau de pain que ne manquera pas de nous offrir la charité des fidèles. »

1. Dépêches. — Archives. Comité central. — 24 mars.

On ne s'en prit pas d'ailleurs uniquement à des établissements publics. L'école Bossuet, aux Carmes, fut honorée d'une visite qui allégea sa caisse. Bien que dirigée par des prêtres, c'est une maison d'enseignement au même titre que les pensions Jauffret, Massin, Hallays-Dabot ou Hortus ; et le vol commis avec violence dans cette institution n'en était pas moins odieux que si on se fût adressé à un laïque.

Malgré le souvenir autrefois si puissant de la bonne sœur Rosalie, l'humble maison de la rue de l'Épée-de-Bois ne fut pas même épargnée. Elle ne possédait que 25 fr., et ce misérable pécule des pauvres tenta cependant l'avidité communeuse.

On ne connaîtra jamais tous les faits de vol par violence et à main armée, commis dans les couvents, les orphelinats et les maisons particulières, sans compter les centaines de mille francs extorqués à M. de Rothschild. Les comptables et caissiers des établissements envahis, qui refusaient de livrer leurs fonds, étaient arrêtés, et cette mesure s'étendait jusqu'aux chefs de gare.

Les propriétés privées n'étaient pas mieux respectées. Chaque arrestation était accompagnée d'une perquisition et de vols nombreux. A l'archevêché, le 4 avril, les officiers du 84e bataillon se faisaient remettre, par M. l'abbé Petit, une somme de quatre mille six cent quatre-vingt-huit francs cinquante centimes, et un inventaire complet des meubles et objets précieux. Ceux-ci furent enlevés le soir même dans le propre coupé de Mgr. Darboy. La chapelle n'avait pas été oubliée, et quand M. l'abbé Schœpfer y pénétra le 6, il constata que tout avait été saccagé comme dans le cabinet de l'Archevêque : plus de calices, plus d'ornements, plus de flambeaux sur l'autel ; les armoires étaient vides et brisées. On avait tout apporté à la préfecture de police. Les fédérés, libres penseurs ne perdirent pas cette

occasion de faire une malpropreté de plus ; ils coiffèrent
les mitres, revêtirent les chasubles, prirent en main
les crosses pastorales, les calices, les ostensoirs, les
croix, les chandeliers, et dans le corridor qui longeait
à cette époque toute la première division ils jouèrent à
la messe et à la procession.

Le général Appert cite mille autres exemples de spoliation :

Chaudey fut arrêté, le 13 avril, dans les bureaux du
Siècle par un commissaire de police, qui, ne l'ayant
pas trouvé chez lui, avait déjà essayé, mais en vain,
de faire sauter la serrure du bureau. Ce commissaire
était le sieur Pilottel ; il revint cinq jours après,
accompagné d'un serrurier, força la serrure, et sur
neuf cent quinze francs, en mit huit cent quinze dans
sa poche, en s'écriant avec emphase : « Il y a du sang
sur cet or ! » Chaudey était accusé d'avoir fait tirer sur
le peuple le 22 janvier.

Dans un grand nombre de quartiers les habitations
abandonnées furent réquisitionnées pour installer les
états-majors, des bureaux, ou loger simplement des
gardes nationaux de service. Immédiatement chacun
s'emparait des objets à sa convenance ; on opérait un
déménagement en règle.

Les habitants de la banlieue se souviendront longtemps de la méthode savante qui présida à leur
dépouillement. A Asnières, à Clichy, à Courcelles, à
Courbevoie et dans trente autres localités les gens de
la Commune pratiquèrent le vol et l'effraction sur une
échelle jusqu'alors invraisemblable : ils requéraient
les ouvriers pour forcer les portes, et les passants
pour charger sur les voitures le mobilier enlevé.

La nomenclature de tous les crimes et délits de ce
genre n'aurait pas de fin et ne peut trouver place dans
ce livre. Nous pensons cependant devoir dire quelques

mots des pillages de Neuilly, pour donner une idée des
procédés pratiqués ouvertement par les troupes de la
Commune, et de la situation faite aux habitants par son
gouvernement.

Après les combats du 2 avril, les bandes fédérées,
maîtresses de Neuilly, organisèrent les barricades et
les perquisitions. Nous parlerons plus spécialement ici
des actes de pillage commis par le 117e et le 257e
bataillons dans la partie centrale de la ville, sous les
yeux et à l'exemple de l'état-major du général Dombrowski, installé rue Péronnet.

L'armée avait établi ses barricades à cent cinquante
pas de celles des fédérés, et une pluie de projectiles
couvrit incessamment, jusqu'au 25 mai, la zone qui les
séparait, forçant les habitants à se cacher dans les
caves, d'où ils ne sortaient que pour pourvoir à leur
subsistance,

Le 25 avril, il y eut un armistice. Contrariés dans
leurs mouvements et dans leurs secrets désirs, les
fédérés engagèrent les habitants de Neuilly à profiter
de cette trêve pour se retirer dans Paris. Beaucoup le
firent, et il ne resta bientôt plus que les malades ou
ceux qui voulaient à tout prix garder le peu qu'ils possédaient, et quelques domestiques dévoués, tâchant de
sauvegarder les propriétés de leurs maîtres ou du
moins ce qu'elles contenaient.

Les hommes du 117e bataillon, bien que trompés en
partie dans leur attente, semblaient tolérer la présence
de ceux qui avaient cru devoir rester. Ils se contentèrent
d'abord de réquisitionner des vivres et du vin; ils poursuivirent ensuite leurs perquisitions dans les maisons,
pour forcer à marcher dans leurs rangs les hommes
âgés de moins de quarante ans, ce qui activa l'émi-
gration.

Au mois de mai la mitraille et les obus avaient fait

de sérieux dégâts ; quelques maisons gravement atteintes laissaient apercevoir par leurs flancs éventrés les richesses qu'elles contenaient, ce qui accrut la cupidité des fédérés. Ils commencèrent à piller ces demeures complètement abandonnées. C'est ainsi qu'une voiture chargée d'un riche butin estimé à 10 000 fr., fut conduite à l'état-major de Dombrowski, puis à celui de la place Vendôme, qui se partagea, sans doute, les objets qu'elle contenait, car on en perd complètement la trace.

Le 10 mai, le 257e bataillon vint remplacer le 117e. Jusque-là, il n'y avait eu que des pillages isolés : la maison Daja, la maison Boucher, la pharmacie Grez et quelques autres seulement avaient été dévalisées. A partir du 12 mai, le 257e ne montre aucune scrupule et ne semble craindre que les révélations. Il y a encore dans le cantonnement des vieillards, des femmes, des enfants ; il faut à tout prix chasser ces témoins indiscrets. Le revolver au poing, on expulse ce qui reste d'habitants ; on brutalise et on menace de mort ceux qui résistent, on les conduit en troupeau à l'état-major, sous une pluie de projectiles, pour les expédier de là sur Paris. Une mourante ne trouve même pas grâce devant ces hommes attirés par l'appât du butin : comme elle ne peut marcher, on la porte sur un matelas à travers les jardins.

Dès lors ce ne sont plus qu'orgies et pillages. Comme toutes les maisons de Neuilly ne sont séparées que par des murs de jardin, on passe de l'une à l'autre par des brèches, et on pénètre dans les appartements en fracturant les portes et les fenêtres. Robes de soie et de velours, châles, dentelles, linge, rideaux, pendules, tableaux, curiosités et objets d'art, tout ce qui peut s'emporter est choisi, empaqueté et envoyé à Paris. Les caves renferment encore du vin, on s'enivre.

A ces scènes viennent s'en ajouter d'autres, sacrilèges cette fois. La chapelle des religieuses dominicaines, et celle de l'institution Ferrand, sont envahies, les tableaux éventrés à coups de baïonnette, les saints décapités et l'autel couvert de souillures.

Si l'on ajoute que toutes les dépouilles des malheureux habitants de Neuilly étaient portées au domicile de ceux qui les avaient volées, par l'omnibus destiné au transport des blessés ; que, pour tromper la surveillance établie aux barrières, quand on n'avait pas de blessé on en simulait un ; que l'exemple était donné par l'état-major général, on pourra, dit avec raison M. le général Appert, se faire une idée de la façon dont les officiers et les soldats de la Commune comprenaient la révolution du 18 mars, et comment ils appliquaient les théories sociales.

Mais ce système de spoliation n'était pour les gens de l'Hôtel de ville qu'une conséquence nécessaire de l'état de guerre ; ils devaient aller plus loin encore.

Le 7 mai, la Commune mit la main sur les immeubles des communautés. Ce jour-là, le citoyen Protot rendit l'arrêté suivant : « Le citoyen Fontaine (Joseph) est nommé séquestre de tous les biens, meubles et immeubles, appartenant aux corporations ou communautés religieuses situés sur le territoire de la Commune de Paris. » La gravité de cette mesure n'échappa pas aux bourgeois de la capitale. On savait que ces biens avaient été acquis légalement avec la fortune mise en commun des membres de la communauté qui apportent une dot ; que ces communautés avaient acquitté régulièrement les droits énormes qui représentent largement le produit des droits de mutation par héritage. Lorsqu'on vit des centaines d'hommes et de femmes brusquement mis sur le pavé, au nom de la fraternité, dépouillés de tout et condamnés à mourir de faim, uniquement parce qu'ils avaient vécu dans une fraternité véritable et un communisme réel de leurs biens, on se demanda, en faisant abstraction du côté religieux de l'arrêté, quelle garantie resterait à la propriété si un décret pouvait dépouiller brusquement, *sans aucune indemnité*, des propriétaires qui ont acquis régulièrement, en se soumettant à toutes les exigences légales.

Ce qui préoccupait l'opinion publique, plus encore peut-être que le sort de ces infortunés religieux, c'étaient les termes de l'arrêté qui menaçaient de donner plus d'élasticité aux envahissements sur la propriété. Il ne s'agissait pas uniquement des biens de mainmorte, mais de tous les biens possédés non seulement par les communautés, mais par les corporations. Or ces biens appartenaient par portions aux individus ; au décès de chacun, il y avait, comme nous l'avons dit, des droits d'héritage et de mutation qu'on acquittait régulièrement. Ils ne pouvaient donc être séquestrés sans que la propriété en général ne perdit toute garantie et par conséquent sa valeur. Qui aurait voulu acquérir ou même louer par bail un bien qui pouvait être ravi brusquement sans aucune indemnité? Et comme après tout le crédit repose sur la propriété, et qu'au fond de toutes valeurs on retrouve l'hypothèque comme dernière garantie, en supprimant la garantie, on tuait le crédit par sa base, et par conséquent le commerce dont il est la condition essentielle.

Le décret du 7 mai fut-il motivé par un fait quelconque ou même par une raison d'État? En 1790, quand la Constituante édicta une mesure de ce genre, elle prétendit vouloir remanier le territoire du pays pou-lui communiquer un surcroît de valeur, Le clergé possédait alors, à titre seigneurial, de nombreuses abbayes et tout un domaine placé sous la protection du privilè e. Mais la Commune de 1871 ne pouvait invoquer ce

motif qui a fourni, il y a quatre-vingts ans, un spécieux
prétexte à l'Assemblée nationale. Nous n'avons aujour-
d'hui ni terres, ni forêts, ni étangs. Si le clergé ou les
congrégations religieuses possèdent quelque bien, il
n'est pas exempté de l'impôt ; et quoique le texte du
décret parlât de *mainmorte*, tout le monde sait que de
nos jonrs c'est là un mot vide de sens; il n'y a plus de
mainmorte en France.

S'était-il produît quelque événement qui pût pousser
la Commune à prendre une si grave détermination? Il
est de fait, comme le prouve depuis de longues années
le mouvement de la vie publique, que les corporations
religieuses ne se mêlent en rien des affaires de l'État.
Si elles s'en occupaient, elles se trouveraient dans le
cas de toutes les autres classes de citoyens, et ce ne serait pas un grief suffisant pour publier contre elles un
décret de coufiscation. La confiscation, au reste, n'est
admise ni par la charte de 1814, ni par celle de 1830,
ni surtout par la constitution républicaine de 1848. Il
est vrai qu'elle fut exercée un moment par le second
empire, afin d'arracher deux cents millions à la famille
d'Orléans. Mais ce jour-là, les ministres de Napoléon III
eux-mêmes protestèrent contre une semblable iniquité.

Quelle était l'utilité de cette confiscation et comment
l'opérer? Il n'y a plus dans les villes que de rares couvents, et dans les campagnes que des thébaïdes et des
chartreuses de rapport presque nul. La vente de ces
immeubles n'aurait produit que des sommes insigni-
fiantes. Du reste, les biens dont il était question dans
le décret de la Commune sont disséminés sur la surface
de tous les départements, et dépendent plus ou moins
des trente-six mille communes de France. Comment la
Commune de Paris aurait-elle pu se faire obéir à dix
kilomètres, par exemple, du rayon où elle avait seulement le droit d'agir ? De quelle façon eût-elle procédé

à la vente ? Quels acheteurs aurait-elle trouvés et quelle garantie de jouissance pouvait-elle leur offrir?

Ce n'était là qu'une mesure inspirée par le désir de continuer, avec la pensée de se grandir, les traditions de 93, et le besoin d'intimider quelque peu les esprits faibles en leur faisant redouter des mesures analogues pour eux-mêmes. Il ne restait pas assez de loisirs à la Commune pour combiner un système pratique au sujet de la propriété.

II

La formule de l'universalité que la nouvelle révolution avait adoptée dans son programme, elle l'appliquait à tout, à la patrie, à la famille comme à la propriété. Les nations, les sentiments, les intérêts, elle noyait tout dans un déluge universel.

Ainsi, dans le programme de la Commune, la patrie n'existait plus ; elle était remplacée par la « république universelle ». A la suite des élections du 26 mars, la Commune fut appelée à examiner si l'élection d'un étranger était valable, et elle se prononçait pour l'affirmative en déclarant que « le drapeau de la Commune était celui de la république universelle ». — Le 10 avril, la garde nationale ayant manifesté du mécontentement et de l'inquiétude par suite de la nomination d'un Polonais au commandement de la place de Paris, la commission exécutive lui adressa une proclamation, dans laquelle elle représentait le « citoyen » polonais comme « un soldat dévoué de la république universelle ». Voici enfin comment s'exprimait, le 2 avril, le *Journal officiel* de la Commune : « ... Il y a ce parti du

passé qui, pendant la guerre, mettait sa valeur au service de ses privilèges et de ses traditions bien plus
qu'au service de la France ; qui, en combattant, ne
pouvait défendre notre patrie, puisque depuis 93 notre
patrie, ce n'est pas seulement la vieille terre natale,
mais aussi les conquêtes politiques, civiles et morales
de la révolution.... » Que devient, ainsi entendue, l'i-
dée de patrie ? Il n'y a plus de Français, d'Allemands,
de Russes ni d'Anglais, mais seulement des citoyens
du monde, les partisans d'un principe. Cette vieille
terre natale que l'on aime parce qu'elle recouvre les os
de nos aïeux, que Danton, pressé de fuir pour échapper
à ses bourreaux, refusa de quitter en disant qu'on ne
l'emporte pas sous la semelle de ses souliers, ne suffit
plus au moderne révolutionnaire ; il lui faut le monde
entier.

Il existe bien une région idéale dans laquelle se rencontrent les cœurs et les intelligences de tous les hommes et qui est pour eux comme une seconde patrie ;
mais en aucun temps et chez aucun peuple on ne
s'était encore avisé de jeter ainsi au vent la poussière du
sol natal. C'est la Commune qui, s'inspirant de vagues
déclamations, a tenté la première de pratiquer cette
prétendue doctrine humanitaire, et cela, en face de l'ennemi qui applaudissait à nos désastres, et au lendemain
d'une guerre où tout Français a senti plus que jamais
que la patrie n'est pas un vain mot !

Relativement à la famille, les actes de la Commune
ont été peu nombreux il est vrai, mais ils suffisent pour
montrer le cas qu'elle faisait de ce lien si sacré pourtant. Parmi les maires et les adjoints qui voulaient bien
procéder à la célébration civile du mariage, il y en
avait un grand nombre qui n'y consentait que par
égard pour d'antiques préjugés. Dans une lettre intime
trouvée parmi les pièces d'un procès plaidé à Versailles,

l'un de ces officiers de l'état civil plaisantait fort agréablement sur son intervention dans les cérémonies nuptiales. Par un décret du 10 avril, la Commune décida que des pensions seraient allouées aux veuves et aux enfants, « reconnus ou non », des citoyens morts à son service. D'après l'interprétation qui fut donnée à ce décret, demeuré sans exécution faute de fonds, les veuves n'avaient pas besoin d'être plus légitimes que les enfants ; les garanties du mariage et les conditions de la paternité étaient également indifférentes. Ce n'était pas une mesure de commisération ou de politique, c'était la doctrine sociale.

CHAPITRE VII

PHYSIONOMIE DE PARIS. — COURAGEUSE ATTITUDE
DES JOURNALISTES. — SUPPRESSION DE TOUS LES JOURNAUX
ANTI-COMMUNEUX. — LES ·FEUILLES
DE LA COMMUNE.

I

Ce que poursuivaient en réalité les maîtres de Paris, dans cet anéantissement de toute liberté et de toute propriété, c'était le règne de leur domination absolue, l'asservissement de la grande ville. Ils eurent lieu d'être satisfaits.

Voici le tableau que M. Jules Rouquette a fait de la capitale, après le 18 mars :

« La vie semble s'arrêter tout à coup : Paris est comme frappé de paralysie. La Bourse cote à peine les valeurs; les cafés se ferment, les ateliers chôment, la population fuit de toutes parts. On avait eu la famine, on a la disette; les halles n'ouvrent que trois fois par semaine. Pendant le premier siège, on était réduit à la portion congrue; sous la Commune, Paris fut mis au pain dur : le 20 avril, en effet, un décret de l'Hôtel de ville interdisait le travail de nuit dans les boulangeries. Cette mesure absurde, due à l'Allemand Léo Frankel, suscita les plus vives réclamations. Certains ouvriers boulangers eux-mêmes hésitaient à s'y soumettre, et il en résulta des rixes devant plusieurs boulangeries. L'impopularité de ce décret était telle que, quelques jours avant sa chute, afin sans doute de se concilier les ménagères, la Commune dut rendre la liberté au travail.

« Les relations postales et télégraphiques étaient complétement interrompues. Plus de nouvelles de la province. Les lettres de ceux qui vous étaient chers étaient arrêtées et centralisées à Versailles : ce n'est qu'à la fin de mai qu'elles furent enfin distribuées. Pour atténuer le mal, des agences particulières s'étaient établies à Paris et se chargeaient à grands frais du transport des correspondances. On semblait revenu aux premiers âges du service postal. Le plus souvent, ceux qui, en raison de leur âge, pouvaient sortir de Paris, étaient obligés d'aller, soit à Charenton, soit à Saint-Denis, déposer eux-mêmes ou recevoir leur courrier ; bien heureux encore lorsqu'on n'avait pas été arrêté ou fouillé par les gardes nationaux postés à toutes les gares, et qui prenaient plaisir à visiter les voyageurs et leurs bagages, retenant scrupuleusement ce qui était vivres ou valeurs d'or et d'argent.

« Avec ses usines muettes, les étrangers absents, sans mouvement d'affaires enfin, Paris, on peut le dire, agonisait. C'était la misère en perspective, et c'est elle qui avait donné à la Commune la plupart de ses recrues. Les théâtres étaient fermés ; à peine si deux ou trois scènes ouvraient leurs portes à un public clair semé. Sans doute dans le but d'égayer un peu cette nécropole, la Commune avait imaginé d'instituer des concerts aux Tuileries, où l'on était admis moyennant un franc par personne ; de sorte que le jardin se trouvait, de fait, in-

terdit à la majorité des citoyens; car, à ces heures de
détresse profonde, beaucoup devaient s'interdire de
distraire la moindre somme de leur travail journalier

« Tout travail et tout plaisir étaient donc suspendus
les flâneurs, les badauds suivaient d'un œil mélanco-
lique l'horrible duel qui se livrait entre Paris et Versailles. Le bombardement du Point-du-Jour et de l'Arc
de-Triomphe intéressait cette race de désœuvrés; aussi
les Champs-Élysées, les bords de la Seine, du côté d'Auteuil et de Passy, étaient-ils encombrés de spectateurs
Quelques étrangers, armés de jumelles, de lorgnettes
de longues-vues, suivaient du pont de Grenelle les
échanges de boulets et d'obus qui se faisaient entre la
flottille de la Commune embossée sous le viaduc, et les
batteries versaillaises de Meudon, de Montretout, de
Châtillon[1]. »

II

Quelle fut alors l'attitude de ces intrépides publicistes
qui s'étaient déjà montrés si courageux et si dignes au
lendemain du 18 mars? L'accord établi à ce moment
entre des journaux de toutes nuances se maintint quant
à l'opposition au pouvoir insurrectionnel. Il y eut bien,
au point de vue du droit pur et des convenances de la
situation, quelques regrettables défaillances. Un certain
nombre de journaux, surtout dans la presse républicaine, ne surent pas s'abstenir de critiques inop-
portunes à l'égard des pouvoirs légaux qui étaient le
dernier boulevard de la société menacée, ni de compa-

1. *Histoire des événements de* 1870-1871.

raisons imprudentes entre leurs actes et ceux de la
Commune qui semblait mise sur la même ligne que le
Gouvernement de Versailles. Mais les attaques des journalistes qui commirent cette faute n'en étaient que plus
désagréables aux hommes de l'Hôtel de ville et à leurs
adhérents. L'idée de ces derniers était de faire croire
qu'ils n'avaient d'adversaires que dans les partis monar-
chiques. Cette tactique ne pouvait être plus sûrement
déjouée que par l'hostilité persistante des écrivains aussi
opposés qu'eux à toute tentative de restauration, aussi
peu suspects de partialité pour la majorité royaliste de
l'Assemblée nationale. Ces journaux se faisaient lire
d'une foule de républicains dont l'exaltation inclinait
vers l'insurrection ; ils les retenaient sur cette pente,
moins encore en flétrissant les excès de la Commune
qu'en mettant à néant les récits mensongers dont elle
abusait singulièrement pour entretenir les illusions de
ses défenseurs. Une telle attitude ne pouvait que les
exposer plus spécialement encore aux persécutions dirigées contre la presse.

Cependant, la liberté de manifester sa pensée avait
été proclamée bien haut dès le début de l'insurrection :

« Les autorités républicaines de la capitale, disait
l'*Officiel* des premiers jours, veulent faire respecter la
liberté de la presse, ainsi que *toutes les autres* ; elles espèrent que tous les journaux comprendront que le premier de leurs devoirs est le respect dû à la république,
à la vérité, à la justice et au droit qui sont placés sous
la sauvegarde de tous. »

Mais bientôt les défenseurs de la liberté d'écrire se
plaignaient ainsi de l'attitude des organes de l'opinion
publique :

« La presse réactionnaire a recours au mensonge et à
la calomnie pour jeter la déconsidération sur les pa-
triotes qui ont fait triompher les droits du peuple. Nous

ne pouvons pas attenter à la liberté de la presse; seulement, le Gouvernement de Versailles ayant suspendu le cours ordinaire des tribunaux, nous prévenons les écrivains de mauvaise foi, auxquels seraient applicables en temps ordinaire les lois de droit commun sur la calomnie et l'outrage, qu'ils seront immédiatement *déférés au Comité central de la garde nationale.* »

Cette menace était déjà une variante de l'ancienne formule : *la mort sans phrases.* Néanmoins la presse de Paris la commenta sans sourciller et fit voir que procéder par la terreur, c'était réhabiliter et faire regretter l'empire. En effet, l'empire avertissait un journal ; il frappait d'amendes, il emprisonnait, il supprimait, il ne menaçait pas d'une justice sommaire et de la mort. Au lieu donc de désarmer les écrivains et de les intimider, le langage de la Commune provoqua une opposition plus vive encore.

C'est une justice à leur rendre, au moment où tout cédait, les journalistes persistèrent à relever la tête, et cela malgré toutes les dénonciations et les recherches dont ils étaient l'objet. Ce sont les écrivains de la presse conservatrice qui, jusqu'au dernier moment, ont engagé les bataillons de l'ordre à demeurer dans leurs quartiers; ce sont eux qui ont encouragé la résistance non interrompue, blâmé la fuite, rallié les *francs-fileurs* et surtout désapprouvé les élections. En vain la Commune publiait la note suivante : « La Commune, considérant qu'il est impossible de tolérer dans Paris assiégé des journaux qui prêchent ouvertement la guerre civile, donnent des renseignements militaires à l'ennemi et propagent la calomnie contre les défenseurs de la République, a arrêté la suppression des journaux[1]... » les pu-

---

1. Les premiers atteints furent le *Figaro* et le *Gaulois* dont la verdeur mordante incommodait vivement les coryphées du Comité central

blicistes n'en persistèrent pas moius à braver et à inter-
peller leurs nouveaux maîtres.

Nous ne pouvons rapporter le texte de tous les arrêtés qui furent pris contre la presse, ils sont trop nombreux. Les hommes du 18 mars qui avaient passé leur
vie à attaquer, à injurier, à calomnier tous les pouvoirs
ne pouvaient supporter qu'on discutât leurs actes. La
moindre contradiction leur arrachait des cris de paon.
Les citoyens Lullier, Cournet, Rigault, Ferré, se signalèrent surtout dans cette guerre aux journaux. Après en
avoir supprimé un grand nombre, ils arrêtèrent les
iournalistes ou les traquèrent, mirent les imprimeries
sous les scellés et firent lacérer ou brûler publiquement les numéros de différentes feuilles. Ce fut à leur
instigation que parut le décret suivant que nous publions
dans son entier, comme une pièce à conserver ; il allait
au-devant des nouveaux contradicteurs en défendant
qu'on créât d'autres journaux.

« Art. Ier. Les journaux la *Commune*, l'*Écho de Paris*,
l'*Indépendance française*, l'*Avenir national*, la *Patrie*, le
Pirate, le *Républicain*, la *Revue des Deux Mondes*, l'*Écho
de Ultramar* et la *Justice* sont et demeurent supprimés.

« Art. 2. Aucun nouveau journal ou écrit périodique
ne pourra paraître avant la fin de la guerre.

« Art. 3. Tous les articles devront être signés par
leurs auteurs.

« Art. 4. Les attaques contre la République et la Commune seront déférées à la cour martiale.

« Art. 5. Les imprimeurs contrevenants seront poursuivis comme complices, et leurs presses mises sous
scellés.

« Art. 6. Le présent arrêté sera immédiatement si-
gnifié aux journaux supprimés par les soins du citoyen
Le Moussu, commissaire civil délégué à cet effet.

« Art. 7. La sûreté générale est chargée de veiller à l'exécution du présent arrêté.

« Hôtel de ville, le 28 floréal an 79.

« *Le Comité de salut public :*

« Ant. ARNAUD, E. EUDES, BILLIORAY, F. GAMBON, G. RANVIER. »

Les feuilles, dévouées à la Commune et appartenant presque toutes à ses membres, ne suspendirent pas un instant leurs dénonciations contre les autres journaux, et ne cessèrent d'en réclamer la suppression jusqu'à ce qu'il n'en restât plus un seul. Le 3 avril, Lissagaray inaugurait son premier numéro de l'*Action* par cet article : « Nous demandons la suppression sans phrases de tous les journaux hostiles à la Commune. Paris est en état de siège réel. Les Prussiens de Paris ne doivent pas avoir de centre de ralliement, et ceux de Versailles des informations sur nos mouvements militaires. » M. Lissagaray appelait Prussiens de Paris des collègues qui s'étaient vaillamment battus pendant le siège, tandis que lui, général improvisé, organisait en province, où il s'était rendu avant le blocus, des camps fantaisistes.

Le *Cri du Peuple* de Jules Vallès, dont les bureaux donnaient sur le même palier que ceux du *Messager de Paris*, dénonça ce journal en termes si violents que le rédacteur en chef, Eugène Rolland, dut recourir à des expédients pour se soustraire aux brigands qui l'eussent fusillé. Son gendre, Édouard Hervé, l'un des hommes les plus sympathiques et les plus éminents de la presse parisienne, faillit être arrêté à sa place ; et le rédacteur principal du *Messager*, Henri Duquiès, emmené par provision, ne dut son élargissement qu'à de puissantes et nombreuses sollicitations.

Qui ne se souvient des diatribes violentes du *Père Duchêne*, dont l'écho était immédiat à l'Hôtel de ville ?

C'est par la motion des auteurs de cette feuille que fut incarcéré Gustave Chaudey, rédacteur du *Siècle*, coupable d'avoir présidé à la défense de l'Hôtel de ville le 22 janvier.

Ce fut surtout contre le jeune et courageux directeur du *Bien public*, Henri Vrignault, qu'éclata l'exaspération des bandits de la Commune. Traqué dans sa retraite avec son frère Charles et ses collaborateurs, qui jouèrent vingt fois leur vie dans cette chasse à l'homme, il ne cessait de mitrailler l'Hôtel de ville des vérités les plus dures.

En vain le *Bien public* était supprimé, il reparaissait successivement sous les titres de la *Paix*, de l'*Anonyme* et du *Républicain*. Il ne cessa de combattre que lorsque la publication de tout nouveau journal fut rigoureusement interdite sous peine d'être déféré à une cour martiale ; mais son énergique rédacteur en chef ne se découragea pas. Quand il fut obligé de déposer la plume, il se tint prêt à reprendre son fusil ; il fut un des premiers parmi les gardes nationaux qui se rallièrent aux troupes ; il était auprès du commandant Durouchoux lorsque celui-ci fut tué, et il fut lui-même atteint d'une balle.

La *Marne*, supprimée le 5 mai, reparut aussi avec la signature de son vaillant rédacteur en chef, E. Masseray, sous le titre du *Spectateur;* il fut arrêté au troisième numéro.

Le *Journal de Paris*, qui put se maintenir jusqu'à la dernière quinzaine du règne de la Commune, malgré la vigueur de sa polémique, essaya vainement de devenir l'*Écho du soir ;* après son troisième ou quatrième numéro, il vit envahir et saccager ses ateliers.

Le *National*, grand et petit format, dont la modération avait même été prise pour de la connivence, ne fut pas épargné. Vainement il essaya de prendre successivement les titres de *Journal populaire*, de *Corsaire*, de *Pirate*, ces trois feuilles furent supprimées dès leurs premiers numéros.

La *Politique*, journal tout récemment créé, fut supprimé, à son apparition, et ne put vivre davantage sous le titre de *Discussion*.

Les rédacteurs du *Temps* substituèrent à ce nom le *Bulletin du jour*, qui fut bientôt supprimé.

Rochefort lui-même, si peu soucieux cependant de *sa dignité* dans la *Lanterne* ou la *Marseillaise*, jugea intolérable la situation faite à la presse. A la date du 20 mai, alors qu'il projetait de quitter la partie, il annonça en ces termes qu'il cessait la publication du *Mot d'ordre* :

« Monsieur le Rédacteur,

« Je vous serai vraiment obligé si vous voulez bien annoncer à vos lecteurs, qu'en présence de la situation faite à la presse, le *Mot d'ordre* croit de sa dignité de cesser de paraître.

« Salut fraternel.

« Henri Rochefort. »

Ainsi firent la *Presse*, le *Journal des villes et des campagnes*, qui suspendirent d'eux-mêmes leur publication.

Cette guerre aux journaux se pratiquait avec l'arbitraire le plus absolu. Le texte de tous les arrêtés n'était pas même à l'*Officiel*; on insérait ou l'on n'insérait pas, suivant le caprice du tyran. Parfois la notification n'avait que deux lignes comme celle-ci :

« Le délégué à la sûreté générale, à la requête du procureur de la Commune, arrête :

« Le journal *le Siècle* est et demeure supprimé. »

D'autres fois elle revêtait une forme politique et philosophique, comme les considérants qui motivaient la suppression de la *France* et de six autres journaux, à la date du 6 mai, sous la signature de Cournet :

« Le membre de la Commune, délégué à la sûreté générale :

« Considérant que, pendant la durée de la guerre et aussi longtemps que la Commune aura à combattre les bandes de Versailles qui l'assiègent et répandent le sang des citoyens, il n'est pas possible de tolérer les manœuvres coupables des auxiliaires de l'ennemi ;

« Considérant qu'au nombre de ces manœuvres on doit placer en première ligne les attaques calomnieuses dirigées par certains journaux contre la population de Paris et la Commune, et, bien que l'une et l'autre soient au-dessus de pareilles attaques, celles-ci n'en sont pas moins une insulte permanente au courage, au dévouement et au patriotisme de nos concitoyens ; qu'il serait contraire à la moralité publique de laisser continuellement déverser par ces journaux la diffamation et l'outrage sur les défenseurs de nos droits, qui versent leur sang pour sauvegarder les libertés de la Commune et de la France ;

« Considérant que le gouvernement de fait qui siège à Versailles interdit dans toutes les parties de la France, qu'il trompe, la publication et la distribution des feuilles qui défendent les principes de la révolution représentés par la Commune, etc., etc. »

Le Moussu, le même commissaire que nous avons vu présider aux perquisitions dans les églises et à l'arrestation des prêtres, était chargé ordinairement d'exécuter les journaux. Il y avait droit par son instruction, qui le mettait naturellement en rapport avec ce qui était intelligent et éclairé. Voici le texte curieux de l'arrêté notifié en son nom à la *Patrie* :

COMMUNE DE PARIS

—

Paris, 19 mai 1871

CABINET DU COMMISSAIRE DE POLICE

« Nous, commissaire des délégués au Comité de salut

public : conformément au décret de ce jour, *notifions* aux imprimeurs et rédacteurs du journal *la Patrie* la suppression de ladite feuille, ainsi que l'article *deûme* (*sic*), *defendent* la création de *tous nouveaux* journal.

« Pour le citoyen LE MOUSSU,

« *Le secrétaire* : (Signature illisible.) »

Quand Le Moussu s'occupait d'arrêter un prêtre ou de dévaliser une église, il était dignement suppléé comme persécuteur de la presse par un peintre excellent dans le genre obscène, le caricaturiste Pilotell. Comme Le Moussu, il fut commissaire et délégué. Il en profita pour s'acquitter d'une singulière façon envers M. Polo, directeur de l'*Éclipse*, à qui il devait, à titre d'avance, une forte somme. Sans le moindre scrupule de reconnaissance, il envahit le domicile de son créancier, lui notifia l'interdiction de son journal et l'emmena en prison, après avoir eu le soin de prendre tout l'argent qu'il trouva au domicile de M. Polo. La victime n'était coupable que d'avoir fait parvenir à Versailles des journaux qui s'imprimaient rue du Croissant. L'esclandre fut tel que le rédacteur de l'*Éclipse* obtint son élargissement, et que l'*Officiel* annonça la mise en disponibilité du citoyen Pilotell « pour des négligences de formes qui n'entachent en rien l'honorabilité de ce citoyen ».

Nous ne saurions entrer plus avant dans le détail de toutes ces immolations ; nous devons nous borner à la liste du martyrologe des journaux tués par le gouvernement dont le libéralisme devait étonner le monde. Il avait la conscience de son impuissance et savait que la légitimité de son pouvoir n'aurait pas résisté à quelques heures de discussion sérieuse et libre.

Mais si jamais la manifestation de la pensée n'a été moins libre que sous le règne de la Commune, si jamais la presse n'a été soumise à plus d'arbitraire et exposée à plus de persécutions, c'est aussi parceque la plupart des journalistes qui siégeaient à l'Hôtel de ville voulaient créer un monopole à leur profit. Le *Vengeur*, le *Cri du peuple*, etc., purent se vendre ainsi à un chiffre considérable et créer à leurs propriétaires des ressources qui, la veille de la défaite, leur ont permis de gagner prudemment l'étranger.

III

Il est indispensable pour bien connaître l'esprit de cette époque, de donner la physionomie des journaux qu'elle vit naître.

L'*Officiel* de la Commune fut confié à Longuet, qui y fit une véritable révolution. Jusqu'alors cette feuille avait affecté un air solennel, Longuet y introduisit un élément tout français : le calembour.

« On assure, écrivait-il, que le gouvernement rural aurait reçu d'Algérie une dépêche annonçant que le général Lallemand se serait rendu maître du soulèvement. Si les Prussiens consentaient à obéir au gouvernement susdit, *l'Allemand* serait maître partout. Très joli le mot.... *d'ordre* (non réactionnaire).

« Les huissiers vont être forcés pour vivre, de se porter à la députation dans nos campagnes. Leurs études étaient closes... Les petits vieux de Versailles votent la loi sur les échéances, et les protêts, dénonciations, saisies, etc., etc., pleuvent... La Commune annule tout cela ! On nous assure que les huissiers vont former un bataillon qui marchera sur Versailles... pour protester, naturellement ! Parlant à sa personne ou à un *tiers* à son service.

24

« La vérité est parfois bonne à dire :

> Mercredi, le conseil, en séance à Versailles,
> Reçut la discussion de l'homme des batailles.
> La Chambre s'en émeut, Thiers en est affecté.
> Le Flô, qui l'apporta, recule épouvanté. »

Cette rédaction tintamarresque n'était pas le seul côté curieux de l'organe officiel de la Commune. Longuet s'était constitué l'épurateur et le polisseur des discours et des comptes rendus des séances de l'Hôtel de ville ; il écourtait, modifiait, altérait selon son bon plaisir.

Le *Cri du peuple*, de Jules Vallès, un des journaux supprimés par le général Vinoy, reparut sous la Commune et eut un immense succès. Il avait pour rédacteurs Pierre Denis et Rogeard, deux écrivains de talent. C'est le *Cri du Peuple* qui annonça le premier que Paris serait brûlé : « Si vous êtes chimiste, monsieur Thiers, etc. »

La *Montagne*, de Gustave Maroteau, a été fatale à son rédacteur ; on peut dire qu'elle a été pour lui son Calvaire. Voici un spécimen de la polémique de ce journal :

« Quand ils sont à bout de mensonges et de calomnies, quand leur langue pend, pour se remettre ils se trempent le nez dans l'écume du verre de sang de Mlle de Sombreuil ; ils sortent de sa tombe le général Bréa, agitent le suaire de Clément Thomas. Assez ! vous parlez de vos morts ; mais comptez donc les nôtres ! Compère Favre, retrousse ta jupe pour ne pas la franger de rouge et entre, si tu l'oses, dans le chemin de la Révolution. Les tas sont gros. Voici Prairial et Thermidor ; voici Saint-Merry, Transnonain, Tiquetonne ! Que de dates infâmes, et que de noms maudits ! Et sans remonter si haut, sans fouiller les cendres des ans passés, qui donc a tué hier, et qui donc a tué aujourd'hui ? Qui donc a battu le rappel en Vendée, lancé sur Paris la Bretagne ? Qui donc a mitraillé au vol un essaim de fillettes à Neuilly ? — Maudits !... — Mais aujourd'hui c'est la victoire, et non la bataille, qui marche derrière le drapeau rouge. La ville entière s'est levée au son des trompettes ; nous allons, vautours, aller vous prendre dans votre nid, vous apporter tout clignotants à la lumière. La Commune vous met ce matin en accusation ; vous serez jugés et condamnés, il le faut ! Heindrich, passe ton couperet sur la pierre noire. »

Nous trouvons dans les papiers de Rossel une curieuse appréciation sur le *Mot d'ordre*, qui a poussé à la destruction de la colonne Vendôme, à la démolition et au pillage de la maison de M. Thiers, au pillage des églises : « Le *Mot d'ordre*, dit-il, était un puissant journal de lutte. Rochefort y prodiguait cet esprit acerbe, ces mots à l'emporte-pièce, cette verve qui donne au sens commun la tournure du paradoxe, au paradoxe l'apparence du sens commun, qui fait de lui le premier des polémistes de nos journaux. Lui aussi était serviteur de la Révolution, et ennemi de la Commune. »

Le *Père Duchêne*, rédigé par Vermesch, A. Humbert et Vuillaume, a eu une influence détestable sur les décisions de la Commune. Cette feuille, écrite en un style grossier, avait emprunté à Hébert, l'écrivain trivial et vénal de la première Révolution, sa manière immonde de traiter la politique. Rossel a laissé les réflexions suivantes sur le *Père Duchêne* et quelques autres journaux de la Commune : « Le *Père Duchêne*, et le *Cri du peuple*, de Jules Vallès, étaient les journaux les plus répandus de la révolution parisienne. Le *Mot d'ordre* était le meilleur journal. L'*Avant-garde* était aux Jacobins qui ont dirigé et perdu la Révolution. Rochefort, le *Père Duchêne*, étaient au contraire les adversaires de ce parti. Les ordures dont le *Père Duchêne* parait sa marchandise pour affriander le public, étaient un simple hors-d'œuvre.

« Les Français ont toujours aimé à trouver un peu gras

les bords de la coupe où ils boivent la vérité. Pourquoi le procédé qui réussit à Rabelais contre les papegaux, à Voltaire contre les cagots, serait-il devenu mauvais contre les cuistres de nos jours ? » Malgré l'opinion de Rossel, nous croyons que c'est insulter le peuple, que de penser lui plaire en lui parlant un langage grossier.

Les lignes qui suivent suffiront pour donner une idée du style du *Père Duchêne* :

« C'est la première fois que le Père Duchêne fait un post-scriptum à ses articles bougrement patriotiques. Mais foutre de foutre ! c'est aussi que jamais le Père Duchêne n'aura été si joyeux ! Oui, nom de nom ! comme les affaires de la Sociale vont bien ! et comme les jean-foutres de Versailles sont foutus plus que jamais ! Et savez-vous pourquoi le Père Duchêne est si content, bien qu'il y ait une centaine de bons bougres de ses amis de tués ? C'est que, malgré toutes les excitations des mauvais jean-foutres, nous avons été attaqués les premiers par les hommes de Versailles. Ce sont eux, — j'en appelle à ta justice, Histoire de la République française ! — ce sont eux qui ont ouvert la guerre civile. »

L'*Affranchi*, de Paschal Grousset, s'imprimait par voie de réquisition. Au plus fort de la lutte contre Versailles, il s'exprimait ainsi : « Les gens de Versailles assassinent les prisonniers républicains, et mutilent d'une manière horrible leurs cadavres. — Œil pour œil, dent pour dent. — Les portes de Paris sont fermées. — Nul ne peut sortir de la ville. — Nous avons en main des otages. — Que la Commune rende un décret, que les hommes de la Commune agissent. — A chaque tête de patriote que Versailles fera tomber, qu'une tête de bonapartiste, d'orléaniste, de légitimiste de Paris roule comme réponse. — Allons, soit ! Versailles le veut. — La terreur. »

Nous joignons à ces citations, comme document historique à consulter, la momenclature par ordre alphabétique des journaux de la Commune :

L'*Ami du peuple*, de Vermorel ;

L'*Avant-garde*, journal rédigé par Secondigné, et qui se distinguait par la violence de ses attaques contre les troupes de Versailles ;

Le *Bon sens* ; il prêchait la conciliation. On ne le lisait guère ;

La *Commune*, grand in-folio quotidien ; elle était rédigée par des écrivains du *Combat* et du *Vengeur* qui faisaient appel à toutes les violences révolutionnaires. Dans les derniers jours de l'insurrection, elle parut encadrée de noir comme le *Combat ;*

L'*Estafette*, de Secondigné, grand in-folio ; elle s'était constituée en quelque sorte le bulletin des victoires de la Commune ;

Le *Fédéraliste*, franchement dévoué aux hommes du 18 mars ;

Le *Fils Duchêne*, huit pages in-8. C'était un enfant terrible, car, tout en paraissant soutenir la Commune, il lui décochait plus d'un trait empoisonné ;

L'*Indépendance française*, quotidienne. Couleur indécise ;

La *Mère Duchêne*, pastiche du *Père Duchêne* ;

Le *Moniteur du Peuple*, rédigé par G. Sol ;

Paris libre, par Vésinier, poussait à toutes les violences. Il publiait sous le nom de *Liste des mouchards*, la nomenclature des hommes qui avaient demandé un emploi à la Préfecture de police sous l'Empire ;

Le *Père Fouettard*, même format et même genre que le *Père Duchêne* ;

Le *Salut public*, de Gustave Maroteau ;

La *Sociale* ; elle recueillait pour les reproduire les articles les plus violents des feuilles les plus virulentes ;

La *Tribune du peuple*, rédigée par Lissagaray ;

Le *Vengeur*, de Félix Pyat, qui avait succédé au *Combat* ; il refusait toute conciliation et appelait lâches ceux qui proposaient de traiter avec Versailles.

Voilà les feuilles qui, pendant soixante-six jours, ont eu le privilège de surexciter jusqu'au délire une population bienveillante et civilisée entre toutes !

TABLE DES MATIÈRES

1150. — Typographie A. Lahure, rue de Fleurus, 9.